du
99.6
os .

L'AMOUR EN TROP

JOSEPHINE HUMPHREYS

L'AMOUR EN TROP

Roman

Traduit de l'américain
par Marie-Odile FORTIER-MASEK

PRESSES DE LA RENAISSANCE
37, RUE DU FOUR 75006 PARIS

Si vous souhaitez recevoir notre catalogue et être
tenu régulièrement au courant de nos publications,
envoyez vos nom et adresse en citant ce livre aux

Presses de la Renaissance
37, rue du Four 75006 Paris

et pour le Canada à

Édipresse
945, avenue Beaumont
Montréal H3N 1W3

Le présent ouvrage est le soixante-septième titre
de la collection
« Les romans étrangers »
dirigée par Tony Cartano

Titre original : *Rich in love*, publié par Viking Penguin Inc., New York.

© Josephine Humphreys, 1987.
© 1992, Presses de la Renaissance, pour la traduction française.

ISBN 2-85616-652-0   H 60-3699-0

Pour Harriet

1

Un après-midi, il y a deux ans, ma vie sortit de sa routine et devint, pendant une courte période, le genre de vie qui peut servir de point de départ à une histoire, c'est-à-dire une de ces vies dans laquelle les événements semblent avoir un sens. Avant cela, il n'y avait rien eu qui méritât d'être raconté. Nous avions, certes, nos excentricités, mais dans chaque famille on trouvera toujours une chose ou l'autre qui sort de l'ordinaire. Il y avait l'étourderie de ma mère, la beauté exceptionnelle de ma sœur, l'innocence de mon père, et, pour ma part, je n'étais pas sans originalités. Nous n'étions pas comme tout le monde, me répétait mon ami Wayne. Mais rien à notre sujet n'aurait pu donner matière à une histoire...

Jusqu'à ce 10 mai, jour où l'un de nous trahit le reste de la famille, ce qui engendra une série d'événements qui méritent qu'on les raconte.

Je rentrai de l'école à bicyclette. Tout semblait normal. Je humai ce printemps qui battait son plein, la Caroline, la santé, la prospérité... Dans les magasins qui bordaient la grand-route, les clients se bousculaient. La végétation avait envahi le terre-plein central, de robustes mauvaises herbes qui ressemblaient à des carottes ou à du céleri ; leurs tiges et leurs frondes étaient assez touffues pour cacher les ordures de la route.

Un flot insouciant de voitures, un après-midi banal et sans histoire, aux yeux de l'observateur fortuit...

On prétend que vos cheveux se dressent sur votre tête juste avant que la foudre ne vous frappe. J'éprouvai une sensation de ce genre cet après-midi-là, sur la grand-route, une espèce de chatouillis prémonitoire mais qui ne servait à rien : aucun détail spécifique, une simple impression. A l'époque, mes impressions me causaient problème. Elles se jouaient de moi sans que je parvienne jamais à comprendre leur signification exacte. Elles semblaient désespérément vagues. Alors, à quoi bon une prémonition (du latin *praemonere*, mettre en garde) si elle ne précise pas ce contre quoi l'on vous met en garde ? Je regardai autour de moi en me frottant la lèvre supérieure, un signe de nervosité.

Agée de dix-sept ans et en possession d'un permis de conduire valide, j'aurais pu emprunter le minibus Volkswagen de ma mère — elle ne s'en servait pas souvent — ou la Buick de mon père, ce dernier ayant fait l'objet d'une suspension de permis pour excès de vitesse. Je préférais toutefois le grand air et la façon dont l'après-midi se déployait autour de moi avec ses bruits et ses odeurs. Cela me permettait de me faire une bonne idée de l'endroit où j'étais, alors qu'en voiture je n'étais pas aussi réceptive à l'environnement, le voyant plutôt comme une espèce de séquence télévisée glissant contre la fenêtre, aussi ennuyeuse que les publicités. Ma sœur Rae pensait comme moi, mais pour elle, c'en était fini de la bicyclette. Elle avait une Impala décapotable âgée de vingt ans, une voiture aussi monumentale et aussi souple qu'un char de carnaval. Décapotable, elle vous permettait de rouler tout en vous imprégnant du paysage. Rae avait passé quatre années à Sweet Briar College avant de se rendre à Washington, où elle avait travaillé pour un sénateur. Quand la voiture regimbait, Rae la traitait de tous les noms. « Celui qui me l'a vendue m'a assuré que c'était une voiture de rêve, ma chère Lucille ! » plaisantait-elle, de sa voix du Sud, tranquille et haut perchée. « Mais je te garantis que ce dont il parlait, ça devait être des rêves d'adolescent ! » Le moteur chauffe, ça s'emballe, ça grésille, ça crachote, et puis ça cale. Elle l'aimait cette voiture ! Jamais elle n'avait eu ni chien ni chat, ni même de poupée, aussi l'Impala avait-elle, je pense, comblé un manque.

J'aimais bien la voiture de Rae, mais je préférais ma bicyclette car elle ne faisait pas de bruit. J'aimais me déplacer en silence. Là où je passais, les zones traditionnelles, campagne, ville ou simple agglomération, avaient fini par se confondre. A l'origine, on parlait de l'agglomération de Charleston, de la ville de Mount Pleasant et de la campagne, mais toutes trois avaient fini par fusionner, au petit bonheur, comme les colonies de pionniers. La récente prolongation de la grand-route n'avait pas tenu compte de celles qui existaient déjà, aussi certaines allaient-elles s'y terminer en cul-de-sac, aboutissant à des barricades bariolées. A en juger par leurs carcasses, les animaux sauvages n'étaient pas encore habitués au nouveau système... Du côté des lotissements, les nouvelles routes s'entortillaient tant et si bien que j'avais parfois du mal à m'orienter. D'autres fois, alors que je roulais tranquillement, le macadam bien lisse devenait soudain terre battue, et je me retrouvais en pleine campagne, avec des cabanes en équilibre sur des blocs de ciment, le chant tragique des coqs et les Noirs sur leurs porches, naïfs comme peuvent l'être les autochtones.

On aurait dit que le neuf avait été plaqué sur l'ancien, mais on entrevoyait encore un peu d'ancien. J'essayais de ne pas me perdre dans ces îlots. C'en était parfois trop pour moi, une maison au bord d'un champ, la silhouette des pins, la fumée. Cela me brisait. La campagne me tenait tellement à cœur...

De temps en temps, je voyais ce que j'appelais une maison de rêve, une maison que quelqu'un avait commencée mais jamais achevée. Éparpillées dans les bois, on les aurait prises pour les ruines d'une civilisation défunte, alors qu'elles n'étaient que les ruines de familles défuntes. On avait voulu une maison, on était allé aussi loin que les fondations et les murs, mais voilà qu'on s'était retrouvé à court d'argent, ou que l'épouse avait filé... Il ne restait plus qu'une charpente carbonisée, la maison, un rêve en soi, avec ses yeux carrés et sa bouche noire. Bientôt les herbes la cacheraient, serpents et ratons laveurs y trouveraient refuge. Dès que je voyais une de ces maisons de rêve, je m'arrêtais sur le bord de la route pour la contempler, appuyée sur mon vélo.

Il m'arrivait aussi de connaître là-bas des passages à vide. J'appe-

11

lais ça solitude, tout en sachant que ce n'était pas vraiment de la solitude parce que je suis de ceux qui apprécient la solitude, disons plutôt que ça devait être de la pré-solitude, ou de la solitude anticipée... Qu'on appelle ça comme on le voudra, c'était vide et c'était triste. Avais-je connu quelqu'un qui était mort ? Aucun nom ne me venait à l'esprit. Mes grands-parents étaient morts avant que j'aie le temps de les connaître assez pour les pleurer.

Rae ne se sentait jamais seule.

Au lycée, elle avait été copine avec tous les garçons, et même plus que copine avec nombre d'entre eux, mais elle n'en avait privilégié aucun. Elle n'avait jamais, et Dieu merci, joué les amoureuses, comme le font la plupart des filles. Rae avait une forte tête. Elle avait la réputation d'être impétueuse, même si, à l'égard de la boisson, de la drogue ou du sexe, elle était plutôt conformiste. Elle avait cette imprévisibilité qui distingue la créature sauvage de la créature domestiquée. On l'admirait pour son courage : ne chantait-elle pas avec un groupe noir et sa meilleure amie n'était-elle pas noire ? Elle riait quand l'envie l'en prenait. Elle avait été élue Miss Wando High, laissant derrière elle des garçons bégayants. Blonde aux yeux bruns, même l'apparence avait de quoi dérouter...

Je la connaissais pourtant mieux que quiconque, je le connaissais ce petit frisson qui parfois plissait sa lèvre... Récemment, les cartes postales qu'elle m'avait envoyées de Washington m'avaient inquiétée, son écriture avait changé, elle s'était relâchée, délaissant la ligne, comme une écriture d'enfant. Je me débrouillais bien en graphologie, ce qui me permit d'y repérer trois choses : bonté, force de caractère mais aussi quelques déceptions à venir. Les femmes de ce genre finissent toujours, un jour ou l'autre, par avoir une déception sentimentale car leur beauté les rend par trop conscientes d'elles-mêmes. Il ne s'agit pas là de vanité mais plutôt d'espoirs trop haut placés et d'optimisme. Pensez aux starlettes, à la façon dont elles commencent... Et à celle dont elles finissent.

De Wando High à Mount Pleasant, c'était une enfilade de magasins, une ruche commerçante qui avait quelque chose de sécurisant. J'étais pour ma part une piètre acheteuse, je me laissais trop facilement leurrer par tous ces étalages. Dans les centres commerciaux, je ne me sentais plus : il fallait que j'aille m'asseoir dans l'allée centrale à regarder fabriquer des galoches ou à admirer le concours d'affiches des gosses. Si vraiment je voulais quelque chose, j'essayais de l'acheter par correspondance, ou le jour où les voisins vidaient leur grenier. Il m'arriva même de voler un tube de rouge à lèvres plutôt que de me contraindre au rituel d'un achat en bonne et due forme. La kleptomanie ne m'apparaissait pas comme une maladie bizarre : je pouvais comprendre que le désir puisse l'emporter sur les principes, mais faire des courses avec méthode, et voir là-dedans une activité quotidienne était trop pour moi. J'admirais toujours ces gens que je croisais avec leurs provisions de chaussures neuves, de jeans, d'épicerie, de hamsters, de mini-fourgons, de plants de tomates, de feuilles de contre-plaqué ou de cornets de glace. A mon avis, le genre de courses en disait long sur la confiance des gens dans l'avenir. Il m'arrivait de me réveiller au milieu de la nuit, tremblante de peur. J'avais beau essayer d'identifier cette peur, rien de logique ne me venait à l'esprit. La seule chose qui m'angoissait, c'était la fin du monde, mais j'étais bien la seule à redouter ça ! Il n'y avait qu'à les regarder se précipiter à la pépinière et en ressortir avec des cageots de pétunias deux tons et des tuyaux d'arrosage perforés !

Mais j'avais cette espèce de chatouillis prémonitoire. Sans doute la vie ordinaire ne peut-elle durer qu'un certain temps, au-delà duquel l'extraordinaire est censé surgir. Quant à savoir d'où il pourrait surgir, je l'ignorais, mais j'étais prête. J'admirais les scouts, sans en connaître personnellement, car leur devise, « Toujours prêt », me plaisait. Un bon conseil. Je rentrais la tête. Le danger qui me semblait le plus immédiat provenait des ordures. Si je heurtais une bouteille ou une chaussure, je pouvais me faire happer par le flot de voitures, dont la plupart emmenaient des jeunes de mon âge à la plage.

Mes contemporains étaient impossibles. Ils balançaient n'importe quoi par la fenêtre de leur voiture. Quand quelque chose allait m'atterrir dessus, je le sentais, même si je refusais de leur accorder la satisfaction d'un coup d'œil par-dessus mon épaule. Leur voiture ralentissait et lâchait une bouffée de musique tandis que la vitre se baissait. La canette de bière atteignait mon bras, mais la voiture était déjà trop loin pour que je puisse repérer l'auteur du méfait. Peut-être que les passagers ne s'étaient pas rendu compte qu'ils auraient pu me blesser. Peut-être aussi s'en étaient-ils rendu compte...

S'il y avait une chose qui me caractérisait, c'était bien la vigilance. Ma personnalité, dans son ensemble, demeurait pour moi un mystère. J'avais beau essayer depuis quelque temps de la comprendre, je n'arrivais pas, semblait-il, à vraiment la percevoir. Je gardais un journal intime à côté de mon lit pour que, si jamais l'une de mes qualités me venait à l'esprit, je puisse la noter. Hélas, la liste était bien courte... Une qualité dont j'étais sûre, c'était la « vigilance ». Qu'il arrivât n'importe quoi, Lucille Odom était prête.

J'avais l'impression d'être à un carrefour. Une importante tranche de temps allait s'entr'ouvrir là, devant moi : l'avenir qui jusqu'ici avait été impénétrable. Je décidai de rester sur la grandroute. J'avais beau l'avoir déjà prise ce matin-là, j'y découvrais d'autres choses. C'est ainsi que j'aperçus, au loin, une nouvelle antenne de télévision, cela en faisait donc six de suite dans les marais qui s'étiraient le long de l'Intracoastal Waterway. Je vis que le petit marécage entre Seagull Shores et Oakview avait été asséché, « Gator Pond Estates », annonçait une pancarte. Je remarquai que les noms de ces endroits avaient été choisis pour commémorer ce que les bulldozers avaient condamné à l'oubli.

Une voiture passa. Quelque chose rebondit sur mon casque. Un bonbon pourrait me tuer, pensai-je.

Je portais un casque, peu m'importait ce dont j'avais l'air. Tandis que mes camarades de terminale faisaient crisser les pneus de leurs Cherokees ou de leurs Broncos en quittant le parking du lycée, j'enfonçais mon casque, arrimais mon balluchon devant tout le monde et les laissais rire, grand bien leur fasse... Si j'avais été une adolescente normale, disons que ça aurait sans doute compté pour moi, mais je n'étais pas normale et je me moquais pas mal de leur réaction.

Quand je dis que je n'étais pas normale, j'entends par là autre chose que cette illusion, fréquente chez les adolescents, d'être différent des autres. Ma lèvre supérieure ayant refusé de fusionner à un moment critique du développement embryonnaire, j'étais née avec une fissure de la lèvre supérieure. Il ne s'agissait pas d'un bec-de-lièvre à proprement parler, mais d'une petite fente bien nette, qui ne traversait pas complètement ma lèvre. A l'âge de trois ans, on m'avait refait la lèvre et maintenant, disait-on, cela ne se voyait presque plus.

Oui, mais... est-ce que « ne se voyait presque plus » voulait dire que ça se voyait « encore », ou que ça ne se voyait « plus du tout » ? Toutefois, je n'étais pas de ceux qui attachent trop d'importance à l'aspect extérieur. En fait, ma cicatrice m'avait appris une chose ou deux. Elle m'avait placée dans une sphère différente, j'avais parfois l'impression d'appartenir à un troisième genre ou à une espèce secrète. Il m'arrivait de croiser dans la rue des êtres qui, pour une raison ou une autre, faisaient vibrer en moi une corde sensible, comme cet homme avec sa patte folle ou ce jeune garçon dont une moitié du visage était écarlate ; je me disais alors : « Tiens, en voilà un autre... »

Je gardais, bien sûr, pour moi ce genre de pensées...

J'ai longtemps culpabilisé à cause de ma lèvre, éprouvant même le besoin de m'en excuser auprès de ma mère. Imaginez donc : s'attendre une nouvelle fois à une petite merveille et se retrouver avec un bébé dont la lèvre pendouille !... Je devais apprendre par la suite que je n'avais aucunement à m'en excuser. D'ailleurs, s'il y en avait une qui devait s'excuser, c'était plutôt elle que moi. J'acceptai donc la cicatrice, passant le doigt sur son bourrelet trop luisant chaque fois que j'étais perdue dans mes pensées, et je continuais à vivre. Je n'avais ni le temps de me culpabiliser ni celui d'en vouloir à qui que ce soit. J'avais des pôles d'intérêt qui réclamaient toute mon attention et qui étaient certes différents de ceux de la plupart des adolescents. J'étudiais certaines choses...

Non que je me sois crue supérieure aux autres... J'aurais bien volontiers laissé tomber mes diverses occupations pour passer l'après-midi chez le coiffeur, à me faire rabattre une mèche sur l'œil, j'aurais tout autant apprécié de me prélasser sur la plage, enduite de Bain de Soleil, ou d'aller essayer des sous-vêtements chez Sweet Nothing, dans la galerie marchande. J'en aurais été tout aussi heureuse que la fille d'à côté. Seulement, que voulez-vous, je n'étais pas libre.

Il m'était arrivé quelque chose. Récemment. Au cours des dernières semaines. Impossible de savoir au début si c'était une catastrophe qui me tombait dessus ou un cadeau qui m'était fait. C'était avant tout une impression, à cette seule différence qu'elle était constante, qu'elle n'était pas sujette à des fluctuations. Je l'appelais « vision intérieure » parce qu'elle me donnait presque la sen-

15

sation de voir à l'intérieur des choses. Je ne pouvais détourner mon regard ni des réalités naturelles — plantes, chiens, visages, oiseaux, bref, le monde de la nature — ni des œuvres de l'homme — voitures, boîtes aux lettres, clôtures grillagées. Les choses se mettaient à scintiller tandis que je passais sur mon vélo. En fait, elles s'étaient mises à scintiller depuis que j'avais lu dans le journal une étude sur l'effet de serre, étude que l'on devait à des savants de l'université de Clemson. Le niveau de l'océan, avaient-ils démontré, était en train de monter. Leur ordinateur avait tracé une carte des côtes de Caroline du Sud telles qu'elles apparaîtraient d'ici cinquante ans ; j'avais étudié cette carte avec soin. Nous n'y apparaissions pas. Notre maison, notre ville et presque tout Charleston étaient en bleu, c'est-à-dire recouverts par les eaux.

L'inondation serait progressive, quelques centimètres par an, mais inéluctable, à moins que notre monde ne cesse de brûler du charbon, de se servir d'engrais chimiques et de se désodoriser avec des bombes aérosol. Autant dire que c'était fichu d'avance ! pensais-je. Par conséquent, chaque fois que je regardais mon jardin, chaque fois que j'enfourchais mon vélo, je ne voyais plus le bon vieux monde que je connaissais depuis toujours mais un monde auquel il était presque temps de dire adieu. Ce qui, pour moi, en doublait, en triplait la beauté. L'endroit était condamné.

La « vision intérieure », décidai-je, c'était un cadeau, un cadeau que j'accueillis de la façon dont un enfant accueille quelque chose qui pourrait tout aussi bien ne pas lui être destiné : je le cachai.

Il m'arriva une fois d'en glisser un mot à Wayne, qui était lui-même juste assez cinglé pour savoir, le cas échéant, de quoi je parlais. Nous assistions à un match de base-ball de la Dixie Youth League. Wayne était en charge d'une équipe de garçons de douze ans. Il était assis sur le banc avec son équipe. J'étais assise derrière le grillage, dans les tribunes. Notre équipe, qui ne semblait pas pratiquer la ségrégation (ne se permettait-elle pas, dans le champ externe droit, un joueur café-au-lait dont les parents étaient avocats ?), rencontrait une équipe noire. Nous n'avions pas la moindre chance, même si certains de nos adversaires dépourvus de gants devaient rattraper la balle avec leurs casquettes.

Je voyais l'avant-champ rouge brique, l'arrière-champ jaune et desséché, la ligne de but peinte à la chaux. Le terrain, récemment aménagé, était perdu dans la nature : les souches des pins suintaient encore. Je voyais ces jeunes garçons, les nôtres dont la peur faisait des durs à cuire mal embouchés, les leurs dont elle faisait de sympathiques paquets de nerfs. Je voyais une batte d'aluminium flamboyer au soleil qui se couchait derrière des pins à longues feuilles. Les cigognes taillaient l'air de leurs battements désarticulés, j'entendais un filet de musique. J'ai toujours eu du mal à supporter la radio lorsque je suis dehors. On aurait dit que j'avais des palpitations. J'appelai Wayne.

Il fit signe à l'arbitre d'interrompre le match et il s'approcha du grillage. « Ça va ? me demanda-t-il.

— Comme ci, comme ça, répondis-je. Il n'y a pas quelque chose de bizarre par ici ?

— Nous sommes en train de prendre une foutue raclée. Je ne peux pas mettre un autre lanceur avant le prochain tour de batte, nom de Dieu !

— Non, je veux dire par ici, et d'un geste, je montrai le monde entier. Comme quelque chose dans la façon dont ça a été dessiné ?

— Dessiné ?

— Mais oui, voyons, le paysage... Je ne sais pas, mais... On dirait que les arbres sont devenus noirs... Et que nos uniformes ont viré au rose... Et puis, cette chanson, eh bien, figure-toi que je l'ai entendue.

— Dis-moi, Lucille, dit-il en me regardant des pieds à la tête, tu n'aurais pas fumé quelque chose avant de venir, par hasard ?

— Bien sûr que non !

— Où te l'es-tu procuré, dis-moi ?

— Je ne me suis rien procuré du tout, je ne me procure jamais rien du tout.

— C'est bien ce que je pensais, mais à la fin, que veux-tu, je finis par me poser des questions...

— Ça doit être le soleil qui se couche », conclus-je.

Si Wayne ne voyait pas ce que je voulais dire, qui le verrait ? Je renonçai. Ne me demandez pas le score de ce match, même si je me rappelle la nonchalance avec laquelle le soleil se déplaçait, la façon dont les pins s'estompaient, même si je me rappelle comment tout — oui, tout ce qui était là-bas — passa par mille métamorphoses avant la tombée de la nuit...

Papa s'était fait retirer son permis de conduire au bout d'un certain nombre de contraventions pour excès de vitesse. Il était bon conducteur, il n'avait jamais eu d'accident, mais il ne pouvait s'empêcher d'aller vite car il avait confiance dans le monde entier. La précaution est un attribut de l'esprit enclin au soupçon. Lorsque papa arrivait sur l'autoroute, il laissait tout naturellement le compteur de vitesse s'installer dans les cent dix, cent trente kilomètres à l'heure. La dernière fois qu'on l'avait arrêté, il faisait du cent trente-trois kilomètres à l'heure entre Charleston et Columbia. Il ne s'était même pas aperçu que la sirène et le gyrophare juste là, derrière lui, lui étaient destinés. Il s'était excusé auprès du gendarme, tous deux étaient tombés d'accord pour dire que les canards noirs étaient bien rares cette année-ci. Hélas, pour l'ordinateur de la sécurité routière, cet incident fut la goutte d'eau qui fit déborder le vase, privant mon cher père de son droit d'opérer avec un véhicule pendant six mois...

Un homme sans voiture fait peine à voir, surtout s'il s'agit d'un homme d'affaires, que dire s'il est originaire des États du Sud par-dessus le marché! Qu'était-il censé faire, demanda-t-il, prendre l'autobus? Ma mère lui fit remarquer qu'après tout l'autobus était très bien, mais elle se retrouva néanmoins transformée en chauffeur. Vexé à mort, il rentrait la tête dans ses épaules pendant les trajets. Le fait d'être assis dans le siège du passager lui donnait l'impression d'être une tapette, avait-il déclaré pas plus tard qu'hier.

« Warren, je t'en prie! » s'était exclamée ma mère qui s'intéressait aux homosexuels et à leur cause, en esprit du moins. Assise à l'arrière, j'ouvrais les oreilles. J'adorais les entendre discuter et j'écoutais chaque fois que c'était possible...

« Que veux-tu, je ne peux pas m'en empêcher, dit-il. Je ne juge personne, je dis juste que... Je me sens tout chose... Comme qui dirait... passif... Je sens que... Eh bien oui, que je ne suis pas dans le siège du conducteur!

— Mais c'est très intéressant, ça! » dit-elle avec un léger sourire, car le monde semblait toujours vaguement l'amuser. « Somme toute, tu te sens en danger quand je conduis.

— Mais non, mais non. Tu conduis très bien, je dirais même que tu conduis merveilleusement bien. J'adore ta façon de conduire. Emmène-moi donc chez Builderama acheter des bardeaux et des clous.

— A mon avis, tu ferais mieux d'aller à la quincaillerie du coin, reprit-elle. Tu sais, je m'en méfie, moi, de tous ces *ramas* et de tous ces *thons*, Dioramas, Téléthon, Cinérama, Marathon, etc. Nous ferions mieux d'aller acheter nos bardeaux chez Mr. Powell, il en vend, n'est-ce pas?

— Bien sûr. Alors, emmène-moi chez lui. »

Elle détestait d'avoir à le conduire partout. Elle préférait faire ce qu'elle voulait de ses journées plutôt que d'être ainsi à ses ordres. « Dans combien de temps on te le rendra, ton permis? demanda-t-elle.

— Dans six mois, répondit-il. Ça sera pas si long que ça... » Il se pencha vers elle et caressa sa main sur le volant. Ils s'aimaient à leur manière, une manière sécurisante, facile. J'avais toujours connu ça, depuis aussi longtemps que je m'en souvienne. Ils étaient ce que vous appelleriez tout-dévoués-l'un-à-l'autre.

« Six mois... », répéta-t-elle.

De mon vélo, j'arrivais à voir au-dessus des magasins, là où le ciel était clair. De gros pins se dressaient encore dans les bois derrière le centre commercial, ils étaient assez grands pour profiler sur le ciel nu cette forme que j'aimais tant, une silhouette noire, révélant l'âme même de l'arbre, c'est-à-dire solitude et déchirement. *Les pins...* Je les aimais, tout comme j'aimais les herbes folles, leur débordement verdoyant, leur indifférence à l'égard de l'environnement, leur anonymat, leur humilité. N'allaient-elles pas jusqu'à fleurir ou à porter des fruits sur la bande médiane de la nationale 17? Elles appartenaient à ces variétés que l'on rencontre dans n'importe quel pré, mais j'en ignorais les noms. Je les avais donc baptisées. Chardon espagnol, Cœur-de-lune, Herbe-aux-haricots. Pour mieux me souvenir d'elles...

A l'horizon, la grand-route semblait soudain flamboyer dans les airs, il s'agissait du pont qui menait à Charleston. Avant le pont, juste après la station de télévision, au milieu de l'allée commerçante, débouchait une espèce de route qui passait derrière l'atelier de réparation des voitures importées. C'était ma route. Elle menait à Mount Pleasant, ma ville, blottie en secret derrière ce nouveau développement. Pendant mes cours de latin (les seuls cours de lycée qui m'aient apporté quelque chose), j'avais étudié l'histoire d'Herculanum, cité ensevelie sous des coulées de lave en fusion en l'an 79 de notre ère. Ma ville, elle aussi, avait été engloutie, non par des coulées de lave, mais par un débordement de la ville de Charleston, qui était entrée en éruption et s'était étalée autour de Mount Pleasant. C'est ainsi que ma ville s'était retrouvée encastrée au cœur de Charleston. Sans doute n'auriez-vous jamais soupçonné, en cheminant sur la grand-route, qu'en contrebas de cette route non signalisée s'étendait une ville. Une vraie ville.

Je tournai à hauteur des studios de la troisième chaîne, puis derrière l'atelier de réparation, où les médecins des environs amenaient leur Mercedes Benz pour en faire régler le moteur. Les médecins m'intéressaient en raison de leur position avantageuse et unique : ils sont à la fois de ce monde et au-dessus de ce monde. Ils en savent si long qu'ils pourraient être prêtres, mais, malgré tout, ils aiment le monde matériel et en profitent pleinement. Le coin les attirait, bons hôpitaux, bonnes rampes pour leurs bateaux. Le mécanicien du garage Mercedes avait été formé à Francfort. Lorsqu'il travaillait sur leur voiture, les médecins allongeaient le cou pour regarder ce qui se passait, à croire que leur vocation première avait été d'être mécanicien. On y rencontrait le père de Wayne, à qui sa 280 SL donnait régulièrement des problèmes. En général, il m'octroyait un signe de la main, sachant qu'il m'avait déjà vue quelque part... Cette fois, il n'y était pas, j'en fus déçue. Cela faisait un mois que je n'avais pas vu Wayne, je ne *voulais* pas le voir, mais le simple fait d'apercevoir la voiture ou la copine de son père, ou ne serait-ce que la voiture de cette dernière, me donnait une espèce de frisson...

La vérité pure et simple, en ce qui nous concernait Wayne et moi, c'était que, sur le plan sexuel, je n'arrivais plus à suivre. J'avais presque perdu tout intérêt. Wayne voyait dans le sexe une occupation encore saine et plaisante pour des gens qui s'aimaient, surtout pour des amoureux comme nous, encore novices en la matière. Il disait cela dès qu'il sentait faiblir mon enthousiasme.

Son argument était « Cueillez dès aujourd'hui les roses... » version plus ou moins modifiée... Le sexe, disait-il, était en voie de disparition, aussi ferions-nous bien d'en profiter tant que l'occasion s'en présente. Quant à ce monde du plaisir, aujourd'hui omniprésent, il le voyait fermant un jour boutique. « Je suis persuadé, disait-il, que, dans cinq ou dix ans, tu ne pourras plus ni boire, ni fumer, ni même te frotter contre quoi que ce soit ! Je ne plaisante pas, Lucille. Je te garantis que plus personne n'osera seulement *bouger*. Bref, nous sommes là devant un cas bien classique de maintenant ou jamais. »

Ce genre de philosophie me paraissait inadéquat, mais j'avais du mal à en discuter avec lui car, en dépit de parents qui ne savaient plus où ils en étaient, il avait su rester bon et attentionné, aussi n'avais-je aucune intention de le décevoir. Je n'avais rien contre le sexe, mais disons qu'avec Wayne je n'éprouvais jamais cette sensation que j'appelle « désir ». Dans « désir » coexistent ombre et arrière-fond de peur. Vous n'appelleriez jamais ça une chose amusante à faire. Je n'avais éprouvé cette sensation qu'une ou deux fois, mais le souvenir m'en était resté. La première fois c'était à un film français en noir et blanc dans lequel une fille relevait sa jupe devant un étranger. La seconde fois, c'était dans un rêve où je voyais Wayne tellement différent de ce qu'il était dans la réalité qu'il finissait par être l'opposé de lui-même et m'entraînait, tel un courant de fond. Après cela, faire l'amour avec le vrai Wayne devint difficile. Je finis par croire qu'il y avait de mon côté quelque chose qui n'allait pas. Soucieuse de ne pas ajouter à ses problèmes, je lui conseillai donc de sortir avec Laura Migo qui, pensai-je, serait sans doute plus que ravie de partager son sentiment d'urgence en la matière. En outre, le père de cette dernière était cardiologue ; nul doute que les médecins transmettent à leurs enfants une attitude scientifique et saine envers le sexe...

Toutefois, avec les médecins on ne sait jamais... Wayne m'avait raconté une scène entre ses parents qui révélait une attitude non scientifique. C'était son plus ancien souvenir. Sa mère lui avait appris le mot « pénis ». Son père avait objecté. « Il appellera ça "titi", avait insisté le docteur Frobiness.

— Et l'anatomie féminine ? Comment appellera-t-il ça ? avait rétorqué Mrs. Frobiness les mains sur les hanches.

— C'est le mou-mou.

— Tu es cinglé, non ? dit-elle. Toi, un médecin, tu veux que ton fils aille parler de "titi" et de "mou-mou" ? franchement, je ne peux pas croire ça ! »

Cette querelle et d'autres différences d'opinion s'étaient terminées par un divorce au bout de plus de quinze années de mariage. Cette année-ci, les Frobiness vivaient chacun de leur côté, la législation de l'État de Caroline du Sud exigeant une année de séparation. Wayne avait parfois l'impression qu'ils avaient engagé des détectives pour se surveiller mutuellement.

Je pris le prochain virage après l'atelier et j'aboutis à une vraie rue avec des trottoirs, un centre ville fait d'un pâté de maisons avec quincaillerie et pharmacie ; ni l'une ni l'autre ne devait faire beaucoup d'affaires car on pouvait acheter tout ce qu'elles vendaient dans un magasin discount, un peu plus loin sur la route nationale. Les trottoirs exhalaient cette odeur printanière de béton humide et tiède. Les maisons se pressaient tout contre la rue, avec leur palissade, leur bain pour les oiseaux et un tricycle en plastique à grosses roues dans le jardin. J'aimais, oui, j'adorais l'endroit où j'habitais.

En classe, pas un seul de mes camarades n'aimait l'endroit où il habitait. La plupart des élèves étaient soit des Noirs, soit des gosses de médecin. Qu'ils vivent dans des taudis ou dans des maisons bourgeoises, ils ne rêvaient que d'une chose : être ailleurs. J'attribuais leur infortune et leur conduite antisociale à un problème essentiel : ils étaient incapables de rester en place. Voilà ce qui leur faisait fumer de la marijuana ou jeter des ordures par les fenêtres des voitures. La maison était précisément l'endroit où ils ne voulaient pas se trouver. La compagnie des Greyhound pourrait régler du jour au lendemain le problème de la drogue en distribuant des billets gratuits, pensais-je.

Nancy Reagan avait tort de dire et répéter aux enfants qu'ils n'avaient qu'à dire non. Une faim se fait sentir. Il ne s'agit pas exactement de drogue, mais plutôt d'une façon de se rafraîchir à un autre niveau : de se donner une nouvelle personnalité, de voir s'ouvrir un nouveau monde... Voyons, Nancy (aurais-je eu envie de lui dire), iriez-vous demander à un gamin affamé de refuser de la nourriture ? J'avais réussi à tromper la faim, je passais pour frugale à tous égards, une fille bien sage, mais il m'arrivait d'entendre crier mes entrailles... Parfois la prétendue « sagesse » de garçons et de filles comme moi ne tient qu'à un fil ! Je ne savais pas comment je tournerais.

Wayne, lui, tournerait bien, parce qu'il avait su se prendre en main. Au début, il avait vécu à Green Farm Estates dans une maison de quatre chambres avec haut plafond et système d'aspirateur central. Wayne avait beau habiter seul avec sa mère, il n'y avait pas assez de place pour eux deux. Il avait donc déménagé et vivait maintenant dans son Ram Charger.

« Que veux-tu, ma pauvre Lucille, tous ces petits trous dans toute la maison, c'est la destruction par *autosuccion* ! Je n'en pouvais plus », avait-il déclaré.

Il y avait d'autres raisons, bien sûr, des raisons que je comprenais sans doute mieux que Wayne. (Cela me gênait d'être totalement incapable de voir ma propre vie alors que mon sixième sens me permettait de voir celle des autres.) Une mère divorcée et son fils font bon ménage pendant un certain temps — ils sont parfaits l'un pour l'autre pendant six mois, et puis c'est la catastrophe, chacun devenant la dernière chose dont l'autre a besoin. Tous deux auraient pu tirer profit d'un billet Greyhound. Je m'apitoyais sur le sort de Mrs. Frobiness, seule dans son cul-de-sac, mais je m'apitoyais aussi sur le sort de Wayne dans son charger ou sur le sort du docteur Frobiness dans sa villa avec tennis.

Ces familles s'étaient laissé embarquer là-dedans. Tout autour de moi, je voyais la famille américaine se disperser à tous vents, comme l'expliquait *Psychology Today*. La famille américaine avait besoin de garder des liens étroits, pensais-je. Comme la mienne. Nous étions une famille d'ermites. Nous vivions les uns pour les autres, nous avions notre maison et rien ne pouvait nous atteindre. Le docteur Frobiness, lui, s'en était allé avec une dame qui l'aidait à former les jeunes clercs de l'Église épiscopale Sainte-Anne. Les Frobiness avaient été actifs dans la communauté, non seulement ils s'occupaient de l'église mais ils appartenaient à un centre de mise en forme, à un club de chirurgiens plasticiens, à un club de lecture (Mrs. Frobiness) et à un club de planche à voile (le docteur Frobiness). Comment voulez-vous qu'une famille ne se disloque pas sous la tension que représentent tant d'intérêts extérieurs ? Le cœur humain a davantage besoin de réclusion que de royaux passe-temps, telle était ma théorie.

Dans le vieux village, mes pneus roulaient sans bruit sur une poudre épaisse et dorée de pollen de chêne qui feutrait la chaussée et s'envolait en nuages quand je passais. J'allais et venais entre les ombres des arbres, le long des jardins qu'assombrissaient des camélias centenaires et des buissons dégingandés. La ville avait sur moi un effet physique. Je frissonnais de plaisir. Qu'il faisait bon y être, par tout mon corps ! Certaines de ces maisons aux toits de tôle ondulée et aux grandes vérandas avaient plus d'un siècle. Un ferry avait jadis relié Charleston à Mount Pleasant. C'était ce qui restait d'un lieu de villégiature, un endroit où l'on s'échappait lorsqu'il faisait trop chaud en ville.

Mon cœur s'accéléra au dernier virage, lorsque j'aperçus ma maison au bout de la rue ou, plus exactement, les arbres et les buissons qui s'élevaient dans cette jungle où commençait notre terrain. De la rue, on ne pouvait pas voir notre maison. J'habitais une maison bien cachée, dans une ville non moins bien cachée. Mais ce qu'il y avait de merveilleux, c'est que par-derrière, sur la façade opposée à la route, un porche en arc de cercle donnait sur l'eau. Elle était donc à la fois barricadée au tout-venant et grande ouverte à toutes les possibilités. J'aimais ça.

Parvenue aux dernières maisons, je me mis à pédaler à toute vitesse afin de gagner assez d'élan pour traverser en roue libre notre cour de sable et de mauvaises herbes, et atteindre ainsi les marches à l'arrière de la maison. Au moment où mes pneus s'en prenaient au sable, je remarquai le camping-car de ma mère négligemment garé sous le cèdre et non pas dans l'allée. Et alors ? Ma mère ne faisait jamais attention à sa façon de se garer, pas plus, d'ailleurs, qu'à quoi que ce soit d'autre... Je posai mon vélo contre les marches et m'approchai de la portière restée ouverte. Ma mère oubliait de fermer les portières... On ne pouvait dire pour autant qu'elle était tête de linotte. Elle était... *nonchalante*... Et on l'aimait pour sa nonchalance.

Sur le siège avant attendait un sac à provisions dont le fond était détrempé. Une nappe de crème glacée au beurre de pacane s'étalait sur le siège et suintait sous le sac à main en macramé de ma mère. Dans sa jeunesse, ma mère avait traversé une crise hippie. Elle avait encore un faible pour certains de ces vêtements qu'elle avait portés dans les années soixante. A quarante-neuf ans, mais .elle portait des blouses paysannes, des jeans et conduisait un vieux camion Volkswagen. Elle était toujours bien mise. C'était elle qui avait brodé ce sac à main.

J'étais là à penser à l'effet qu'elle faisait, élancée mais large de hanches, souvent en chaussures bateau à semelle blanche, parfois la cigarette à la bouche, quand je compris qu'il était étrange que son sac à main soit là, que la glace soit en train de fondre et que la portière soit restée ouverte. Derrière la maison, le port scintillait en silence. Je ramassai le sac à main. Deux libellules s'accouplaient là, devant moi. Un corbeau croassait. Le vent hérissait les aigrettes du cèdre. C'était donc ça ce qu'il y avait d'insolite, ce que j'avais senti pendant tout l'après-midi. C'était donc ça...

Il lui était arrivé quelque chose. Je le sus en regardant les libellules, en regardant le cèdre, la crème glacée mal en point, le ciel lui-même.

Il n'est pas difficile d'interpréter le monde. Je venais d'apprendre à le faire. Commencez par regarder les gens, les événements ou les objets aussi attentivement que possible puis tirez-en vos conclusions. Avant même que j'entre la chercher, avant même que je l'appelle dans toute la maison, je savais qu'elle ne serait pas là. Seul le ventilateur ronronnait à la fenêtre de la cuisine. Et même si pareille éventualité ne m'avait jamais jusqu'ici effleuré l'esprit, je sus qu'elle nous avait quittés. Cela s'expliquait, maintenant que c'était arrivé. Debout dans l'entrée fraîche et sombre dont les lattes de plancher grises et nues allaient jusqu'au bout de la maison, je vis le porche inondé de lumière, la pelouse, la petite plage boueuse et la plate-forme sur laquelle mon père attrapait un poisson.

Il remua sa canne à pêche pour placer l'hameçon. Je devinai sa joie : rien, en effet, ne le rendait aussi heureux que d'attraper un poisson. Au moment où il le prit à l'hameçon, je paniquai : ce poisson allait se retrouver dans l'air, cet air qu'il ne pouvait respirer ; quant au pêcheur, il connaîtrait le même sort...

Je me retournai et j'aperçus un bout de papier sur le bureau du couloir. Une note pliée, adressée à mon père. Je la lus pendant qu'il remontait le poisson. Elle avait été écrite sur l'ordinateur de ma mère.

Cher Warren,
J'aurais dû en discuter avec toi, mais l'autobus va arriver, il faut que je me dépêche. Je t'appellerai dès que j'aurai une adresse. Ne vois pas là un coup de tête de ma part, au contraire, j'ai longuement réfléchi. Nous pourrons en reparler ensemble un de ces jours, mais, en deux mots, il est temps pour moi de refaire ma vie. Aie la gentillesse de le dire à Lucille.
Helen.

Il était encore au bord de la plate-forme, avec sa vieille veste de toile kaki et sa casquette à grande visière. Il dégagea le poisson, l'accrocha à une corde qui pendait du pont, et réamorça ses hameçons. Je ne pensais plus qu'à une chose : adoucir le coup que je tenais, là, dans ma main. La note de ma mère était aussi impitoyable qu'un couperet. Où était le chagrin ? Où était le regret ? On ne s'en va pas comme ça au bout de vingt-sept années de mariage — on ne saute pas dans l'autobus — sans montrer ne serait-ce qu'un semblant d'émotion pour l'autre ! Cette note ne reflétait aucun sentiment. Je la relus afin d'être sûre d'avoir compris. A l'exception de deux ou trois phrases, cela aurait aussi bien pu être un de ces petits mots par lesquels ma mère prévenait mon père qu'elle se rendait à une classe de yoga ou à une exposition de camélias. Toutefois, la note disait : « refaire ma vie » et, plus loin, « dès que j'aurai une adresse ». Le message ne laissait aucun doute. Pas la moindre tristesse. Pas le moindre remords. Pas un mot d'explication. Juste des mots gris, des étincelles crachées par son imprimante.

Papa avait nettoyé ses hameçons, il rangeait la boîte contenant son attirail de pêche. Je sortis un stylo et un bloc du tiroir et j'écrivis une autre note.

Warren très chéri,
Je ne sais plus où j'en suis, je vais complètement à la dérive. Je suis à un point où je ne sais que faire de ma vie. Après toutes ces années, voici que je découvre un vide au cœur même des cho-

ses. Warren, mon amour, je t'en supplie, ne t'en culpabilise pas.
C'est une de ces choses dont il va falloir que je me tire seule. Aie
la gentillesse de me pardonner.
Je t'embrasse.

Helen.

Des années plus tôt, Rae et moi étions passées expertes en l'art
d'imiter l'écriture de notre mère car cette dernière oubliait souvent de signer nos bulletins de notes, nos mots d'excuse ou les auto-
risations pour participer aux excursions organisées par l'école. Je
savais contrefaire sa signature à s'y méprendre. Je glissai dans ma
chaussure le mot écrit par ma mère. Non, ce n'était pas comme
si j'avais changé le fond même du message, je n'avais fait que le
rendre plus courtois. Je plaçai le mien là où j'avais trouvé l'autre.

Je n'aurais sans doute pas fait cela si mon père avait été différent, mais c'était un homme au cœur si vulnérable... Et les hommes d'affaires qui ont un cœur, il n'y en a pas beaucoup... Malgré
sa réussite matérielle, il était resté un de ces êtres innocents qui
prennent les choses comme elles viennent, qui ne s'interrogent
jamais sur les intentions d'autrui, qui ne soupçonnent pas des mobi-
les ultérieurs. J'étais étonnée qu'un homme comme lui puisse avoir
gagné autant d'argent. Sa compagnie de démolition avait des filia-
les dans d'autres États, il venait de prendre sa retraite mais son
associé continuait à le consulter. Il avait cet amour du prochain
que vous rencontrez parfois, si étonnant que cela puisse paraître,
chez les anciens combattants. Il avait confiance en tous et en toutes, il prenait les auto-stoppeurs, embauchait les détenus en liberté
surveillée, prêtait de l'argent à des Noirs sans travail. En fait, il
avait prêté de l'argent à Sam Poole, qui était non seulement Noir
et sans emploi, mais toqué de surcroît. Il n'y avait personne en
qui papa n'avait pas confiance et s'il y avait quelqu'un en qui il
avait la plus entière confiance, c'était bien son épouse. A ses yeux,
elle était le centre parfait d'un monde non moins parfait.

Je connaissais les secrets de longévité d'un mariage parce que
j'avais observé celui-là de près. Toute ma vie. L'important c'était
que les deux partenaires soient sur un pied d'égalité. Pas besoin
d'une grande passion, ni l'un pour l'autre, ni pour quoi que ce
soit au monde, la passion étant le contre-torpilleur numéro un.

27

Par « passion », je n'entends pas forcément le sexe. « Passion », ça veut dire souffrance, vous le verrez si vous remontez au latin, ce que je fais souvent lorsque je veux connaître le sens premier d'un mot. L'amour a besoin de passion, mais le mariage, lui, a précisément besoin du contraire : de ce confort tranquille dont ils jouissaient.

Il arrosa la plate-forme, ferma le robinet d'arrivée d'eau et regarda le port. Un porte-conteneurs s'en éloignait, emmenant une cargaison inconnue. Il connaissait tous les mouvements du port et s'il voyait un bateau aller ou venir, il pouvait vous dire ce qu'il transportait. Il nous arrêtait au milieu du petit déjeuner pour nous signaler l'arrivée des bananes ou le départ du soja. Mais avec l'apparition des porte-conteneurs, il devint impossible de savoir ce qui était à bord. Dans le journal, la rubrique des mouvements du port ne parlait que de « conteneurs ». Il lui fallut se livrer à des spéculations : ordinateurs de Corée ou automobiles communistes ? Mais il sentait qu'il n'était plus dans le secret des dieux... Et pour lui l'imagination n'était qu'un piètre substitut à la réalité. Pour moi, bien sûr, c'était le contraire...

En regardant en arrière, je vois que ces jours marquèrent la fin d'une étape de notre vie, la fin de la période dite protégée. Il avait soixante ans, j'en avais dix-sept, mais nous cheminions ensemble vers l'étape suivante. A l'époque, il n'en savait rien. En ce qui le concernait, sa vie avait été ce qu'il avait toujours voulu qu'elle soit. Les poissons mordaient à l'hameçon, il avait de l'argent en banque, une bonne radio des poumons, deux filles très bien et une non moins charmante épouse. Je savais qu'il se considérait comme ayant de la chance. Comme quelqu'un qui est parvenu au bout de la route sans encombre. A l'instar de beaucoup d'hommes d'affaires, il avait ses peurs : peur de se retrouver sans le sou, peur de la déchéance, peur de la solitude, mais il avait triomphé de chacune d'entre elles, il avait *gagné*.

Voilà pourquoi je sentais monter en moi la colère, tant pour ce que ma mère avait fait que pour la façon dont elle l'avait fait. Le sang me bouillait dans les veines. Mais que pouvais-je y faire ? Je détestais mon impuissance. C'était là un sentiment familier, un sentiment que les autres peuvent avoir ou ne pas avoir, mais que, pour ma part, j'éprouvais souvent. Un sentiment qui ne porte pas de nom. Je ne peux le décrire qu'en disant que ça revenait un peu à être assis dans une salle de cinéma au moment où, sur l'écran, il va se passer quelque chose qui vous hérisse, et que vous êtes là, avec vos dix-sept ans, assis dans l'obscurité, ahuri. Impuissant. Il y a des choses que vous ne pouvez ni arrêter ni ralentir. Sur le plan physique, ce sentiment se traduit par des crampes d'estomac. Je l'avais baptisé ma « féminité » et j'espérais de tout cœur m'en affranchir un jour.

« La pêche a été bonne, Lucille ! » annonça mon père depuis le porche en enlevant ses chaussures pleines de sable. « Sors vite la poêle ! » C'était une plaisanterie entre nous deux : la cuisine n'était pas mon fort.

« Il y a un mot pour toi sur la table, dis-je.

— Donne-moi le temps de me laver les mains, je sens mauvais !

— Je crois que c'est important.

— Lis-le-moi», reprit-il. Ses pas retentirent du hall jusqu'à la cuisine, il laissa tomber dans l'évier la corde à laquelle pendaient les poissons. Certains frétillaient encore.

«Je crois que c'est personnel, remarquai-je.

— Qu'est-ce que tu en sais ? répondit-il en riant. Ah ! ces femmes ! Ta mère ouvre chaque lettre qui arrive avec mon nom dessus. Elle estime que si ça m'est adressé, ça lui est adressé. On ferait bien d'étudier la conscience féminine !

— Tiens, prends-le. » Et je lui tendis le petit mot.

Il le regarda en clignant les yeux. « Désolé, dit-il, mais mes vieux yeux ne peuvent plus lire. On dirait qu'ils préfèrent lire de loin ou lire les grands machins. Ils en ont marre de tout ce qui est écriture.

— Où sont tes lunettes ? » J'étais dans tous mes états. Je n'avais qu'une envie, en finir avec cette histoire, que ce mot soit lu, que la journée soit terminée et que la vie continue. Et s'il ne le lisait pas ?

« Donne-moi ça », dit-il en sortant ses vieilles lunettes éclaboussées d'eau salée de la poche d'un pantalon trop vaste. « Je n'arrive même plus à garnir mon hameçon à l'œil nu. » Je me détournai pour le laisser lire seul. « Tu as lu ça ? finit-il par me demander.

— Oui.

— Je n'y comprends rien. Et toi ? Qu'est-ce qu'elle veut dire quand elle écrit : "Je ne sais que faire de ma vie." Tu comprends, toi ?

29

— Eh! bien oui, elle dit...

— Et "à la dérive" où a-t-elle été chercher ça? Et "un vide au cœur même des choses"?» Il commençait à s'agiter. Il s'assit à la table de la cuisine et relut la note. « Ah », s'exclama-t-il comme s'il venait seulement de comprendre le message... Il me regarda, ses lunettes au bout du nez. « Dis-moi... Euh... Tu l'as vue partir?

— Non, elle n'était plus là quand je suis rentrée. Sa voiture est encore là, son sac à main aussi.

— Dans ce cas, comment est-elle partie?

— Elle a dû prendre l'autobus, n'est-ce pas ce qu'elle dit? » Je regardai par-dessus l'épaule de mon père.

« Non, ça dit juste, euh... "Après toutes ces années..."

— A mon avis, elle a dû prendre l'autobus. »

Il hocha la tête, il ne paraissait pas convaincu. « Pour une surprise, c'en est une! Rien ne me le laissait penser. Et toi?

— Moi non plus.

— Elle ne t'a fait part d'aucun plan? dit-il. D'aucune... insatisfaction?

— Jamais.

— A moi non plus, dit-il, en ramassant le petit mot.

— Écoute, papa, ne le relis pas. Tu l'as déjà lu deux fois...

— Je voulais vérifier... Vois-tu, il y a quelque chose qui sonne faux. Ce n'est pas le ton de ta mère. Oui, par exemple, cette façon de dire "très chéri". On croirait presque que quelqu'un l'a forcée à l'écrire. » Sa voix s'assourdit, il me fixa, les sourcils froncés.

«Non, c'est bien elle, dis-je rapidement.

— Tu le crois vraiment?

— Je le sais, dis-je, en lui reprenant le mot.

— Mais on la sent tellement perturbée, reprit-il.

— Bien sûr qu'elle l'est! Elle a de bonnes raisons de l'être.

— Il faut absolument que nous la retrouvions, dit-il en se levant. Nous allons nous rendre aux endroits où elle aurait pu aller. Où va l'autobus qui passe ici?

— Écoute, papa, elle ne veut pas qu'on la trouve...

— Bien sûr que si! Je le sens à travers ce mot. Jamais je ne l'ai vue dans un état pareil. C'est un appel au secours, ça, Lucille. J'ai lu des choses là-dessus. Je pars la chercher.

— Mais tu ne peux pas conduire, dis-je.

— Qui t'a dit que j'allais conduire ? Tu conduiras, toi. Moi, je regarderai. »

Je l'accompagnai, tout en sachant que ça ne servirait à rien : je connaissais mieux que lui son épouse et elle n'était pas du genre à se laisser retrouver ! A cette époque lointaine où nous jouions à cache-cache, Rae, Rhody Poole, la fille de ce toqué de Sam et moi, maman se joignait parfois à nous, et c'est elle qui gagnait ! Nous n'arrivions jamais à la trouver seules. Elle restait dans sa cachette jusqu'à ce que nous en ayons assez, que nous ayons fouillé de fond en comble maison et jardin. Dès que nous donnions signe que notre intérêt faiblissait, un petit *coucou, coucou!* en provenance d'on ne sait où nous rappelait à l'ordre. Nous foncions en direction de ce *coucou* jusqu'à ce que nous la découvrions dans le panier du linge, sous des draps sales ou au-dessus de l'armoire de sa chambre, bien en évidence, mais si haut perchée que nous n'aurions jamais pensé à regarder. Un jour, nous la retrouvâmes dans le coffre de la voiture, à peine entrouvert.

Elle prétendait s'être mariée trop jeune et ne pas avoir assez joué étant enfant. Rien ne l'enchantait autant que Halloween. Elle se confectionnait un déguisement compliqué et nous emmenait faire le tour du voisinage. Une année elle était gitane, une autre année elle était chat ou tout autre animal. Un jour, elle se déguisa en chat du Cheshire, grâce à un tissu qui ressemblait à de la fourrure. Un cintre l'aida à se raidir la queue, elle enfouit sa tête dans un sac en papier avec deux trous pour les yeux, des moustaches, et cet effrayant sourire de chat. Nous avons ainsi formé un joyeux quatuor pendant des années, maman, la trentaine et des poussières mais à qui l'on aurait donné dans les vingt printemps, Rae et Rhody adolescentes, et moi, une enfant qui, parfois, ne savait pas trop qui était sa mère « officielle »... Rhody avait été mère à l'âge de quatorze ans, elle avait donné le bébé à sa propre mère. Evelyn, le bébé en question, appelait sa grand-mère maman et sa maman, Rhody. Les Poole habitaient tous ensemble, et ils s'y retrouvaient... Alors, Rae aurait-elle pu être ma mère ? Je me suis posé cette question pendant des années, même si Rae n'avait que huit ans de plus que moi. A mes yeux, Rae était capable de tout. J'avais lu dans une feuille de chou l'histoire d'une jeune mère brésilienne de huit ans qui, précisait-on, était une mère exemplaire. En fait, ma mère ne sembla jamais manifester autant d'intérêt à mon égard que Rae. Son intérêt à mon égard était carrément celui d'une grand-mère. Aimable, lente à la colère, détachée, elle ne s'emportait jamais contre moi, n'était jamais mécontente, ne faisait pas de sentiment. Plus tard, je compris pourquoi, mais disons que, jusqu'à l'âge de dix ans, cela ne me parut pas toujours évident.

Ce soir-là, papa et moi explorâmes toute la région, Charleston, Mount Pleasant, leurs faubourgs et même une partie de la campagne environnante. Je conduisis jusqu'à ce qu'il ne regarde plus par la fenêtre et se soit retranché dans le silence. De retour à la maison, le téléphone sonna. Il courut répondre.

« Helen, dit-il, mais qu'est-ce qui se passe ? Laisse-moi venir te chercher. Oui, je sais... Je veux dire, laisse Lucille m'accompagner... » Il porta la main sur son front. « Mais c'est complètement fou et pas vrai du tout ! Comment veux-tu que ça soit mieux pour nous d'être sans toi ! Écoute, je te garantis que c'est plutôt le contraire... »

Sa voix faiblit, il se tourna vers moi. « Oui... poursuivit-il, mais bien sûr. C'est ton droit le plus strict. Bien sûr que je comprends. Parfait. Attends, attends, où es-tu ? » Il fronça les sourcils. « Voyons, Helen, par pitié ! Suppose que nous ayons une urgence et qu'il faille te joindre... Oh ! j'en sais rien, suppose par exemple que Lucille soit malade... Bon, d'accord, d'accord. D'accord... Par conséquent, tu appelleras quand, demain ? Oui. Et, dis-moi, tu es sûre que tu sais ce que tu fais, tu ne veux vraiment pas que je vienne ? »

Elle savait ce qu'elle faisait.

Je n'ai jamais compris comment les événements s'enchaînent ici-bas et j'ignore encore si la disparition de ma mère fut le facteur déclenchant de la série de surprises qui suivit. Il n'y a aucune raison pour que ce seul incident ait nécessairement contribué à entraîner les autres. Toutefois, sans la mère, une famille est vulnérable. Ma mère partie, nous devenions cibles faciles...

Si elle était restée, je suis sûre que nous nous en serions tirés.

2

Combien de temps une femme adulte peut-elle se cacher dans sa propre ville ? Il est exact que c'est le genre d'endroit où les gens se perdent assez fréquemment et cela parce que la drogue, l'indigence ou la folie les ont rendus invisibles. Ils peuvent dormir sous les azalées de Calhoun Square sans se faire remarquer par leurs concitoyens. Ma mère n'avait pourtant rien d'invisible. Même en jean elle attirait l'attention, c'était l'épouse de quelqu'un. L'épouse de quelqu'un d'*important*. Une femme comme ça ne peut pas errer librement dans une ville, pas plus qu'un Lhasso Apso pure race ne le pourrait. Quelqu'un finira toujours par remarquer sa mâchoire patricienne, sa solide charpente.

En outre, elle n'était pas faite pour courir les rues. Elle n'avait aucune technique de survie. Sans sa carte Visa, comment pourrait-elle se débrouiller ? Elle serait vite de retour, je le savais. Elle ne pourrait pas rester cachée un jour de plus.

Elle y réussit pourtant. Au bout de dix jours, je voulus arrêter nos recherches, pour forcer papa à penser à autre chose. Ses appels le bouleversaient. Certains soirs, il attendait que le téléphone sonne, tout comme j'attendais qu'il sonne à l'époque où je sortais avec Wayne. Je devinais ce qu'il devait ressentir. Je le regardais faire semblant de s'intéresser à autre chose, essayer de se distraire avec le journal ou la télévision, alors que tout ce qu'il avait en tête c'était que le téléphone allait sans doute sonner d'un moment à l'autre. Il pouvait presque l'entendre. Le plus atroce, c'est qu'elle n'appelait pas à heure fixe, il ne savait donc pas quand il pouvait raisonnablement espérer un appel. Je tentai de la raisonner par téléphone. Je me fis tour à tour tendre et menaçante. « Ce que tu fais est illégal, lui dis-je. Si tu ne me dis pas où tu es, j'appelle la police.

— Ma chérie, je suis en sécurité, répondit-elle. Ne t'inquiète pas pour moi. Je ne veux pas voir qui que ce soit pour le moment, c'est tout.

— Dis-moi, ça a à voir avec le féminisme? repris-je, cherchant désespérément une explication. Ou c'est quelque chose d'authentique? Tu ne peux pas juste me donner la raison?

— Bon, je vais tout te raconter. Vois-tu, je ramenais ton père de la quincaillerie Powell. Il avait une caisse de bardeaux sur les genoux et les mains posées sur celle-ci. Nous avons tourné et abouti sur Bennett Street, à l'endroit où l'on aperçoit l'eau au bout de la rue, au pied de la petite colline. J'ai vu l'eau, je l'ai vue scintiller et je me suis dit que j'aimerais changer de vie. Ça m'est venu comme ça, c'est tout.

— Mais j'étais avec toi! Je n'ai pas eu l'impression que tu avais été frappée par quoi que ce soit!

— Je ne savais pas ce que c'était. Une fois rentrée, impossible de m'enlever ça de la tête. A la maison, tout me paraissait étranger. Et pire qu'étranger, tout me paraissait... écœurant. Ce n'était pas à moi, tu vois, je ne me sentais plus chez moi. Je voulais commencer une nouvelle vie.

— C'est donc du féminisme...

— Je n'en sais rien, dit-elle. Je ne sais pas ce que c'est.

— Tu t'es sentie comme à la dérive? demandai-je? As-tu soudain découvert un vide au cœur des choses?

— Bon, je suppose... Après tout, oui, c'est bien dit, c'est même parfaitement dit, Lulu. Je sentais que tu comprendrais. Tu es là, bien sage dans ton coin, mais tu ne perds rien de ce qui se passe. Je t'appellerai demain ou après-demain, d'accord?

— Et tes vêtements? dis-je. Tu n'en veux pas?

— Mes vêtements... Non. Ils me rappelleraient trop de choses. Je te téléphonerai, Lucille. »

Chaque jour, j'emmenais mon père à la recherche de ma mère. Nous avions demandé à l'épicerie et à la teinturerie si on l'avait vue, nous avions enquêté auprès des hôtels de Charleston et des gens qu'elle pouvait connaître. Au contraire de la plupart des femmes, elle n'avait ni amie ni confidente. Elle avait bien d'anciennes amies de jeunesse, mais celles-ci n'avaient jamais été vraiment proches d'elle. Nous continuions à sillonner la ville dans l'espoir que nous finirions par tomber sur elle. J'appris ainsi à connaître des rues que je n'avais jamais vues, des coins du comté de Charleston dont j'ignorais l'existence. Chaque matin, nous faisions le plein à la station-service automatique Gulf. Pour gagner du temps, mon père remplissait le réservoir tandis que je payais.

« Et les détectives, qu'est-ce que tu en penses ? » lui demandai-je un jour, tandis qu'il regardait clignoter les chiffres à la pompe du super sans plomb. Au début, ces recherches qui débutaient au petit matin comme une chasse à courre avaient eu quelque chose de stimulant, mais j'avais fini par m'en lasser.

« Tu disais ? dit-il.

— Que nous pourrions faire appel aux services de détectives.

— Oh ! non, je ne pense pas. Les détectives, c'est juste à la télévision...

— Figure-toi que j'ai entendu dire qu'il y avait des détectives privés par ici. De toute façon, on est forcé d'en embaucher un quand on est en instance de divorce. Il file l'épouse parce que si on la surprend avec un autre pendant cette période, on n'a plus ni à lui payer de pension, ni à renoncer à la garde des enfants.

— Comment sais-tu tout ça ? dit-il.

— J'ai toujours les oreilles grandes ouvertes.

— L'idée d'embaucher un détective ne m'a jamais effleuré l'esprit. » Il grimaça dans le soleil du matin, un soleil rose derrière une brume épaisse. « Non, ça ne serait pas bien. Je ne pourrais jamais demander à un détective de filer ma propre épouse. Ce serait l'espionner.

— Il s'agit juste de la chercher, ce n'est pas l'espionner.

— Nous n'avons pas besoin d'aide extérieure. Nous la retrouverons. Nos chemins finiront bien par se croiser, un jour ou l'autre. »

Si maman avait été une personne ordinaire, son chemin aurait pu être prévisible. L'ennui, c'est qu'elle ne rentrait pas dans le moule matrone-de-Charleston... Si c'était l'une de ces dames que vous recherchiez, vous n'aviez qu'à faire le tour des magasins de vêtements, des restaurants de Market Street ou des antiquaires. Quant à ma mère, vous auriez fort bien pu l'apercevoir dans un canot en train de traverser le port à la rame. Aussi, bien entendu, chaque matin, en passant sur le pont, je scrutais la Wando River, en quête d'un canot qu'une femme ferait avancer à la rame. Je n'aurais pas été étonnée de la voir là en dessous, mais je ne voyais que les remorqueurs, les cargos dans les bassins, les pêcheurs dans des canots et, de temps en temps, des sous-marins filant en douce vers l'océan. Cela faisait des années qu'ils étaient des nôtres ; nous avions fini par plus ou moins nous habituer à leur présence, personne n'écrivait plus au journal, personne n'organisait plus de manifestation. Je n'étais pourtant pas sans savoir ce qu'ils transportaient. Je frissonnais tandis que nous atteignions le haut du pont et que la forme noire glissait en dessous de nous. Il y avait en ce monde des endroits qui étaient trop fous pour qu'une femme s'y aventure.

« Froid ? dit papa en cherchant le bouton de contrôle du climatiseur.

— Non, c'est parfait.

— Dis-moi, Lucille, quand est la remise des diplômes ?

— C'est passé, dis-je. C'était avant-hier. »

C'était le jour où nous avions fait le tour des banques. Nous étions allés voir si elle avait opéré un retrait d'argent ou si elle avait ouvert un nouveau compte. « Tu as raté ça à cause de cette histoire ?

— Je n'y serais pas allée de toute façon, même si j'avais été là. Je n'attends aucun diplôme, je ne me suis pas présentée à mes examens, dis-je en regardant droit devant moi, les mains sur le volant.

— Tu ne t'es pas présentée à tes examens ? Que veux-tu dire, tu n'as pas passé tes examens ?

— Écoute, papa, ils ont commencé pendant la semaine du départ de maman, et je ne me voyais pas en train de me présenter à des *examens* à ce moment-là. Je les présenterai une autre fois, je peux rattraper ça. Ne t'inquiète pas pour ça.

— Je ne veux pas que quoi que ce soit interfère avec tes études », ajouta-t-il.

Je doute que les parents aient une idée de la profondeur de l'amour que leur porte un enfant. L'amour de l'enfant est plus total que l'amour de l'adulte. J'aimais non seulement mes parents, j'aimais leur amour. A Charleston, où le divorce faisait autant de ravages qu'une maladie contagieuse, je me sentais aussi en sécurité que si j'avais été vaccinée. A vrai dire, une espèce de frisson de plaisir me parcourait lorsqu'un camarade de classe me disait : « Ouais, mes parents sont séparés. » Tout en plaignant ces gens, je me disais que chaque divorce parmi les familles du voisinage rendait notre famille encore plus solide. Nous n'étions pas simplement des parents avec deux enfants, nous étions les Odom, une combinaison plus mystérieuse qu'un ménage ordinaire avec des gosses. C'est du moins ce que je me disais. Bien entendu, papa ne pensait pas que j'y comprenais quoi que ce soit. Pour lui, le problème était strictement personnel, c'était son problème. J'étais le chauffeur, je n'étais pas sa compagne dans l'épreuve. Il se disait que je reprendrais ma vie de tous les jours, assise dans une cafétéria étouffante à cocher des réponses à choix multiples tandis que tout ce qui comptait vraiment s'effondrerait.

Et Rae ? Elle ne prenait pas la situation au sérieux. Elle ne rentrerait même pas à la maison avant juin. Je n'arrivais pas y croire. Au téléphone, elle m'avait dit en soupirant : « Ne me parle pas de ça, s'il y a une chose dont je n'ai pas besoin pour l'instant, c'est d'entendre ça.

— Figure-toi que tu n'as pas le choix. C'est fait. Reviens à la maison me donner un coup de main. Il est en train de craquer. La seule chose qu'il accepte de faire, c'est de la chercher... Je l'entends parfois qui parle tout seul, Rae. Il est là à poser des questions et à y répondre. Il grossit. Il dort trop. Quand peux-tu arriver ? dis-je.

— Écoute, Lucille, je ne peux pas rentrer pour le moment. C'est impossible. Ici c'est la pagaille, je ne peux pas tout te raconter comme ça. Tu peux tenir encore un peu, non ?

— Qu'est-ce que ça peut faire que ça soit la pagaille à Washington ? Il y en a une ici, alors, qu'y a-t-il de plus important, la dette nationale ou tes parents ?

— Écoute, Lucille, tu as de bonnes intentions, mais tu ne sais pas de quoi tu parles. Je viendrai dès que je le pourrai. C'est tout ce que je peux faire. Fais-moi confiance, j'arriverai dès que je le pourrai.

— C'est-à-dire quand ?

— En juin, répondit-elle.

— Et quand en juin ?

— Le six.

— Tu feras bien d'y être ! Je prends cela comme une promesse, parce que vois-tu, Rae, c'est trop pour moi. Je n'aime pas ça. Je me retrouve avec trois repas à préparer chaque jour, la lessive à faire et, en plus, je suis forcée de le conduire par monts et par vaux ; le soir, j'ai l'impression que je vais tomber raide morte.

— Je serai là le 6 juin, Lucille. » On la sentait fragile, épuisée. « Si tu n'es pas là...

— J'y serai. »

Rae était une femme de parole. Si elle disait le 6 juin, elle serait là le 6 juin, aussi sûr que le soleil se lèverait. Je le savais. Et pourtant, j'avais mes doutes... Mais il m'arrive de douter que le soleil revienne... Rien n'est sûr à cent pour cent.

Le 6 au matin, j'essayai de la joindre pour savoir à quelle heure elle comptait arriver, mais je n'obtins pas de réponse à l'appartement. Elle habitait Georgetown, près du canal. J'étais allée passer une semaine avec elle l'été dernier. Washington pullulait de jeunes demoiselles originaires de Charlotte, Atlanta ou Raleigh, de plus de filles du Sud que New York même, parce que Washington leur rappelait davantage le pays. Mais elles ne restaient pas longtemps. Elles s'y rendaient après leurs premières années d'études universitaires, y passaient au maximum trois ans et s'en repartaient. Rae les appelait les « sœurs mauviettes ». « Elles ont peur, disait-elle. Elles se hâtent de rentrer au bercail pour se marier, parce qu'elles ont la frousse d'être seules. » Ma mère avait fait de Rae une fille énergique.

Voyant que Rae ne répondait pas au téléphone, j'en conclus qu'elle était en route. L'Impala était rapide. Si elle prenait l'autoroute jusqu'au bout, et à supposer qu'elle soit partie, disons, vers sept heures du matin (ce qui, j'en étais persuadée, était trop tôt pour Rae mais peut-être *cette fois-ci* s'était-elle levée de bonne heure), elle pourrait être à la maison à cinq heures de l'après-midi, si elle ne s'était pas arrêtée en chemin, ce que j'osais espérer. Toujours est-il que cinq heures de l'après-midi était l'heure à partir de laquelle je m'étais dit que nous pourrions commencer à l'espérer. Dans l'après-midi, papa et moi nous rendîmes à Porcher's Bluff, un endroit au nord de Mount Pleasant, où ma mère aimait aller faire un tour le dimanche. Nous nous promenâmes dans les environs, nous arrêtâmes sur la colline dominant l'autoroute qui longeait la côte, nous y bûmes du Coca-Cola que nous accompagnâmes de Snickers. L'idée que Rae serait des nôtres ce soir-là nous mettait de bonne humeur. La brise chassait les moustiques, et lorsque de gros yachts passaient, nous agitions les bras. Pas une seule fois il ne fut question de maman. On aurait presque cru que nous étions allés faire une simple promenade. A quatre heures, je suggérai de rentrer à la maison. Sur le chemin du retour, en regardant le visage serein de mon père, j'allais jusqu'à penser : *le temps guérit toutes les blessures...* Je fais attention aux clichés parce qu'ils ont de grandes chances d'être vrais. Sinon, ils ne seraient pas parvenus au rang de clichés.

Au crépuscule, le ciel resta pendant un moment éclairé à l'occident, alertes derniers reflets de juin qui faisaient sortir les engoulevents. Je les entendais passer en bourdonnant tout au-dessus de la maison, se livrer à des attaques nuptiales en piqué. Du porche, j'avais une vue panoramique de l'eau : l'océan, le port, les deux fleuves et la voie d'eau, sans mentionner les ruisseaux qui sortaient en zigzaguant du marais, les ruisselets ou les rigoles pas plus larges que le doigt qui défiaient la boue sombre et brillante. A un moment donné, je pus voir la nuit à l'est et le jour à l'ouest, à la fois les étoiles et le coucher du soleil. C'était ma vue préférée. Une vue pareille est un privilège, pensais-je, et voici que je retrouvai cette vieille sensation que j'avais déjà éprouvée, la sensation que l'endroit où j'habitais n'était pas comme les autres, que ma famille n'était pas comme les autres, que peut-être aussi, et d'une infime façon, je n'étais pas, moi non plus, comme les autres ; et que, par conséquent, mes mésaventures prendraient bientôt fin. La présente malchance était temporaire, sans doute était-elle même une sorte de mise à l'épreuve pour voir si nous étions la famille stable et courageuse que j'avais toujours dit que nous étions.

Assis à la table de la cuisine, papa s'agitait. « Peut-être qu'elle a eu une panne de voiture, dit-il. J'aurais dû régler le moteur quand elle est venue pour Noël.

— Elle va arriver. Elle n'a pas eu de problème.

— Elle ne doit jamais changer l'huile...

— Bien sûr que si ! Elle note tout ce qui concerne sa voiture dans un petit carnet, l'huile, les réglages, les filtres, tous ces machins-là, parce qu'elle prétend que la plupart des femmes doivent se marier si elles veulent que leur voiture reste en état de fonctionnement. Elle se tient au courant de ce qui concerne l'entretien des voitures. Elle en prend aussi grand soin qu'un garçon le ferait. »

J'allumai la lampe qui pendait au-dessus de la table de la cuisine. Son fil se terminait par un petit interrupteur métallique en forme de cloche. L'installation électrique m'inquiétait. L'année passée, un écureuil avait grignoté un fil qui passait derrière le mur de la cuisine ; l'écureuil avait frit, les plombs avaient sauté, et les poissons de papa avaient dégelé et pourri dans le congélateur. A l'époque, la seule chose qui m'avait marquée dans cet incident avait été l'écureuil. Aujourd'hui, la situation était différente : c'était moi qui avais sur le dos les soucis ménagers, et il y en avait plus que je ne l'aurais jamais imaginé. Non seulement il y avait le linge et les repas, mais il y avait aussi l'installation électrique, les factures, les termites à exterminer, les mites, les témoins de Jehovah, les appels téléphoniques annonçant que la maîtresse de maison avait gagné un four à micro-ondes et qu'elle et son mari, de l'au-moins-vingt-mille-dollars-par-an, passeraient un week-end à Myrtle Beach pour y participer à un séminaire.

J'avais dix-sept ans ! Je n'étais pas du tout préparée à la tâche de maîtresse de maison. Il m'arrivait de me dire que j'aimerais bien être déjà vieille fille. Le style de vie vieille fille semblait un style de vie qui me conviendrait. J'avais prévu la façon dont je porterais mon chignon, j'aimais ces chaussures aux semelles en caoutchouc mousse ondulé et aux talons bottiers. Dans la bibliothèque où je travaillais le vendredi après-midi, j'avais rencontré beaucoup de vieilles filles. En fait, plusieurs étaient mariées, mais elles avaient conservé leurs manières de vieilles filles. Bibliothécaires, religieuses, poétesses ont toutes des habitudes de vieille fille : elles recherchent les endroits tranquilles, elles se plaisent à réfléchir, ça leur est égal d'être seules. C'était ça ce qui m'attirait. J'aimais également le caractère prévisible de leurs vies. Les vieilles filles ne veulent pas de changement dans leur emploi du temps. Pas de surprises, s'il vous plaît. Je voulais, comme elles, savoir un an à l'avance quel voyage j'allais faire au mois d'août suivant. Je voulais faire mes courses de Noël en septembre, acheter telles ou telles provisions tel ou tel jour de la semaine. Je voulais être bien organisée. *Semper parata*...

Dans ma famille, on ne savait pas trop ce que c'était que d'être prêt à faire face aux éventualités, l'emploi du temps quotidien n'avait ni rime ni raison. Le côté pagaille de la maison était dû à la nonchalance de notre mère. Si nous avions eu une mère comme celles que l'on voyait dans les autres familles, peut-être que le linge aurait senti bon, qu'il aurait été bien doux, bien plié, bien rangé dans le bon tiroir de la commode. Peut-être aussi que la familiale aurait toujours été là à m'attendre à la fin des répétitions de notre petit orchestre, et que j'aurais pu aller à l'église comme chacun de mes camarades de classe, qu'il soit noir ou blanc. Mais ma mère ne croyait ni aux lessives, ni aux conduites organisées, ni en Dieu. Nous lavions nous-mêmes notre linge, et devions nous rendre où nous voulions aller par nos propres moyens. Quant à mon éducation religieuse, je me l'étais faite de bric et de broc, en écoutant des prédicateurs à la télévision ou des programmes de radios missionnaires.

Je ne voulais pas de religion grand style, je voulais juste quelques notions, pour avoir l'air d'y connaître quelque chose. En classe, c'était gênant de côtoyer des camarades qui étaient pratiquants si vous ne l'étiez pas. Ils avaient été sauvés à un âge précoce. Certains avaient même reçu le don des langues alors qu'ils n'avaient que treize ans. Et je ne connaissais même pas les récits de la Bible les plus élémentaires...

Rae ne saurait jamais se débrouiller si elle se retrouvait vieille fille. Je riais bien fort en y pensant. Elle avait beau être indépendante, elle était faite pour avoir des prises de bec avec les hommes. Elle en ferait voir à un pauvre malheureux. Je riais encore rien que d'imaginer le genre d'homme qu'il faudrait pour la dompter. Il lui faudrait quelqu'un qui sorte de l'ordinaire, comme un vieux sénateur, un brasseur d'affaires ou un prédicateur... Quelqu'un d'un peu fou, qui sorte des sentiers rebattus de la vie...

Wayne Frobiness était la seule personne de ma connaissance qui, à mon avis, aurait pu faire la paire avec Rae. L'idée des deux ensemble me fit rire à nouveau : Wayne, ce paquet de nerfs, fumant cigarette sur cigarette, avec elle, la belle Rae...

« Qu'y a-t-il de si drôle ? me demanda mon père.

— Je suis en train d'imaginer Rae en tant qu'épouse, répondis-je.

— J'avoue qu'il y a des moments où je ne te suis plus ! dit-il. Tu es en train d'imaginer quoi ?

— Rae mariée !

— Le mariage est une institution merveilleuse. »

J'esssayai de retenir ma langue mais je n'y parvins pas à temps.

« Que veux-tu dire ? Comment peux-tu dire ça ?

— Pardon ?

— On ne peut pas dire que ça t'ait si bien réussi... repris-je.

— Mais bien sûr que si ! »

Ce sentimentalisme me rendait enragée. Il ne voyait pas claire-ment les choses. Il versait dans le romanesque. Dès qu'il s'agissait de l'amour ou de quoi que ce soit y ayant trait, fût-ce des oiseaux moqueurs donnant la becquée à leurs oisillons affamés posés sur la pelouse, il devenait pensif et il évoquait certains événements en les éclairant d'une lumière beaucoup plus douce que celle dans laquelle ils étaient survenus.

« Je n'espère qu'une chose, c'est que vous trouverez toutes deux dans le mariage le bonheur que votre mère et moi avons eu la chance de connaître. Quand je pense...

— N'y pense pas, dis-je.

— ... Quand je pense au concours de circonstances qui entrent en jeu, c'est ce qui me sidère. Il y a des millions d'êtres vivants. Des millions ou des billions ? Quelle est la population mondiale, Lucille ?

— Je n'en sais rien.

— Une foule ahurissante. Penser que dans cette multitude deux individus peuvent se rencontrer, se trouver comme si quelque mystérieux radar, et...

— Je doute que ça ait quoi que ce soit à voir avec un radar, remarquai-je. Je pense que c'est plutôt le contraire, l'aveuglement...

— Que c'est quoi ?

— Que tu aimes ce sur quoi tu tombes.

— Oh! non, s'exclama-t-il. Oh! non. Ça va beaucoup plus loin que ça!» Son regard alla se perdre dans le vague.

En des moments comme celui-ci, je pouvais presque lire les pensées de mon père. Il était assis de l'autre côté de la table, les mains posées devant lui comme des carrelets frais pêchés. Le menton pendant, la tête penchée, on aurait dit qu'il regardait la télévision miniature que je venais de lui offrir et qui papotait tout bas pour lui. Mais son esprit était ailleurs, je savais où.

Je n'étais pas extra-lucide, j'avais simplement un peu de bon sens. Il y a des chances pour que les pensées d'un homme confronté à ce genre de situation aillent dans certaine direction. Il ne cessait de se dire et de se redire : pourquoi est-elle partie? Il réfléchissait non seulement à ce qui le tracassait, mais au vaste monde, comme s'il lui appartenait. Il était intrigué par des choses aussi diverses que les chants d'oiseaux, la météo à la télévision, la façon dont la nourriture était présentée sur son assiette, comme s'il avait des chances d'y trouver une explication. Hier, en conduisant la tondeuse achetée dans une vente-débarras, il avait écrasé une couleuvre toute mince ; je l'avais surpris en train d'en examiner les viscères comme s'il s'agissait d'augures.

Le crépuscule faisait virer la cuisine à l'orangé. D'un seul rayon la lumière traversait la porte grillagée, puis allait jouer sur le plancher, sur la table laquée et contre le réfrigérateur. Je regardai si les yeux de mon père étaient fermés. Il était facile de s'endormir à ce moment de la journée, en cette période de l'année. Ces rayons obliques avaient un pouvoir hypnotique. Je pouvais sentir l'odeur des myrtes et de l'herbe fraîchement coupée. En temps normal, j'aurais pu moi aussi m'assoupir à côté de mon père, sur la chaise à barreaux de la vieille cuisine.

J'aimais ce silence. D'ailleurs, je n'étais guère du genre bavard, me méfiant, par nature, des bavardages. A la différence de Rae, je n'avais jamais appris à parler comme les filles. Rae, elle, vous faisait naître une conversation le plus naturellement du monde. Mais moi, j'avais ma langue à moi, rien qu'à moi. Ce qui ressortait lorsque je parlais n'était qu'une version défigurée des pensées élégantes et coordonnées qui étaient entreposées dans ma tête.

Et papa, qui jusqu'ici avait la langue bien pendue, était devenu muet comme une carpe. En fait, s'il lui arrivait d'ouvrir la bouche, ses propos n'étaient pas forcément en rapport avec le sujet, c'était à moi d'essayer de comprendre ce à quoi il voulait en venir. Je me faisais un sang d'encre à son sujet. Il somnolait, grignotait, resomnolait, regrignotait. Il en était à cent dix kilos. L'homme replet porte moins bien son chagrin que son frère plus fluet, le chagrin ébranle tout son être et dure plus longtemps. Dans sa douleur, mon père me faisait penser à ces gros mammifères qui, de par le monde, disparaissent plus vite que les plus fluets.

Toutefois, je ne l'aurais jamais considéré comme une bonne source de renseignements, même avant ses ennuis. C'était un homme d'affaires. Je lui faisais confiance lorsqu'il s'agissait de payer les impôts ou de réparer le toit, mais je n'avais jamais pensé qu'il détenait le moindre renseignement susceptible de m'être utile, pas plus qu'il n'avait de conseils ni de philosophie à transmettre à la postérité. Son expérience était limitée. Par « expérience », je n'entends pas des aventures. Il avait eu sa part d'expériences viriles comme faire sauter des ponts en Corée, piloter un avion ou gagner de l'argent. Il avait su ce que c'était que d'être pauvre, ce que c'était que d'avoir faim. Il avait su ce que c'était que d'être amoureux. Mais en ce qui concerne le genre d'expériences dont je parle ici, l'événement en lui-même est moins important que l'état d'esprit dans lequel on y fait face. Mon père n'était tout simplement pas aussi attentif au monde que l'était ma mère. Ce que j'appelle expérience, c'est dans la tête que ça se passe. La plupart du temps ça arrive à des ratés, à des êtres qui ont été déçus et qui, du moins pendant un temps, ont perdu le contrôle de leur vie. Rien de tel qu'un raté pour vous renseigner. J'adorais mon père, mais c'était un innocent. Même lorsqu'il s'assoupissait dans la cuisine, j'avais l'impression d'être prise au piège de son innocence. Sa tête retombait sur le côté et j'étais là, impuissante.

Mais Rae devait arriver... J'attendais Rae comme celui qui est perdu en mer attend qu'on lui porte secours. Rae était née pour mener son monde, elle saurait ce qu'il fallait faire.

Dehors, l'obscurité se faisait plus dense. L'image de télévision haute de cinq centimètres devenait de plus en plus lumineuse, on aurait dit un trou carré blanc en suspens au-dessus de la table. J'imaginais Rae en train de filer vers le sud dans sa décapotable. Rae conduisait bien, mais elle pouvait se laisser distraire : des pêches sur le bord de la route, un magasin vendant des serviettes de toilette pouvaient lui faire quitter l'autoroute. Je fermais les yeux afin d'essayer la suggestion mentale : *Reste sur la route*, lui répétais-je, *rentre tout droit à la maison*.

La télépathie est une idée farfelue. Je ne m'attendais franchement pas à ce que Rae reçoive textuellement mon message, alors qu'elle était à soixante kilomètres de là. Mais nous étions sœurs. Par le passé, il nous était arrivé de nous comprendre sans avoir recours au langage ordinaire. Malgré notre différence d'âge nous étions proches l'une de l'autre et je la connaissais par cœur. Je savais qu'elle se dépêchait, alors que le soleil se couchait par-dessus son épaule, je savais qu'elle regardait la façon dont la route s'assombrissait tandis que les rayons effleuraient encore les pins. Peut-être chantait-elle. Elle avait le don de s'accompagner mentalement, de sorte qu'elle ne se sentait jamais seule. Je pouvais entendre la voix de Rae chantant une vieille chanson des Drifters, « *Ce moment magique* ».

Il y a des filles qui chantent. D'autres qui ne chantent pas. J'acceptais ça. J'avais d'autres talents.

Papa s'éclaircit la gorge. Il avait besoin de se faire couper les cheveux, remarquai-je, il avait également besoin de se raser et il ferait bien de se couper les poils du nez. Je ne savais pas si les hommes se font faire ça par le coiffeur ou s'ils le font eux-mêmes. Comment aurais-je pu le savoir ? Papa se laissait aller, il ne prêtait aucune attention à sa toilette, et il n'y avait rien que je puisse y faire. Sa chemise était mal boutonnée, mais je ne pouvais pas le lui dire ; ce n'était pas à moi de le lui dire.

« Je n'y vois rien de rien sur cet écran, déclara-t-il. Ma chère Lucille, je crois que tu t'es fait avoir par les Japonais ! Tu as acheté tous ces machins qui, en fin de compte, sont plus un problème qu'autre chose. Franchement, à quoi bon réduire votre écran de télévision à la taille d'un timbre ? Oui, peux-tu me dire ce que c'est que *ça* ? » Du doigt, il montrait l'écran.

Il avait raison. L'image était si petite qu'il était difficile de l'identifier, cela aurait pu être un événement sportif ou un gros plan d'émission scientifique montrant les cônes et les bâtonnets. « Ça doit être *Nova*, à l'intérieur d'une pupille ! »

J'avais espéré qu'il aimerait ce poste de télévision. J'avais acheté d'autres choses par correspondance, des gadgets qui n'étaient pas très utiles mais tellement astucieux que j'avais pensé qu'ils auraient des chances de le distraire et de l'occuper. Il y avait un poste de radio étanche, prévu pour adhérer au mur de la douche, un jeu de bridge informatisé pour un à quatre joueurs, un vélo d'appartement qui prenait votre pouls tandis que vous pédaliez. Aucun de ces gadgets n'avait vraiment retenu son intérêt mais, pour ma part, j'avais fini par avoir un faible pour la petite télévision. L'ambiguïté de l'image m'attirait. Il y avait toujours place à l'interprétation. Il m'arrivait de deviner le programme par le son. Ainsi, pour le moment, c'était une voix hors champ, douce et docte, calmement omnisciente, ma préférée. J'aimais également le bruit réconfortant des jeux-concours du matin et le ronron mélancolique des feuilletons. Ces échos de la télévision avaient sur moi un effet apaisant, surtout lorsque j'étais à bout.

Le téléphone sonna. Papa se leva d'un bond. Il passa devant le téléphone mural mais il prit l'appel dans la salle de séjour. Au bout de quelques minutes, comme je ne percevais que des bruits assourdis, j'allai me poster à l'entrée de la salle de séjour, tout en veillant à rester assez en retrait pour qu'il ne puisse pas me voir.

« Eh bien, je n'en sais rien, disait-il. D'après ce que j'ai compris, ils avaient encore des chances d'être en vie pendant les secondes qui ont immédiatement suivi la première explosion. N'y a-t-il pas eu une déclaration à ce sujet ?... Oui, c'est sûrement ce que l'on oserait espérer. Ça fait partie de ces choses que nous ne saurons sans doute jamais. » Puis il écouta pendant quelques minutes. Il était assis sur un siège confortable mais il paraissait mal à l'aise, courbé vers le sol. Une main tenait le récepteur, tandis que l'autre soutenait sa tête à hauteur de la tempe. Ses coudes étaient sur ses genoux. Il changea de position, renversa la tête par-dessus le dossier et se mit à fixer le plafond.

« Je dois avouer que je ne suis pas d'accord, dit-il. Tu veux vraiment savoir ce que j'en pense ? Eh bien, à mon avis, quand tu meurs, tu meurs, un point c'est tout... Non, mais c'est ce que je pense. »

Il continua à écouter, hochant parfois la tête, puis il se redressa sur son siège et dit : « Oui, merci d'avoir appelé. » Après avoir raccroché, il resta encore une minute dans la même position, mais il joignit les mains en l'air, entre ses jambes.

« Qu'est-ce que c'était ? finis-je par demander.

— Ta mère.

— Pourquoi ne fais-tu pas localiser les appels, bonté ! m'exclamai-je en arpentant la pièce. C'est possible, non ?

— Je me suis renseigné, répondit-il. Ils ne le font que pour des appels obscènes.

— Que voulait-elle ?

— Rien de particulier.

— De quoi avez-vous parlé ?

— Oh ! répondit-il en se levant. De l'équipe du Challenger. C'est une femme très sensible. Une chose comme ça va lui rester quelque part dans la tête et la hanter. Il lui faut longtemps pour se débarrasser d'une idée. Que veux-tu, elle vit les choses avec intensité. Ce qu'elle voulait savoir, c'était s'ils avaient souffert ou non. »

Il remit bien en pile les magazines sur la table à café. *Wooden Boat, US News and World Report, Birdwatcher's Digest...* Ces magazines me fendaient le cœur.

« Papa, ta chemise est mal boutonnée, dis-je.

— Oh ! merci. »

Rae, Rae, Rae ! Par la pensée, je ramenais Rae à la maison, je la guidais sur les routes, je la faisais passer par les marais de Santee, je lui faisais retrouver le bas pays vert sombre, ses phares étaient maintenant allumés, rien ne la ralentirait, rien ne l'empêcherait d'arriver, aucune excuse, aucun obstacle, rien au monde. Pour elle, j'éclairais la nuit de lucioles et d'étoiles, jusqu'au dernier tronçon de route tout droit, bordé de pins. Elle s'arrêterait peut-être une dernière fois pour remettre la capote de la voiture, et elle garderait l'œil ouvert pour ce qui en valait la peine : un cerf pourrait bondir sur la route, un raton laveur pourrait débouler sur le bas-côté où l'herbe avait été fauchée. Rae prétendait avoir vu un ours sur cette grand-route au printemps dernier, ainsi qu'un autre animal, peut-être une panthère. Rae avait bon œil. Elle apercevait souvent des animaux plutôt rares.

Maintenant je *la* voyais, je voyais son visage dans la nuit fraîche tandis que la capote de la voiture remontait. Elle ouvrait les oreilles pour essayer de repérer des chouettes. Peut-être *ululait-elle* à leur intention, peut-être les chouettes lui répondaient-elles, peut-

47

être aussi que lorsqu'elle relancerait le moteur, les Drifters ne seraient plus qu'un vague ronronnement.

Ce n'était pas de la voyance. Des années d'observation m'avaient permis de comprendre ce que Rae était au fin fond d'elle-même, comment elle réagirait, la tête qu'elle ferait, même si je n'étais pas dans les parages. A cela s'ajoutait le désespoir qui parfois vous aide à voir ce que vous avez besoin de voir.

« J'entends une voiture », dit mon père.

Je me dirigeai vers la porte. « C'est une voiture, dis-je. Elle entre. » La voiture pénétra dans le jardin comme un yacht nonchalant.

Nous restâmes là où nous étions. Nous ne nous précipitâmes pas à sa rencontre. Papa alla se rasseoir à la table de la cuisine. Il prit même le journal et l'ouvrit. Je restai près de la porte grillagée, jetant des coups d'œil sur le côté. Je vis les phares de la voiture illuminer les buissons de myrte, le cèdre, ce qui restait de la citerne. Les phares s'éteignirent, le moteur s'arrêta.

La portière ne s'ouvrit pas tout de suite. Je me glissai plus près de la porte grillagée.

La cour était plongée dans l'obscurité. Je vis alors la portière s'ouvrir brusquement. Le plafonnier s'alluma, montrant Rae et un homme. Elle tira vigoureusement sur sa cigarette, la lui passa puis il la lui rendit. Ils se mirent à rire. Elle posa la main sur la bouche de son compagnon.

« C'est Rae ? demanda papa.

— C'est elle.

— Pourquoi n'entre-t-elle pas ? »

Au bout d'une seconde, je répondis : « Elle a quelqu'un avec elle. » Au-dessus de l'endroit où le soleil avait disparu, j'entrevis des éclairs indolents et ternes. Il y avait un orage à des kilomètres de là.

Rae se remit à rire. Elle avait une voix qui sortait de l'ordinaire, haut perchée mais douce, non seulement quand elle chantait, mais quand elle parlait ou riait. Cela attirait souvent l'attention. Je la comparais au miel vierge.

L'homme ouvrit tout grand la portière, Rae se glissa pour sortir derrière lui. La prenant à la taille, il la tira de la voiture, je sursautai car, si gracieuse que soit cette façon de soulever une fille, elle fait mal aux côtes de la demoiselle. Il la posa près de lui. Rae n'était pas grande, pas aussi grande que moi. Elle arrivait à l'épaule de l'homme. Une différence de taille comme ça donne toujours l'impression que c'est du mal assorti, que l'homme et la femme ne sont pas faits pour aller ensemble. Rae et l'homme essayèrent à nouveau de s'arrêter de rire. Serrés l'un contre l'autre, ils s'embrassèrent. Rae lissa ses cheveux, arrangea sa jupe puis elle ouvrit la portière arrière de la voiture et en sortit un carton posé sur le siège. Elle portait une robe en jersey au décolleté bateau et des chaussures basses noires. Elle n'avait pas l'air tout à fait elle-même. Elle faisait un petit peu cocotte avec ses cheveux blonds épars et ses boucles d'oreilles qui cliquetaient.

« Lucille est là, dit-elle, en montant l'escalier, serrant le grand carton contre son ventre. Lucille ! Nous sommes là ! » dit-elle.

Qui est ce *nous*, me demandai-je, paniquée.

« Je vous présente mon mari », annonça Rae en franchissant la porte avec son carton. L'espace d'un instant, j'imaginai un mini-mari pelotonné dans la boîte comme un chaton. Je m'écartai pour laisser passer Rae et son carton. De son orteil, elle maintint la porte ouverte derrière elle pour que l'homme puisse entrer.

« Ton quoi ? demanda papa.

— Papa, je te présente Billy McQueen. Lucille, Billy. Billy et moi nous sommes mariés en chemin, à Myrtle Beach. J'aurais dû vous prévenir, mais... à vrai dire nous n'avons pas eu beaucoup de temps pour nous retourner.

— Mariés ? répéta papa.

— Oui, monsieur », reprit Billy en tendant la main pour serrer celle de papa qu'il lui fallut aller chercher là où elle pendait, c'est-à-dire bien bas. « Eh oui, monsieur, mariés. » Il chassa en arrière la mèche qui lui retombait sur l'œil. Les manches de sa chemise bleue étaient relevées jusqu'au coude, on le sentait mal à l'aise.

« Ne reste pas plantée là comme une ahurie, tu le gênes, dit Rae.

— C'était un accident ? hasardai-je. Vous vous êtes mariés par accident ?

— J'ai besoin d'un verre de gin », annonça Rae. Elle posa son carton par terre. Je vis qu'il était plein de vêtements d'homme.

Au-dessus, on remarquait un caleçon blanc. « Et je veux appeler maman, poursuivit-elle.

— Hum, reprit papa en battant des paupières, vois-tu, ça ne sera peut-être pas très possible...

— Nous n'avons pas son numéro, expliquai-je.

— Vous m'aviez pourtant dit que vous lui parliez tout le temps par téléphone », reprit Rae.

Papa s'éclaircit la voix : « C'est exact, mais c'est elle qui nous appelle, dit-il.

— Eh bien dans ce cas, pas de problème. Pas de quoi en faire toute une affaire ! Je lui parlerai quand elle appellera. »

Un mariage à l'improviste, et avec un étranger, pas de quoi en faire tout un monde ? Le dernier que Rae avait mentionné était Éric. Avant lui, il y avait eu Mark et Gary. Je n'avais jamais aimé leurs prénoms. De ce côté-là, avec Billy, on était tout de même un cran au-dessus.

« Comment est-ce que ça s'est passé ? demandai-je. Vous vous êtes dit, si on s'arrêtait pour un hamburger ? Et sans même que vous vous en rendiez compte, vous vous êtes retrouvés mariés ?

— C'est presque ça..., dit Rae.

— En fait, reprit Billy, ça faisait quelque temps que nous y pensions. » Il avait cette politesse désarmante que les entraîneurs s'efforcent d'inculquer aux athlètes. Mais je connaissais des athlètes et il n'avait pas le déhanchement d'un joueur de ballon. Peut-être faisait-il du cross, de la natation ou un autre sport qui ne se pratique pas en équipe. Il paraissait d'humeur plutôt songeuse.

« Depuis combien de temps ? demandai-je.

— On ne va pas vous donner une version réchauffée et détaillée de l'événement, du moins pas pour l'instant, coupa Rae, en tordant le bac à glaçons en plastique pour en faire sortir les cubes de glace. Ce n'est pas le moment.

— Je voulais juste imaginer ça..., dis-je.

— Tu sais, il n'y a pas grand-chose à imaginer. Le bureau du juge, c'est tout. » Elle but la moitié de ce qui était dans le verre, j'osais espérer qu'elle n'avait pas eu la main trop généreuse... Elle regarda Billy et reprit : « Vois-tu, Billy, je veux dire que j'ai bien aimé, mais ce n'était pas comme ça que Lucille conçoit un mariage. Lucille pense tout de suite église et fleurs blanches.

— Non, c'est pas vrai ! » Mais c était pourtant vrai : j'avais toujours adoré les mariages, cette cérémonie bizarre avec le marié rayonnant, la mariée niaise et pleine d'espoir dans son déguisement compliqué, ce mélange de religion et de sexe. L'idée de se marier dans le bureau d'un juge me choquait.

« Bon, nous avons économisé à papa cinq mille dollars, dit-elle.

— Ça m'aurait sûrement été égal de dépenser cet argent si tu avais voulu un mariage, répliqua papa. J'espère que tu ne t'es pas imaginé que tu devais...

— Mais non, dit Billy. Ce n'était pas pour économiser. »

Rae était debout, adossée à l'évier. Elle me sourit, puis elle se tourna vers papa. « Oh ! Et puis zut ! s'exclama-t-elle. On ne va pas tourner autour du pot. Nous attendons un bébé. Nous avons décidé de ne pas avorter. Nous nous sommes mariés. C'est une histoire tout ce qu'il y a de plus banal, je suppose. » Elle se retourna pour rincer son verre.

Papa devint blanc comme un linge.

« Tu plaisantes », dis-je.

Elle fit volte-face. A mon grand étonnement, son regard flamboyait de colère. « Je ne plaisante pas, Lucille. Je veux que tu me rendes un service, maintenant, que tu me fiches la paix, compris ?

— Je voulais juste dire que je ne pensais pas que c'était... *possible*. De nos jours, avec toute la... la technologie... »

Elle me regarda droit dans les yeux. « Eh oui, c'est possible.

— Compris, c'est tout ce que je demandais. » Je baissai le ton. Rae n'était pas fille à s'emporter aisément, mais une fois qu'elle était en colère, vous n'aviez pas envie de vous y frotter.

« Nous avons besoin d'un toit jusqu'à ce que le bébé arrive », dit-elle d'une voix terne, comme s'il s'agissait d'un faire-part.

« Oh ! ce n'est pas un problème, il y a des appartements et des pavillons à tous les coins de rue. J'ai lu dans le journal qu'on a tellement construit par ici qu'il a fallu réduire les loyers de moitié. Il paraît qu'il y a des endroits où l'on vous refile un magnétoscope gratuit juste pour que vous emménagiez.

Ton ancienne chambre est à ta disposition, dit papa.

— Tu es sûr ? reprit Rae. Ça ne t'ennuierait vraiment pas ?

— Il n'y a qu'un lit à une place, remarquai-je.

— On en rachètera un, dit Rae. Pour le moment, nous n'avons

pas le sou. Mais nous en achèterons un dès que nous aurons trouvé du boulot.

— Que fais-tu ? » demandai-je à Billy.

Il resta là, comme hébété.

« Il est historien », répondit Rae. Elle alluma une cigarette.

Rae avait changé. Je remarquai des centaines d'infimes changements dans sa façon de se tenir, dans ses gestes, de nouvelles additions à son vocabulaire, une coloration inhabituelle de la peau, une manière de fumer plus désespérée qu'auparavant. En revanche, on la sentait plus sûre d'elle, elle avait une nouvelle façon de remuer les épaules que l'on aurait presque pu qualifier de désinvolte. J'avais du mal à comprendre ce que ces changements signifiaient. Sa voix était plus rude que celle que je lui connaissais, elle me fit flairer anguille sous roche.

Nous n'aurions jamais dû la laisser partir à Washington. J'ignore pourquoi tant de femmes ne voient pas l'avenir. Elles ne le voient pas arriver, c'est tout. Et puis, un beau jour, ça leur tombe dessus et elles pleurnichent, Oh ! un bébé ! Oh ! un divorce ! Elles ne voient pas plus loin que le bout de leur nez, elles sont là qui s'embarquent dans des situations qu'elles auraient facilement pu éviter avec un tant soit peu de jugeote, un tant soit peu d'observation, et un tant soit peu de contraception...

« Écoute, Lucille, reprit Rae en s'étirant devant moi pour écraser une cigarette dans ma soucoupe, tu vis dans ton petit monde à toi. »

Je ne répondis pas. Elle avait à moitié raison, c'était mon monde à moi, mais il n'était pas petit.

Nous la suivîmes dans le couloir. Elle ouvrit la porte de sa chambre et dit: « Il y a une bicyclette ou je ne sais trop quoi ici.

— Un vélo d'appartement, précisai-je.

— Qui s'en sert ?

— Je l'ai acheté pour papa, dis-je. Mais il ne s'en est pas encore servi.

— J'ai essayé, reprit mon père. Franchement, Lucille, je me suis senti ridicule assis sur un vélo qui n'a pas de roues et qui ne va nulle part, mais j'ai été très sensible, bien sûr, à cette attention de ta part.

— On ne pourrait pas le mettre sur le porche ? demanda Rae.

— Ne te gêne pas », répondis-je.

Une fois qu'ils furent tous partis se coucher, j'allai m'asseoir sous la véranda. Je pouvais sentir l'odeur des buissons de myrte autour de moi et cela me fit un drôle d'effet que l'on puisse sentir quelque chose dans l'obscurité. Derrière l'église Sainte-Anne, en bas de la route, il y avait un jardin d'odeurs où les membres de l'église épiscopale amenaient les aveugles le dimanche après-midi. En sentant les myrtes sans les voir, les aveugles doivent connaître cette sensation bizarre, semblable à celle que j'éprouvais maintenant, le frisson du « quelque-chose-par-là-bas ». Dans l'herbe, les lucioles s'adressaient des signaux amoureux clignotants. Au-dessus, les étoiles scintillaient. Il me vint à l'esprit qu'une luciole pourrait aisément se tromper, saisir ce signal de l'espace et se laisser prendre au piège d'un amour qui ne serait jamais payé de retour. De l'endroit où j'étais assise, j'arrivais à peine à voir une différence entre l'insecte et l'étoile de feu. Une preuve, pensai-je, de l'écart entre mon appréciation des choses et la réalité.

Ma sœur ne me serait d'aucune aide.

3

Cela voulait dire quelque chose pour moi que Billy soit historien de son métier. J'aimais l'histoire. Pas celle des manuels scolaires, des traités, des partis politiques, des manigances des gouvernements : tous ces machins-là me donnaient la migraine. Dans l'histoire, il y avait autre chose. Il y avait des choses cachées, des mystères qui méritaient qu'on les explore. Je ne voulais rien savoir des dissidents, des industries du Japon ni des quinze étapes de l'unification de l'Allemagne. Ce que je voulais connaître, pour parler clair et net, c'étaient les secrets de la vie. J'étais persuadée qu'on les retrouverait dans les recoins poussiéreux de l'histoire humaine. L'histoire *humaine*.

Ainsi, le manuel que j'avais étudiait-il plus ou moins dans le détail la théorie d'infirmation de John C. Calhoun, selon laquelle les États du Sud devraient être autorisés à rejeter toute loi fédérale qui ne serait pas à leur goût. « Un État ne sera soumis à aucune loi jugée préjudiciable à l'intérêt de l'État... » Du baratin... Je savais parfaitement *ce* dont il s'agissait. En tant que procédé pour brouiller les pistes, cela m'intéressait vaguement : on voyait comment des hommes parviennent à travestir la cupidité en philosophie. J'étais néanmoins fascinée par la statue de John C., en pleine ville, si haut perchée sur sa colonne cannelée que les chênes le cachaient. Pour le regarder, il fallait vous placer à un certain endroit de Calhoun

Street, en contrebas, et tendre le cou. Il était vert, vert foncé, de ses bottes jusqu'au col de sa cape flottante, où il s'éclaircissait, virant au bleu-vert. Il rayonnait. Même vingt mètres plus bas, vous pouviez voir son grand front, sa crinière en bataille. Calhoun me plaisait et j'avais tendance à croire la rumeur publique qui voyait en lui le vrai père d'Abraham Lincoln. On prétend qu'il existe certains documents tendant à prouver que Nancy Hawk avait travaillé comme serveuse dans une taverne qu'avait fréquentée Calhoun quelques mois avant qu'elle ne se rende en chariot dans le Kentucky pour y mettre au monde son enfant, de père inconnu, dans la célèbre cabane en rondins. On raconte que, par la suite, Calhoun fit de mystérieuses visites dans cette région... On sait également qu'après l'assassinat, Tad Lincoln fut surpris en train de brûler certains documents secrets censés faire la lumière sur les parents de Lincoln... Si cela ne vous suffit pas comme preuve, vous n'avez qu'à regarder leurs portraits. Les deux hommes avaient le même visage. J'avais un faible pour cette version à cause de son côté passion dans les coulisses. J'appréciais cette vision de sang, une vision savoureuse, au cœur de la politique. Un cœur, par ailleurs, bien sec...

L'histoire devrait vous donner la chair de poule. Il y a de quoi faire frémir. Je me demandais si McQueen partageait ma façon de voir, ou si c'était un homme des manuels.

J'étais aussi tout à fait convaincue que l'histoire était une discipline dans laquelle le *moi, hier* avait tout autant sa place, que les hommes célèbres de l'ancien temps.

N'étais-je pas aussi mystérieuse que John C. Calhoun ? Mon histoire ne valait-elle pas la peine que l'on se penche dessus ? J'avais passé du temps à le faire.

J'avais pu en reconstituer des morceaux à l'aide de remarques de mes parents, glanées au hasard, à diverses époques de ma vie. Dès qu'ils parlaient de quelque chose ayant trait à mon enfance, je dressais l'oreille. Je faisais semblant de ne pas trop y prêter attention, pensant qu'ils en diraient davantage s'ils ignoraient mon intérêt. J'écoutais. J'avais pu aussi reconstruire d'autres moments grâce aux comptes rendus en direct de ma meilleure source de renseignements, ma sœur. De huit ans mon aînée, elle avait été le témoin visuel de la plupart des événements qui avaient marqué ma vie.

J'avais beau en avoir été moi aussi le témoin, j'étais incapable de me les rappeler. Je suppliais Rae de me donner des faits. Il m'arriva ainsi de découvrir tel ou tel détail qui m'ébranla, telle ou telle surprise que je n'aurais jamais soupçonnée ; mais tant que vous êtes en vie et en bonne santé, rien dans votre propre histoire ne paraît trop catastrophique, une fois le choc passé.

D'après ce que j'avais entendu raconter au sujet de nos deux enfances, on aurait presque cru que nous avions été élevées par des mères différentes.

Celle de Rae était jeune, elle avait vingt-quatre ans ; mariée seulement depuis deux ans, elle était encore optimiste. Elle portait son bébé comme les kangourous, attaché par-devant pour faciliter la conversation, et dormait avec lui, même si papa mentionnait un paragraphe de l'ouvrage du docteur Spock recommandant de ne jamais dormir avec votre bébé. Maman avait traité le docteur Spock de je ne sais quoi, elle-même se blottissait contre Rae sur le lit comme si papa allait la lui arracher. Elle prétendait pouvoir communiquer avec les bébés bien avant qu'ils ne parlent, sans doute était-ce exact. Elle disait que les bébés comprenaient, qu'ils pensaient mais qu'ils ne parvenaient pas à former des mots anglais avec leur langue et leurs lèvres. Leur langage à eux, fait de gazouillis et de sons inarticulés, était un langage que vous pouviez comprendre si vous vous en donniez un tant soit peu la peine.

Lorsque Rae commença à parler, maman voulut lui inculquer des idées. Elle se considérait comme la seule et unique influence sur Rae. La façon dont Rae tournerait dépendrait de ce que maman lui avait enseigné. Aussi, chaque fois que l'occasion s'en présentait, maman l'entretenait-elle très sérieusement des grands problèmes d'actualité. Au supermarché, assise dans le caddie, Rae balançait ses petites jambes potelées, tandis que maman embarquait négligemment des produits dont la famille n'avait aucun besoin, tout en discourant sur les déchets radioactifs, les décisions de la cour suprême, la santé des Indiens, etc. C'est qu'il y en avait des choses à *transmettre* !

Cette éducation est sans aucun doute ce qui fit atterrir Rae à Washington. Ralph Nader avait une mère du genre de celle de Rae...

Elle n'avait jamais eu l'intention d'avoir un second enfant.

Rae se rappelait s'être rendue en voiture avec maman à Columbia, cette ville torride, située à l'intérieur des terres. Elles avaient fait les quelque cent cinquante kilomètres par une chaleur de quarante degrés, assises si près l'une de l'autre que la tête de Rae tenait tout juste sous l'aisselle de ma mère. L'odeur d'Arid, crème déodorante, fit grimacer Rae, mais elle resta. Maman lui expliqua qu'elle était enceinte et qu'elle allait faire aspirer l'œuf. Elles chantaient avec la radio de la voiture. Maman était toute belle dans sa blouse mexicaine brodée, Rae se rappelle aussi qu'elle ne cessait de parler. Ton corps est à toi, disait-elle. Un enfant c'est assez, étant donné la surpopulation, la guerre qui partout fait rage, l'écologie mal en point.

La route était une tirée de cent cinquante kilomètres, une nouvelle autoroute sans panneaux publicitaires ni aires de repos. A mi-chemin, Rae réclama d'aller aux toilettes. Maman arrêta la voiture, Rae s'accroupit sur l'herbe derrière la portière ouverte, chaque automobiliste qui passait put ainsi apercevoir son arrière-train. Pareille honte grava le voyage dans sa mémoire, jusqu'à ce qu'elle me raconte tout ça, des années plus tard, j'avais alors dix ans, elle en avait dix-huit.

Rae se rappelait la ville de Columbia, sillonnée d'éclairs de chaleur. Columbia s'étendait sur les collines comme un camp, il n'y avait pas d'océan. Une fois chez le médecin, l'infirmière dit que les enfants n'étaient pas autorisés dans la salle d'attente. Rae dut ainsi passer deux heures toute seule dans la voiture, les vitres baissées pour ne pas mourir de chaleur. De retour, maman prit Rae dans ses bras et la serra encore plus contre elle qu'auparavant, puis elles repartirent. Elles s'arrêtèrent en chemin, maman se renversa quelques instants sur son siège pour se détendre, puis elles achevèrent le voyage.

« Ma chérie, dit maman, si on te pose des questions, réponds que nous sommes allées faire des courses à Columbia... Au magasin de gros de la filature, par exemple, pour y chercher un dessus-de-lit et... quoi d'autre ?

— Des serviettes de toilette ?

— Oui, des serviettes de toilette.

— Mais nous n'avons pas de paquets.

— Il n'y verra rien. »

Pendant des semaines, Rae observa maman pour être bien sûre qu'elle allait bien, parce qu'elle ne semblait pas elle-même. Un matin, au petit déjeuner, maman pâlit, poussa un « Oh ! », puis elle toucha son ventre...

« Qu'y a-t-il ? demanda papa. Tu te sens bien ? »

Elle huma l'air et dit : « J'ai oublié de débrancher mon foutu fer ! » Elle sortit en courant, faisant tomber un morceau de toast sur le sol. Ça lui arrivait d'oublier de débrancher son fer.

Dès que papa fut parti au travail, maman et Rae s'en furent chez le médecin de Charleston. Cette fois, Rae s'assit dans la salle d'attente. De son fauteuil à bascule pour enfants, elle avait vue sur les cuisses d'une dame, des cuisses si bien en chair et si roses que l'on aurait dit deux gorets endormis. Rae fut effrayée par toutes ces grossesses : il n'y avait que ça dans la salle.

Le docteur, maman et Rae s'en allèrent au bout du couloir, dans un autre bureau où il y avait des machines. Lorsqu'ils en ressortirent, maman paraissait plus calme. Le médecin demanda à Rae si elle préférerait avoir une petite sœur ou un petit frère. « Une petite sœur », répondit Rae.

« Et figure-toi que c'est ce que j'ai eu, ajouta-t-elle.

— Attends, dis-je. Là, tu inventes !

— Non, je le jure devant Dieu.

— Je ne comprends pas.

— C'est très rare, mais ça arrive, reprit Rae.

— Tu veux dire que j'ai survécu à un avortement ? Le machin où l'on aspire ?

— Oui.

— Et que ça... m'a ratée ?

— Tu vois, reprit-elle, il y en avait deux. Des jumelles. Ça en a enlevé une et toi, tu étais l'autre. Ils ne savaient pas que tu étais là-dedans. »

Je reconnais qu'au début la nouvelle me fit chanceler. L'affaire était compliquée ! Je compris soudain que j'avais eu de la chance, tout comme vous comprenez que vous avez eu de la chance lorsque votre cœur continue à battre après un accident sur l'autoroute où vous avez frôlé la catastrophe. J'avais survécu. Mais voici que ce simple sentiment d'avoir eu de la chance se mua en horreur, en terreur, en une espèce d'isolement puis en colère, ces sentiments jaillirent comme une fusée explosant dans une bouteille. Pourquoi ne m'avait-on pas dit ça auparavant ? Ainsi, pendant dix bonnes années de ma vie, j'avais ignoré une information cruciale au sujet de mes origines. Je me sentis assaillie par tant de sentiments différents que je fus incapable d'en exprimer un seul à Rae qui, de ce fait, pensa que je n'en éprouvais aucun.

Au bout d'un moment, je finis par ne retenir qu'un sentiment essentiel, le « Ah ! oui, du coup ça s'explique... »

Il y en avait deux. Tu étais l'autre. Pas étonnant alors que j'aie ressenti ce sentiment d'incomplétude et de solitude et, en y réfléchissant, de deuil. Pas étonnant non plus que ma mère ait pu me sembler distante.

Et pourtant je n'étais pas sûre qu'il y avait le moindre rapport entre cette histoire et ma condition actuelle. Je n'aurais pas pu dire si j'étais unique à cause de certains événements ou si, en fait, les événements avaient très peu d'influence sur la façon dont je tournerais. Même si elle m'avait ratée, cette ventouse fureteuse avait peut-être dérangé le processus de développement cellulaire et empêché certaines parties de mon être, tant sur le plan physique que sur le plan émotionnel, de se développer comme il se doit. Je ne dirais pas pour autant qu'il en avait été forcément ainsi. En fin de compte, j'étais en vie, en bonne santé et je savais certaines vérités au sujet de mon passé. C'était tout ce que je pouvais dire. Je reconnais toutefois que le fait d'avoir découvert par l'intermédiaire de Rae des informations aussi cruciales pour moi me donnait à craindre pour la crédibilité de l'histoire en général. Tant de choses se perdent ! Les historiens feraient bien de s'atteler à la tâche, pensais-je, et les individus feraient bien de garder soigneusement trace de leur histoire personnelle, rien de plus aisé que d'oublier, surtout si votre mémoire n'est pas bonne. Ma mémoire était une véritable passoire. J'étais jeune, mais de grosses portions de vécu s'étaient déjà évanouies. Même des événements extravagants et bourrés d'action s'étaient effacés comme de l'encre invisible ; je pense au jour où Rae avait sauvé un homme en train de brûler, ou à celui où papa avait poursuivi un crocodile qui dévorait son chien. Je n'étais au courant de ces faits que par ce que j'avais pu entendre raconter dans la famille, pourtant *j'avais été* présente. Bonté, pensais-je, si la vision d'un homme dévoré par les flammes ou celle de votre père aux prises avec un reptile n'impressionne pas votre mémoire, comment voudriez-vous lui faire confiance ? Un cerveau comme ça ne vaut pas un clou.

Maman m'avait tenu de longs discours sur l'importance de la mémoire. Elle racontait que lorsqu'elle avait accouché de Rae, les médecins l'avaient plongée dans un demi-sommeil, grâce à un produit anesthésique *ex-post-facto*. Au lieu d'éliminer la douleur, le médicament éliminait le souvenir de la douleur. « La douleur est sans importance si l'on ne s'en souvient pas », lui avaient dit les médecins. Elle aurait mal, mais par la suite, elle ne se souviendrait plus d'avoir souffert, ce serait comme si elle n'avait jamais rien ressenti. Elle suivit leur conseil. Il en fut comme ils l'avaient dit : elle ne se souvint pas de la douleur, mais en lieu et place de celle-ci, elle eut l'étrange impression d'avoir égaré quelque chose d'important. « C'est comme ça qu'un colley doit se sentir après une mise bas, remarqua-t-elle. On m'avait frustrée de quelque chose. Je veux dire, pourquoi ne pas donner ce médicament à tous ceux qui ont été meurtris, qui sont malheureux ou qui se sentent honteux ? Le souvenir est notre seule supériorité sur le colley. » En me mettant au monde, elle n'aspira qu'une bouffée de gaz : cette fois-ci, elle voulait se rappeler la douleur. « Vois-tu, Lucille, me dit-elle plus tard, rien ne fait aussi mal qu'on veut bien le dire, ce n'est pas le souvenir en lui-même qui fait mal. Ce qui fait mal, c'est d'oublier. Lors de la naissance de Rae, ils ont enfoui la douleur au plus profond de mon être, du coup, il n'en reste aucun souvenir conscient, mais elle manifeste sa présence. Elle surgit la nuit ou par une journée sans nuages, au moment le plus inattendu, et je frissonne en disant : *qu'est-ce que c'était ?* Souviens-toi de tout », me conseilla-t-elle.

J'essayai. Je fis des exercices de mémoire du genre : « Je suis allée chez ma grand-mère avec un oryctérope. Je suis allée chez ma grand-mère avec un oryctérope et un crochet à boutons. Je suis allée chez ma grand-mère avec un oryctérope, un tire-boutons et un communiste », etc. Je décidai également de garder un journal afin d'y consigner les moments qui marquaient ma vie au cas où mes cellules cérébrales me joueraient des tours. A quoi bon une vie si l'on n'est pas en mesure de se souvenir des événements qui la jalonnent ou de ses grandes lignes ? Le but de l'histoire, c'est précisément de *mettre cela par écrit*, d'être la mémoire humaine officielle.

Alors, me demandai-je, Billy McQueen était-il un historien authentique ? Je restai donc au lit le lendemain matin pour réfléchir à ce qu'un historien pourrait trouver comme genre de boulot dans les environs de Charleston. La région regorgeait d'histoire. Il devait sûrement y avoir du pain sur la planche pour les historiens ! A elle seule, l'histoire militaire avait de quoi tenir un historien occupé pendant des années : où que vous vous tourniez, vous aperceviez des fortifications. Dès que vous vous promeniez dans les bois, vous rencontriez des fossés et des remblais. Des hommes armés de détecteurs de métaux déterraient couramment des mitrailles ou des boulets, parfois même des canons. De la Révolution, il nous restait Fort Moultrie, de la Guerre civile, il nous restait Fort Sumter, sans mentionner, en amont du fleuve, les nombreuses installations consacrées aux guerres actuelles... et aux guerres à venir. Fortifiés, nous l'étions. Et bien. On racontait que le niveau de l'eau était loin de monter, même si l'effet de serre pouvait faire croire le contraire. En fait, la ville sombrait sous le poids de l'arsenal de la marine et de l'armée de terre, de la base aérienne et des chantiers navals. Ne prétendait-on pas que, juste en amont, se trouvait l'endroit au monde où vous trouviez le plus d'ogives nucléaires ? Voilà qui me semblait mériter l'attention de l'historien. L'histoire était ainsi en train de se faire, là même, tout autour de nous.

Des colombes vinrent se poser devant mes fenêtres. Leurs trilles amoureux roucoulants ne tardèrent pas à réveiller papa. Elles passaient la journée devant nos fenêtres, mais s'en allaient pour la nuit. Je portai à papa son bol de café. Dans son lit, sur le côté, il regardait les colombes sur le rebord de la fenêtre où il gardait un plateau de graines de millet.

« Des animaux féroces, commenta-t-il. Elles font fuir un oiseau sur deux.

— Elles semblent pourtant si gentilles et si douces.

— Elles me rappellent le visage de ta mère. J'ai beau m'efforcer de penser à autre chose, il revient toujours, chassant tout le reste. »

Deux colombes dodues se rengorgeaient et se pavanaient. Au loin, de petits catamarans traversaient le port, ils s'entraînaient pour une course.

« Tu le veux ce café ou non ? demandai-je.

— Mon seul atout contre elle, c'est de remonter à l'époque où je ne la connaissais pas. De retrouver des souvenirs plus lointains. Tu serais étonnée de savoir jusqu'où ils remontent. Je me rappelle 1936. Le jour où ma famille est partie, à pied, s'installer dans une nouvelle ville. Papa avait vaguement entendu parler d'un boulot à Winnsboro. Être pauvre me faisait vraiment peur ! Nous *étions* pauvres, et ce n'était pas si catastrophique que ça. Pour ma part, j'étais heureux. Ce qui me faisait peur, c'était d'être encore plus pauvre, car je sentais les inquiétudes de papa à ce sujet. Nous avons passé la nuit dans un fossé fraîchement creusé. L'odeur de la terre était aussi forte que celle des plantes. Des racines blanches sortaient de partout, comme des vers. Le lendemain matin, nous avons repris cette route étouffante et sans intérêt. Et toutes ces voitures qui passaient ! Dis-moi, Lucille, je t'ennuie ? Qu'est-ce que tu regardes ? »

J'étais là, courbée afin de ne rien perdre de la vue que l'on avait de sa fenêtre. Une flottille de petites voiles en provenance du yacht-club municipal frissonnait au loin, à l'ouest. « Des *hobie cats*, dis-je.

— Il y avait comme de grandes herbes, aussi hautes que du blé que le vent plaquait sur les bas-côtés de la route, reprit mon père. Papa marchait bien plus vite que nous. Chaque fois qu'une voiture passait, l'herbe ondulait et...

— Je pose ce café sur la table », dis-je. Cela me gênait de l'entendre dire « papa » et je n'appréciais pas non plus le ton poétique que je percevais dans ce récit.

« Attends, c'est tellement clair ! Ça me vient comme ça, le matin, pour peu que je reste sur mon lit sans bouger, quand je viens de me réveiller. Je revis ces moments. » Il ferma les yeux. « Papa nous précède, ma mère le suit et moi je reste à la traîne... Une voiture me frôle, elle me fait tournoyer, un de ses pneus qui s'en est pris aux bas-côtés m'éclabousse de boue. Au moment où elle dépasse

62

ma mère, elle fait voltiger ses cheveux, sa jupe et la jette quasiment par terre. Je suis si loin derrière que ma mère ne peut pas m'entendre, car le klaxon de la voiture couvre ma voix. Quant à papa, il a tellement d'avance sur nous qu'il disparaît dans un virage. » Il hésita puis il ouvrit les yeux. « Pendant ce temps-là, je ne pensais qu'à une chose. Je me disais que si nous avions de l'argent, *nous n'aurions plus à nous inquiéter de quoi que ce soit.*
— Cette fois, papa, je m'en vais. Tu vois, ça c'est du café. » Je lui montrai la tasse. « Il faut que j'aille préparer le petit déjeuner de Rae et de Billy.
— De Billy ? »
Je le regardai droit dans les yeux. « Le mari de Rae.
— C'est vrai ! reprit-il. Je descends tout de suite. Tu veux savoir ce que je pense ? Eh bien, je pense que c'est cela qui m'a fait ce que je suis. Si tu peux croire qu'il y a un incident qui détermine le cours de nos vies, eh bien, celui-là a déterminé le cours de ma vie. Ça ne m'était jamais venu à l'esprit. »

Quand je partis, il était encore allongé sur le côté à regarder par la fenêtre. Il est déroutant de voir un homme allongé sur le côté, c'est une position que l'on considère, je ne sais pourquoi, comme très féminine. Une odalisque. On aurait dit que ses bras et ses jambes étaient flasques, que leurs muscles avaient été sectionnés. Il se souleva et s'appuya sur un coude.

Tiens, tiens, pensai-je : la perte de son épouse pouvait-elle rendre un homme efféminé ? Autant que je le sache, personne n'en comprenait les causes. J'avais entendu un de ces prédicateurs de la radio dire : « Amenez-les-moi, ces bébés, même ceux qui sont encore dans le ventre de leur mère, maintenant, pour que je les touche. Pas un seul de ces jeunes enfants que je toucherai ne deviendra un de ces pervers d'homosexuels. » Même sur les ondes vous les entendiez qui se précipitaient vers lui. Pour ma part, cela faisait pas mal de temps que je réfléchissais à la question : depuis la maternelle, c'était le sujet le plus brûlant. « Espèce de pédale ! » se criaient les gamins. « Ce qu'elle fait homo ta chemise ! » « T'as une montre de tantine ! » « T'es tellement pédé que t'arrives pas à marcher », se disaient-ils au cours élémentaire. Je détestais les garçons qui parlaient comme ça, je les détestais à cause de leur peur. Par contre, où que je regarde, je voyais des homosexuels.

Wayne prétendait que c'était porter un jugement injuste, fondé sur des critères superficiels. « Dis-moi que ce n'en est pas un », lui dis-je lors d'un match de base-ball de l'équipe minime, accompagnant ma remarque d'un signe de tête en direction de l'abri réservé aux visiteurs.

« Qui ça ? L'entraîneur ?

— Regarde son pantalon. Et sa façon de remuer les épaules. Tiens, et ça ! Il a tapoté l'arrière-train de son lanceur !

— Voyons, Lucille, ils font tous ça.

— Tu ne crois pas que je l'ai remarqué, non ! C'est bien ce que je veux dire ! »

Que ce soit dans les magasins, sur la grand-route ou au cinéma, j'en voyais des douzaines. En fait, je ne pense pas qu'eux-mêmes l'aient su. Beaucoup avaient des filles avec eux. A la télé, je ne voyais que ça : hommes politiques, prédicateurs, journalistes... Les Cowboys de Dallas, dans leurs uniformes rembourrés, sur leur pelouse si propre ; les gars de l'équipe de la répression des mœurs de Miami dans leurs couleurs bien particulières.

« Écoute, Lucille, je finis par me demander si tout cela n'en dit pas plus long sur celle qui observe que sur celui que l'on observe, disait Wayne. Il n'y a que seize pour cent d'homosexuels parmi la population mâle. A t'entendre, on en serait à cinquante pour cent.

— Et même davantage...

— A ton avis, à quoi est-ce dû ? reprit-il.

— Je n'en sais rien. Aux additifs alimentaires ? Au fait que l'espèce humaine vit sous tension ?

— Non, ce que je veux dire c'est pourquoi faut-il que tu voies des homosexuels là où personne d'autre n'en voit ? Que peut-on en déduire quant à ta façon de concevoir la masculinité ?

— Je vois des tas de choses que personne d'autre ne voit. »

En bas de l'escalier, ça sentait le renfermé. J'ouvris les fenêtres à deux battants de la salle de séjour, une odeur faite de boue, d'effluves salins et de carburant de bateaux pénétra dans la pièce ; c'était une de mes odeurs préférées. Le bateau pilote sortait du port. Son moteur faisait plus de bruit que les autres et en général, je n'avais même pas besoin de regarder pour le reconnaître. Il fendait les eaux en gémissant, comme si chaque voyage était pour lui une véritable corvée. C'était mon heure. J'avais pour habitude de me lever tôt pour jauger la journée à venir. Je jetais un coup d'œil sur le port, le ciel, le vent, j'observais les allées et venues des oiseaux et des hommes et je faisais des pronostics sur l'ensemble de la journée, moins sans doute sur le temps qu'il ferait que sur son atmosphère. Sur sa tendance générale. Celle-ci me parut bonne.

Et pourtant quelque chose me disait le contraire. Quelque chose me disait : *Un nouvel homme dans la maison. Un nouvel homme dans la maison.* Je sentis mon sang se glacer dans mes veines, comme si c'était moi qui avais épousé l'homme en question. Le genre d'impression que la jeune mariée doit connaître en se réveillant au lendemain de la noce...

Oh! Rae, me dis-je : qu'es-tu donc allée faire?

Je faisais malgré tout mon possible pour m'affranchir de cette impression. Que voulez-vous, à notre époque, le mariage n'est plus ce qu'il était. On pouvait s'en débarrasser comme on se débarrasse d'une grippe. Il n'y avait donc aucune raison de se sentir pris au piège. Mais, *oh! Rae!* Je mis mon doigt sur mes lèvres afin de retenir mon gémissement, puis je passai devant la porte de sa chambre, elle était fermée.

La première question était de savoir ce qu'il mangerait. Je restai là, devant le réfrigérateur ouvert, à me demander ce que je pouvais préparer. Il était originaire de l'Illinois, Dieu sait ce qu'ils mangent par là-bas! Sans doute des flocons d'avoine et un steak. Papa avait mis dans un sac en plastique les sciènes pêchées la veille. Je les passerais à la poêle. Si notre homme n'arrivait pas à manger un poisson grillé pour son petit déjeuner, je saurais qu'il ne valait pas tripette.

A cette heure matinale, la maison m'appartenait. Pour peu que l'envie m'en prenne, j'aurais pu y mettre le feu et ainsi détruire tout ce qu'il y avait dedans, tout comme j'aurais pu préparer le petit déjeuner... Je vivais chaque matin quelques instants de puissance et de magnanimité, tandis que je prenais la décision de faire la cuisine. Après seulement un mois d'entraînement, j'avais appris à préparer de bonnes choses comme des spaghettis, du gruau, de la mousse d'avocat, du gâteau au fromage blanc, et mon poisson grillé était devenu tout à fait honorable.

Je passai les petits poissons dans de la farine de maïs et de blé tout en faisant chauffer de l'huile dans une poêle. Les têtes des poissons avaient été coupées, on les avait ouverts, vidés, montrant ainsi l'élégante simplicité de leur forme, leur corps n'étant qu'une simple poche à boyaux. Jamais on ne penserait que le corps humain puisse être ainsi conçu, mais sans doute l'est-il, après tout. Et ce que j'appelle Lucille, la personne visible, pourrait fort bien n'être qu'un récipient, une simple *poche*, contenant une autre fille. Une fille que personne n'a jamais vue, une fille qui avait sans doute un autre nom. Peut-être « Elliculé »...

Je pliai les serviettes en papier en forme de cygnes. Rhody m'avait appris ça. Je m'arrêtai là : ce serait un petit déjeuner ordinaire. A mon avis, on faisait trop de chichi autour de ceux qui venaient de se marier : et le riz, et les boîtes de conserve et le savon et toutes ces propositions d'agences pour le voyage de noces, sans oublier les suites d'hôtel tapissées de peluche rose et les baignoires en forme de cœur. Bonté ! En y réfléchissant, cela semblait tout de même un peu cruel. Cela visait à embarrasser le couple en rappelant à tous et à toutes les ébats sexuels auxquels les jeunes mariés s'adonnaient. Si j'étais en voyage de noces, je veillerais à ce que personne ne le sache et je ne voudrais sûrement pas de célébration particulière le lendemain matin.

Rae et moi avions toujours occupé les deux chambres du rez-de-chaussée. La mienne, sur le devant, donnait sur l'océan, la sienne, à l'arrière, donnait sur la route. Mes parents occupaient les deux chambres du haut. Étant donné la façon dont la maison avait été conçue, la cuisine faisait saillie à l'arrière, aussi voyait-on la fenêtre de Rae depuis celle-ci. Elle était ouverte. Les rideaux ondulaient. J'admirai ces rideaux blancs qui frissonnaient à peine sous l'effet de la brise matinale mais se laissaient parfois entraîner au-dehors, caressant d'un coin blanc le rebord de la fenêtre. Je n'appelai personne pour le petit déjeuner. S'il le fallait, je pourrais tout garder bien au chaud dans le four.

Le poisson grésillait. Des petites bulles de peau apparaissaient sur la chair. Les queues s'ouvraient en éventail et doraient.

J'avais modifié la recette du livre de cuisine en augmentant la proportion de la farine de maïs par rapport à celle de blé. Le poisson était ainsi plus croustillant. J'étais très fière de ma découverte mais me jurais bien de ne jamais révéler mon secret, ça fait partie de ces choses que l'on doit garder juste pour soi, me disais-je. Au cas où vous vous trouveriez contraint et forcé de donner une de vos recettes, c'est une bonne idée de la saboter en y ajoutant un ingrédient qui n'a rien à y faire. Gardez vos recettes pour vous, tout comme vous gardez pour vous chaque précieuse miette d'expérience, disais-je. Mais avant tout, gardez-vous pour vous.

Je crevai les petites ampoules de peau brune à l'aide de ma spatule. « Je suis allée chez ma grand-mère avec un abricot. Je suis allée chez ma grand-mère avec un abricot et un ballon. Je suis allée chez ma grand-mère avec... » Et le poisson continuait à frire tandis que j'essayais d'atteindre la lettre K. « Abricot, ballon, chevalet, divan, évier, fourchette, glaçon, huile, iris, julot, kiosque... »

« Julot ? » Billy se tenait dans l'embrasure de la porte, les mains appuyées en haut des montants. J'ai beau avoir l'oreille fine, je ne l'avais pas entendu arriver.

Je ramassai la spatule, tombée dans la poêle. « C'est un de ces jeux pour exercer la mémoire », expliquai-je en essuyant la graisse qui collait au manche.

« Je peux te dire que je le connais ! Ne me laisse pas t'interrompre. » Il s'assit à la table de la cuisine que j'avais préparée pour quatre. Un regard rapide me fit comprendre que les serviettes avaient été une erreur. On aurait cru qu'elles avaient été froissées par de précédents convives et jetées sur la table.

Il en fit avancer une avec son doigt. « Ça devait être un cygne », dis-je en la ramassant et en la dépliant...

— Et un beau ! dit-il. Sur celui-là, je vois le cou. Où as-tu appris à faire ça ?

— C'est Rhody, la copine de Rae, qui me l'a appris. Elle a fait une école hôtelière pour travailler dans des villégiatures.

— Et c'est là qu'on lui a appris à plier les serviettes ?

— Disons que le poste de direction qu'elle briguait avait été pris. Elle se retrouve donc serveuse jusqu'à ce que quelque chose apparaisse à l'horizon.

— Et toi, que fais-tu ? dit-il.

— Rien, répondis-je.

— Bon, tu es étudiante.

— Non. Je n'ai même pas passé mon bac. Je suis bibliothécaire à mi-temps. Et cuisinière.

— Ce n'est pas rien, ça !

— Presque rien, repris-je. Que dirais-tu d'une sciène frite ?

— Un de ces poissons qui coassent comme les grenouilles ?

— Un poisson. » Je penchai la poêle pour qu'il voie les quatre poissons joliment arrangés tête-bêche, comme des sardines. « Elles sont un peu grasses, dis-je. Et pleines d'arêtes. » Je l'observai. « Qu'est-ce qu'il y a d'autre ? demanda-t-il.

— Des vieux Cheerios.

— J'adore les vieux Cheerios ! Dis-moi où je peux trouver un bol. Ne bouge pas, je saurai en trouver un. Continue ta visite à ta grand-mère. »

Mais j'avais oublié tout ce qui était sur ma liste. Ce qui m'avait fait perdre le fil avait été de me rendre compte que Billy était en train de se faire une fausse idée de moi. Il s'imaginait que j'étais une adolescente. S'il y a une chose que je ne supporte pas, c'est que quelqu'un se fasse de moi une image inexacte. Ça m'est égal que les gens se moquent de moi, ça m'est égal qu'ils m'ignorent ou qu'ils m'adorent, mais je déteste qu'ils s'imaginent me connaître alors qu'ils ne me connaissent pas.

« Là-haut », dis-je. Il ouvrit le placard, pas de bols à l'horizon. Les étagères étaient encombrées d'assiettes, de tasses, de ramequins, de moules à gâteaux, de passoires et de choses aussi uniques en leur genre qu'une assiette pour les repas d'enfants, compartimentée et décorée avec un lapin, une tasse dédiée à « La meilleure maman du monde », un plat à maïs peint en épi de maïs, un moule pour donner à votre mousse au poisson la forme d'un poisson.

« Ils sont forcément dans les parages, dis-je. Regarde derrière les assiettes orange. »

Il dénicha un bol en plastique imitation bois, c'était en fait un saladier mais pour les Cheerios, il ferait l'affaire.

Notre maison ressemblait à ces étagères : elle était pleine à craquer de trésors entassés depuis vingt-cinq ans. Peu de temps avant son départ, maman s'était assise en pleurant à la cuisine, elle n'en pouvait plus de ce « foutoir qui envahit tout ». Papa était venu la réconforter. « Dans ce cas, Helen, avait-il dit, pourquoi ne nous débarrassons-nous pas de tous ces machins-là pour mettre de l'ordre dans la maison?

— Tu crois que ça serait possible? Tu le crois vraiment? » lui avait-elle répondu à travers ses larmes.

Mais j'avais dû objecter. Parce qu'elle ne voyait pas les choses de la façon dont nous les voyions, Rae et moi. C'est entendu, elle approchait de la cinquantaine et commençait à en avoir assez de voir éternellement les mêmes assiettes et le même bric-à-brac, mais pensez à moi! J'ai dix-sept ans, moi, m'étais-je exclamée. Je pourrais m'en *servir* un jour, de ces trucs-là! A vrai dire, si je ne voulais pas lui laisser jeter quoi que ce soit c'était que pour moi, dans cette maison, tout avait valeur historique. Pas seulement une valeur sentimentale, mais une valeur historique authentique.

C'étaient des objets avec lesquels ma famille avait vécu depuis toujours. Cette assiette de bébé avait été la mienne et celle de Rae, la tasse était celle que j'avais donnée à ma mère des années plus tôt pour son anniversaire. Quand je regardais les placards fermés de la cuisine, je n'y voyais pas, comme ma mère, des piles et des piles de vaisselle inutilisable, ébréchée, fendue, dépareillée, j'y voyais des *objets d'art.*

Les autres placards de la maison étaient, eux aussi, encombrés, que ce soit ceux du couloir avec leurs couvertures que les années avaient rendues bien minces, fidèles compagnes des maladies d'enfant, les draps usés, des serviettes de toilette qui s'effrangeaient, des coussinets chauffants qui avaient perdu leur housse de flanelle et devenaient aussi raides que de la viande séchée, ou les étagères de la salle à manger avec leurs verres à pied désassortis, leur service à liqueur roumain dont la couleur s'écaillait sous votre ongle, les fourchettes en argent dans des modèles qui, sans cette boucle de coquille, auraient presque pu être assortis, ou enfin les placards renfermant les robes que nous avions portées Rae et moi, tellement serrées qu'on aurait eu peine à y glisser un cintre de plus, et, le plus précieux des trésors, toutes les tenues de ma mère depuis le jour de son mariage.

« Nous sommes une famille d'écureuils, dis-je à Billy McQueen.

— Oui, je m'en aperçois. » Il ouvrit un autre placard. « Maintenant, je cherche les cuillères, dit-il.

— Dans le premier tiroir.

69

— Ah ! le tire-bouchon, le couteau économe, la presse à ail, un objet non identifié... » Il avait quelque chose à la main.

« C'est un écailleur, expliquai-je. Je voulais dire le premier tiroir de l'autre côté de l'évier. »

Il referma le tiroir et ouvrit l'autre. « Trouvé ! » Il tenait une cuillère toute tordue. « A croire qu'Uri Geller s'en est occupé ! » remarqua-t-il.

Je commençai à comprendre qu'une famille doit endurer certaines vexations le jour où un nouveau membre vient s'y greffer. Il fourrera son nez dans les tiroirs, dans les placards, il verra des détails intimes de la famille que les invités ordinaires, eux, ne voient pas. Je pensai au rideau de douche moisi, au rouleau de serviettes en papier faisant office de papier toilette, ou encore à ce drap que j'avais un jour taché de sang, et qui, remis en circulation, avait des chances d'aboutir sur le lit de n'importe qui.

En le regardant verser des céréales dans son bol, je commençai à avoir des soupçons à son sujet. Je m'y connaissais en général pour évaluer les gens, tout le monde le disait. Wayne avait l'habitude de compter sur moi pour décider de la formation de son équipe, parce que, dans un jeu de minimes, la personnalité est presque la seule chose qui compte. Oh ! il y a bien une ou deux étoiles qui feront un double chaque fois, de même qu'il y aura toujours un ou deux cas désespérés, mais, d'une façon générale, le facteur essentiel c'est la personnalité. Un garçon équilibré tapera dans la balle. Je pouvais repérer la différence entre un fanfaron et un cogneur. J'avais un faible pour les cogneurs. Ils étaient honnêtes, sympathiques et sûrs d'eux. Ils ne resteraient pas comme ça. Il se passait quelque chose après leur départ de la ligue des minimes : ils perdaient leur courage. Douze ans, c'est l'âge où l'homme est au meilleur de sa forme.

Je savais également évaluer les adultes. En regardant McQueen, une idée me vint à l'esprit... Peut-être ce mariage n'était-il pas un accident ? Peut-être avait-il essayé de la piéger ? Cela me vint comme une révélation, un éclair soudain, tout comme les savants font leurs grandes découvertes. J'écartai cette idée : je ne savais rien sur lui, et en raison de sa relation encore toute neuve avec notre famille, j'étais obligée de lui donner le bénéfice du doute, pour le moment du moins.

Une brise marine fouettait la moustiquaire du porche, toute bran-
licotante, elle sifflait dans les gouttières. Pour une brise matinale,
elle était très forte. Il faudrait songer à remplacer les moustiquaires. J'entendais le *whap, whap, whap*, depuis la cuisine. Sur le
plan de l'acoustique, la maison sortait de l'ordinaire. Ouverte à
tous les vents, avec de hauts plafonds et ce long corridor, elle ne
nous isolait pas des bruits de l'extérieur. Construite pour les étés
d'un homme riche, elle n'avait guère changé en un siècle. Elle avait
un peu vieilli, elle s'était tassée, elle s'était patinée, les murs en
languettes de pin avaient pris la couleur du thé roux, les vitres
étaient à jamais embuées d'air salé. Au cours des années quarante,
on avait rajouté des salles de bain et on avait modernisé la cuisine. Papa avait installé un calorifère et des canalisations. Elle
demeurait néanmoins une maison d'une parfaite intégrité, ce n'était
pas le genre de maison que vous voudriez moderniser avec une
tabatière ou doter d'un balcon avec bain bouillonnant. Un jour,
maman avait fait venir un architecte afin de voir « comment éclairer
les pièces d'une façon ou d'une autre ». L'architecte était revenu
avec des plans qui défiguraient complètement la maison, prévoyant
de l'isoler, de la recouvrir d'un plaquage de graviers, de repein-
dre tout en blanc, d'abriter les porches derrière des vitres, de car-
reler les salles de bain. Un après-midi, je l'avais trouvée dans la
chambre du haut. Le rouleau de plans était par terre, près de ses
pieds nus. Elle était assise, tenant à la main un nuancier, une de
ces feuilles avec de petits rectangles d'échantillons de peinture,
du plus clair au plus foncé, dans toutes les teintes. « Écoute comme
ça a l'air bon toutes ces couleurs ! dit-elle. Biscuit de mer, brume
de bruyère, tapioca... »
Je répondis que ce serait un crime de peindre ces murs. Ils étaient
censés être foncés, comment pouvait-elle seulement envisager de
les peindre ? « En plus, dis-je, ce n'est pas juste. Tu as vécu ailleurs, toi. Pour toi, ce n'est qu'une autre maison. Moi, vois-tu,
je n'ai jamais vécu autre part. C'est le seul endroit que je con-
naisse. Si je vivais ailleurs, je serais quelqu'un d'autre.
— Mais ça serait la même maison, Lulu, dit-elle en me lissant
les cheveux, un peu retapée, c'est tout. »
Elle comprit que j'avais raison, que la refaire serait un crime.
Elle roula les dessins en me souriant, les entoura d'un élas-

tique et fourra le grand rouleau blanc dans le fond de son placard.

« McQueen, dis-je tandis qu'il broyait ses céréales. Tu sais remplacer une moustiquaire sur une véranda ? Ou n'y a-t-il que l'histoire qui t'intéresse, un point c'est tout ? »

Il prit cela comme je souhaitais qu'il le prenne, comme un défi. Nous nous jetâmes un œil noir, affectant une mutuelle hostilité, en fait, je n'avais pas encore décidé si je serais ou non son ennemie. Je ne le connaissais pas assez.

« Les moustiquaires, ce n'est pas ma partie », dit-il en me fixant avec sa cuillère tordue dans la bouche.

Le nombre de catégories dans lesquelles on peut ranger un homme est restreint. Pour repérer les indices, les moindres gestes révélateurs, j'avais le coup d'œil. Je pouvais regarder un homme et vous dire si vous aviez affaire à un héros ou à une mauviette. Avec les femmes, j'avais plus de mal, j'en étais encore à les étudier, mais les hommes, eux, je les lisais à livre ouvert.

Avec celui-ci, ça n'allait pourtant pas tout seul. Au début, vous l'auriez cru costaud comme pas deux, un gars dur à la besogne, le cœur sur la main, obstiné. Il avait le front et les épaules larges, deux signes excellents. Il avait un bon contact oculaire et ce que l'on appelle un « regard clignotant », même si ce n'est pas strictement exact, puisqu'il s'agit plutôt d'une façon de détendre la paupière et de retenir une ébauche de sourire. *Mais* : il laissait ses épaules s'affaisser. Parfois aussi, ce bref clignotement s'évanouissait, cédant la place à un rapide et discret froncement de sourcils, comme si quelque chose le préoccupait. J'avais déjà vu cet air quelque part, j'avais déjà vu cette ombre fugitive. Je l'avais vue sur le visage de mon père.

Billy se versa un autre bol de Cheerios. Il ajouta le lait, je l'observai. Il y avait, à coup sûr, chez lui quelque chose qui ne tournait pas rond, qui le fragilisait. Peut-être, pensai-je, était-ce une maladie. Une de ces choses qui ne se voient pas de l'extérieur. A moins que ce ne soit une blessure d'ordre affectif. C'est dire jusqu'où j'étais allée, et cela presque seule, au moment où Rae entra dans la cuisine. Ébouriffée, en peignoir d'homme de couleur bleue, elle se frottait les yeux. En regardant Billy McQueen, je perçus soudain ce qui n'allait pas chez lui. Je faillis émettre un « Tiens ! » haut et clair lorsque je compris ce que c'était. L'homme était amoureux...

La présence de Rae dans la pièce le transforma. Il se leva avec maladresse, renversant du lait sur son napperon. On aurait dit un cowboy empoté, amouraché de l'institutrice ; j'avoue que je ne pus m'empêcher de sourire. Je n'avais jamais rien vu de la sorte, sauf dans des reprises de *Gunsmoke*.

Une fois que j'eus compris cela, beaucoup de choses prirent un sens.

Ses vêtements, par exemple. Il vous donnait la bizarre impression d'être croquant à souhait. Sa chemise bleue était si généreusement empesée que l'on aurait dit du papier. Au lieu de toucher ses poignets, les manchettes s'en écartaient en formant des anneaux. Son jean avait un pli. Ces détails révélaient la blanchisserie professionnelle. Le cowboy veut faire bonne impression à l'institutrice, ce n'est pas le genre de femme qui lui proposera de faire sa lessive.

Lorsque Rae entra, son regard perdit son pétillement et sa hardiesse. Il ne le posa pas sur elle, il le laissa errer sur le côté, à une dizaine de centimètres de son visage. C'était comme ça que les garçons timides de l'équipe de base-ball m'avaient regardée... Dès que Rae parlait, la façon de respirer de Billy changeait. Je l'entendais inhaler depuis l'autre bout de la table.

« Je ne me sens pas bien », me dit Rae. Ses yeux étaient rouges, elle n'était pas coiffée. « Une nausée matinale ? demanda-t-il, en donnant l'air d'avoir lui aussi mal au cœur.

— Je t'en prie, ce n'est pas le moment. Nous aborderons le sujet tout à l'heure. » Elle s'assit à table. « Avons-nous du café ?

— Une cafetière ! répondis-je. Cette cafetière est formidable. Tu mets tout dedans la veille au soir, tu lui dis à quelle heure tu veux ton café, comment tu le veux, fort ou léger. Tu te sers de grains de café, pas de ces machins moulus.

— Ça doit être la fatigue du voyage, dit Billy. Tu t'en remettras. Ne te fatigue pas aujourd'hui. Nous n'avons rien à faire, juste à trouver un obstétricien.

— Pas besoin que ça soit aujourd'hui, dit-elle.

— Si. Tu en es déjà à quatre mois. Tu as oublié le rendez-vous que j'avais pris pour toi le mois dernier.

— D'accord, d'accord, dit-elle. Dieu que je suis fatiguée. Je crois que je pourrais boire cinquante tasses de café !

— Il me semblait que nous avions décidé que tu allais diminuer un peu ta consommation de café, de même pour l'alcool et les cigarettes, remarqua-t-il.

— Qu'est-ce que tu racontes ? » Elle lui jeta un œil noir. « Ne va pas me parler de réduire ma consommation de café ou d'autre chose, je suis suffisamment mal fichue comme ça ! »

Il se rassit sur sa chaise, mais je sentis qu'il n'était pas prêt à renoncer, ce n'était pas son genre.

Je me dis qu'un nouvel époux c'est comme un squatter : impossible de le faire sortir de votre propriété, une fois qu'il y est, c'est pour de bon. Tout ce qu'il vous reste à faire, c'est d'essayer de vous habituer à lui...

J'entendis papa descendre l'escalier. Il lui avait fallu une demi-heure pour se raser et s'habiller. Il lui arrivait d'enfiler ses sous-vêtements, son pantalon et de se recoucher. Pour peu qu'il remue un peu trop la tête, disait-il, ses visions s'éloignaient. A vrai dire, je m'inquiétais chaque matin, tant qu'il n'avait pas fait son apparition dans la cuisine. J'avais peur qu'un de ces jours il reste au lit.

Quand il vint s'asseoir, je me réjouis de noter la symétrie de la table du petit déjeuner. Pour la première fois depuis Noël, le nombre de couverts était le bon : quatre, le chiffre parfait pour une famille. C'est sur la « famille de quatre » que reposent toutes les statistiques du gouvernement.

« Dis-moi, Lucille, me demanda Billy, tu as un... intérêt amoureux ?

— Pardon ?

— Tu as un petit copain ?

— Est-ce que les Yankees sont par nature des malappris ou est-ce qu'au contraire ils se donnent du mal pour l'être ?

— Elle n'en a pas, voilà ce que ça veut dire, expliqua Rae.

— Et ce jeune homme, ce Wade, tu sais, celui que j'ai rencontré un soir devant la maison ? reprit papa.

— Wayne, rectifiai-je.

— Oui, celui-là. Il était avec toi dans le programme pour élèves doués.

— Il est parti, répondis-je, en me levant de table pour servir le poisson de papa.

— Je vois... Et il n'y en a pas d'autres ? » demanda papa. La présence de Billy l'incitait à être loquace. Papa et moi avions passé un mois ensemble sans conversations dignes du nom, mais voici qu'il estimait tout à coup souhaitable d'avoir une discussion avec moi. Ici même. Devant un étranger.

— Non, répondis-je sèchement.

— Il n'y a pas une espèce de repaire où vous vous retrouvez tous ? Il me semble avoir lu quelque part que les jeunes se rassemblaient...

— Pas moi, papa. Il y a bien un endroit, mais je n'y vais pas. C'est le pont brûlé.

— C'est vrai. Il y a eu un article là-dessus dans le journal. Les voisins qui se plaignaient, etc. Ça m'a rappelé le temps où c'était une espèce de sentier des amoureux. Le soir, sur le vieux pont, nous pêchions la crevette. Par les nuits de pleine lune, on y voyait juste assez pour danser. L'eau apportait les échos de la salle des fêtes, en face de l'île.

— Disons que ça n'a rien d'un sentier des amoureux. On y va pour boire et acheter de la drogue, dis-je.

— Wayne aussi ?

— Il y va, mais il n'y fait rien. C'est juste pour dire qu'il y va.

— Alors, tu pourrais y aller avec lui...

— Voyons, papa, bien sûr que non !

— Pourquoi pas ?

— Non, c'est tout. » Il semblait cependant si bien disposé et si intéressé, cela devait faire un mois qu'il n'avait pas pris un ton aussi enjoué, que je regrettai d'interrompre son enquête. « Wayne ne veut plus me voir. Il ne m'appelle plus », répondis-je. Je parlais tout bas, pour montrer que mes remarques s'adressaient uniquement à mon père. Peine perdue : cette famille n'admettait pas que l'on puisse avoir besoin d'intimité.

« Appelle-le, dit Rae en mâchonnant une queue de poisson.

— Bien sûr ! reprit papa. Ta mère me téléphonait constamment. Mais c'était une fille pas comme les autres. Et c'était une idylle pas comme les autres non plus.

— Il n'y a pas la moindre idylle. Ce n'est même pas de cet ordre, dis-je.

75

— Dans ce cas, appelle-le ! dit Rae. Si ce n'est pas sérieux, qu'est-ce que tu as à y perdre ?

— Je ne sais pas pourquoi, mais je n'en suis pas si sûr que ça, reprit Billy McQueen. Si le garçon voulait parler à Lucille, il appellerait, non ? Ne pouvons-nous donc pas en déduire qu'il ne veut pas lui parler ? Je trouve qu'elle a parfaitement raison de ne pas bouger. De lui tenir la dragée haute.

— Je ne lui *tiens pas la dragée haute*. Je ne veux pas l'appeler ; je lui ai demandé de ne pas m'appeler. C'est fini entre lui et moi, un point c'est tout. Personne n'appelle personne.

— Et moi je dis : n'appelle pas, poursuivit Billy. Qui est de mon avis ? » Il leva la main. « Parfait. Et maintenant combien disent de l'appeler ?

— Laisse tomber, dis-je. Il ne s'agit pas de voter.

— On est en démocratie, non ? répondit Billy.

— Je ne sais pas pourquoi tout le monde pense que ma vie privée est une telle plaisanterie, repris-je, alors que c'est plutôt vous qui fichez les vôtres en l'air. La mienne est encore intacte, mais on dirait pourtant que c'est celle dont tout le monde veut se moquer. Écoutez, ça m'est égal, continuez tant que vous le voudrez, mais ça paraît ironique, à mon avis du moins. »

Je les laissai. J'allai m'allonger dans ma chambre, sur mon lit de fonte blanche. Quatre boules de cuivre auxquelles j'avais redonné leur éclat original en surplombaient les colonnes. Elles brillaient, petits soleils aux quatre coins de mon univers.

Aujourd'hui, je ne conduirais pas mon père par monts et par vaux. En fait, il se pourrait que je passe l'après-midi dans mon lit, dans ma chambre, en ouvrant tout grand les fenêtres qui donnent sur l'eau. On ne prend pas les filles au sérieux. On s'imagine qu'elles n'ont rien dans le crâne. Même ma sœur, qui était pourtant l'une d'elles il n'y a pas si longtemps que ça, ne les prend pas au sérieux, pensais-je en me souvenant de la façon dont Rae s'était moquée des filles qui n'arrivaient pas à se faire à la capitale de la nation. Après tout, peut-être l'échec n'était-il pas de leur côté, peut-être était-ce Washington qui avait failli à ses promesses... Je les voyais vivant seules, ou à deux, dans une pièce, essayant d'attraper leur autobus pour se rendre aux bureaux du Sénat, se nourrissant de salades dans des cafétérias. Des filles aussi courageuses que ça, on n'en trouve pas facilement! Si elles avaient fini par renoncer et rentrer chez elles à Charlotte, c'était parce qu'elles étaient non seulement courageuses, mais bonnes. Rae ne les comprenait pas de la façon dont moi je les comprenais. Rae avait beauté et cervelle, mais elle n'avait guère le sens des autres. Je crois que c'est souvent le cas avec ceux qui sont trop beaux. Ce n'est pas leur faute, mais ils ont tendance à être en quelque sorte aveugles aux problèmes d'autrui.

4

Dans les vieilles villes, il y a toujours des statues. Charleston possédait celles de John C. Calhoun, d'Henry Timrod (poète de la Confédération) ainsi que celle d'une femme vêtue d'une toge qui était censée représenter la Maternité confédérée envoyant son fils nu affronter les Yankees.

Ma préférée était celle d'Osceola, le chef des Seminoles. En bas de la route qui passait devant chez nous, se trouvait Fort Moultrie, c'est là que s'élevait la statue d'Osceola, en haut d'une colline, face à la mer. J'imagine la vue qu'il avait, par-delà le fort en briques, les toits rouges et argentés, les arbres sombres, rappelant des cumulus, jusqu'à la zone de dunes blanches, d'eau bleue, Fort Sumter, avec, dans le lointain, la double ligne noire et dentelée de rochers et de jetées qui signalaient le chenal aux bateaux qui arrivaient. De son perchoir, il guettait tout ce qui pouvait apparaître à l'horizon, cargos, crevettiers, oiseaux de mer, le soleil et la lune.

Des abeilles l'habitaient. Elles semblaient rentrer par un trou logé dans son cou, ce qui fait que je me demandais si notre homme était creux. Et, s'il était creux, était-il rempli de miel ? Il ne bronchait jamais, au milieu de cet essaim sauvage. J'avais grandi sous sa garde, il avait fini par devenir pour moi un point de repère, une sorte de héros, mon idée de ce qu'un homme devrait être. Un guerrier, empli d'une secrète douceur...

De son vivant, Osceola avait été trahi. En Floride. Il avait été fait prisonnier sous drapeau parlementaire puis envoyé ici comme prisonnier, où il était mort dans des circonstances que je jugeais suspectes. A pris froid et est mort, disait-on. Bon... Peut-être... Mais, dans le fort, il y avait un portrait que le gouvernement avait pris soin de faire faire de lui quelques semaines avant qu'il n'attrape le rhume qui lui avait été fatal. Il flairait qu'il se tramait quelque chose, ça se voit sur le portrait. Ses yeux ont la douce sérénité d'un homme qui se sait entouré d'incapables et de traîtres. Lorsqu'il mourut, son médecin lui trancha la tête et ramena celle-ci à Savannah, où il la conserva dans du vinaigre. Il l'accrochait à la colonne du lit de son fils sitôt que l'enfant se conduisait mal. Je jure que c'est vrai. Le corps, ainsi décapité, fut enterré dans le fort. Aujourd'hui, une représentation de trois mètres de haut de la tête, vue de profil, marque l'entrée de la Pointe d'Osceola, un lotissement en faillite situé sur la rocade.

Bien entendu, vous ne trouverez pas tout le passé d'Osceola dans les manuels d'histoire. J'ai découvert ces faits dans la salle que la bibliothèque où je travaillais le vendredi après-midi avait consacrée à la Caroline du Sud. Cette salle était fermée à clef, soi-disant pour en interdire l'accès aux ivrognes et aux enfants. J'avoue avoir appris des tas de choses dans cette pièce, et je crois aussi avoir compris pourquoi on la tenait fermée : il y avait là beaucoup d'histoire qu'on ne souhaitait pas voir sortir...

De même, quelque chose se tramait dans les coulisses du monde contemporain. Tout était calme. Trop calme. J'avais l'impression qu'il se préparait quelque chose. Longs et parfaitement silencieux, telles des Cadillacs de la Mafia, ces sous-marins s'éclipsaient régulièrement... Un beau jour, un touriste avait pris une photo depuis le bateau qui faisait le tour de Fort Sumter, la Marine lui était tombée dessus, lui confisquant sa pellicule. Il m'arrivait souvent de me réveiller au milieu de la nuit et d'aller regarder par la fenêtre pour m'assurer que tout était bien calme par là-bas. Parfois, je ne pouvais rien voir : le ciel était d'un noir jaunâtre et une odeur pestilentielle planait sur le jardin. A en croire Wayne, le vaporisateur à insecticide qui passait le soir en était responsable.

Peut-être, me disais-je, mais il y a autre chose, c'est trop étendu pour être juste ça.

En me promenant à bicyclette dans la campagne, j'avais la preuve que même un pauvre malheureux est capable de causer pas mal de dégâts. Il se dégage un coin dans les bois pour sa maison, il la bâtit, disons à partir de blocs en béton ; il gare sa voiture à côté ; par-derrière, il entasse ce qui lui reste de béton, ainsi que du bois pour se chauffer et ses outils. Après quoi il construit un poulailler, puis il achète une nouvelle voiture car la première refuse de rouler. Il laissera l'ancienne dans le jardin, en compagnie des tôles galvanisées, de la vieille machine à laver et des rouleaux de grillage inutilisés.

Rhody habitait une maison de ce genre. Elle avait beau essayer, avec sa mère et sa fille, de passer derrière son père pour remettre un peu d'ordre, c'était sans espoir. Mr. Poole était sincèrement persuadé que ses affaires avaient de la valeur. Au bout d'un certain temps, elles semblaient avoir même plus que de la valeur : elles étaient objets d'art. Il aimait voir son grillage bien tassé et planté comme une tour. Admirant la façon dont la tôle galvanisée était ondulée, il en tordit des bouts dans tous les sens pour leur faire prendre une forme intéressante, rappelant ainsi une espèce de météorite qu'il peignit avec un enduit à base d'aluminium, on aurait dit qu'un bout de ciel argenté avait atterri dans son jardin. Rhody le surprit en train de trimbaler des déchets récupérés je ne sais où afin de les ajouter à sa collection. Il souda les têtes de trois ventilateurs électriques au capot de la voiture qu'il n'utilisait plus, dès qu'il y avait du vent les pales tournaient.

« À quoi ça sert ? » lui demanda Rhody. Cela faisait une heure qu'il était assis sur le porche à regarder tourner les ventilateurs.

« A donner de la puissance », répondit-il.

La nature exacte de notre relation avec les Poole ne m'avait jamais paru très claire. Bien avant que Rae et Rhody ne deviennent amies, il existait des liens entre les deux familles. A un moment, Mr. Poole avait un peu travaillé pour papa. Maman achetait ses tomates au stand de Mrs. Poole. Presque chaque famille blanche que je connaissais avait une famille noire à laquelle elle passait les vêtements, mais il y avait plus que cela entre les Poole et nous. Enfant, je considérais leur famille comme le double de la nôtre. Ils nous étaient *assortis*.

A vrai dire, maman adorait les Poole. C'est d'ailleurs pour cela que nous faisions tandem avec eux depuis si longtemps. C'était un amour bizarre mais je pense qu'il n'y entrait ni culpabilité, ni charité, ni envie. Je pense que c'était de l'amour pur et simple. Je l'avais perçu à un très jeune âge, le jour où j'avais été témoin d'une querelle entre maman et Rhody, à la cuisine. Rhody était enceinte.

« Comment as-tu pu être assez bête ? » disait maman en faisant claquer la lavette contre l'égouttoir. D'instinct, Rae et moi nous écartâmes. Maman ne se mettait pas souvent en colère. D'habitude, rien ne parvenait à la mettre dans tous ses états, cette fois pourtant, ça se lisait dans ses yeux : les bords en étaient tendus, les pupilles comme des pierres noires. La première chose qui me vint à l'esprit fut qu'elle détestait Rhody qui se tenait là, sans ciller.

« Toi qui aurais pu faire tout ce que tu voulais..., poursuivit maman, sa voix tremblant d'amertume.

— C'est ce que j'ai fait, reprit Rhody, et je le peux encore. » Son ton m'étonna. Elle ne répondait pas, elle restait là, toute calme, sans élever la voix, *elle expliquait*.

Maman se balançait sur ses jambes en regardant Rhody, l'air ahuri. Rhody n'était pas sa fille, il existait donc certaine distance entre elles. « Je ne sais pas, Rhody, dit maman.

— Mais moi, je le sais. » Rhody était grande et dégingandée, ses cheveux étaient encore tressés en nattes bien alignées. Elle ne paraissait pas adulte, mais je me rendis compte qu'elle l'était. Elles étaient là, face à face, lorsque Rhody commença à ricaner. Elle s'arrêta puis recommença. Jamais elle n'avait réussi à jouer à je-te-tiens-par-la-barbichette avec Rae et moi, car il fallait toujours qu'elle éclate de rire à la vue de nos visages faussement lugubres.

« Excusez-moi », dit Rhody en essayant de se composer un visage, mais sans tout à fait y parvenir.

A ma grande surprise, ma mère se mit à rire ! Elle virevolta, toucha ses genoux et dit : « Tu as sans doute raison ! Tu flanqueras sans doute le feu à ce foutu monde d'une façon ou d'une autre ! Ça, les moyens, on peut dire que tu les as ! » Elles s'étreignirent. Rae et moi regardions. C'est comme ça que je sus que ma mère aimait les Poole, rien qu'à la voir si vite passer de la fureur à l'embrassade.

Je les aimais moi aussi, mais non sans trembler. Chacun d'eux m'effrayait un peu. Chez eux, je ne me sentais pas à l'aise. Même Rhody était redoutable car elle comprenait les faiblesses humaines et s'élevait au-dessus d'elles. « Je sais tout », me confia-t-elle un jour.

L'année dernière, lorsqu'Evelyn, le « bébé » de Rhody, eut dix ans, j'allai avec Rae lui porter nos cadeaux. Evelyn réclamait toujours des livres. Elle lisait ce que lirait une fille de première et ses manuels scolaires l'ennuyaient. Nous choisîmes avec le plus grand soin les livres que nous lui destinions, comme si nous introduisions dans un ordinateur des renseignements cruciaux. Je lui donnai une traduction d'Ovide, Rae lui donna Betty Friedan. La cour était tellement encombrée qu'il nous fut impossible de passer par la porte d'entrée, nous fîmes donc le tour du dépotoir pour gagner l'arrière de la maison, où l'on avait laissé un passage jusqu'à la porte.

Mr. Poole avait placé une pancarte près de cette porte : « Herboriste du Bon Dieu. » Mais Rhody expliqua que son père n'avait pas toujours été herboriste. En fait, il ne connaissait rien ni des traitements ni des envoûtements que pratiquent les herboristes professionnels. Il se faisait appeler herboriste pour la simple raison qu'il n'y avait pas de mot pour désigner ce qu'il était devenu. Il guérissait les véhicules à moteur et les petites machines.

Rhody envisageait de déménager à Osceola Pointe. « Je ne peux pas élever Evelyn par ici », dit-elle.

Evelyn était assise par terre, elle avait déjà lu plusieurs pages des *Métamorphoses*.

« Evelyn, c'est fini de l'*élever*, et t'as même pas eu à t'en mêler, reprit la mère de Rhody depuis sa chambre.

— Je déprime franchement par ici, dit Rhody.

— J'ai jamais su que les femmes noires elles avaient l'temps de déprimer, cria sa mère. Tu dois être d'la première génération. »

Lorsque son père souda des pièces provenant d'une tondeuse à gazon, d'un camion miniature Tonka, d'un batteur et d'une machine à écrire Smith-Corona au capot de la vieille voiture, Rhody s'en alla. Elle se fit employer par le Palmetto Beach Resort and Villas. Ce n'était qu'un travail de serveuse, mais comme elle avait un diplôme de direction d'hôtel-motel, elle y vit pour elle un avenir, aussi ne regrettait-elle pas de dépenser plus de la moitié de son salaire pour louer un appartement d'une chambre à Osceola Pointe. Elle avait son balcon privé. Evelyn et elle se retrouvaient seules pour la première fois, c'était donc une sorte de lune de miel. Elles se faisaient griller des hamburgers et passaient leurs soirées assises sur leur balcon.

Je leur rendis visite. Rhody m'offrit un Coca-Cola et nous regardâmes la télévision. Je restai là assise sans faire vraiment attention au programme, parce que je me sentais détendue, cet appartement était tellement plus propre que son ancienne maison, il y faisait tellement plus frais... Il y avait une décharge publique juste devant, on la nettoyait tous les jours. Il n'y avait pas de punaises parce que le service de désinsectisation passait deux fois par mois, ce service veillait également à exterminer les rats et les termites. Le terrain était nu car ce n'était pas un de ces ensembles immobiliers à loyer très élevé, le coût de construction diminuant si l'on commence par abattre les arbres. Rhody ne sortant pas beaucoup, peu lui importait de ne pas avoir d'arbres.

Nous étions là, paresseusement allongées devant le poste de télévision, quand nous entendîmes klaxonner au-dehors, non pas de petits coups mais de longs coups appuyés. Voyant que cela ne s'arrêtait pas, Rhody alla à la fenêtre.

« Oh! Mon Dieu! » Elle fit coulisser la porte-fenêtre et sortit sur son balcon. Evelyn et moi la suivîmes.

Mr. Poole avait réussi à mettre en route la vieille guimbarde, celle qui ne roulait plus. Sur le capot se dressait l'œuvre d'art maintenant achevée, un assemblage d'outils, d'ustensiles, de morceaux de jouets, de figurines de porcelaine armés de fil de fer, soudés et collés les uns aux autres. Un philodendron en pleine croissance retombait en cascade sur la grille du moteur. Au sommet de cette composition, trônait un poussin jaune, du genre de ceux que vous trouvez avec les œufs de Pâques. Mr. Poole était coiffé d'un chapeau à rayures.

« A quoi il sert le poussin, papa? demanda Rhody, les coudes posés sur la balustrade.

— C'est pas un poussin, ma fille, c'est un coq de combat, ça donne du courage.

— Et la plante, c'est pour quoi ?

— L'espoir... » Il s'appuyait contre sa voiture comme s'il s'agissait d'une Mercedes flambant neuve. Je crois que c'était une Plymouth, mais c'était difficile à dire, vu le nombre de pièces qui manquaient. A l'exception du poussin jaune et du philodendron, le chef-d'œuvre avait été vaporisé de peinture argentée, pneus et fenêtres de côté y compris.

Rhody sourit en se penchant encore davantage sur la balustrade. « Tu crois que ça va rouler ? demanda-t-elle.

— C'est pour ça que j'suis ici, pour qu'tu voies ça, ma fille ! La voiture roule, pas vrai ?

— On dirait, dit-elle. Tu veux entrer ?

— Non, merci. J'ai des rendez-vous. Y a un m'sieur là-bas, du côté d'Ayendaw qu'a un tracteur qui marche pas, y a aussi une dame de Cain Hoy qui m'a appelé pour son climatiseur. »

Il repartit. Rhody demeura un long moment appuyée contre la balustrade, à fixer la route. Je trouvais triste qu'elle l'ait laissé repartir comme ça. Voir mon père s'éloigner en voiture m'avait toujours rendue triste. Rhody fixait l'horizon. Aucune voiture n'arrivait. La route disparaissait dans les arbres.

Voici qu'à l'automne, un petit ouragan se déchaîna lors d'une de ces hautes marées de pleine lune. L'eau monta jusqu'à un mètre de l'immeuble de Rhody, les privant d'électricité et affaiblissant les fondations de telle sorte qu'une fissure apparut dans le mur extérieur, fait de stuc sur contre-plaqué. Des inspecteurs des industries du bâtiment découvrirent que l'ensemble immobilier contrevenait à dix-sept articles du code du bâtiment. L'eau n'avait pas d'endroit où s'écouler. Jadis un marécage, Osceola Pointe était, en effet, le point le plus bas des environs. Tout le monde dut déménager. Rhody s'en retourna chez elle...

Le journal, que j'avais commencé à lire fidèlement cette année-là en me disant qu'il me tiendrait au courant de ce qui se passait dans le monde, décrivit l'ensemble immobilier d'Osceola Pointe comme un vaste gâchis d'efforts et d'argent. Par la suite, un incendie en avait ravagé une partie, ce qui avait valu à ses constructeurs de toucher un peu d'argent grâce à l'assurance. L'immeuble avait été évacué, on avait démonté les fenêtres, les mauvaises herbes avaient envahi le terrain de jeux. Des faucons avaient fait leur nid dans un appartement du troisième étage.

J'en conclus que le monde peut s'accommoder du gâchis qu'un individu fait de son propre chef. Le gâchis d'un homme peut même acquérir certaine valeur artistique ou une signification religieuse. Ce dont il fallait nous méfier, c'était de ces meutes humaines qui, en construisant, en vaporisant ou en brûlant, se livraient à des gâchis dont le monde ne pouvait s'accommoder. Quelque chose de profond et d'aussi ingouvernable que la faim menait ces hommes. C'était là mon opinion personnelle. Je ne l'avais jamais émise à haute voix. Mais il y avait des dégâts et personne ne semblait les remarquer.

Mon père était-il l'un d'eux ?

Voilà une question à laquelle je n'aimais pas me trouver confrontée. Je répondis que non, il n'en était pas. Je le connaissais si bien. Je *le* connaissais. Je connaissais son personnage, ou tout ce qui peut constituer l'essence d'un homme, mais je ne connaissais pas, spécifiquement, son histoire. Je ne pouvais répondre de tout ce qu'il avait fait dans la vie. Je ne savais même pas pour quelles raisons ma mère l'avait quitté, et il devait y avoir davantage qu'elle ne le laissait paraître. Elle devait avoir une dent contre lui.

Il m'arrivait parfois d'éprouver un vif besoin de cesser d'aimer mon père. D'arrêter, tout simplement, comme lorsque vous allez à la banque pour y retirer les économies de toute votre vie. C'était une sorte d'amour qui m'épuisait sans m'apporter grand-chose, sans doute doit-il en être ainsi si l'on veut que, tôt ou tard, l'enfant se rende compte qu'il est plus sage d'investir son amour ailleurs que dans l'un de ses parents.

A l'époque, je m'enfermais encore dans une habitude de profonde vénération dont je n'aurais pu me dégager même si j'avais essayé. La plupart du temps l'amour fonctionne comme ça : vous ne pouvez vous en affranchir avant qu'il ne soit arrivé à son échéance naturelle.

Je l'aimais, sans aucun doute. D'une maison en flammes, toute pleine d'amis et de parents, je l'aurais fait sortir le premier, je n'aurais même pas pensé aux autres avant qu'il ne soit bien à l'abri. Mais cette affection elle-même, avec tout le mal qu'elle me donnait, était usante. Elle exigeait, en effet, que j'imagine sans cesse le monde dans sa perspective à lui. L'arracher à une maison en flammes eût été plus facile. Il m'était impossible de me détendre et de prendre les choses comme elles venaient. Il fallait qu'à tout instant je me demande ce que voulaient dire pour lui ce programme de télévision, cet orage, ce nouveau mariage. Il m'était parfois aisé de voir les choses dans sa perspective, cela me permettait de savoir d'emblée ce qu'il pensait, mais, de plus en plus, l'effort devenait tension. Cela revenait à regarder avec les lunettes d'un autre ; vous y arrivez en clignant les yeux jusqu'à un point très précis, contractant ainsi les muscles minuscules derrière vos pupilles, mais ça fait mal et, une fois que c'est fini, vous n'y voyez plus rien pendant un moment.

Ce matin, lorsqu'il était allé s'asseoir avec sa tasse de café dans la balancelle, sous la véranda, je l'avais observé depuis la salle de séjour. Son journal encore plié, posé sur ses genoux, il regardait au-delà de la cour, vers la mer.

C'était la vue qu'il avait depuis vingt ans, de par-dessous le fronton impassible du porche jusqu'à l'herbe verte puis vers les myrtes desséchés par le soleil, les roseaux des marais, le bassin du port, la boue, l'eau, le ciel. Il les contemplait pourtant comme s'il ne les avait jamais vus, comme s'il n'avait jamais remarqué la proportion d'espace vide dans cette perspective. La terre était une bande étroite, l'eau était une rive bleue, tout le reste était de l'air.

Il ferma les yeux. Je fermai les miens. L'odeur des myrtes pénétrait par vagues, au gré du vent.

Il se releva d'un saut, le journal tomba de ses genoux et la tasse de café atterrit par terre. Bonté, pensai-je, on croirait qu'il a vu un... — puis je me dis, mais bien sûr, que c'est ça ! Mais il n'y avait rien que je puisse faire pour l'aider. Si elle l'obsédait à tel point qu'il en était à voir son visage dans les airs, personne ne pouvait l'aider. J'espérais toutefois que ce n'était pas un signe de folie. Des tas de gens sont enclins à voir des visages, que ce soit celui de l'homme dans la lune ou celui du Sauveur sur un silo à céréales. Voir des visages n'est pas aussi fou que d'entendre des voix. Il m'était arrivé de voir des visages sur des automobiles ou sur de petites maisons. Pas de panique, m'étais-je dit.

Il sortit de sa poche un mouchoir de coton blanc et se baissa pour essuyer le café renversé. Je l'entendis marmonner, « du papier pour le toit ». Puis : « Boîte à outils. Bardeaux. Hum, hum, des bardeaux ? »

Il posa sur la table sa tasse et le journal qu'il n'avait pas lu, puis il sortit par la porte grillagée et descendit les marches qui menaient à l'eau, mais, une fois dans la cour, il tourna et disparut sous la maison. Il avait là un petit atelier, une pièce avec une seule fenêtre où, devant un établi de menuisier, il fabriquait des petits meubles pour maisons de poupées. Pas pour nous qui avions toujours dédaigné les poupées, mais pour des expositions de travaux manuels effectués par des adultes à leurs moments de loisir.

Je le suivis dans la cour et me retournai afin de jeter un coup d'œil à travers les panneaux en treillis de l'atelier, juste à temps pour voir la porte se refermer derrière lui.

Il faisait partie de ceux qui n'auraient jamais dû prendre leur retraite. Nous le savions tous, aussi avions-nous tenté de l'en dissuader mais quelque chose l'avait convaincu qu'il était temps de laisser la place. Depuis qu'il avait pris sa retraite, il errait comme une âme en peine. Maman se plaignait que, lorsqu'elle passait l'aspirateur, il la suivait partout. N'ayant plus de projets, il se laissait entraîner par des nuages de pensées qui ne faisaient que l'égarer. Il n'était pas fait pour la méditation. Quelqu'un comme moi peut penser à jet continu sans jamais en souffrir, comme ces petits fermiers tout ratatinés qui célèbrent leur centenaire en se vantant d'avoir fumé la cigarette pendant quatre-vingts ans sans s'esquinter les poumons. Mais je n'étais pas comme tout le monde. Papa était un homme d'action. Il lui fallait des projets.

Des années plus tôt, il avait piloté un Cessna. Il se plaisait à repenser à ce que c'était que piloter, mais il ne voulait plus piloter. Maintenant, c'était vers la terre qu'il se dirigeait, disait-il. Mais il continuait à parler du Cessna. Il possédait un de ces brevets de pilote qui exige que vous ne perdiez pas le sol de vue. Une fois ou l'autre, avouait-il, il était allé explorer le bord d'un nuage... Homme prudent entre tous, il avait fait ce jour-là quelque chose d'aussi stupide que de jouer à la roulette russe. Il avait été horrifié par sa propre témérité, mais n'avait rien pu y faire : cette aveuglante douceur l'attirait. Et puis, une fois qu'il y était entré, le nuage n'était plus ni aussi blanc ni aussi rassurant qu'il l'avait espéré. Il était gris. Plus il avançait, plus le nuage était gris. Et si le nuage était plus épais qu'il ne l'avait pensé ? Mais la lumière avait vite changé, la brume s'était dissipée et il s'était retrouvé en route vers le ciel clair et le soleil. A l'en croire, le monde c'était bien ce que l'on pouvait voir de mieux... au monde.

Et maintenant, où était la sortie ? Il avait traversé deux mois de grisaille depuis qu'elle était partie...

J'entendis un *klonk* contre la maison. Qu'était-il en train de faire ? Je ne pouvais pas le voir de la fenêtre, mais en entendant de l'aluminium grincer et gémir, je compris qu'il grimpait sur le toit à l'aide de son échelle. Bientôt, le vrai soleil, dans le vrai ciel, darderait sur lui ses rayons et son nuage de pensées se dissiperait. Soudain, il serait heureux, agenouillé sur son toit, à remplacer les bardeaux. Il les aimait, les toits. Sur un chantier, il fallait toujours qu'il y grimpe pour sentir la façon dont un bâtiment s'effondrerait. Parnell, son associé, le trouvait fou. Que pouvait bien vous apprendre un toit, se demandait-il. Parnell était le cerveau de la compagnie, celui qui se penchait sur les chiffres. Papa, lui, travaillait au gré de ses intuitions. Parnell l'écoutait aussi. Papa avait fait ses preuves.

« Tu veux que ça s'effondre sur place comme un homme atteint d'un coup de feu aux genoux se recroqueville sur lui-même, me disait-il. Tu ne veux pas que ça se balance ni que ça déporte sur le côté. » Son dernier chantier avait été le vieil hôtel Wade Hampton à Columbia, onze étages, avec des problèmes de dégagement, et pas de plans d'origine à disposition. Cependant, une fois sur le toit, il avait su que l'immeuble s'effondrerait sans problème. Il était resté un moment là-haut parce qu'il y avait un temple au milieu. Parmi ce paysage de brocante propre aux toits, ventilateurs, condensateurs, antennes, refroidisseur à volets, se dressait un petit temple grec avec colonnes et tout et tout. Il ne l'avait pas remarqué depuis la rue. En tant que temple il faisait de l'effet, même si mon père savait qu'il abritait l'appareillage de l'ascenseur. Debout sous le portique, tandis qu'il regardait Columbia s'étendre au loin vers les dunes, mon père se sentit bizarrement soulevé de sa vie, transporté dans un mythe limpide et calme.

Il racontait cette expérience sans affectation. Il y avait beaucoup de ciel tout autour, disait-il. Les pigeons roucoulaient sur le fronton. Pendant des semaines, ce moment était resté paisible, brillant, merveilleux dans son souvenir. Mais il avait fini par s'embrumer et jamais papa n'avait été à même de le reconstruire tout à fait. Il se rappelait ce sentiment, sans pouvoir ni le revivre, ni le décrire vraiment. « Une espèce d'insouciance, disait-il, en ce monde et en moi aussi. Jamais je n'ai pu revivre ça. »

Le Wade Hampton s'était effondré de la façon dont il l'avait prédit : d'abord des bouffées de fumée par les fenêtres du bas, pas de bruit, un après-midi encore apparemment innocent pour les badauds ; puis ça s'était mis à se lézarder à l'intérieur, au niveau du troisième étage, signe infaillible que tout allait s'effondrer. Au début, le temple avait à peine bougé, comme s'il allait rester suspendu comme ça, dans le ciel. Il avait ensuite frissonné puis il s'était effondré, intact. « C'était beau, nous avait-il dit, en chute libre comme ça au-dessus de la base qui s'écroulait, puis il avait disparu dans la poussière. Tout était parfait. » Le bruit, lui aussi, était parfait : un grondement qui semblait s'élever de la terre pour accueillir l'immeuble qui s'affaissait.

Dans son travail, la tête seule ne suffisait pas. Papa avait réussi, bien que n'étant pas diplômé de Clemson, comme Parnell. En fait, il était sans doute plus qualifié que Parnell. Il était en quelque sorte célèbre. Les entrepreneurs de tout le Sud-Est disaient que Warren Odom était le gars à embaucher pour les travaux difficiles.

Son travail lui avait valu des satisfactions. On lui était en partie redevable du nouveau visage de villes qu'il aimait : Columbia, Charlotte, Atlanta, Charleston. Il avait contribué à déblayer le cœur même de ces villes pour que l'on puisse y bâtir les hôtels Mariott et Sheraton, les centres d'affaires ou administratifs. A l'intérieur de certains de ces hôtels coulaient des ruisseaux, tandis que vigne et arbres croissaient dans le hall de réception. Ces bâtiments étaient bien la preuve qu'il n'y avait pas lieu d'avoir honte de ce que le Sud-Est était en train de devenir. En attendant, disait-il, le Nord-Est était en perte de vitesse. C'était une saine revanche, d'avoir absorbé leurs minoteries, puis leur industrie légère avant de s'en prendre maintenant à leurs banques et à leurs investissements.

Mon père n'était pas de ceux qui agitent le drapeau des Confédérés. Il déclarait haut et fort que, s'il avait été en vie à l'époque, il n'aurait pas rallié les rangs des Confédérés ; mais il détestait le

Nord. Il le détestait à cause de ce siècle d'après guerre où il avait fallu se démener, trembler et faire des courbettes, il le détestait pour la façon dont la robe de sa mère s'était soulevée tandis que les voitures passaient, montrant que le danger pouvait vous frôler et laisser votre cœur à jamais handicapé.

Dans le Cessna, il était allé de ville en ville, il avait vu les villes du Sud se développer. Il avait été l'un des premiers à remarquer que le Sud-Est refaisait lentement surface. Cela avait commencé au cours des années soixante et avait duré jusqu'à maintenant, mobilisant toute l'énergie. Les villes avaient soudain connu la prospérité, ça voulait dire de nouveaux bâtiments, des offres de travail, des gens arrivant de tout le pays. Il avait dormi dans ces hôtels fantastiques.

Mais je savais que pour lui rien ne valait sa maison, cette vieille maison délabrée de l'autre côté de la rade de Charleston, où il s'était installé, des années plus tôt, avec sa jeune épouse et où il avait élevé ses enfants. L'achat de cette maison avait représenté une étape dans sa vie. Au début, il s'étonnait de sa chance. Cette maison lui appartenait ! Quant à la femme qui y vivait, il s'étonnait encore plus de la chance qu'il avait... Il n'avait jamais bien compris comment il l'avait trouvée, il n'avait pas voulu se poser trop de questions. Il était superstitieux comme tous ceux que leur travail expose au danger. Ça portait malchance de questionner sa chance...

Maintenant, m'avait-il confié, la tête lui bourdonnait de questions. « Pourquoi est-elle partie, bien sûr... C'est la question que je me pose le plus souvent, Lucille. J'en arrive alors à une autre question : Pourquoi elle ? Qu'avait-elle *vu en moi* en premier lieu ? Pas de l'argent. En ce qui est de l'argent, elle était bizarre. Elle n'aimait pas plaisanter avec ça. »

Je savais qu'elle se servait toujours d'une carte de crédit à l'épicerie. Il réglait le relevé en fin de mois, un relevé qui se limitait à l'épicerie, aux habits d'enfants et à divers articles ménagers. Il lui achetait souvent des vêtements. Quand elle ouvrait le carton et soulevait le papier de soie, je le regardais. J'interprétais ces achats comme d'authentiques preuves d'amour. Un homme qui achète des vêtements pour son épouse doit vraiment l'aimer.

« Que fais-tu là-haut ? » demandai-je. J'avais beau être dans le sable, au pied de l'échelle, je ne le voyais pas. Aucune réponse. Je m'étais déjà demandé s'il ne souffrait pas d'une perte partielle de l'ouïe, cette perte touchant les fréquences où se situait ma voix. Je montai sur l'échelle. Elle était appuyée contre la maison juste au-dessous du toit, mais il y avait un chéneau par-dessus lequel je ne parvins pas à me hisser. Je voulais y arriver, j'aimais les endroits haut perchés. J'étais acrophile, claustrophile et agoraphile. J'aimais tous les endroits possibles et imaginables.

« Lucille ! » s'exclama-t-il. Assis sur l'arête du toit, il regardait la mer. « Monte donc ! Regarde la vue qu'on a d'ici !

— Je ne crois pas que j'y arriverai », dis-je.

Il se leva, alla jusqu'à moi, et d'une seule main, il me hissa par-dessus le chéneau et je pus ainsi ramper jusqu'à l'arête du toit.

« Ne renverse pas la boîte de bardeaux », dit-il.

Le toit révélait une histoire de fuites colmatées au cours des années, de raccords, certains bardeaux étaient rouges et non plus bruns. Par endroits, voyant qu'il y avait problème, il avait même versé du brai, en désespoir de cause. Un jour, il l'étamerait, ça faisait longtemps qu'il le répétait, mais je savais qu'il ne le ferait pas. Il hésitait à se lancer dans de grands changements, mais ses raisons étaient différentes des miennes, c'étaient des raisons d'ordre pécuniaire. On ne pouvait le qualifier de grigou, en fait, dans le fond de son cœur, il n'y avait pas moins grigou que lui, mais, ayant grandi pendant la Dépression, il n'aimait pas dépenser inutilement son argent.

« Ça ressemble à une vipère d'eau, remarqua-t-il.

— Qu'est-ce qui ressemble à une vipère d'eau ?

— La façon dont les bardeaux sont disposés, des rouges et des bruns différents, on dirait des écailles. » Il tendit la main, sa paume et son pouce formant un angle droit. « Ça se prélasse au soleil comme un serpent paresseux. »

Ce n'était pas le genre de papa de se servir de comparaisons. Il n'était pas de ceux qui passent leur temps à voir des ressemblances. Il voyait les choses comme elles étaient, sans en rajouter.

« Quelle vue, tu ne trouves pas ? » dit-il.

A la porte à côté, le drapeau des Confédérés claquait au vent chez les Lawton, plus loin dans la rue, une tondeuse était à l'œuvre. Au bord de notre crique, j'apercevais six maisons, des petits groupes de chaises longues oisives, un filet de badminton qui pendouillait. Chaque pelouse verte poussait une pointe audacieuse vers l'eau avant de céder la place aux myrtes et aux marais. La plupart des maisons avaient un double ponton sur pilotis, qui s'élargissait en une petite plate-forme à l'endroit où l'eau devenait profonde.

« Ça me rappelle ce que l'on voit d'un petit avion, dit-il. Vu d'en haut, le monde paraît *somptueux*. Plus tu prends d'altitude, plus c'est beau. »

Nous entendîmes claquer la porte grillagée. En maillot de bain, Rae descendit les marches de l'entrée, elle portait une serviette de toilette et un coussin. Je me promis de lui acheter un maillot de bain de grossesse.

« C'est extraordinaire, murmura-t-il. On a l'impression que c'est un autre monde. Elle semble toute différente, tu ne trouves pas ? On dirait une femme adulte, dans une autre ville.

— Elle est adulte.

— Je sais bien, mais on dirait plutôt quelqu'un que l'on n'a pas connu enfant. Je crois que ça ne fait pas longtemps que je pense à elle, ou à toi, en tant que vraies personnes.

— Comment nous voyais-tu jusque-là ?

— Oh ! je n'en sais rien... Bon, pour être franc, comme des animaux familiers... Les petits chouchous de votre mère. Sa façon de vous parler avec un code secret, les petits tsit, tsit, les gloussements... A moins que ce ne soit à portes closes. Elle avait une façon de monopoliser les enfants. Je n'arrivais jamais à leur parler, sauf par son intermédiaire. Je ne leur parlais jamais comme on devrait parler à des gens, en jetant le masque. Je parlais toujours comme un personnage de bande dessinée. » Il réfléchit. « Un guignol. Mr. Magoo. Alors qu'en fait, Lucille, j'avais beaucoup de choses à dire. Je n'arrivais pas tout à fait à les exprimer. Je pense que si j'avais eu un fils — oh ! je ne veux pas dire que j'en voulais un — mais si jamais j'en avais eu un, j'aurais sans doute... J'aurais sans doute...

— Parlé davantage...

— Oui, exactement. Ta mère, tu le sais, est plus intelligente que moi. Il m'arrivait parfois d'écouter derrière la porte quand elle vous parlait à toi, à Rae ou à Rhody. Ses sujets sortaient de l'ordinaire! Walt Whitman, les fouilles pour retrouver la ville de Troie, le dénommé Oppenheimer... A croire que le monde n'avait pas de secrets pour elle. C'est pas facile de dire quoi que ce soit en présence d'une femme comme ça.

— Je sais », dis-je.

Il commença à taper sur les bardeaux à coups de marteau. Je suivais son regard tandis que d'une main il tenait le clou et que de l'autre il levait son marteau. A sa place, j'aurais fait d'abord une chose puis l'autre. Ses lèvres pincées retenaient quatre grands clous. Elle ne l'avait pas épousé pour son argent, il en était sûr. Avait-elle voulu échapper à sa famille? Il enfonça un clou dans le bardeau d'asphalte qui scintillait. Le clou pénétra sans effort puis il rencontra le bois et s'immobilisa. Était-ce l'argent, après tout? Il ne possédait rien d'autre qu'elle aurait pu vouloir.

Je le vis froncer les sourcils et lever le bras. D'un coup malencontreux, il fendit un bardeau en deux et regarda les deux morceaux glisser vers le rebord du toit, passer par-dessus puis atterrir sans bruit sur le sable.

Maman semblait n'avoir eu aucun mal à filer à l'anglaise de ce mariage, comme si elle n'avait fait que rendre visite, mais lui se trouvait catapulté dans un monde tout neuf où il était perdu. Le ciel était différent. Un sandwich au jambon était différent. Ce matin, ses chaussures, alignées dans son placard, lui avaient semblé si bizarres qu'il avait eu du mal à les prendre. « En paires comme ça, on aurait dit des animaux, Lucille, et elles étaient tournées du même côté que les vaches. » Il les avait regardées avec de grands yeux. Jadis elles *avaient été* des vaches! Après tout, il restait peut-être encore un peu d'ADN sous le cirage... Il avait refermé la porte du placard et enfilé ses espadrilles.

Du haut de notre toit, nous réaperçûmes Rae. Pieds nus, elle traversait la pelouse pour réaligner les sièges en bois de façon à ce qu'ils soient tournés vers l'océan. Billy arriva par-derrière et lui toucha le dos. Elle s'éloigna. Ils restèrent à deux mètres l'un de l'autre, adossés aux sièges humides. Elle ne ressemblait pas beaucoup à maman, mais elle avait hérité de son intelligence. Peut-être était-elle même trop intelligente. Papa disait qu'il était heureux qu'elle se soit mariée de manière aussi imprévue parce qu'il avait peur qu'elle essaye de vivre seule, et Rae n'était pas déterminée à se débrouiller seule. A l'en croire, elle avait besoin de la protection d'un mari, pour la garder à un endroit et l'aider à canaliser son énergie. A en croire papa, Rae avait tendance à s'éparpiller et, si elle était restée célibataire, cette tendance aurait pu la mener à sa perte.

On le sentait néanmoins inquiet au sujet de Rae et Billy McQueen. Tandis qu'il regardait depuis le toit, je l'entendis faire cette remarque : « Rien qu'à les voir ces deux-là, je peux dire qu'il y a trop de sexe là-dedans. Trop de désir peut déséquilibrer un mariage. »

Je me tournai vers lui, ahurie. Jusqu'ici le sujet le plus intime qu'il avait jamais mentionné devant moi avait dû être les brosses à dents...

« Nous sommes passés par là, ta mère et moi, on passe tous par cette phase de lune de miel, mais dans leur cas, ça semble différent. Et même, le cas échéant, explosif. »

Je regardai ce qui se passait en bas. Bonté, il avait raison ! Je n'avais rien repéré. Lui, il avait l'œil. Je vis Rae étendre sa serviette de toilette blanche sur l'herbe et s'allonger dessus pour prendre un bain de soleil. Elle s'était mise sur le dos. Billy se glissa par-derrière et s'arrêta à quelques centimètres de son épaule. Si elle savait qu'il était là, elle n'en laissa rien paraître. Elle ne bougea pas. Ses yeux étaient clos. Les chaussures de Billy ressemblaient à des bottes militaires, elles avaient de grosses semelles et l'air d'en avoir vu de rudes. Du bout de son pied, il lui donna un petit coup sur le côté. Le bras de Rae riposta aussi sec qu'un piège se referme, se saisissant de la botte et la tordant tandis qu'elle faisait volte-face. Billy ne s'y attendait pas. Rae roula sur l'herbe en tenant le pied de ce dernier entre ses mains, et il tomba à côté d'elle.

Ils savaient certainement que nous étions là-haut. Rae devait nous avoir vus en traversant le jardin. Papa avait essayé de signaler notre présence en plantant un clou, mais le vent soufflait de notre côté et la tondeuse du voisin s'était rapprochée, on n'avait donc pas pu nous entendre. Je jetai un nouveau coup d'œil en direction de Billy et de Rae. Ils se tortillaient. Je regardai dans le jardin voisin, en bas de la rue, jusqu'à l'océan, personne ne pouvait les voir. Ils étaient allongés de ce côté-ci des myrtes, à l'endroit où le terrain s'inclinait. Une épaisse haie de lauriers-roses nous protégeait des voisins. Papa et moi rampâmes jusqu'à l'autre extrémité du toit, en faisant bien attention à ce que la boîte à outils ne glisse pas. Il regarda sa montre. Combien de temps faudrait-il que nous restions cachés là-haut ? Cinq minutes ? Vingt minutes ? Papa était prêt à attendre. Il s'appuya contre le toit en pente les bras repliés derrière la tête.

« Ah ! les jeunes ! s'exclama-t-il. Ah ! les hommes et les femmes ! » Il avait l'air plutôt songeur qu'embarrassé. Il pensait et repensait au sujet hommes-femmes. Maintenant que lui-même se retrouvait homme-sans-femme, le mystère de ce sujet s'épaississait.

Je renversai la tête en arrière et contemplai le ciel.

Au bout d'un moment, il s'endormit, le visage au soleil. Sa mâchoire s'entrouvrit, sa tête retomba sur sa poitrine. Les rayons du soleil s'acharnaient sur nous, comme en cadence. Peut-être s'autorisa-t-il à entrevoir la forte mâchoire de maman, car son visage devint rêve. Sa main se crispa, un pied regimba ; les chiens et les vieillards réagissent comme ça dans leurs rêves. Je savais que rêver d'elle le comblerait jusqu'aux moindres recoins de son être, je sentais aussi que le désir l'envahissait à un degré qu'il n'avait sans doute jamais connu dans la réalité. Un désir mélancolique, musical...

Mais lorsqu'il se réveilla, ce n'était pas vrai. Il s'assit lentement, me regarda, regarda sa montre. « Mon Dieu, mais nous sommes sur le toit ! s'exclama-t-il.

— Oui.

— Ça m'élance dans le crâne... J'ai dû me faire cuire la cervelle comme un pâté ! » La peau de son front était tendue et toute rouge. « Mais j'ai vu comme si j'étais au sommet de l'hôtel Wade Hampton. J'ai pu voir au-delà de la confusion, j'ai pu entrevoir la sérénité. »

J'approuvai de la tête. « C'est formidable, papa. »

Il se leva, se dirigea vers l'échelle et ne sembla pas m'entendre lui recommander de faire attention. Tandis qu'il redescendait, tant de choses lui venaient à l'esprit qu'il parlait sans s'arrêter.

« Je viens de tourner une page. Mais où avais-je donc la tête toutes ces années ? Tout ce travail, toute cette activité, tout ça c'était mal orienté. Je verrai les choses différemment. Maintenant, j'ai atteint l'âge de raison. Je serai le vieux philosophe ! Lucille !

— Oui ? » Je regardai par-dessus les chéneaux. Mis à part la serviette de toilette blanche sur l'herbe verte, il n'y avait plus rien dans le jardin.

« Je veux aller dans une librairie. Peux-tu m'y emmener en voiture ? »

Un soupçon m'effleura. Je me dis qu'il pensait femmes et voulait s'acheter une de ces revues dans lesquelles elles abondent. Enfin, je n'y pouvais pas grand-chose... Je m'efforçai d'avoir l'esprit large. Le sexe est partout. Il était clair que je ne pouvais rien faire pour l'empêcher de lire ces revues, mais fallait-il pour autant que je l'aide et que je me fasse en quelque sorte sa complice ?

« Tu veux une revue ? demandai-je.

— Non, j'en ai assez des revues. Je veux de bons gros livres cartonnés.

— Les livres de poche coûtent bien moins cher, papa. » Je savais que cela faisait des années qu'il n'avait pas mis les pieds dans une librairie et que, de toute façon, il ne débourserait jamais vingt dollars pour s'offrir un livre.

« Je m'en moque, ce que je veux c'est le poids. Je ne veux pas avoir l'impression de lire une serviette en papier.

— Quel livre cherches-tu ?

— Oh ! pas un en particulier, je cherche des livres, vois-tu. Tu peux m'y déposer et passer me reprendre plus tard. »

Il ne voulait pas que je sois là sur son dos à regarder ce qu'il achetait. « Ça ne me dérange pas de t'attendre, dis-je.

— Ça peut prendre du temps, reprit-il. Il se pourrait que j'en achète un bon paquet.

— Quel genre ?

— Vois-tu, dit-il en rougissant, je n'ai pas vraiment de bibliothèque personnelle. C'est pour ça que je me suis dit que je pourrais... commencer une collection à moi.

— De quoi ? m'exclamai-je, imaginant des ouvrages de photographies dites artistiques.

— Oh ! D'ouvrages de référence.

— Je t'accompagne, dis-je en me dépêchant de descendre l'échelle.

— Une chose sûre, il n'est jamais trop tard. Tu ne trouves pas ?

— C'est exact. »

Mais il est toujours trop tard lorsque vous en êtes au point de pouvoir dire qu'il n'est jamais trop tard...

Je trouvai les clefs et nous voilà en route. Je devenais experte en démarrage, je mettais le moteur en marche en bougeant à peine le pouce, un tour et ça y était. Je sortais de la cour en marche arrière en regardant par-dessus mon épaule, la main droite sur le dossier du siège voisin. Je passais alors en marche avant tandis que la voiture reculait encore. J'aimais ce petit moment d'hésitation avant que les vitesses ne soient enclenchées, ce moment de grâce entre la marche arrière et la marche avant. Nous démarrâmes à bonne allure. Même papa commenta la vitesse. Les vieilles plaisanteries sur les femmes au volant étaient périmées, les femmes étaient meilleurs conducteurs que les hommes. J'avais eu pour modèles les mères de famille des conduites organisées que je voyais passer dans leurs énormes familiales. Richard Petty lui-même n'arrivait pas à les battre. J'en voyais qui dévalaient la route à cent à l'heure, le coude gauche nonchalamment posé sur la portière, la main soutenant leur tête, tandis que les enfants étaient secoués dans la voiture comme de la lessive dans un sèche-linge. Elle se débrouille bien, pensais-je, jusqu'à ce que je me rende compte — par-dessus le marché — *que la femme en question était dans une transe profonde* ! C'est qu'il faut être doué pour faire du cent à l'heure sur notre terre et dans un véhicule d'une tonne, tandis que votre esprit se promène sur la face cachée de la lune...

J'y arrivais presque. Détail intéressant, je devins meilleur conducteur au fur et à mesure que je pris l'habitude de laisser mon esprit vagabonder. C'était de la conduite zen, je pouvais glisser nonchalamment jusqu'à un stop et traverser le carrefour sans effort, changer de file et émerger en douceur comme si la voiture se conduisait toute seule. Je ne regardais même pas le paysage. D'ailleurs, pour le moment, mon intérêt à ce sujet déclinait.

En revanche, mon père, lui, commençait à s'intéresser au paysage. Il ne restait plus passif, il ouvrait l'œil. Il se livrait à des commentaires sur tout ce que nous apercevions, le toboggan aquatique, les petits hangars, les machines à sous, la boutique où les amateurs de surf venaient s'équiper, on aurait cru qu'il les voyait pour la première fois. Pourquoi, se demandait-il, un toboggan si près de l'océan ? Pourquoi cette prolifération de petits hangars ?

Serait-ce qu'à force de s'encombrer de saletés les gens n'avaient plus de place chez eux ? Je le laissais parler, parler... J'étais en train d'essayer de franchir une étape spirituelle.

Une fois en haut du pont, il me dit : « Regarde-moi ça », hochant la tête en signe d'appréciation devant je ne sais quel aspect du paysage au-dessous de nous, à l'endroit où les fleuves se rejoignaient et où la ville se profilait soudain au-dessus de l'eau. J'étais dans une transe et n'écoutais pas vraiment ce qu'il racontait.

« Le mariage vous apprend ce que vous êtes », dit-il.

De mon brouillard, j'enregistrai tacitement cette déclaration.

Il continua à marmotter. « Et puis, un beau jour, c'est fini, et tu n'es plus qu'une page blanche. Franchement, je ne me reconnais pas. » Il leva les mains et les contempla.

« Comment ? demandai-je.

— Écoute, Lucille, qui dirais-tu que je suis ? Suis-je le même que lorsque j'étais avec elle, ou ai-je changé ? Il y a tellement de choses que je n'ai jamais... Les livres, les idées... Je n'ai jamais recherché les hautes vérités... Je n'ai jamais trop creusé... Et voici que je me retrouve à soixante ans sans avoir jamais réfléchi aux grandes questions...

— Comme quoi ?

— Comme le bien et le mal. La nature de l'homme.

— Oh ! Celles-là... »

Il fallait que je le lance sur un sujet moins sérieux. La philosophie n'était pas son domaine, trop s'y attarder pouvait même lui faire du mal. Si vous vous y connaissez, si vous êtes prédicateur ou historien, vous pouvez vous amuser tant que vous voudrez avec l'homme contre la nature, Dieu dans l'univers, etc. Mais si vous n'êtes qu'un amateur, c'est surestimer votre équilibre mental. Vous vous imaginez que vous êtes en train de cheminer, conformément à la logique, vers la grande vérité, alors qu'en fait, vous êtes en train de vous perdre dans un labyrinthe. J'avais croisé plusieurs cinglés authentiques dans ma vie et chacun d'eux s'éternisait sur ce genre de sujets. La vérité métaphysique dépasse le cerveau humain. Elle existe certes, mais on ne peut la connaître. Je respectais les limites de la capacité cérébrale. Je n'avais aucune envie que papa fasse sauter ses plombs...

Et pourtant ! Je me sentis envahir par une soudaine admiration, je regardai son cher vieux visage à la dérobée. Était-ce bien là mon père qui parlait ? Lui qui n'abordait jamais de sujets plus sérieux que la Federal Reserve...

Alors que nous nous approchions du pont, il recommença.

« Les seuls livres que je possède, c'est par erreur que je les possède, dit-il. Tu vois ma petite étagère, dans ma chambre, sous la fenêtre ? Eh bien, ce sont là tous les livres que je possède ; oui, chacun d'entre eux est à moi. J'ai plusieurs romans en édition de poche, des laissés-pour-compte rescapés dans le jardin. J'ai lu ton Stephen King et j'ai lu *Les oiseaux se cachent pour mourir*.

— Oh ! Papa !

— J'ai bien aimé. J'ai également récupéré des livres que ta mère destinait à Evelyn. T'avouerai-je que j'en ai pris deux sans son autorisation, oui, que j'ai volé deux livres de Judy Blume et que je les ai lus ? J'ai un Louis L'Amour, récupéré dans un chariot de supermarché. J'ai ramassé des romans policiers chez le coiffeur ; ils n'avaient plus de couverture et le coiffeur m'a suggéré de les emporter chez moi, gentil de sa part, me suis-je dit... J'ai apprécié chacun de ces livres. Mais en y repensant je me dis que ce ne sont pas vraiment des ouvrages de fond, n'est-ce pas ? Ce que je veux, ce sont des ouvrages de fond. Tu entends parler de ces génies qui, en grandissant, dévoraient tout ce qu'il y avait dans la bibliothèque de leur père. Je veux le genre de bibliothèque qui permette à un enfant de beaucoup lire et l'aide à découvrir à un âge précoce les joies de l'étude.

— Mais tes enfants sont grandes ! remarquai-je.

— Oh ! Il ne s'agit pas de vous deux ! répondit-il. Je ne parlais pas de vous deux. Je pensais à l'enfant de ta sœur. »

Je n'avais pas pensé à l'enfant de ma sœur, du moins je n'y avais pas pensé en termes d'être en chair et en os, susceptible un jour de faire quelque chose d'aussi compliqué que lire un livre. Tout ce à quoi j'avais pensé, c'était au ventre de Rae, avec bien entendu quelque chose dedans, mais pas un bébé, juste une, bon, soyons francs, une espèce de boule. L'imaginer en train de lire était difficile.

« Mais c'est surtout pour moi que je veux des livres, dit-il. Tu m'aideras à choisir ?

— Bien sûr, répondis-je. Bien sûr. C'est une excellente idée. »

Je le regardai en souriant. « Mais ça va te coûter cher, crus-je bon d'ajouter.

— Mais nous sommes riches, Lucille ! Nous avons de l'argent à en jeter par les fenêtres ! »

C'était bien la première fois que je l'entendais dire une chose de ce genre, il était en effet plutôt de ceux qui répètent : « Mettez de côté pour les mauvais jours », ou : « L'argent ne pousse pas sur les arbres. » Il racontait souvent combien il avait été pauvre, comme si la pauvreté était comme les rhumatismes articulaires, une maladie qui sévissait chez les enfants mais pouvait réapparaître à l'âge adulte alors qu'on ne s'y attendait pas.

« Vois-tu, j'ai été très pauvre, oui, très pauvre », dit-il.

Nous y voilà, pensai-je.

« Le plus mauvais souvenir que j'aie, c'est Fountain Street, vers 1937. Fountain Street c'était notre rue commerçante, une rue comme tu en as vu dans toutes les villes du Sud. Une rue toute droite, pas bien longue, avec d'un côté Belk's, un salon de coiffure, la First National Bank et en face l'épicerie, la pharmacie Rexall et une quincaillerie avec des brouettes sur le trottoir. Il y a des gens qui se rappellent avec émotion leur bonne vieille rue. Des tas de films vous font revivre ça. De nos jours, il y a beaucoup de nostalgie mais je peux te garantir une chose, c'est que cette rue, je la détestais et que je déteste y repenser. Je me dis que ce que je détestais c'était moins l'endroit lui-même que l'époque et ma situation. Pourtant, lorsque j'y repense — ce pâté de maisons, ce feu rouge encapuchonné qui se balançait, ces camions garés en diagonale —, je la déteste encore. Je n'avais qu'un rêve : en sortir pour aller là où j'aurais un avenir, mais lorsque je me promenais sur Fountain Street, je me sentais prisonnier. Ma mère travaillait au rayon des chaussures de Belk's. Il me fallait y être à trois heures et demie chaque après-midi, pour lui montrer que j'étais encore en vie après ma journée à l'école... Une femme attendrissante que ma mère... Une femme qui avait été une beauté, qui s'agenouillait devant les clients et leur touchait les pieds... Et chaque après-midi à trois heures et demie, il me fallait contempler cette tragédie. Je me disais que si nous avions eu de l'argent, elle serait restée jolie, heureuse et saine d'esprit. Mon père avait renoncé à gagner de l'argent, il passait ses journées assis sur notre porche. Je n'aimais pas rentrer chez nous. Je traînais dans le grand magasin jusqu'à la fermeture, à califourchon sur le bison peinturluré du rayon des chaussures d'enfants. J'essayais les chapeaux d'homme, je me glissais dans l'alcôve du rayon lingerie. Ma mère *avait besoin* d'argent, pensais-je. J'étais persuadé que le manque d'argent finirait par l'aigrir, par la rendre folle.

« Tu crois que c'est la pauvreté qui l'a rendue folle ?

— Je l'ai cru pendant longtemps.

— Peut-être qu'il y a eu autre chose... repris-je.

— C'est bien ce que je me dis aujourd'hui ! Je m'étais imaginé jusque-là que son amertume provenait de ne pas avoir la maison qu'elle voulait, de ne pas pouvoir s'offrir de vêtements, etc. Mais certains souvenirs me sont revenus.

— Dans les scènes que tu te recrées ?

— Oui. Une fois qu'elle fut employée chez Belk, mon père se mit à la malmener. A l'époque, je ne pouvais pas comprendre. Il n'arrivait pas à trouver de travail permanent, juste des petits boulots par-ci, par-là. Il buvait et il... la ridiculisait.

— Comment ?

— Il la singeait en train de faire essayer des chaussures. » Je n'ajoutai rien. Nous étions en face de la librairie. Je me garai, j'éteignis le moteur et nous restâmes assis dans la voiture pendant une minute.

« J'en voulais au monde entier. J'accusai Herbert Hoover d'avoir causé la dépression nerveuse de ma mère ! Ma grosse erreur, Lucille, ça a été de croire à l'argent. J'aurais dû être plus attentif à d'autres choses... »

De la main, il s'essuya la bouche. « Sûr qu'on en a eu une conversation, tu ne trouves pas ?

— Oui, papa, j'ai aimé ça et j'aimerais même qu'on recommence un de ces jours... », dis-je, même si ça avait plutôt été un monologue.

Il me tapota l'épaule. « Promis ! Mais en attendant il faut qu'on approvisionne la bibliothèque de ton père ! » Il arriva à hauteur de la porte, posa la main sur la poignée et me dit sans me regarder : « Je suis sûr que je vais très bien me débrouiller. » Ce qu'il sous-entendait, c'était : *Tout seul...*

« J'en suis persuadée. »

Nous descendîmes East Bay Street bras dessus, bras dessous, au milieu des touristes, des avocats, des enfants et des serveurs, un bon échantillon de citoyens. J'étais heureuse de me retrouver dans cette foule en cet après-midi d'été. Papa avait une nouvelle démarche, son pas était plus lent, mal assuré. Il fallait qu'il regarde tout. Il me montra un immeuble où il achetait du cordage et de la peinture pour bateaux. Il y avait à la place un bureau d'avocats. En face, là où deux ans plus tôt vous aviez une bonneterie en gros, il y avait la librairie. En entrant, le chapelet de petites cloches accroché à la porte carillonna. Derrière le comptoir, une jolie fille nous sourit. « N'est-ce pas qu'elle est belle ! » dit-il. Il fixa si intensément la fille que celle-ci détourna son regard.

Le magasin était en libre service ; c'était à lui de trouver ses livres, mais il n'était pas de ceux qui aiment feuilleter. Il me confia qu'à déambuler ainsi dans les rayons, en espérant que personne ne le remarquerait, il avait l'impression d'être l'homme des neiges. Il faisait semblant de regarder les ouvrages, en fait, il s'efforçait d'avancer prudemment entre les étagères, donnant ainsi l'impression que les livres étaient en équilibre. Un faux mouvement de sa part et tout s'écroulerait. Comme le Wade Hampton Hotel.

Il étudiait la façon dont les livres étaient classés.

« Romans ? Non. Plus jeune, ça m'aurait peut-être intéressé, mais que veux-tu, nous sommes à court de temps. Je veux des livres qui m'apportent quelque chose. Même chose pour la Poésie, quant au rayon Spirituel, désolé mais ce n'est pas mon genre. Et ceux-là, Cuisine, Voyage, Art ? Sans façon... Il s'arrêta devant le rayon Enfants.

« Ont-ils encore des ouvrages sur des endroits légendaires, comme par exemple Camelot, l'Atlantide ou Troie ? » Il regarda le dos des ouvrages, ils semblaient plutôt traiter de grossesses adolescentes. Nous continuâmes.

Arrivé au rayon Littérature générale, il releva la tête et lut les titres : « Nous approchons, dit-il. Vies d'hommes célèbres, récits de guerre, études de groupes ethniques. On doit pouvoir puiser un peu de sagesse dans des livres comme ça. Si l'on apprenait chaque bataille de la Guerre civile comme l'a fait Parnell, mon associé, ou encore si l'on apprenait toutes les stratégies militaires et les statistiques, si l'on se bourrait le crâne de faits historiques, tu ne crois pas qu'on y gagnerait un peu de sagesse ?

— On ne peut pas dire que Parnell y ait gagné quoi que ce soit, répondis-je. Ça n'a fait que le rendre pire que ce qu'il était. Il appelle ceux qui militent en faveur des droits civiques des abolitionnistes ! »

Papa s'arrêta net. « Il t'a dit ça à toi ? Je lui avais pourtant dit que je lui casserais la figure si jamais je l'entendais tenir ce genre de propos...

— Non, je l'ai juste entendu dire ça à quelqu'un, un jour au bureau...

— J'y suis ! s'exclama-t-il en regardant l'étagère devant lui. Pas besoin de chercher plus loin ! » Je jetai un coup d'œil : oiseaux, roches, fossiles, papillons, coquillages, pistes d'animaux, excréments d'animaux ! Le tout catalogué et illustré par des experts. « Les savants gardaient ces matériaux pour eux, dit-il. Quand j'étais jeune, on n'avait pas accès à ces documents. » Il choisit cinq ouvrages de recherche. « Nous reviendrons, annonça-t-il. Je n'ai pas envie que la fille aille me prendre pour un cinglé. » Il la regarda enregistrer les achats.

« Tu t'es bien débrouillé, lui dis-je une fois que nous fûmes dehors.

— Tu trouves ? »

Tandis que nous attendions sur le trottoir pour traverser, une Mazda jaune passa. Sa conductrice klaxonna, fit un signe puis elle sourit. « C'était Helen, s'exclama-t-il ahuri.

— Je ne pense pas », dis-je.

Il en était persuadé, même si la voiture n'était ni la sienne ni même du genre de ce qu'elle aurait pu conduire. Je savais que ce n'était pas maman, mais il n'y avait pas moyen de le convaincre.

« Helen ! appela-t-il, mais la voiture avait déjà disparu. Allons-y ! » me dit-il en laissant tomber le sac de livres. Je le ramassai et le suivis jusqu'à la voiture. « Monte vite ! dépêche-toi ! » me supplia-t-il.

Il fallut qu'à chaque carrefour nous nous arrêtions pour regarder des deux côtés si elle n'avait pas tourné. Pas de Mazda jaune... A hauteur du supermarché, nous dûmes attendre qu'un groupe de touristes ait traversé la rue. « Où aurait-elle pu aller ? dit-il. Tourne ici et prends Calhoun Street jusqu'à Meeting Street. » Une fois là, il n'arriva pas à décider si nous devions tourner ou continuer. A notre droite, nous avions l'église baptiste et sa garderie, à gauche le Holiday Inn et en face de nous le square où, sur son piédestal de vingt mètres de haut, John C. Calhoun regardait vers le sud.

Derrière nous, les voitures klaxonnaient. Nous tournâmes à droite bien qu'engagés dans la file de gauche, manquant de peu une Jeep conduite par une blonde adolescente qui nous fit le bras d'honneur. Je me garai dans l'aire de stationnement qui était à côté de la garderie. « Rentrons à la maison », dis-je.

Il avait du mal à respirer, il transpirait. « Non, non. Si seulement je pouvais savoir où elle allait...

— Si nous allions nous asseoir sur un banc ? » suggérai-je. Nous descendîmes de voiture et traversâmes la rue qui menait au square. Je choisis un banc d'où nous pouvions voir le visage vert bronze de John C., un visage émacié et dur. Papa resta un moment assis les mains sur les genoux. Je posai le sac des courses sur le banc, à côté de lui.

« Pourquoi a-t-elle klaxonné ? murmura-t-il. Que dois-je en conclure ? » Je compris que la raison pour laquelle les vieillards viennent s'asseoir sur les bancs publics, c'est qu'ils sont las de courir après les femmes. Nous contemplâmes la statue, l'église, le Holiday Inn. Assis sur les bancs, les vieillards remarquent sans doute des détails qui jusque-là n'avaient jamais retenu leur attention. Une femme noire étendit un imperméable qui en avait vu de rudes et s'assit au-dessous de Calhoun. Les pigeons lâchaient des bouffées d'air et tournoyaient deux par deux. Dans la cour de la garderie, il y avait des petits chevaux montés sur des ressorts fixés au sol. L'un d'eux frissonnait encore, comme si un enfant venait d'en descendre.

Je cherchai ce que l'on disait des pigeons dans l'ouvrage sur les oiseaux que mon père venait d'acheter. « Regarde, dis-je. On les appelle tourterelles des rochers et ils viennent d'un autre pays. » Tenant le livre entre nous deux, nous nous lançâmes dans une discussion sur les pigeons. Il nous vint à l'esprit des questions auxquelles le livre n'aurait pu répondre (savent-ils qu'ils sont en pays étranger, ont-ils à leur façon, si secrète soit-elle, le mal du pays d'origine ?) mais, pour le moment, nous étions satisfaits de ce que nous avions appris.

Il faut davantage que de la volonté pour ne plus penser à quelqu'un que vous avez aimé et perdu. Je le sentais rien qu'à la façon dont il se voûtait ou dont ses pieds se rapprochaient l'un de l'autre. Il avait pourtant essayé, dans un sursaut de détermination énergique. Mais il faudrait davantage que cela pour arrêter ce processus. Pendant longtemps, peut-être même pendant toute sa vie, les beautés qu'il pourrait découvrir en ce monde ne suffiraient pas à éloigner les souvenirs.

« Lucille, il faut que nous avancions », me dit-il.

5

C'est une chance que l'être humain possède des hormones qui le mènent aveuglément au mariage, sinon, personne de sensé ne s'y risquerait. C'est trop piégé. Après tout, que savait-elle, Rae, que savait-elle vraiment au sujet de McQueen ? Peut-être avait-il tel ou tel défaut que l'on ne voit pas d'emblée. Et s'il était atteint de surdité musicale, ou paresseux, ou s'il avait un besoin impérieux de soins dentaires ? Il pourrait devenir chauve ! Je demandai à Rae s'il avait porté un appareil, car ses dents étaient étrangement bien alignées... Elle n'en savait rien, et il ne lui était pas venu à l'esprit de lui poser la question ! Après tout, il pouvait avoir les dents en avant, un cadeau qu'il refilerait sans qu'on le sache, par le biais de l'ADN, à l'enfant qu'attendait Rae. Pas de doute, le mariage c'est aussi aléatoire que Las Vegas !

« Ce dont cette famille a besoin, c'est de sortir un peu le soir », dit Rae.

Nous étions assis autour d'un tas de carapaces de crevettes sur une table recouverte de journaux. J'avais trop mangé, il n'y avait qu'à voir toutes les carapaces roses translucides, les journaux détrempés de jus de crevette, les quatre bouteilles vides à côté de moi. Moi qui, d'habitude, n'avais pas gros appétit, je m'étais sentie, ces temps derniers, attirée par la nourriture. Rien à voir avec un de ces troubles de la nutrition. Ce n'était pas des crises de boulimie suivies de grandes purges. J'éprouvais un attrait tout neuf pour la nourriture, et j'avais dans le ventre cette sensation proche de la faim, il était donc logique de manger. Parfois la nourriture faisait disparaître cette sensation de faim.

« Je n'ai jamais vu une fille descendre quatre bières en vingt minutes », remarqua Billy.

Je haussai les épaules.

« C'est comme ça que nous sommes par ici, répliquai-je.

— Tu ne trembles même pas, dit-il.

— On commence à boire à dix ans. On en boit au petit déjeuner. Tiens, je crois que je vais en reprendre une, que dirais-tu d'un petit concours pour voir qui de nous deux peut en descendre le plus ? »

Je demandai pour lui une Miller Light. Il se balança sur son siège, me mesura du regard et l'ouvrit. Je décapsulai la mienne. « Prêt ? demandai-je.

— Oh ! Lucille, s'exclama Rae en posant la tête dans la paume de sa main.

— Partez ! » Je basculai la tête en arrière, ouvrant ainsi tout grand mon arrière-gorge ; je m'arrêtai deux fois, la canette était vide. Billy n'en était même pas à la moitié.

« Seigneur ! s'exclama-t-il. Tu pourrais te tuer.

— Tu parles ! dis-je.

— Je dis ça sérieusement. Je ne veux pas que tu recommences, Lucille. Et toi, Rae, comment la laisses-tu faire ça ? C'est sa cinquième foutue bière !

— Ne t'en fais pas ! » dit Rae.

Il se tut et fronça les sourcils. Je me sentis coupable. « C'est de la blague », dis-je en lui tendant la bouteille. Il lut l'étiquette. « Boisson à base de malt, non alcoolique.

— Lucille ne boit pas, reprit Rae. Ni boissons alcoolisées, ni bière, ni vin. C'est une buveuse d'eau.

— J'admire ça, dit papa. A notre époque, il faut un sacré courage pour résister à la pression du groupe.

— C'est pas ça la vraie raison, repris-je. Ce qui se passe, c'est que ça me rend malade. Je pense que ça a quelque chose à voir avec l'oreille interne. Je vomis dès que j'ai la tête qui me tourne un peu, que ce soit à cause d'une bière, d'un joint ou d'un tour à la foire. Je ne peux même pas mettre les pieds sur le manège. C'est physiologique. Je ne cherche pas à donner des leçons de morale ni quoi que ce soit...

— Ceux qui pourraient donner des leçons de morale aux autres n'essayent jamais d'en donner, ils sont comme ça, dit Rae. Lucille est tout simplement bonne. Elle est née comme ça, et nous autres n'avons qu'à regarder avec admiration.

— Je crois que tu as raison, dit papa.

— Tu te trompes, repris-je. Tu te fais une fausse idée de moi. Je ne suis pas du tout comme ça. »

Billy me regarda. Je n'arrivai pas à savoir ce qu'il pensait. Il relisait la fausse étiquette sur la bouteille de bière.

« Alors, qu'en pensez-vous, reprit Rae. Je me sens toute frétillante. Que diriez-vous de sortir un peu ce soir ? »

Et Rae pouvait *se mettre* à frétiller, j'étais payée pour le savoir ! L'étonnant, c'était que son besoin de sortir le soir ne survienne que maintenant. Sans doute grossesse et hormones l'avaient-elles calmée. Pendant des semaines nous n'avions fait que manger, nager, pêcher, dormir. Comme des enfants livrés à eux-mêmes, nous avions passé nos journées en maillot de bain. Rae avait déniché un vieux maillot de bain de grossesse de ma mère, en forme de bulle bleue. Nous nous allongions sur le bois tiède du pont jusqu'à ce que la chaleur nous envoie à l'eau, puis nous nous séchions au soleil. Nous utilisions la douche extérieure dont l'eau glaciale provenait d'un puits profond. Le soir, brûlés par le soleil, et toujours en maillot de bain, nous préparions à dîner, crevettes, crabes, poisson, tomates, maïs, okra, puis nous jouions au Monopoly, au Scrabble, au mot-fantôme ou au dictionnaire, des jeux réservés aux familles heureuses. J'avais vu un jour les Frobiness, à l'époque où leur famille était encore en une seule pièce, affairés à un jeu acharné de Scrabble, entièrement silencieux jusqu'à la fin où, soudain, la fureur rentrée explosa. Mrs. Frobiness expédia lettres et porte-lettres dans le broyeur d'ordures et lança d'une voix sifflante à son époux : « Tu savais très bien que j'avais le Q et c'est pour ça que tu bloquais le U ! » Nous nous laissions mutuellement des espaces. Ainsi Billy regardait mes lettres, réarrangeait ERPSTEC afin que je puisse en voir les possibilités. SPECTRE. Je m'en tirais avec 72 points. J'aurais voulu que cet emploi du temps quotidien devienne routine.

Mais Rae voulait sortir ce soir-là.

« *Allons* quelque part », dit-elle. « Je suis partant », annonça Billy, mais, à sa voix, il ne semblait pas enthousiaste.

Papa regarda sa montre. Je me rappelai que nous avions décidé de jouer au bridge à deux le mercredi soir. Le jeu d'ordinateur que j'avais commandé pour lui programmait le nombre d'adversaires que vous souhaitiez avoir et remplaçait les absents. Vous n'aviez même pas besoin de cartes. Il adorait jouer au bridge, mais comme nous n'étions pas toujours quatre à vouloir y jouer, il se trouvait parfois forcé de faire un solitaire ou d'y jouer à deux.

« Allons-y, Lucille, déclara Billy en frappant sur la table.

— Je ne peux pas, je joue au bridge avec papa. »

Rae arriva par-derrière, elle glissa ses bras sous les miens, me soulevant presque de ma chaise. « Allons, viens, dit-elle. Qu'on profite un peu de la vie !

— Nous avons un rendez-vous, pas vrai, papa ? dis-je en retombant lourdement sur ma chaise.

— Papa peut se joindre à nous.

— Il n'en a pas envie, et moi non plus.

— Franchement, Lucille ! Il faut toujours que tu fasses ta petite vieille, tu t'en rends compte ? Tu ne trouves pas, Billy ?

— Peut-être que ce n'est pas un oiseau de nuit », dit-il.

Je le regardai étonnée. Qu'est-ce qui lui faisait dire ça ? Il me fallait reconnaître qu'il avait su percevoir une de mes particularités : j'étais sans aucun doute un oiseau de jour. J'appréhendais la tombée du jour, et en pleine nuit, je tremblais littéralement de peur. J'avais encore une veilleuse dans ma chambre, une de ces veilleuses représentant les Flintstone, que l'on enfonçait dans la prise. J'avais voulu récemment la remplacer par quelque chose qui fasse moins gosse, mais la vendeuse de chez K-Mart m'avait expliqué que toutes les veilleuses représentent des personnages de bandes dessinées car elles sont destinées aux enfants. C'était une insulte et en plus, c'était faux, mais je ne dis rien. Je suis persuadée que beaucoup d'adultes seraient bien contents d'avoir une veilleuse dans leur chambre pour dissiper leurs angoisses nocturnes...

Mes angoisses nocturnes ressemblaient, quant à leur objet, à celles de la journée, mais elles étaient plus grosses, boursouflées comme des ballons de baudruche. Même une fois que j'avais fini par m'endormir, elles revenaient souvent, monstres gras et bouffis.

Quant à sortir le soir, je n'avais jamais compris ce que cela avait de si drôle. La lumière du jour, c'est pour les êtres humains. A l'époque préhistorique, et pendant des éternités, la terre a été plongée dans l'obscurité, ses habitants avaient peur de se faire dévorer. Voici qu'un beau jour, tout s'est éclairé, du coup, les hommes ont pu se dégager un peu de l'emprise de la peur, ils ont eu le temps d'apprendre à raisonner.

« J'ai attendu cette partie de bridge toute la journée », dis-je. En fait, je n'aimais pas du tout jouer au bridge, je n'aimais d'ailleurs pas jouer aux cartes parce que mon esprit avait tendance à vagabonder, délaissant les cartes au profit des pétards qui éclataient, des gens sur leurs ponts, des cigales ou des myrtes, alors, bien sûr, je perdais. Mais je jouais pour faire plaisir à papa.

« Tu as le jeu ? lui demandai-je.

— Écoute, Lucille, je sais que nous avons décidé de faire deux parties ce soir, mais pourquoi ne vas-tu pas faire un tour avec ta sœur ? Tu ne vas tout de même pas rester bien sage à la maison avec moi.

— Bien sûr que si. Allez, commençons.

— A vrai dire, Lucille, j'ai d'autres plans. Pour la soirée. »

Comment pouvait-il avoir fait des plans qui m'excluaient ? Il n'y avait pas d'autobus le soir. Une ou deux fois, il m'avait demandé de le déposer au cinéma, mais je l'en avais dissuadé car la salle était en général pleine d'adolescents tapageurs qui vous empêchaient de regarder le film.

« Tu ne vas pas au cinéma, n'est-ce pas ? demandai-je.

— Non, en fait, je vais regarder une cassette vidéo chez Mrs. Oxendine.

— Bravo, dit Rae.

— Tu vas faire quoi ? demandai-je. Avec qui ?

— Tu la connais Mrs. Oxendine, la dame qui me coupe les cheveux. Elle a un nouveau magnétoscope alors elle m'a invité à venir regarder un film. Billy, si vous sortez, ça m'arrangerait que vous me déposiez. Elle habite derrière le lycée, c'est trop loin pour y aller à pied. Vous pouvez m'y laisser ?

— Bien sûr », dit Billy.

Je me tournai vers Rae pour qu'elle vienne à mon secours, mais elle jouait à la femme préoccupée. Ou peut-être qu'elle ne jouait à rien du tout et qu'elle était, en fait, préoccupée. Je n'aurais pu le dire. Elle farfouillait dans son tas de carcasses de crevettes d'où elle extirpa une crevette qui n'avait pas été décortiquée. Elle l'enfourna dans sa bouche, la petite queue rose ressortait. Elle l'épluche avec sa langue, comme un perroquet écosse les graines. Tout en s'y affairant, elle se leva et alla se mettre dans le courant d'air de la porte. Je la suivis.

« Rae, murmurai-je.

— Qu'y a-t-il ? » Elle recracha la carapace dans le creux de sa main.

« Décharge-moi de cette responsabilité !

— Comment ?

— Tu t'imagines que tu peux mener ta vie sans faire *attention* à ça ? Suis-je censée m'occuper de tout ?

— Minute ! Je t'ai proposé de venir avec nous, n'est-ce pas ? Quel est le problème ?

— Ce n'est pas ce que je veux dire. Nous ne connaissons même pas cette femme. Nous ne savons strictement rien sur elle ! Que veux-tu, ça pourrait être... Ça pourrait être...

— Écoute, elle ne peut être rien de mal ! Détends-toi. Je ne t'ai jamais vue dans cet état, ma pauvre Lucille, depuis quand portes-tu sur tes épaules la responsabilité du monde entier ?

— Ça pourrait être une aventurière, une pute, une pin-up...

— Mais qu'est-ce qui t'arrive, nom d'une pipe ? » Elle me regarda avec des yeux ronds, comme si je me laissais pousser la barbe. « Il faut que tu sortes d'ici, reprit-elle. Sérieusement. Tu n'as plus aucune perspective.

— Tant pis. Si tu ne veux pas m'aider. Si c'est comme ça...

— Écoute, ma petite chérie, il ne fait que se rendre chez une femme pour regarder la télé.

— Non, non, pas la *télé*. Une cassette vidéo.

— Quelle est la différence ?

— Mais enfin, tu ne sais pas à quoi elles servent, les cassettes vidéo ? Tu ne sais pas pourquoi les gens les achètent ? Pour regarder des films réservés aux adultes, si tu veux savoir ! »

Elle rit en hochant la tête. « Lucille, Lucille...

— Oublie tout ça », dis-je. Je retournai à table, papa était en train de dire à Billy que si Rae et lui étaient prêts, ils pouvaient se mettre en route. « Je suis déjà en retard, dit-il. Je lui ai dit "après le dîner" mais elle dîne plus tôt que nous, et elle doit se demander où je suis...

— Allons-y, dit Billy, en rangeant sa chaise.

— Dis-moi, papa, repris-je. Je croyais que ton salon de coiffure était dans la galerie marchande ?

— C'est exact. Et Mrs. Oxendine est la nouvelle coiffeuse. C'est elle qui m'a coupé les cheveux comme ça. Elle prétend que c'est rare de voir des cheveux aussi épais que les miens, elle les a désépaissis de ce côté, du coup, ils ne rebiquent plus au-dessus de mes oreilles. C'est un excellent coiffeur, Vera Oxendine. » Sa façon de prononcer son nom éveilla en moi des soupçons.

« Et c'est votre premier rendez-vous ?

— En fait, non. » Il baissa les yeux et se mit à fixer son assiette. « Je... Je l'ai vue plusieurs fois. Rien de sérieux. Comme tu dirais, Lucille, ce n'est pas vraiment fleur bleue. »

Je remarquai que les poils de son nez avaient été coupés.

« Nous te retrouverons à la voiture, dit Rae. Allons, viens Lulu, changeons-nous ! » Puis elle ajouta plus bas : « Ne sois pas trop dure avec notre papa.

— Qu'est-ce qui ne va pas avec ce que j'ai sur le dos ? » Je sentis ma mâchoire et ma lèvre inférieure se raidir d'obstination.

« Disons que tu peux te pomponner un peu quand tu sors en ville...

— Je n'ai rien pour me pomponner...

— Voyons. » Elle me poussa dans ma chambre et alluma l'électricité. « Tiens-toi droite. Enlève-moi ces épingles à cheveux et secoue simplement la tête. » De ses mains, elle m'ébouriffa les cheveux. Elle inclina l'abat-jour pour mieux voir mon visage. « Toi, tu es Automne », dit-elle. Devant mon air ahuri, elle expliqua : « C'est ta saison. Ça veut dire que tu devrais porter des rouges et des verts. » Elle ouvrit la porte de mon placard. « Tiens, tiens..., dit-elle.

— Comment ?

— Qu'est-ce que tu vois là-dedans ? dit-elle.

— Mes vêtements.

— C'est plutôt morne plaine et compagnie ! Pas une couleur vive. Regarde-moi ça, du marron, du brun, du havane, du gris... !

— Gris-bleu, précisai-je.

— Toute ta garde-robe est dans les tons de la terre, ou plutôt, dans les tons de la lune. » Elle tirait sur les manches, sur les ourlets. « Triste, triste, triste. Ce n'est pas toi, ces machins-là. Ça, c'est toi ! » Elle leva les bras, enleva son sweat-shirt rouge, m'en drapa les épaules puis elle me fit pivoter en direction du miroir. « Non », dis-je en me dégageant les bras de son sweat-shirt. Je tirai mes cheveux en arrière et les attachai avec une barrette.

Elle me regarda. « Vois-tu, Lucille, tu t'imagines que c'est de la vertu alors que c'est juste une forme de vanité.

— Je le sais », dis-je. J'étais passée maître en la façon d'éviter les accrochages avec Rae.

« Tu te préoccupes trop de l'effet produit. C'est ça la vanité, vois-tu. Oublie de quoi tu as l'air, tu t'amuseras davantage.

— Je le sais », dis-je. Mais ce qu'elle ne comprenait pas, c'est que j'en avais franchement assez de ne pas être naturelle. Je ne lui répondis pas que mon désir le plus cher serait de ne plus jamais repenser à moi. De ne plus jamais entendre le son de ma voix, extérieure ou intérieure. De ne plus jamais entendre prononcer mon nom.

Si elle m'avait dit *comment* être moi-même, j'aurais sauté sur l'occasion.

« Douze soixante-douze Rookery Lane, me dit papa depuis le siège arrière, en se penchant pour regarder par le pare-brise entre Rae et Billy. Ici à gauche. Sur la boîte aux lettres, il y a une oie en bois avec des ailes qui tournent. Ça y est, c'est ici. »

Les ailes de l'oie s'en donnaient à cœur joie, on aurait dit quelqu'un en train de nager frénétiquement sur le dos. La maison était petite, l'extérieur était recouvert de bardeaux ondulés vert menthe. Papa bondit de la voiture. Le temps que je me glisse pour passer la tête par la fenêtre, il était déjà dans l'allée. « Attends ! lui criai-je. A quelle heure veux-tu que je vienne te rechercher ?

— Ne t'en fais pas pour moi, dit-il. Vous, les jeunes, allez faire un tour et amusez-vous bien. Je me débrouillerai pour rentrer.

— C'est trop loin pour rentrer à pied. Et puis, tu ne peux pas traverser la rocade.

113

— Vera me déposera. »

La cigogne blanche qui ornait la double porte de Mrs. Oxendine s'aplatit sur le côté dès que la porte principale s'ouvrit. Une femme descendit l'allée en direction de la voiture, elle baissa la tête et nous fit un signe de la main. « Je le ramènerai, dit-elle. Vers onze heures et demie, ça va ?

— Merci », dit Rae.

Je baissai complètement la fenêtre et passai la tête. « Si jamais nous n'étions pas de retour à cette heure-là, il pourra rentrer quand même. J'ai laissé la lampe de la cuisine allumée, et il y a une clef sous la... » Je m'arrêtai net. Je ne voulais pas que cette personne sache où était la clef !

« Sous la première marche, reprit Vera. Tiens tiens. » Elle prit le bras de papa. « J'en sais plus long sur cette famille que sur la mienne, dit-elle. Vous, vous êtes Rae. » Elle la montra du doigt. « Et vous, vous êtes Lucille, et voici Billy McQueen, la dernière addition au clan ! » Vera était une femme large d'épaules aux cheveux grisonnants coupés sans chic, de façon masculine. Elle portait des boucles d'oreilles blanches et rondes, que je pris au début pour des lobes déformés. Elle braqua sur moi sa petite main à travers la fenêtre, je me recroquevillai avant de comprendre que tout ce qu'elle voulait, c'était que je la serre. Je la serrai. Les doigts étaient trapus et moites.

« Bonne nuit », dit Vera tandis que nous repartions.

Je ne pus qu'en conclure que rien n'est plus vulnérable qu'un homme dans le fauteuil du coiffeur. Très bien tant que le coiffeur est de la vieille école à qui l'on peut faire confiance. Le genre pharmacien. Mais maintenant qu'il y a des femmes coiffeurs, des « stylistes », c'est une autre histoire. Et je vous coupe, et je vous rase, et je vous aspire le cou, et je vous brosse les épaules, que voulez-vous ça ne peut qu'engendrer une certaine intimité... Un lien se crée... Que lui avait-il raconté d'autre à notre sujet, haut perché sur son fauteuil tandis qu'elle le faisait disparaître sous la mousse blanche ? Je me sentis trahie.

En général, un homme remplacera l'épouse qu'il n'a plus par quelqu'un qui ressemble à celle-ci. Pourtant, si Dieu avait créé une personne qui était tout l'opposé de ma mère, c'était bien Vera Oxendine.

Rae gloussa de joie. « Tu vois, Lucille, qu'est-ce que je t'avais dit ? Tu ne vas pas me faire croire que tu flaires anguille sous roche *là-dedans* ?

— Il ne faut pas se fier aux apparences, dis-je. Elle lui court après.

— Oh ! là ! là ! Tu prends les choses trop au sérieux, ma pauvre Lulu !

— Je prends toujours tout très au sérieux.

— Eh bien, tu ne devrais peut-être pas. Peut-être que tu devrais te détendre un peu...

— Et tout prendre comme une plaisanterie ?

— Mais tout *est* une plaisanterie, ma chérie. Pas vrai, Billy ? »

Il ne répondit pas par l'affirmative.

« C'est ta façon de voir les choses, ce n'est ni la mienne, ni celle des autres, lui dis-je. Il y a des gens qui trouvent que rien n'est une plaisanterie.

— C'est la façon sinistre de voir les choses. Ça veut dire que tout est mortellement ennuyeux.

— Absolument pas, dis-je. Ça veut dire que tout est important. Du moins, c'est ce que je pense. Tout en ce monde est important.

— Et toi, McQueen, qu'en penses-tu ?

— Je pense que ni l'une ni l'autre de vous ne se connaît très bien. » Il fit tourner le volant et nous nous retrouvâmes sur la 17e rue nord.

« Qu'est-ce que tu veux dire par là ? demandai-je.

— Que tu es le bouffon, Lucille. Et Rae, celle qui prend les choses trop au sérieux. Maintenant, que l'une de vous me dise où je vais.

— Au Fishbone's, dit Rae.

— Dans ce cas, déposez-moi à la maison, dis-je.

— Qu'est-ce qui te fait peur ?

— Je n'ai pas peur de quoi que ce soit, je ne veux pas aller là-bas. Nous serons les seuls Blancs. »

Billy questionna Rae du regard.

« Exact », répondit-elle.

Rae s'entendait bien avec les Noirs. Depuis qu'elle avait fait la connaissance de Rhody à la maternelle, elle avait eu toute une kyrielle d'amis noirs. Je n'arrivais pas à leur parler avec autant de naturel que Rae. A vrai dire, je restais souvent muette en présence des Blancs, mais avec les Noirs il y avait le problème supplémentaire de trois cents années d'un passif historique. L'histoire pesait sur nous, comme l'orage... Rhody et Evelyn étaient les seules en compagnie desquelles je me sentais presque à l'aise. J'étais sûre qu'elles n'iraient pas me poignarder.

« Rhody sera là, reprit Rae. Elle a été licenciée de son travail au Palmetto Beach, du coup, elle est serveuse au Fishbone's. Je veux la voir. »

Rae avait chanté avec l'orchestre du Fishbone's pendant les vacances scolaires. L'orchestre n'avait pas de nom, ses membres allaient et venaient, comme les Chalutiers. Seul Tick Willis, le pianiste, restait fidèle au poste, aussi appelait-on cet orchestre Tick Willis's Band, mais il fallait voir là une description et non pas un nom. Tick était le cousin de Fishbone Johnson, le propriétaire du club. Il était également le père d'Evelyn, la fille de Rhody.

« D'accord, je viens », dis-je.

Il y a des jeunes Blancs qui aiment prouver qu'ils sont capables de s'enivrer avec les Noirs. Parfois, ils envahissaient le Fishbone's, s'installaient au bar et essayaient de parler comme les Noirs. Ils amenaient des filles en robe bain de soleil qui se mettaient à chanter avec Rae, le regard noyé dans le vague, parce qu'elles rêvaient toutes de chanter avec un orchestre noir.

Chaque fois que j'allais au Fishbone's, j'étais en proie à des émotions conflictuelles, car en dépit du nuage que laissait flotter l'histoire et de la lame de couteau qu'on allait me glisser entre les omoplates, j'aimais les Noirs. Non seulement j'aimais Evelyn la myope, Rhody l'agile, et Tick Willis à la taille haute, mais j'aimais les autres. Fishbone, muet dans son coin, était celui qui me faisait le plus peur, mais c'était aussi le plus sympa de tous. Je ne l'avais jamais entendu dire un mot. Il prenait l'argent, avait l'œil sur tout et gardait un rasoir à manche dans sa botte de pêcheur blanche.

« Que devient Evelyn ? » demandai-je à Rae dans la voiture.

Evelyn était une enfant prodige, d'une précocité que personne ne revendiquait. Rhody lui avait appris à lire, mais Evelyn faisait partie de ces enfants qui apprennent comme par enchantement :

116

à peine Rhody lui avait-elle enseigné les sons qu'elle avait démarré au galop.

« Elle vient de rentrer de Duke University, dit Rae. Ils ont un programme d'été pour les élèves de quatrième. »

J'avais connu beaucoup de gens intelligents ; la vivacité d'esprit, son origine, ses manifestations étaient des questions qui m'intéressaient. Depuis qu'en classe de seconde on m'avait orientée vers la section pour adolescents doués, je m'étais efforcée de comprendre si j'étais vraiment douée ou si les autorités avaient commis une erreur. Je n'étais sûrement pas comme les gens intelligents que je connaissais, ma mère, Rae, Wayne, ou Evelyn, tous quatre des esprits rapides. Ils étaient prompts à vous donner la réponse et leurs esprits passaient du coq à l'âne. Moi, j'étais lente. Au bridge j'oubliais les atouts, au Scrabble je ne voyais mes lettres que de la façon dont elles apparaissaient sur le porte-lettres. Rae prétendait qu'étant gauchère au niveau moteur, mais droitière au niveau cérébral, je ne pouvais pas être du genre rationnel ou logique. Au lieu de penser par étapes, j'avais une vision globale des choses, je les voyais en images. Maman riait et disait : « J'appelle ça rêvasser. »

De tous les gens intelligents que je connaissais, Evelyn était la plus intelligente, en fait elle était si vive d'esprit que je finissais par me demander s'il n'y avait pas chez elle quelque chose qui ne tournait pas rond... A la naissance, on avait raconté qu'elle était vouée à mener une existence végétative parce que, d'une part, le rapport des dimensions de la tête et du corps laissait à désirer et que, d'autre part, elle ne réagissait pas à la lumière. A l'âge de huit ans, elle lisait W. E. B. Dubois. A l'âge de dix ans, elle était devenue membre de Mensa. A en croire Rhody, les radiographies montrant Evelyn dans le ventre de sa mère après dix-neuf heures de travail avaient affecté le cerveau de cette dernière. C'était la seule explication plausible, car on ne pouvait attribuer ce génie à l'hérédité, et encore moins au milieu.

Le Fishbone's était jadis à la campagne. Il vous fallait faire des kilomètres sur la nationale 17, jusqu'à un petit village du nom de Germantown, où il n'y avait jamais eu qui que ce fût d'origine allemande. L'endroit était ainsi nommé en souvenir d'Isaiah German, prédicateur qui en 1866 avait fait venir, dans l'idée de fonder une

ville, les quelque deux cents membres qui composaient sa congrégation afro-méthodiste-épiscopale de Charleston. Il n'en résulta que
la construction d'une église minuscule, qui, au fil des générations,
perdit sa congrégation, ses fidèles s'esquivant à Charleston dans
l'espoir d'y trouver du travail. Le club du Fishbone's avait établi
ses quartiers dans l'église.

Cette fois-ci, le trajet de Germantown nous parut court. Nous
passâmes devant les petites épiceries et les marchands de voitures
d'occasion dont les fanions en plastique orange s'agitaient encore
dans l'espoir de racoler un client tardif. J'étais en train d'écha-
fauder une théorie selon laquelle l'environnement influence votre
concept de la durée. Ainsi, une promenade en voiture dans la forêt,
les champs ou la nature paraît-elle longue alors que la même distance, ponctuée de magasins et de pancartes, paraîtra courte. Vous
n'avez pas l'impression d'avancer. Germantown n'était plus très
loin de Charleston, elle la touchait presque. Tôt ou tard, elle serait
absorbée...

Des voitures étaient garées tout autour du Fishbone's, telles des
bêtes autour d'une mare. Une lampe, haut perchée sur un poteau,
montrait que le bâtiment allait un jour ou l'autre s'écrouler
en un tas de planches. Construit, disait-on, en cyprès, il devait être
éternel mais, au fil des ans, Fishbone l'avait étayé à l'aide de tout
ce qui lui tombait sous la main ; on aurait dit une cabane de
squatter.

A l'intérieur, on apercevait encore les murs d'origine. Les fenêtres étaient entourées de visages d'anges taillés dans la pierre. Au
fond, à l'emplacement de l'autel, s'étirait un bas-relief d'animaux
bizarres, tout aussi ressemblants que les biscuits en forme d'animaux : l'un devait être un petit ours laineux ou un gros mouton,
l'autre était, à coup sûr, un bouc à tête de lion.

« Qu'est-ce que c'est que cet endroit ? demanda Billy.

— Une église centenaire, et le meilleur night-club du coin »,
répondit Rae.

On ne nous reconnut pas tout de suite. Je crus percevoir un
silence au moment où nous entrâmes, mais peut-être était-ce là mon
imagination. Je crus aussi les entendre chuchoter : « Seigneur, des
Blancs ! » Ce genre de situation ne dérangeait pas Rae : elle s'estimait la bienvenue partout où elle allait, et sans doute l'était-elle.

Au bout d'une minute, Tick la repéra à l'autre bout de la salle, il commença une nouvelle chanson. Rae lui sourit en hochant la tête.

Lorsque les gosses de Wando n'y étaient pas, le Fishbone's était calme et avait même un côté vieillot, c'était un de ces endroits habillés, où le slow est de rigueur et où l'on se parle poliment. Parfois, en voyant entrer des jeunes Blancs, Tick se mettait à jouer quelque chose d'entraînant, mais, en général, il préférait les rengaines. Pour Rae, il se lança dans « *The Great Pretender* ». Nous nous installâmes dans un box. Ça sentait la cigarette, la bière et l'essence.

« Ça m'a l'air de durs à cuire, remarqua Billy en regardant l'orchestre par-derrière son épaule.

— Ce ne sont pas des étudiants », dit Rae.

Il confirma d'un signe de tête. Il se mit à pianoter sur la table, pas tout à fait en cadence. J'avais envie de lui dire de se calmer. Je savais parfaitement ce qu'il pensait, à savoir que c'étaient là les derniers moments de sa vie. Seulement, il ne pouvait pas le dire. Son épouse ne montait même pas la garde.

J'aperçus Rhody et Evelyn assises à une table près de l'orchestre. Rhody était toujours aussi grande, aussi mince et aussi cuivrée. Evelyn, elle, était aussi trapue et noiraude que Tick, elle arborait de nouvelles lunettes. Elles regardaient l'orchestre, mais en voyant Tick nous faire un signe, elles se tournèrent vers nous. Rhody grimaça un sourire et s'approcha de notre table. Elle fit la moue en secouant la tête lorsque Rae se leva pour montrer son ventre.

« Est-ce que je vois ce que je crois que je vois ? s'exclama Rhody. Franchement, ma belle ! Je croyais que je t'avais mieux expliqué les choses !

— Rhody, je te présente Billy McQueen, mon mari.

— Oh ! là ! là ! s'exclama Rhody, hochant la tête pour l'évaluer. C'est toi le... responsable ? »

Billy fut pris d'un petit rire nerveux. « Ne te laisse pas démonter par elle », aurais-je voulu lui dire, sachant bien que Rhody ne se priverait pas d'essayer.

« Je t'avais pourtant appris, je croyais, qu'un cinglé plus une cinglée ça ne faisait pas un être sensé ! dit Rhody à Rae. Bonté ! Rae Odom, femme mariée ! N'est-ce pas incroyable ! Par quoi a-t-on commencé, le poulet ou l'œuf ? »

Rhody s'adressait à Rae, mais elle regardait Billy du coin de l'œil. Je savais où elle voulait en venir. Evelyn posa la main sur le bras de sa mère pour la retenir.

« On t'a fait une échographie ? demanda Rhody.

— Non.

— Figure-toi que la dernière d'Evelyn, c'est qu'elle va devenir obstétricienne ! Tu vois le tableau ? » reprit Rhody.

Rhody taquinait Evelyn mais elle était très fière de cette dernière, aussi bien de ses résultats scolaires que de ses inventions en matière de coiffure : des nattes tressées tout contre son crâne qui retombaient en boucles de chaque côté, comme des oreilles d'épagneul. Rhody adorait Evelyn, mais il fallait le savoir... Elle dissimulait ça sous ses taquineries.

« A quoi bon une échographie ? reprit Rhody. Allons, viens par ici. » Elle posa les mains de chaque côté du ventre de Rae. « Tu as un petit gars là-dedans, ça se voit à la façon dont tu le portes, tu le portes bas. » Elle frotta le ventre de Rae. « Un bon gros père !

— Mais non ! dis-je. C'est une fille.

— Qu'est-ce que tu en sais, toi, mam'zelle Lucille, de ce qui est de faire des bébés ? rétorqua Rhody.

— Oh ! rien, répondis-je. Mais ce sont des choses que je sens, c'est tout... » « Tu devrais te faire faire une échographie, reprit Evelyn. Pas simplement pour connaître le sexe, mais pour savoir si ce sont des jumeaux.

— Oh ! Mon Dieu ! s'exclama Rae.

— Tu sais, ça fait quand même gros ! dit Rhody.

— C'est un géant, dit Billy. Tu te rappelles ces photos du géant debout à côté de ses parents dans leur salle de séjour ? Eh bien, figure-toi que je crois que c'en est un !

— Vous venez d'entendre Mr. McQueen ! » reprit Rhody. Elle se glissa sur la banquette, juste à côté de moi. Debout, la main posée sur la table, Evelyn surveillait sa mère du coin de l'œil. Parfois, Evelyn empêchait Rhody de faire des bêtises. « Et elle t'a épousé, ajouta Rhody d'un ton accusateur.

— Eh oui, reprit Billy. Si incroyable que cela puisse paraître...

— J'espère que tu sais dans quel guêpier tu t'es fourré !

— Qu'est-ce que tu veux dire ?

— Ah ! Ah ! reprit Rhody en riant. Ces hommes ! Des enfants de chœur! Regardez-moi ça, des hommes qui ont pourtant leurs deux yeux! » Elle siffla en secouant la tête. Elle nous examina tous. « Bon, ici, la serveuse, c'est moi, dit-elle. Puis-je prendre vos commandes?

— Deux bières et un Pepsi », dit Rae.

Rhody se tortilla pour s'extraire de sa banquette.

« Rassieds-toi, Evelyn. Raconte à ces Blancs ce que tu as fait. »

Evelyn se rassit. Elle remonta ses lunettes sur son nez. Chaque fois que je la voyais, j'étais ahurie. Evelyn était le rejeton génial, mais sans charme, de deux êtres beaux et bien faits dotés d'un cerveau moyen. C'est entendu, elle venait d'être invitée à Duke University mais j'étais inquiète quant à son avenir. Elle n'était pas assez normale pour passer inaperçue. Elle s'affublait d'habits de petite fille démodés, de robes sans forme avec manches et hautes ceintures. Rhody avait beau essayer de lui faire porter des sweatshirts et des shorts, Evelyn avait des idées bien arrêtées sur sa façon de s'habiller. Elle demandait à sa grand-mère de lui confectionner ce genre de robes car elles étaient introuvables. Elle les dessinait, c'était ça le genre qu'elle voulait se donner.

« Rhody m'a dit que tu étais allée passer un mois à Duke University, dit Rae.

— Oui, m'dame. » Je tiquai. C'était bien la première fois qu'Evelyn lui donnait du « Oui, m'dame »...

« Tu t'es bien amusée? »

Evelyn réfléchit. « Je n'appellerais pas ça s'amuser, rectifiat-elle, le travail était stimulant. J'ai fait du chinois...

— Oh! là! là! s'exclama Rae. Ça n'a pas dû être facile, toutes ces lettres bizarres à apprendre!

— Non, m'dame. »

Rae me regarda.

« Et les autres jeunes? Tu les as trouvés sympa?

— Oui », répondit Evelyn. Elle se mit à contempler ses genoux. Rhody réapparut avec les boissons. Elle regarda longuement Evelyn et lui demanda si elle était fatiguée. Evelyn lui répondit que non.

Je pressentais déjà des problèmes dans l'avenir d'Evelyn. Comment un enfant pouvait-il grandir normalement dans un endroit comme chez les Poole, avec une mère qui ne faisait qu'entrer et sortir, un père absent qui le jour travaillait sur les poteaux télé-

graphiques et le soir jouait du piano, un grand-père qui se prétendait le guérisseur de Dieu, et vous ensevelissait sa maison sous des
pièces d'hélicoptère ? Rien d'étonnant qu'Evelyn soit bizarre.

Lorsqu'elle revint avec les boissons, Rhody avait l'air grave. « Tu
prévois de revenir par ici ? demanda-t-elle à Rae.

— Je ne pense pas, répondit Rae.

— Tu pourrais, si tu en avais envie.

— Merci, Rhody. » Tenant sa bière à deux mains, Rae regarda
Rhody droit dans les yeux. Ça faisait quinze ans qu'elles étaient
amies. Trois étés de suite, ma mère avait payé pour permettre à
Rhody d'accompagner Rae au Camp Kanuga. Rhody se targuait
d'être la seule Noire de l'État à savoir tirer à l'arc. Par la suite,
papa avait aidé à l'envoyer à Parkers Business College en réglant
les frais qui n'étaient pas couverts par sa bourse. Rhody était une
championne du verbe aller, elle ne pensait qu'à aller, toujours plus
loin. Evelyn, elle, n'avait rien d'une battante, mais j'osais espérer
que tout irait bien pour elle, si des endroits comme Duke lui cou-
raient déjà après.

« D'où êtes-vous, Mr. McQueen ? demanda Rhody.

— Du pays de Lincoln, répondit Billy en levant sa bière à la santé
de Rhody avant d'en boire un grand coup, les yeux rivés sur cette
dernière.

— Je me disais bien ! Un jeune yankee blanc, ça peut rester assis
toute la soirée sans même sourire. Je ne sais pas ce qui fait ça,
et vous ? Je pense qu'ils se fichent quelque chose dans l'...

— Rhody, interrompit Evelyn. Aux tables, il y a des clients qui
veulent quelque chose.

— Tu as raison, mon bébé. Faut que je pense à ma carrière ! »
Elle se leva, lissa sa jupe sur son ventre bien plat et ses hanches
minces. « Écoute, dit-elle à Rae. Ménage-le, ma chérie. Au début... »

Rae secoua la tête et s'efforça de ne pas sourire. « Compris »,
dit-elle.

Rhody repartie, Billy déclara devant Evelyn : « Je n'aimerais
pas me trouver nez à nez avec cette femme dans une allée sombre.

— Rhody est l'être le plus adorable que j'aie jamais rencontré,
répondit Rae.

— Je ne sais pas pourquoi, mais je préférerais qu'elle ne pose
plus jamais les mains sur toi... », dit-il.

Rae se redressa sur sa banquette, en jetant un coup d'œil du côté d'Evelyn. « Tu... quoi ? dit-elle.

— Oublie ça. J'ai besoin d'une autre bière.

— Je vais vous en chercher une », dit Evelyn en se dirigeant vers la cuisine.

L'orchestre de Tick Willis jouait les Platters, les Temptations, les Persuasions et les Impressions. Assis, nous buvions et nous écoutions. C'était aussi nul que tous les rendez-vous où j'étais allée, exception faite de ceux avec Wayne. Personne ne parlait. J'essayais de penser à des choses à dire, mais elles étaient si boiteuses qu'elles n'arrivaient pas à sortir. En fait, les sujets que j'avais en tête n'étaient pas de ceux que je pouvais amener en toute sécurité. Rae regardait l'orchestre et chantait les paroles. Billy ne regardait pas l'orchestre et ne chantait pas les paroles. Il regardait tout sauf l'orchestre, il étudiait les anges dans l'encadrement des fenêtres et déplaçait les bouteilles de bière.

L'orchestre fit une pause. Tick vint nous trouver.

« Rae Odom ? V'là que tu vas te marier, qu'on m'dit. Dur à croire ! *Dur-à-croire.*

— Nom de Dieu ! s'exclama Billy.

— Harold Willis », dit Tick en tendant la main droite.

Billy inclina la tête et lui serra la main. « Billy McQueen.

— Vous voyez, j'avais jamais *envisionné* ça. Que Rae se marie avec qui que ce soit. L'avenir ça s'prédit pas, ça ira comme ça voudra bien aller. Et Lucille qu'est assise là comme d'habitude, comment qu'ça s'fait qu't'as pas ton mot à dire là-dedans ? Lucille, elle aime pas qu'on la lui fasse, expliqua-t-il à Billy. Rhody me dit que vous venez d'Chicago, Illinois.

— Non, rectifia Billy. De Winnetka, Illinois.

— Oh, j'crois pas qu'aux jeunes d'aujourd'hui ça leur importe d'où qu'ils viennent. J'ai un cousin qu'a marié une Vietnam, un autre qu'a marié une naine...

— Il te fait marcher, murmurai-je.

— On est différent par ici, dit Tick. On a tout plein qu'vous avez pas.

— Ouais ? » dit Billy. Son pouce grattait l'étiquette de la bouteille.

« Ce n'est pas sa vraie façon de parler, soufflai-je à Bill. Il est en train de manigancer quelque chose.

— Pour sûr, qu'on a les Noirs, nous. Vous en avez là-bas, à Winnetka, Illinois ? »

Ne dis pas oui, suppliai-je. *Mais ne dis pas non.*

« Winnetka, c'est un nom indien. Ça veut dire "Pas de Noirs", dit Billy.

— C'est vrai ? dit Tick.

— Je le jure devant Dieu !

— Ils les laissent pas rentrer, hein ? » Tick tapotait sa bouteille de bière. Il m'arrivait d'avoir peur quand je voyais des hommes s'affronter ainsi.

« Pas que ça, poursuivit Billy. S'il y en a un qui entre par erreur, ils en font un esclave. Ils en ont gardé des tas au Country Club à laver les verres à vin dans une pièce à l'arrière.

— Ben, reprit Tick. C'est pas si différent d'par ici.

— Non, dit Billy. Ça ne l'est pas. » Il acheva une autre bière. La façon dont les hommes peuvent convertir l'hostilité en bienveillance sans se perdre en explications m'étonnait parfois.

Rae s'excusa pour aller aux toilettes. Nous la regardâmes traverser la salle. Tick et Billy dodelinaient de la tête. Je ne buvais que du Pepsi, mais lorsqu'on se trouve en compagnie de gens ivres, on ne se sent pas très frais soi-même. Nous avions les yeux rivés sur les épaules décharnées de Rae, sur son corps, mince de partout, sauf là où elle portait le bébé et son lait.

Tick fit coup double. « Elle... *enceinte ?*

— Sûr et certain », répondit Billy.

Tick se renversa dans son siège comme s'il s'était fait battre aux cartes. Il se mit à regarder d'un air hébété la porte des toilettes des dames. « Ça m'fait quelque chose, dit-il.

— Comme quoi ? s'enquit Billy.

— Ça m'atteint là, dit Tick en tambourinant sur sa poitrine. C'est comme quand on tue une biche. *On s'en veut.* Même qu'on en avait très envie, une fois qu'on la voit là par terre, on s'dit qu'on vaut rien, pas mieux qu'un Blanc.

— Hé ! C'est pas vous qui avez fait ça, c'est moi.

— C'est vrai, mais c'est du pareil au même. Vous l'savez parfaitement c'que j'veux dire, mon vieux. Vous l'avez entendue chanter.

— Non. Je ne l'ai jamais entendue chanter.

— Vous vous foutez d'moi. »

124

Billy en resta là. Il but un peu de bière.

« Eh bien, vous en avez une chouette surprise qui vous attend, Mr. McQueen. Vous êtes allé épouser quelque chose et vous ne saviez pas ce que vous y gagniez. Pour quelle raison vous l'avez épousée si vous l'avez jamais entendue chanter ? C'est comme épouser une millionnaire sans rien savoir de ses millions.

— Elle avait d'autres charmes...

— Nom de Dieu, si je les connais ! Mais comme qui dirait, j'suis musicien, alors la musique ça fait oublier tout l'reste. Quand une fille est un génie musical, on remarque pas ses nichons. Je vous le dis honnêtement, j'ai jamais entendu une Blanche chanter comme ça. Ce que je suis venu voir, c'est si vous me permettriez de la faire monter sur scène pour nous chanter un ou deux airs...

— Je ne pense pas.

— On en serait tous si heureux...

— Non, répondit Billy.

— Ça fait combien de temps que vous êtes mariés ?

— Deux mois. »

Tick hocha la tête. « Ça se comprend, dit-il. Je serais bien le dernier à vous en blâmer. Serrez-lui la bride ! » Il dirigea son poing vers sa poitrine en serrant les dents. « Si elle était à moi, je la laisserais point sortir de chez nous.

— Même pour chanter avec l'orchestre ?

— Non, que diable ! Permettez-moi de vous donner un petit conseil, comme qui dirait, vous en avez b'soin. Faites pas confiance à une femme comme ça. Peut-être que dans son cœur elle est honnête, mais faut vous dire qu'elle, elle a pas besoin de vous. C'est ça l'important.

— Merci », dit Billy.

Tick leva sa bière. « Et si elle a pas besoin de vous, la seule chose qui la retient ce sont les circonstances présentes. » Il sourit. « Les circonstances présentes. Vous avez aucun moyen de faire pression sur elle, pas vrai ?

— Sur elle ?

— Aucune prise sur elle... Quelque chose dont elle a besoin et qu'elle peut pas avoir ailleurs. Regardez... » Rae sortait des toilettes. Parfois, quand vous ne l'aviez pas vue depuis un certain temps, si bref soit-il, vous n'en croyiez pas vos yeux lorsqu'elle réapparaissait. Une minute s'écoula sans qu'aucun des deux hommes n'ouvrît la bouche. Rae ne revint pas directement vers nous. Elle passa par la scène pour faire un brin de causette avec Rhody et le batteur. « Rien au monde qu'elle puisse pas avoir ailleurs, reprit Tick sans la lâcher du regard.

— Vous avez raison, dit Billy.

— Ben sûr qu'oui. » On aurait cru qu'ils allaient se mettre à pleurer. Billy fixait sa bière.

« Dites-moi, Tick, qu'est-ce que je fais ? Si vous étiez à ma place, qu'est-ce que vous feriez ? » Il menait sérieusement son enquête.

« Vous avez fait la seule chose qui était à faire. Vous l'avez mise en cloque. La plupart du temps, ça marche, ça vous la retiendra aussi longtemps que la plupart des hommes ils aiment les retenir. Si ça marche pas, Dieu vous aide, c'est qu'vous avez attrapé quelque chose par la fesse et ça sera une bénédiction si jamais vous arrivez à lâcher prise et à vous en tirer sans dommages physiques. *Je m'y connais*, dit-il. J'en ai une comme ça... »

Rae monta sur scène. Le batteur et le guitariste regagnèrent leurs places et Rae parla dans le micro — elle le tenait par le col, les projecteurs la faisaient loucher. « Où est Tick Willis ? » dit-elle. Sa voix était aussi veloutée qu'une pêche. Il y avait si longtemps que je ne l'avais pas entendue ainsi amplifiée... Elle me fit frissonner comme une onde d'électrothérapie.

« Tick, on a besoin de toi par ici », dit Rae.

Tick se tourna vers Billy. « Qu'est-ce que vous en dites ? C'est bien vous qui l'aurez voulu.

— Pourquoi pas ? » Billy remua sa corpulente personne et étira le bras par-derrière le box. « Voyons ce qu'elle a...

— Vous êtes sûr ?

— Comme vous le disiez, mon vieux, tout ça c'est une question de circonstances. Qu'est-ce que je peux y faire ? » Il étira les bras en souriant.

Tick laissa sa bière sur la table. Il monta sur scène aux côtés de Rae et tous deux procédèrent avec méthode, ajustant micros et fils. Tick ne la présenta pas.

« Serais-je le seul à ne pas avoir vu ce spectacle ? me demanda Billy.

— Je le pense, répondis-je.

— Pas mal ? »

J'approuvai d'un signe de tête et remarquai que les muscles de son visage étaient contractés, surtout autour des yeux et de la bouche. Lorsque Rae commença, il porta ses doigts à son front.

Elle chanta « *I've Been Loving You Too Long* ».

« Nom de Dieu ! s'exclama Billy. Je ne connaissais pas cette chanson. »

Rae n'avait pas l'air d'une chanteuse, elle avait l'air d'une adolescente. L'éclairage n'allait pas, il se reflétait sur un arrière-plan argenté de sorte que l'on avait du mal à distinguer ses traits. On aurait dit une fille enceinte en robe de plage, quelqu'un en train d'auditionner. Elle ne se tortillait pas comme une chanteuse, elle restait immobile. Elle ne faisait pas claquer ses doigts. En dehors de sa voix, son numéro n'avait rien d'extraordinaire.

La première fois que j'avais entendu Rae chanter, j'avais eu l'impression de regarder quelqu'un d'autre. La fille qui chantait était une autre que Rae : elle était *mieux* que Rae. Je compris que chanter c'était plus que chanter : c'était un exutoire.

Sans doute y a-t-il en chaque femme un être secret qui chante, pensai-je. Même en moi. Cette idée me fit sursauter, je me redressai vite sur la banquette, un mouvement si soudain que Billy me regarda. Je fis comme si je cherchais à avoir une meilleure vue de Rae. En fait, ce que je cherchais, c'était une vue d'autre chose, un regard intérieur. La scène argentée s'évanouit avec son orchestre et sa chanteuse. La tête de Billy, ses doigts crispés contre ses sourcils disparurent à leur tour. Je fermai les yeux et essayai de voir par-derrière, de voir la rétine, le nerf optique et même au-delà. Je vis des gens. Il y avait une fille qui chantait mais, plus étonnant encore, il y en avait d'autres, une troupe. Je me dépêchai d'ouvrir les yeux, effrayée. Peut-être que c'est ainsi, en regardant à l'intérieur, que certains se sont retrouvés avec des personnalités multiples...

Je m'efforçai de me concentrer en regardant Rae. Personne d'autre ne semblait avoir du mal à le faire. Rae avait tout d'une magicienne. Les gens s'étaient rassemblés contre l'estrade, ils souriaient jusqu'aux oreilles, comme des idiots. Les femmes étaient tout particulièrement fascinées. Ces femmes qui, dans la vie de tous les jours, tourneront le dos à une fille aussi merveilleuse que

Rae lui voueront un culte encore plus fanatique que ces messieurs, dès qu'elles l'apercevront sur scène ou à la télévision. A la fin de la chanson, les mots *I do not want to stop now* ne cessaient de revenir, Rae les chanta comme une fusée lancée au ralenti. Il y eut un silence de mort lorsqu'elle s'arrêta. Puis, dans la foule qui était à ses pieds, une fille hurla « ou là là ! » et tous se mirent à pousser des cris. Il n'y eut pas d'applaudissements : tout ce qu'ils savaient faire, c'était brailler.

La main de Billy avait fini par se poser sur ses lèvres.

Rae se fraya un chemin jusqu'à notre box. Elle se glissa derrière moi, haletante, en souriant malgré elle. Elle m'embrassa sur l'épaule.

« Ça fait combien de temps que tu n'avais pas chanté avec eux ? demanda Billy.

— Des éternités ! » Elle but un peu de bière. Elle était tout émoustillée, je le voyais, même si elle s'efforçait de ne pas le montrer.

« Ce n'était pas bon », reprit Billy.

Elle leva la tête, étonnée.

« C'était tellement au-delà de ce qu'on entend par bon que l'on ne peut pas qualifier ça de bon, dit Billy.

— Tu as trouvé ?

— J'en ai le vertige ! dit Billy. Pourquoi n'en savais-je rien ? »

Il posa sa main sur la sienne.

« Parce que c'est secondaire. Je n'ai eu le temps de parler que des choses importantes.

— En tout cas, c'était beau.

— Merci, dit-elle.

— Viens donc t'asseoir ici. » Il se glissa vers la place qu'avait occupée Tick. Rae contourna la table et alla s'asseoir là où Billy voulait qu'elle s'asseye.

Peu à peu, le visage rose de Rae redevint blanc et elle perdit de son entrain. « Oh ! mon Dieu ! s'exclama-t-elle.

— Qu'y a-t-il ? demanda Billy.

— Comme ça va me manquer !

— On reviendra », dit-il.

Mais il ne s'agissait pas de l'endroit, il s'agissait des lumières, des chansons, du piano de Tick qui s'efforçait de la suivre, du sentiment de sa propre présence : elle regretterait son célibat, tel qu'elle l'avait vécu. Elle était mariée maintenant. Je comprenais sans doute mieux qu'elle sa condition parce que je pouvais en voir les effets. Elle avait été *épousée*. Ce n'était pas juste de l'amour : elle aurait pu survivre ; c'était quelque chose de plus subtil, de plus authentique.

« Tu pourras recommencer à chanter avec eux », dit Billy en se penchant vers elle pour essayer de lui remonter le moral. Il lui toucha la main, elle la retira.

« Non, impossible. Je serai trop grosse, dit-elle. Et après ça, je serai un de trop. C'est fini, un point c'est tout. Cette vie est finie. »

Pour le retour, je pris le volant et Rae s'installa au milieu. Billy essaya de faire en sorte qu'elle se blottisse contre lui, mais elle se raidit et resta assise entre nous comme un enfant, les mains sur les genoux.

Je quittai la nationale et pris la vieille route qui nous ramenait en longeant la plage, le chemin des écoliers, mon préféré... Sur la gauche, ondulaient les bosses replètes des dunes, sur la droite, on apercevait des pavillons de bord de mer avec des vérandas. Le brouillard estompant les caractéristiques familières, j'aurais pu m'imaginer sur une route inconnue. Les dunes me semblaient plus hautes, plus près de la route. On aurait dit que personne ne veillait sur ces maisons. Je n'ai jamais cessé de m'étonner de l'apparente vulnérabilité des maisons des autres, la nuit, de la façon dont elles semblent inviter les indiscrets. Derrière la fenêtre éclairée, vous verrez peut-être passer une silhouette, vous verrez peut-être deux silhouettes se faire face, mais jamais elles ne regarderont audehors. Je sentais la fragilité de chaque maison, avec une ou deux lampes jaunes à la fenêtre, je sentais l'épaisseur de la nuit autour de nous, je sentais jusqu'où s'étendait l'obscurité : toujours et exactement jusqu'à la moitié du monde. Les deux visages à côté de moi écarquillaient les yeux de désespoir.

Je me couchai tard, j'attendis le retour de papa. A deux heures et demie du matin, la Datsun de Vera le déposa et il regagna sa chambre. De ma fenêtre, je vis la voiture aller jusqu'au bout de la route, jusqu'au rond-point. Tandis que la voiture revenait vers la maison, ses phares s'éteignirent puis elle ralentit et s'arrêta. Pendant une dizaine de minutes, Vera resta assise sans bouger, comme une adolescente languissante d'amour contemple, hypnotisée, la maison de l'être aimé, puis elle s'en repartit, toujours sans phares.

6

Un matin, huit jours plus tard, alors que je montais porter le café de papa, je l'entendis siffler dans la salle de bain. Pour ce qui était de siffler, il n'avait pas son pareil, mais c'était fini, il ne sifflait plus. C'était la première fois depuis des mois que je l'entendais siffler. Heureuse qu'il ait trouvé quelque chose qui l'aide à reprendre goût à la vie, je poussai la porte de sa chambre et j'aperçus Vera Oxendine dans son lit.

« Oh, excusez-moi », bredouillai-je, en faisant marche arrière. Assise dans le lit, elle tenait un miroir encadré de petites ampoules électriques.

« Non, non, entrez », dit-elle en ajustant le décolleté de sa liseuse. L'œil gauche était vif, grâce au mascara et au crayon, quant à l'autre, on l'aurait cru éteint. « Je ne devrais plus être ici, mais nous sommes restés debout jusqu'à trois heures du matin, alors, plutôt que de rentrer à pareille heure, j'ai préféré rester. J'espère que ça ne vous contrarie pas, Lucille.

— Mais non... Pas du tout..., bégayai-je. D'où viennent ces vêtements de nuit ?

— Oh ! Votre père m'a trouvé deux ou trois choses. »

Mes yeux fixaient la liseuse. « C'est celle de maman, dis-je.

— C'est vrai ? Elle est jolie comme tout. De la vraie soie, on dirait.

— Il la lui a donnée pour Noël, il y a trois ans. » Je ne l'avais

131

pas reconnue tout de suite, parce que sur Vera, elle perdait toute sa splendeur et pendouillait comme une loque.

Elle se mit à embellir son œil droit. « Je suis encore novice en la matière, expliqua-t-elle. Jusqu'ici, je laissais mes yeux regarder, un point c'est tout. Jamais je n'aurais eu l'idée de mettre tous ces machins-là. Vous aimez ma nouvelle coiffure ?

— Ça vous va très bien », dis-je. J'avais cru qu'elle était ainsi ébouriffée parce qu'elle venait de se réveiller, mais maintenant je me rendais compte que c'était étudié.

« Hier, j'ai vu Gloria Steinem à la télé, elle avait tout plein de maquillage et ses cheveux étaient splendides, du coup je me dis que ça n'a rien de vain ni de frivole de s'arranger. Moi qui trouvais, avant, que c'était vain, que c'était frivole ! Elle laissa retomber son menton, approcha son œil du miroir, se lissa les cils avec un bâtonnet puis elle passa au recourbe-cils. « Je suppose que je fais tout à l'envers, dit-elle. Qu'est-ce que vous en pensez ?

— Vous y allez trop fort ! Vous les faites rebiquer en angle droit au lieu de les recourber !

— Mon Dieu ! Vous avez raison ! J'ai l'air d'un clown ! » L'idée semblait l'enchanter. Une touche de rouge sur ses joues et elle sourit. « Oh ! que voulez-vous, dit-elle en étalant le fard, je finirai bien par avoir le coup de main un jour ou l'autre...

— C'est le café de papa », dis-je. « Je vais le prendre », dit-elle en tendant la main vers la tasse. Elle en but une ou deux gorgées. « Oh ! pas de sucre ! dit-elle avec une grimace. Vous lui mettrez un peu de sucre la prochaine fois. Il aime qu'on lui en mette une demi-cuillère à café.

— Je le sais, mais ce n'est pas bon pour lui.

— Une demi-cuillère à café ? Voyons, c'est neuf calories. Ça en vaut la peine... »

Elle m'adressa un sourire authentique. Puis elle se pencha et murmura : « Comme je me sens bien ! »

Il était encore sous sa douche quand je redescendis. J'aurais pu faire une scène, j'aurais pu exiger de savoir ce qui se passait — s'imaginaient-ils qu'ils pouvaient continuer comme ça, sous mon toit ? — mais je n'en avais pas l'énergie.

Personne n'apparut pour le petit déjeuner. Je posai la nourriture sur la table, laissant la bouillie d'avoine se figer, l'omelette toute légère se ratatiner. Vera descendit l'escalier en catimini, elle se faufila jusqu'à la véranda où ils s'installèrent dans des fauteuils pour lire le journal. Je les entendis parler. J'entendis mon père qui disait : « Bien sûr, vas-y, je t'en prie ! », Vera qui poussait des hi ! hi !, puis un gémissement aigu, mécanique que je ne parvins pas à identifier. Un ventilateur ? La curiosité l'emportant, j'allai voir.

« Bonjour, Lucille », me dit papa.

Vera était là, dans un coin, qui pédalait à cœur joie ; sur une vraie bicyclette, en plat, elle aurait fait du trente à l'heure, mais il s'agissait là d'un vélo d'appartement. Papa grimaçait son approbation, elle agitait la main. « Je suis en train de me remettre en forme, me dit-elle. L'heure est venue !

— Sacrée femme ! » commenta mon père.

J'approuvai de la tête.

Le téléphone sonna, je l'arrachai de son support mural. Je ne voulais surtout pas que maman sache ce qui se passait dans cette maison.

« Lucille, nom de Dieu ! » C'était Wayne. « Pourquoi fais-tu ça ?

— Pourquoi je fais quoi ?

— Pourquoi tu te barricades ? Depuis le temps que j'essaye de te joindre ! Personne dans cette maison ne te fait part des messages que je laisse ! Qui est ce gars, ce n'est pas de ton père que je parle, qui répond au téléphone ?

— C'est mon nouveau beau-frère. Oui, on m'a transmis tes messages.

— Alors pourquoi ne m'as-tu pas rappelé ?

— Je n'en sais rien...

— Qu'est-ce qu'il va falloir que je fasse, bonté ? Je n'ai pas le temps de passer par l'éternelle routine question-réponse, ou il faut que je devine ce que tu as dans le crâne en procédant par élimination ? Réponds-moi franchement. Pourquoi ne veux-tu pas me voir ?

— Nous en avons déjà discuté en long et en large, dis-je.

— Et moi, je t'ai dit que j'étais disposé à te donner tout le temps que tu voudrais. Je ne te force pas. Ça m'est complètement égal, je suis prêt à rester à jamais à deux mètres de toi. Ou à cinquante centimètres si tu préfères. Je ne te toucherai même pas. Sauf si tu le demandes.

— Ça ne serait pas juste.

— Juste ? De quoi parlons-nous ? C'est moi qui veux te voir. Peu importe les conditions.

— C'est ce que tu dis pour le moment, mais ça ne marche jamais. On a essayé. Tu es devenu enragé.

— C'est vrai, mais c'est parce que je ne comprenais pas vraiment. Alors que, maintenant, je comprends. »

Je soupirai. Ce que j'aimais chez Wayne, c'était sa ténacité. Il était têtu, et à cause de son entêtement, il s'inquiétait, paniquait, avait du mal à céder. A l'encontre des autres garçons de ma classe qui ne pensaient qu'à eux, Wayne ne pensait jamais à lui.

Les autres jeunes Blancs de Wando High arboraient sur leur front des mèches d'une blondeur suspecte, ils portaient des pantalons au pli soigneusement marqué, des chemises aussi douces que de la layette. J'avais le sentiment qu'il y avait chez eux quelque chose qui n'allait pas, quelque chose qui ne tournait pas rond. Ils faisaient trop attention à leurs vêtements, à leur équipement sportif, à leurs véhicules. L'attention d'un homme devrait être toute tournée vers le monde, pensais-je, vers de grands travaux ou entreprises. Les héros ne s'étudiaient jamais, occupés qu'ils étaient à chercher des pommes d'or, à mettre en fuite des soupirants ou à fonder Rome. J'avais remarqué des garçons de ma classe cherchant à s'apercevoir dans les vitres du réfectoire. Ces montres hors série, ces chaussures de foot portant telle ou telle marque, ces voitures à quatre roues motrices et gros pneus, dont l'arrière rebiquait, n'était-ce pas là le signe que quelque chose ne tournait pas tout à fait rond ? Certains avaient un peigne sur eux. Ils dégageaient une odeur qui, à mon avis, n'avait rien d'attirant, rappelant celle de pêches qui ont tourné.

Wayne était différent. Sa voiture était un vrai foutoir, elle était pleine d'emballages de Whoppers et de tickets de stationnement. A l'arrière, il y avait un sac de couchage à moitié roulé. Sa tenue de tous les jours c'était un maillot de corps et un blue-jean, il ne sentait jamais autre chose que le savon de Marseille. Il n'avait qu'une chose en tête : son travail. Il était bénévole à SOS Amitié, où il répondait à des appels de fugitifs, de drogués, de filles enceintes, bref, tout ce que l'on peut imaginer, et il ne pensait qu'à une chose : résoudre leurs problèmes. Aucune autre carrière ne l'intéressait, même si le docteur Frobiness lui avait expliqué que le travail social n'était pas un bon choix pour une carrière.

« Écoute, Lucille, reprit Wayne, je te retrouverai à côté des tables de pique-nique. Je m'arrêterai au passage chez Burger King, tu veux tomates et oignons ?

— Je ne veux rien, répondis-je. Je n'irai pas te retrouver là-bas.

— Je le prends avec tout, si tu ne me dis pas ce que tu veux !

— Écoute, Wayne, je ne peux pas.

— Moutarde, ketchup, cornichons, oignons, tomates. Un quart d'heure ! » Il raccrocha.

Il devrait le manger tout seul.

Je n'avais pas l'intention d'y aller.

Je tournicotai dans la cuisine et j'ouvris le réfrigérateur. J'en sortis une fausse bière, un Snicker tout froid et un bout de fromage que je mangeai debout, la porte ouverte. Je trouvai également une part de gâteau au fromage blanc, je la mangeai mais j'avais toujours faim. Ce que je recherchais c'était moins la nourriture que le réconfort, et point n'était besoin de réfléchir trop en profondeur pour reconnaître que le réconfort qu'apportait la nourriture était un faux réconfort. Je ne savais pas où trouver de vrai réconfort, un réconfort qui soit davantage que simple satisfaction. Le vrai réconfort, les Romains le savaient, vous redonne force et courage. Je claquai la porte du réfrigérateur et posai mon index sur mes lèvres.

Rien par la bouche, tel était le traitement que je me prescrivis. *Réfléchis*, me dis-je, *que veux-tu vraiment ?* La question n'était pas difficile, mais je ne me l'étais jamais posée. Je fermai les yeux. Qu'est-ce qui pourrait être un vrai réconfort ? Je le vis se matérialiser devant moi.

« Rae ! Billy ! appelai-je, dans le couloir, en direction de leur porte ouverte. Hé ! si nous allions nager ? Vos maillots de bain sont secs. » J'allai sur le porche à l'arrière de la maison et attrapai le maillot bleu de Rae et le maillot noir de Billy qui séchaient sur la balustrade. La scène que j'avais vue plus tôt était celle de nous trois en train de plonger depuis le quai, de nager et de nous prélasser au soleil. L'exercice ferait autant de bien à Rae dans sa condition qu'à moi dans la mienne.

« La marée est haute, leur criai-je. Nous pourrons plonger sans piquer une tête dans la boue. » Je regrettai de ne pas y avoir pensé avant d'ouvrir la porte du frigo. De l'exercice, oui : à l'origine, le mot voulait dire faire sortir des animaux de leur enclos. Alors que je me dirigeais vers la chambre de Rae avec les maillots, quelque chose m'arrêta, des bruits, puis la voix étouffée de Rae me disant : « Euh... N'entre pas, ma chérie... »

Par réflexe, j'émis un Oh! et fis demi-tour.

J'avais beau être seule dans le couloir, je sentis ma peau s'échauffer. Ce n'était pas l'embarras du moment, c'était plutôt un concours de circonstances. Il devint alors évident que Rae avait raison de dire que j'avais une dextralité très marquée : une chose sûre, je pensais en images. Je traversai la cuisine et la salle de séjour avant d'entrer dans la salle à manger. Le sac de Vera pendait à une poignée de porte, la cravate de papa avait été balancée pardessus. Les chaussures de Billy, des bottes qui en avaient vu de rudes, gisaient sur le plancher à côté de celles de Rae, des sandales faites de lanières de cuir qui passaient entre les orteils puis autour du talon. Mon cœur battait la chamade, il tournait et se retournait dans ma poitrine comme quelque chose de vivant mais qui n'était pas une part de moi-même.

L'Église épiscopalienne possédait une aire de pique-nique à côté du jardin aromatique. Personne n'y pique-niquait jamais, à l'exception de Wayne et moi. Nous l'avions découverte un après-midi et avions commencé à y prendre nos repas de midi puisque les élèves des classes terminales étaient autorisés à quitter le lycée à l'heure du déjeuner. Les tables, auxquelles étaient fixés des bancs, étaient en « séquoia », disons plutôt que l'on avait teinté le bois en rouge pour leur en donner l'apparence. Elles avaient fini par s'enfoncer dans le sol et leurs pieds commençaient à pourrir. Chaque fois que nous y allions, nous constations que le bois continuait à s'amollir et à se désintégrer, de sorte que les tables s'enfonçaient encore un peu plus. Entre un sapin et un palmier nain, on avait accroché un câble auquel étaient suspendues des ampoules électriques ; une espèce de four pour faire rôtir des huîtres avait été aménagé par quelqu'un qui n'avait certainement jamais posé de briques de sa vie.

Lorsque j'arrivai, Wayne dormait sur une table de pique-nique.

Debout près de lui, je le regardai. Sa chemise était posée sur le banc; il avait dû l'enlever pour bronzer un peu, et s'était endormi. Il avait le torse blanc et étroit, ses seins étaient de la couleur de ses lèvres, un brun très pâle. Il me parut malade. Ses hanches flottaient dans son jean, laissant entrevoir l'élastique de son caleçon au-dessous de son nombril. Il ne mangeait pas convenablement. J'avais aperçu Mrs. Frobiness la semaine précédente alors qu'elle faisait ses courses chez Piggly Wiggly; son chariot disparaissait sous du brie, du chou-rave, des artichauts et du saumon fumé. Pas étonnant que Wayne ait déménagé...

Je détournai mon regard. Mieux valait pour moi ne pas commencer à m'inquiéter du sort de Wayne. Je savais ce qui se passerait : je m'inquiéterais tout d'abord de sa santé, puis je me mettrais à réfléchir à la façon dont je pourrais l'aider à se ressaisir, comme je l'avais fait dans le cas d'Evelyn. Le problème, c'est qu'il y avait déjà trop de gens dans ma propre famille que j'essayais d'aider à se ressaisir... Je ne pouvais donc m'offrir le luxe de m'occuper en plus d'étrangers. Lui qui savait si bien conseiller autrui en cas de crise devait être capable de se débrouiller seul.

Je m'assis sur le banc. La cour de l'église allait jusqu'au bord de l'eau, une grève rectiligne où le génie civil avait canalisé une véritable grand-route pour yachts, reliant Miami à New York, et qui portait le nom d'Intracoastal Waterway. Il avait bien sûr été jadis utilisé au début à des fins militaires, mais aujourd'hui il voyait surtout défiler une parade de bateaux d'un blanc éblouissant, surpuissants, sombrant sous leurs innombrables antennes. A leur passage, les vagues échancraient le banc de vase et le sapaient. De gros paquets de boue luisante, d'un noir bleuté, et des touffes d'herbe des marais tombaient dans l'eau et s'éloignaient en dansant à la surface. Plus tard, lorsque la marée basse laissait entrevoir un ruban de plage sablonneuse, on retrouvait çà et là des morceaux de poterie indienne. J'avais ainsi rempli un carton de tessons d'argile grise et pustuleuse, en général à peine assez gros pour donner une idée du vase d'origine. Il y avait là beaucoup de choses que j'aimais : le grand ciel au-dessus de ma tête, les tables qui s'enfonçaient dans la terre, le chapelet d'ampoules électriques, les bateaux des millionnaires, les vestiges des anciens.

Un bras maigrichon vint s'enrouler autour de mon cou et m'enserrer.

« Ne bougez pas, ma belle dame. Je referme à peine le bras et ça vous tranche la tête ! Je connais ça, le karaté. Ou quelque chose du genre, vous savez, ce machin où hop, je serre un peu... et au revoir la tête ! »

J'y allai de mes incisives.

« Aïe ! s'exclama-t-il. Nom d'une pipe, des marques de dents ! » Il s'assit et contempla son avant-bras.

Je déballai mon hamburger. Il était préparé comme je les aime : juste de la laitue et de la moutarde. Je le mangeai sans mot dire. Il tendit la main pour attraper sa chemise et extirpa de sa poche un paquet de cigarettes. « Tu regardais mon torse, dit-il en tapotant une Winston.

— Non, mon ami.

— Je t'ai vue ! Je ne dormais pas vraiment. Tu es venue, tu t'es arrêtée derrière mon épaule droite et tu m'as regardé. » Il respira profondément pour gonfler sa poitrine, mais il avait l'air toujours aussi frêle. Il passa sa chemise, alluma sa cigarette et leva le doigt. « Ne va pas me dire de ne pas fumer », dit-il. Il tira une bouffée. « "Tu n'as qu'à arrêter." J'entends ça tous les jours ! "Pourquoi tu n'arrêtes pas de boire ?" va-t-on dire au vieil ivrogne. "Pourquoi n'arrêtes-tu pas de faire l'amour avec elle", hurle madame à monsieur. Oui, pourquoi les gens n'arrêtent-ils pas comme ça, tout simplement de faire ce genre de choses ? Je suis ravi que tu l'aies posée, cette question, ça va me donner la chance de t'expliquer le principe de la réalité croissante. Plus tu vieillis, plus tu y vois clair. Plus tu y vois clair et plus tu as besoin d'oublier ce que tu as vu ! Bon, les gens fument, boivent, se foutent des trucs dans le nez, bouffent et font l'amour. Bonté, *mais on en a besoin*, de l'un ou l'autre de ces plaisirs ! Et figure-toi qu'il passe vite le temps, Lucille. Tu as besoin de...

— Je n'ai besoin de rien du tout. »

Il changea de sujet. « Te rends-tu compte du nombre de fois où j'ai essayé de te joindre ? J'ai laissé des messages à ce mec qui est chez toi, sans même savoir qui c'était...

— C'est mon nouveau beau-frère...

— Je t'ai entendue le dire, mais au début, je n'en savais rien, tu comprends ? La dernière fois que j'ai appelé, je lui ai reproché de ne pas savoir faire les commissions. Hier, je suis même venu tambouriner à la porte. J'ai eu l'impression que tu étais là, juste derrière, à m'écouter cogner cette petite tête de lion des centaines de fois... Alors j'ai regardé par le judas, car on arrive à voir si la lumière s'y prête. Et je t'ai vue.

— Pas vrai. Impossible de voir par ce petit trou.

— Que si, je te le jure ! Essaye et tu verras. Il y avait même de la lumière derrière toi. Tu étais là debout, en train de regarder la porte. Admets-le ! Et si tu veux savoir, tu portais même quelque chose de jaune.

— Bon, d'accord. » Ce n'était pas la forme et je n'avais pas envie de me lancer dans de grandes explications.

De l'autre côté de l'eau, on apercevait le pont brûlé qui menait autrefois à Charleston. Ses piles noires ressortaient en biais du canal, les cormorans étalaient leurs ailes sur leurs tronçons.

« Regarde-moi, dit-il, je veux être sûr que tu m'écoutes, et non que tu fais semblant, selon ta bonne habitude. Comme je te l'ai déjà dit, mes sentiments à ton égard n'ont pas changé. Et pourtant, j'avoue que tu me rends fichtrement enragé. Tu ne sais vraiment pas ce que c'est qu'aimer. En fait, je ne crois même pas que ça soit en toi. L'idée que tu as de l'amour est une totale aberration. Une erreur de trois cent soixante degrés.

— Tu veux dire cent quatre-vingts », dis-je en traçant un cercle avec mon pouce et mon index.

Il fit tomber sa cigarette par terre. Elle mit le feu à l'herbe desséchée. La paille émit un petit nuage de fumée, mais la flamme s'éteignit. Nous contemplâmes la plaque noire et nue à nos pieds.

« Je ne suis pas la fille pour toi, dis-je.

— Tu l'es, pourtant. »

Sur la plage marécageuse, près du vieux pont, une famille vietnamienne, forte de quarante bras, tirait une seine dans des eaux qui leur arrivaient à la poitrine. Les hommes traînaient les perches des extrémités tandis que, sur un immense demi-cercle, les lièges balayaient tout sur leur passage. Sur le rivage, les femmes installaient dans la vase des poubelles vertes pour y mettre la pêche. A ma droite, l'anse de Mount Pleasant réapparaissait en face d'une petite baie : maisons avec véranda, chênes verts, hangars à bateaux, pontons chancelants. Au loin, sous les grands ponts, on apercevait le port et la ville dont le profil, dans cette lumière, se recolorait d'ivoire tandis que le ciel et l'eau s'embrumaient d'un rose azuré.

« Regarde cette vue ! » m'exclamai-je.

Wayne savait que je disais cela sérieusement. Il savait qu'une très belle vue avait le pouvoir de m'hypnotiser, à tel point que l'on aurait cru que je flottais le long de ses contours ondulés, au gré de ses couleurs et de ses renfoncements. Le monde, pensais-je, perdait non seulement ozone et panthères, mais il perdait aussi des paysages. Même celui-ci était menacé : un complexe immobilier, style Moyen-Orient, s'élevait sur une langue de sable au milieu des marécages, en amont du vieux pont. Je le cachai en laissant retomber une mèche de cheveux.

J'ai vu des tableaux qui consacrent une toile à la perspective, c'est-à-dire la vision à l'infini, le regard s'enfuit par-delà les arbres, les cascades ou les montagnes et l'espèce humaine, si tant est qu'elle soit représentée, est réduite à la tache d'un canoë au second plan. Je connais par expérience le besoin humain de perspective. Sans perspective, je cours le danger de me perdre dans ma tête. J'ai *besoin* de l'Intracoastal Waterway qui file tout droit vers Miami, de la marée qui monte dans la baie, des tertres couverts de myrte brune que voile un fin brouillard couleur de lavande. Chacun doit, de temps en temps, s'évader de sa tête et de son cœur, endroits qui, à long terme, ne sauraient vous garder en vie.

Je me laissai aller à la rêverie. Les Vietnamiens ramassaient les poissons qui remuaient. Un cormoran essayait de replier ses ailes, et, à mon grand étonnement, y parvint, malgré sa position périlleuse sur la pile calcinée et la masse phénoménale que représentaient ses ailes.

« Je me sens pris au piège par le jour qui vient. Il va m'avoir », me dit Wayne. Nous étions là, les yeux grands ouverts, comme si nous assistions à un spectacle.

« Arrête de travailler comme ça, dis-je. Tu ne peux pas continuer à ce rythme. Ils ne te payent même pas.

— Comme mon père prend si grand plaisir à me le faire remarquer... Écoutez-moi qui est là à me parler de responsabilité ? La fille qui a fichu en l'air ses examens ! J'ai remarqué que tu n'étais

140

même pas présente à la remise des diplômes de fin d'année, mais je n'en ai su la raison que cette semaine.

— Je n'ai rien fichu en l'air. J'ai simplement décidé de ne pas y aller. D'ailleurs, qui t'a raconté ça ?

— Rhody.

— Et Rhody, comment l'a-t-elle su ?

— Rhody sait toujours tout. Je trouve qu'elle devient bizarre. Elle s'est fait virer de Palmetto Beach et tu sais ce qu'elle fait ?

— Elle travaille au Fishbone's.

— Non, je veux dire pendant la journée. Figure-toi qu'elle se déguise et va se promener en ville.

— Quoi ?

— Elle prétend qu'elle est en train de se documenter en vue d'écrire un bouquin. "Observations." Elle a tout ça bien organisé dans sa tête et elle est à l'affût de détails.

— Elle t'a dit ça ?

— Elle m'a appelé au sujet d'Evelyn et j'ai arrangé pour elle des tests d'évaluation. Nous avons parlé tous les deux.

— Qu'est-ce qui ne tourne pas rond chez Evelyn ? »

Il prit son air exaspéré. Il m'arrivait parfois de le supplier de me raconter les histoires de ses clients. Mon seul et unique intérêt était de me distraire, mais il me répondait que tout ce qu'il entendait au Centre était confidentiel, aussi refusait-il de révéler davantage que le strict minimum. « Il n'y a rien qui ne tourne pas rond chez Evelyn, dit-il, à part certaine bizarrerie qui n'a rien d'exceptionnel. Elle est certainement en meilleure forme que la plupart de ceux dont j'écope. Bonté, si tu savais ce que j'en ai marre des gosses à problèmes ! Ils sont là qui vous appellent de leurs voix sinistres, éteintes, ils se prennent pour le nombril du monde. Ils s'imaginent que s'ils y vont de tout leur sang dans la douche, leurs problèmes seront résolus. Ils refusent de m'écouter quand je leur propose les vraies solutions. Parce que j'en ai, moi, des solutions. J'en ai même toute une liste. Eh oui, c'est aussi facile que ça ! Ils peuvent vous nommer n'importe quel problème et moi j'ai la réponse qui changera leur vie. Garanti. Viol, drogue, acné, parents, fric, sexe, je me fiche de ce que c'est : ça se soigne. Mais ils *refusent d'écouter* !

— Le sexe, ça se guérit ?

— Tu es une petite rigolote, Lucille !

— Mais il y en a qui t'écoutent, je le sais.

— Quelques-uns. »

Je savais pertinemment que c'était grâce à Wayne que Paula Govery ne touchait plus à la cocaïne et qu'il avait réussi à en persuader plusieurs de ne pas se suicider. Débarquant à l'improviste un après-midi, je l'avais trouvé recroquevillé sur son bureau, le récepteur enfoui sous sa tête et ses bras. Il le serrait contre lui, parlant d'une voix calme et basse. En m'entendant rentrer, il me montra la porte, une façon de me dire, sors de là. Mais j'étais curieuse. Je m'assis pour écouter. Je voulais entendre ce qu'il disait, savoir comment il s'y prenait pour convaincre quelqu'un que la vie méritait d'être vécue. Il me lança un regard furibond, puis il renonça et fit comme si je n'étais pas là.

« Écoute, Philip », dit-il. Il posa son front dans sa main. Je remarquai que le journal du matin était ouvert sur le bureau, sous ses coudes. « J'en ai une autre. "Alfa Romeo, 1979, série limitée. Sprint Veloce Millemiglia. Coupé noir, toit ouvrant, AC, jantes alliage spécial, volant en bois. 2 000 cc. Moteur à injection électronique 4 cyl. Un vrai bijou. Nécessiterait un passage en carrosserie. Excellentes performances. $ 4 500 ferme." *Laisse-moi souffler.* "Passage en carrosserie." On sait ce que ça veut dire, pas vrai ? Je crois que j'ai vu cette bagnole se faire remorquer sur la 17e sud. Une merde, quoi. A ta place, je n'y toucherais pas. Tiens, écoute plutôt : "1984, 300 ZX Turbo, noire, des tas d'options, tableau de bord digital, t-top, faible kilométrage. Exc. condition, ach. $ 20 000, vends $ 14 000. 883-3722, demander Rick le soir et dimanche." Qu'est-ce que tu en penses ? Bien sûr, si elle est vraiment en excellente condition... Tu trouves que quatorze c'est trop pour une voiture comme ça ? »

Fronçant les sourcils, je lui dis tout haut : « Qu'est-ce que tu fais ? » J'avais cru comprendre que c'était un numéro d'urgence et voilà qu'il se faisait conseiller sur l'achat d'une voiture...

« La ferme », grimaça-t-il, puis il poursuivit sa conversation. « Je ne sais pas, Philip. A vrai dire, pour moi quatorze mille dollars c'est bien trop de fric pour une bagnole. Peut-être que je devrais m'offrir une moto ! Tu ne m'as pas dit que tu en avais une ? C'est vrai ? Merde, tout ce qu'il y a dans le journal est japonais. Honda,

Honda, Honda, Yamaha, Suzuki. Une Harley, oui, une 73 XLCH, mais elle coûte 2 400 dollars. Tu recommanderais donc les anglaises de préférence aux japonaises ou aux américaines ? Oui. Oh ! je sais que c'est pas pour ça que tu m'as appelé, mais disons que j'aimerais bien la voir, cette Triumph. Tu n'aimerais pas t'en débarrasser, par hasard ? Bien sûr. Amène-la donc cet après-midi. Tu as un rendez-vous avec le docteur Furman, n'est-ce pas ? Formidable, Phil. »

Lorsqu'il raccrocha, il était blanc comme un linge. Il me regarda. « Le gars avait le fusil de chasse de son père et un portemanteau.

— Et tu essayais de lui acheter sa moto ?

— Intéressez-les aux affaires de ce monde ! s'exclama-t-il. Peu importe ce que c'est : bagnoles, bouffe, fric... Je trouve le journal très utile. Parfois, je lis les pages voyage ou ce qui se passe dans les centres commerciaux. Marchandises à vendre, ce genre de choses. Donnerais chiots à famille accueillante, ça, c'est ce qui marche le mieux ! »

Fréquenter Wayne Frobiness m'avait appris que le génie ne se mesure pas toujours selon les normes du test d'admission aux universités. Il n'y avait pas fait d'étincelles, mais c'était malgré tout un brillant stratège lorsqu'il s'agissait de se battre pour le bonheur humain. Son type d'intelligence me paraissait plus utile que le fait de pouvoir évaluer la vitesse moyenne d'une automobile ou de choisir un mot qui veut dire la même chose ou presque qu'un autre mot. Ces parcelles d'intelligence mesurable sont tellement infimes que l'on peut très bien être comblé de ce côté-là et pourtant ne rien comprendre à la vie... Wayne possédait une grande intelligence. Une intelligence assez vaste pour accueillir l'embrouillamini de peines et de joies de la société moderne. Le Centre social lui avait appris à diriger SOS Amitié : faites savoir à l'intéressé que vous l'écoutez attentivement, donnez-lui des réponses encourageantes, aidez-le à verbaliser son problème. Mais Wayne allait au-delà des instructions, inventant même sa propre technique. Il faisait fi du règlement, prodiguait des conseils, racontait ses ennuis personnels, parlait religion, politique, ne se gênait pas pour dire qu'il n'était pas d'accord. Il lui arrivait aussi de lire le journal à haute voix, ou autre chose de ce genre. Un jour, il chanta une chanson au téléphone, celle qui dit : *J'vois clair maintenant que la pluie est partie...* Quelqu'un appelait-il pour dire qu'il allait avaler un tube de Valium ? Wayne parvenait à le persuader de le retrouver au cinéma pour y voir un film de Molly Ringwald.

J'étais fière de le connaître, mais je n'étais pas la fille qui lui convenait. Il avait besoin d'une fille pétillante de vie, gaie, dégourdie. En m'asseyant avec lui à la table de pique-nique, je lui demandai s'il était sorti avec Laura Migo.

« Nom de Dieu ! s'exclama-t-il.

— Ça veut dire oui ou ça veut dire non ?

— Bon, oui. Conformément à tes instructions, j'ai emmené Laura Migo au cinéma.

— Comment ça s'est passé ?

— Très bien. Le vilain garçon s'est tapé la fille une fois que celle-ci a fini par piger que c'était lui qu'elle aimait depuis le début et non pas l'énergumène qu'elle essayait de...

— Je veux dire entre Laura et toi. Après le film. Ça s'est bien passé entre vous ?

— Bien sûr.

— Très bien ?

— C'est malsain, cette conversation ! Mais je vais tout te raconter. Après le film, Laura a voulu aller dans le hangar où son papa range ses bateaux, elle voulait y enlever certains de ses vêtements.

— Tu parles !

— Et si..., dit-il, d'une voix lugubre.

— Elle les a enlevés ?

— Non, elle voulait les enlever. Me sentant dépassé par les événements, je l'ai remerciée poliment, je lui ai dit qu'elle était fantastique, ou plutôt, vraiment chouette et que je me sentais l'homme le plus heureux du monde, mais que, hum..., non merci, sans façons... Écoute, Lucille, Laura Migo ne m'intéresse pas. Celle que je veux, c'est toi.

— On a essayé et ça n'a pas marché, répondis-je.

— Ça serait allé de mieux en mieux, reprit-il. Tu aurais fini par y prendre goût.

— Je ne pense pas. Par pitié, ne revenons plus là-dessus !

144

— Écoute, moi, *j'aimais* ça, c'est là le problème ! Que veux-tu, je ne peux pas ne pas y penser ! J'y pense tout le temps. J'y pense en ce moment », dit-il.

Il me regarda. Je lui souris.

« Tu es trop jeune, dit-il. Tu es trop jeune et pour moi, le problème il est là. Je devrais te laisser tranquille et revenir d'ici quatre ou cinq ans. Tu es maligne comme un singe. J'ai regardé ton QI. Mais que veux-tu, tu n'es pas encore adulte.

— Tu as regardé mon QI ?

— J'avais quelque chose à vérifier au lycée pour le docteur Furman et les dossiers étaient là... Je n'ai pas regardé de très près. Je n'ai pas regardé dans le détail la façon dont tu t'étais débrouillée.

— Puis-je savoir de combien il était ? demandai-je.

— C'est confidentiel...

— Dis-le-moi !

— Je te le dirai si tu sors avec moi.

— Non. »

Il déballa son Whopper et le mangea froid.

« J'ai le même âge que toi, dis-je. Plus ou moins.

— Plutôt moins que plus. »

Il se fit une visière de sa main et se mit à regarder du côté des Vietnamiens. Ayant sorti de l'eau leur immense filet, ils recueillaient leur butin. Ils jetaient les détritus récoltés dans la crique, canettes de bière, tasses en polystyrène, sacs plastique, fourchettes de pique-nique, tout ce que, la veille, les plaisanciers avaient envoyé par-dessus bord. Ils gardaient ce qui leur semblait vaguement comestible : pastenagues, muges, requins à une seule nageoire, appelés chiens de mer. L'eau gagnait les marécages, dont la grisaille devenait d'un blanc éblouissant sous le soleil de midi. En raison de l'étendue des bas-fonds, on voyait l'eau monter, envahir la vase verdâtre, suinter dans les rigoles qu'elle avait creusées la dernière fois qu'elle s'était retirée. Deux aigrettes durent aller s'installer un peu plus haut. Derrière les Vietnamiens, des pêcheurs de crevettes s'apprêtaient à laisser tomber leurs filets du haut du pont dès que les eaux recouvriraient la vase, apportant les petites crevettes dodues, habituées de la crique.

« Et la solution à tes problèmes est aisée, elle aussi, reprit Wayne. Tu es heureuse tant que tu peux y voir à trois cents mètres. C'est là que tu te sens bien dans ta peau. A mon avis, tu as peur d'être prise au dépourvu.

— Peut-être...

— J'aimerais te demander quelque chose...

— Je t'en prie. Je n'ai aucune intention de continuer à ressasser tout ça, je...

— Non, il s'agit d'autre chose. J'aimerais que tu viennes déjeuner au Yacht Club avec moi.

— Mais nous avons déjà déjeuné », répondis-je, sans mentionner le fromage, les Snickers, ni la part de gâteau que j'avais englouis auparavant.

« Le but de ce déjeuner n'est pas de manger, mais de bavarder un peu avec mon père.

— D'accord, mais je ne peux pas débarquer comme ça ! Il ne m'attend pas, celui qu'il veut voir, c'est *toi*.

— Ouais, mais je ne peux pas y aller seul.

— Foutaises ! m'exclamai-je.

— Si tu es là, je me tiendrai à carreau. Si tu n'es pas là, je refuse de prendre la responsabilité de ce qui pourrait se passer, n'oublie pas que c'est le Yacht Club et tout et tout. On ne peut pas y renverser sa table ni envoyer promener son assiette de soupe, j'ai besoin que tu me surveilles du coin de l'œil.

— Mais je ne suis pas habillée pour ça. Toi non plus. Tu ne peux pas y aller comme ça !

— Nous avons tout le temps pour que tu te changes et j'ai une chemise propre et une cravate dans la voiture. Sérieusement ! dit-il. J'ai besoin que tu m'accompagnes...

— D'accord. »

Personne chez moi.

Je passai une robe de Rae, qui ne rentrait plus dans aucune des siennes. Celle-ci était agrémentée d'un col de dentelle et d'une broche à l'encolure. Je lui empruntai également une paire de chaussures noires sans talons, car je ne possédais que des sandales ou des chaussures de tennis. Quand je revins à la voiture, Wayne portait une chemise jaune et un nœud papillon.

146

« Il n'aimera pas ta cravate, l'avertis-je, attends, je vais te chercher une de celles de papa.

— C'est ma cravate porte-bonheur ! Elle vit dans ma boîte à gants et en sort dès que je sens qu'un peu de chance ne me ferait pas de mal. Figure-toi que ça marche !

— Il va s'imaginer que c'est pour ça que tu la portes...

— Et il aura raison ! »

Nous traversâmes le pont, la ville et atteignîmes le Carolina Yacht Club. Une fois sur le parking, Wayne alla jusqu'au perron et se gara à côté de deux Jaguar avec téléphone à bord. « Leurs propriétaires sont mari et femme, dit-il, les mains sur les pare-chocs de ces voitures. Le gars est l'associé de mon père. Il conduit une voiture une année, puis il la refile à son épouse. La sienne a toujours un an de moins que celle de sa femme. »

Le docteur Frobiness attendait au bar. Il fut intrigué de me voir, ne se rappelant que très vaguement m'avoir déjà rencontrée ; toutefois, il ne parut pas gêné que je me joigne à eux. Nous fîmes la queue au buffet, je me décidai pour du ragoût de crabe, des beignets de carrelet, de la tarte aux crevettes, du riz, des haricots et du potiron. Wayne regarda mon assiette avec des yeux ronds. Sur la sienne il n'y avait qu'une tranche de pastèque, qu'il avait découpée dans celle en forme de corbeille remplie de petites boules de fruits, qui décorait la table.

Je haussai les épaules. Je ne pouvais m'empêcher d'en mettre et d'en remettre sur mon assiette : que voulez-vous, tout était si joliment présenté et j'avais tellement mal à l'estomac... Il y avait la grande table avec sa nappe de toile épaisse, rose foncé, il y avait les lumières chaudes dorant les plats. J'étais en train d'ajouter un crabe astucieusement grillé dans sa carapace, lorsque j'aperçus, derrière le buffet, un aquarium de trois mètres de long dans lequel de gros poissons gris au faciès de bouledogue faisaient de paresseux aller et retour. Je n'arrivai pas à voir comment ils avançaient : apparemment, ils ne remuaient jamais la queue et ne se contorsionnaient pas, mais glissaient sans à-coups tout autour de l'aquarium.

D'habitude, j'adorais le Yacht Club. De la terrasse, on apercevait l'autre côté du port, jusqu'à Mount Pleasant, une vue opposée à celle que j'avais eue ce matin-là. On pouvait s'asseoir dans la salle à manger ombreuse et fraîche pour y savourer des mets à l'ancienne, tandis que là-bas, sous un soleil aveuglant, les jeunes héritiers des Townsend et des Pringle, en tenue de matelot, manœuvraient leur Sunfish, ratant de peu l'embarcadère. Ceux qui prenaient leurs repas au Club étaient aussi discrets que courtois. Les serveurs changeaient souvent, et il m'arrivait d'y apercevoir tel ou tel de mes camarades noirs du lycée de Wando, ce qui me valait une double portion de charlotte russe. Aujourd'hui je ne me sentais pourtant pas à ma place. L'aquarium était une récente addition. Il n'est pas facile de manger du poisson quand vous avez sous les yeux des poissons en train d'évoluer dans un aquarium, surtout lorsqu'ils ont triste mine et la lippe boudeuse.

Une fois que nous fûmes assis et que l'on nous eut apporté notre thé glacé, le docteur Frobiness n'y alla pas par quatre chemins avec Wayne. On sentait ce dernier prêt à décamper. Il n'avait jamais aimé le Yacht Club. Je le regardai se tortiller sur son siège. Tout ce que pouvait dire ou faire son père l'exaspérait, jusqu'à la façon dont ce dernier s'exprimait en clignant les yeux. Il est clair qu'une relation est irrémédiablement menacée dès que l'on en est arrivé à détester les gestes de l'autre.

« Je comprends ton intérêt pour les défavorisés, dit le docteur Frobiness. J'aime à penser qu'étant jeune ce sont également des raisons humanitaires qui m'ont attiré vers la médecine. Mais regarde-toi, mon fils ! Oui, regarde-toi ! Qu'est-ce qui t'arrive ? Ne te laisse pas embarquer dans leur monde. C'est ça le danger. Tu te dois de rester dans ton monde à toi, tu te dois de les aider depuis ce monde plutôt que de sauter à pieds joints dans le leur. » Il tamponna ses lèvres avec la serviette rose foncé. Les yeux de Wayne étaient rivés à la serviette : à la bouche, vite on essuie, et sur les genoux. Wayne toussa.

« Écoute, j'ai une proposition à te faire. » Le docteur Frobiness s'arrêta pour laisser réagir Wayne, mais ce dernier regardait fixement quelque chose du côté de la main de son père. « Voici ce que je te propose, dit son père. Finis ton été comme tu l'entends. Continue au Centre si le cœur t'en dit, mais en septembre, inscris-toi à l'université de Charleston. D'accord, je sais que ce n'est pas Sewanee, mais au point où tu en es, je me contenterai de n'importe quel programme de quatre ans, officiellement reconnu. Je prendrai à ma charge tes frais de scolarité et ton loyer. Tu n'auras qu'à te trouver un boulot, rémunéré, pour couvrir tes frais de nourriture et de transport. J'attends de toi des résultats décents, mais rien de spectaculaire. Je n'espère qu'une chose : que tu t'y accrocheras. Tu vois que mes exigences ont considérablement diminué. » Il me sourit. « Et vous, Lucille, qu'en pensez-vous ? Un nouveau studio ? Peut-être pouvez-vous m'aider à remettre ce jeune homme dans le droit chemin...

— Qu'est-ce que c'est que ce machin-là sur ton doigt ? » demanda Wayne.

Le docteur Frobiness regarda sa main. « Une bague », répondit-il.

Wayne était ahuri. « Pour quoi faire ?

— Oh ! Pour rien... Juste pour la porter.

— Mais c'est un diamant.

— Oh ! Un petit. C'était un bon investissement. Ça s'appelle un diamant pour homme. Ils les avaient en réclame dans *The New Yorker*. Un peu moins de deux carats, mais très bonne qualité. Oh, j'y pense, si cela ne t'ennuie pas, n'en parle pas à ta mère. Ça pourrait l'inquiéter.

— Écoute, papa, elle m'a dit que tu t'étais endetté à cause du nouveau cabinet et des frais que tu as pour te faire une clientèle.

— C'est vrai, c'est vrai. Elle a parfaitement raison. Mon Dieu, j'ai eu à débourser plus de quinze mille dollars rien que pour le matériel de bureau. Tiens, devine combien il a fallu que je paye pour l'assurance responsabilité civile ? Devine !

— Je n'en ai pas la moindre idée.

— Vas-y, donne-moi un chiffre ! Combien crois-tu qu'il a fallu que je crache ?

— Aucune idée... » Wayne était têtu. Je savais qu'il ne se hasarderait pas à deviner.

« Oui, vas-y, donne-moi un chiffre ! insista le docteur Frobiness.

— Un million de dollars, hasardai-je.

— Non, ma petite demoiselle, tout de même pas tant que ça ! Et bien, figurez-vous que je dois casquer *vingt et un mille* dollars d'assurance par an. » Il prononça le mot « mille » la bouche grande ouverte, les yeux écarquillés.

« Nom d'une pipe ! » m'exclamai-je, pour être polie. A vrai dire, je trouvai que c'était une assez bonne affaire. Et si jamais il loupait une lipposuccion ou excentrait un implant ? A la place de la compagnie d'assurances, je n'aurais pas assuré le docteur Frobiness, quel que fût le montant de la prime.

Il poursuivit en disant que certains pères, Ronald Reagan et lui-même rentraient dans cette catégorie, investissaient beaucoup dans la carrière de leurs fils. Pour les fils de ce genre de pères, on ne pouvait parler de libre arbitre. « Je souffre pour le président, dit-il.

— Excusez-moi », dis-je. Je voulais me resservir avant qu'ils n'emportent le rôti. Il était déjà trois heures de l'après-midi, et, à force d'être découpé, le gîte de bœuf, au départ en forme de bateau à vapeur, ressemblait maintenant à une selle. Le garçon chargé de découper la viande se tenait à côté de l'aquarium avec deux de ses collègues. J'attendais poliment à côté de la viande, assiette à la main, mais ils étaient embarqués dans une grande discussion et un hippocampe à moitié fondu se dressait entre eux et moi. Ils ne me remarquèrent pas.

« Le maître d'hôtel a dit : "Faites-moi sortir cette femelle", disait l'un d'eux. "Faites-la sortir, oui, mais comment ?" rétorqua un autre. "J'en sais rien, mais faites-la sortir. — Merde, mon vieux, je ne vais pas foutre la main là-dedans, c'est des crabes qu'y a là-dedans. — D'ailleurs, elle n'est pas encore morte. — Sûr qu'elle l'est. — Non, elle ne l'est pas. Regarde, ses branchies s'ouvrent et se ferment, c'est sa façon de respirer. — Pour autant que je sache, quand un poisson flotte le ventre en l'air c'est qu'il est mort." Il a dit : "Faites-la vite disparaître avant qu'un membre du Club la voie. — Sors-la de là, James. — Vas-y, James. — *Parfait*, James." »

De derrière la sculpture en glace, je vis James prendre la fourchette du rôti et éperonner le poisson bouledogue mal en point. Il y alla de main de maître : pas la moindre éclaboussure, pas un bruit... Le poisson fut expédié à la cuisine. James revint à la table du rôti de bœuf et me découpa une bonne tranche de bœuf grisâtre à force d'être bien cuit. Il me semblait l'avoir croisé au lycée, peut-être faisait-il partie de l'équipe de basket, mais je n'en étais pas sûre ; il portait le pantalon noir et la veste des serveurs, et s'il m'avait rencontrée quelque part, il n'en laissait rien paraître. Il regardait la viande et la découpait, c'est tout. Je fus heureuse de voir qu'il se servait d'une fourchette ordinaire pour la maintenir en place.

Quand je revins m'asseoir, je compris, en regardant ma viande, que je n'arriverais pas à y toucher. Je posai donc ma serviette sur mon assiette comme si rien n'était. Le système de filtrage de l'aquarium ne devait pas être adéquat, sans doute n'y avait-il pas assez d'oxygène. A force de tourner en rond, les poissons devenaient léthargiques ; ils perdaient le peu de connaissance dont ils sont dotés et ils flottaient le ventre en l'air...

« Wayne », commençai-je, mais il avait les yeux fixés sur son père qui inscrivait son numéro de carte de membre sur l'addition.

« Il va falloir que nous nous serrions la ceinture, annonça le docteur Frobiness. Pour le moment, je peux assurer tes frais de scolarité et ton loyer, mais c'est presque tout. Ta mère va être forcée à son tour de se trouver un appartement et un travail. T'en a-t-elle touché un mot ? »

Wayne ne répondit pas.

« J'ai parlé à un radiologue dont l'épouse possède un magasin de prêt-à-porter féminin. Elle a plusieurs employées à temps partiel et elle cherche quelqu'un pour l'après-midi.

— Lucille, me lança brusquement Wayne. Tu te sens malade ?

— Hm ! Hm !

— Lucille rend pour un rien ou presque », dit Wayne.

Le docteur Frobiness parut affolé. Il jeta un coup d'œil sur les quelques personnes encore attablées.

« Tout de suite ? » dit Wayne. Je fis un signe de tête. « Excusenous, papa. Nous en reparlerons plus tard. »

Il me fit sortir précipitamment, m'emmena sur le perron, me fit descendre les marches et rentrer dans la Ram Charger.

« Fantastique, s'exclama Wayne. Quelle fille tu fais !

— J'ai besoin d'air.

— Moi aussi, nom de Dieu ! Je suis navré que tu aies dû assister à ça.

— J'ai besoin d'air frais ou je vais être malade.

— Malade ? Moi qui avais cru que tu faisais semblant... Oui, j'étais persuadé que tu faisais semblant pour m'aider à sortir de là !

— Non, les poissons de l'aquarium ont fini par me donner le tournis.

— Tu as une drôle de tête. Tu as la peau toute moite. Tiens, viens faire un tour sur l'embarcadère. »

Il se précipita de mon côté, ouvrit la portière et me tendit la main. Mes genoux flageolaient.

« Je n'aurais jamais pensé que ton père était du genre à porter un diamant, dis-je.

— Il est en train de convertir ce qu'il a en valeurs matérielles. Des valeurs matérielles escamotables. Comme ça, le jour où il lui faudra rendre des comptes, il remettra un dossier financier au magistrat et, sur le papier, il n'y aura pas autant qu'elle l'aurait imaginé.

— Je pige. »

Un Sunfish rouge rentra dans un Sunfish vert et les jeunes marins se crièrent des sottises. Ils ne devaient pas avoir plus de neuf ou dix ans. Les riches ne s'occupent pas de leurs enfants, remarquai-je. Penser qu'un enfant puisse ainsi naviguer seul dans le port sur une petite planche surmontée d'une voile minuscule me donnait des frissons. C'est qu'il y avait des pétroliers, des cargos... Toutefois, les enfants semblaient parfaitement à l'aise, même lorsqu'ils échouaient ou se retournaient ; demain, ils recommenceraient...

« Lucille, laisse-moi encore une chance ! »

Il parlait sans me regarder. Accoudé au garde-fou, il regardait les enfants. « Je suis désespéré », me dit-il.

J'avoue que cela me brisa car je savais que c'était vrai. Son nœud papillon, trop petit pour son cou, s'était détaché d'un côté. Sa douleur était vive, ses yeux, sa peau ou ses épaules la reflétaient. Je commis une erreur, fréquente chez les filles. Poussée par je ne sais quel sens de l'honneur (c'était un gentil garçon qui méritait bien quelque chose d'une gentille fille), je dis oui. C'était ce que l'on pouvait faire de plus généreux et de plus amical, mais c'était une erreur. Nous décidâmes de nous retrouver le lendemain soir, sur l'embarcadère, en face de chez moi. Il paraissait heureux.

7

N'allez pas croire que j'ignorais ce que c'était que l'amour. Le fait qu'on ne l'ait pas fait ne veut pas dire que l'on ignore ce que c'est. Certains concepts sont innés.

J'avais entendu parler d'une théorie selon laquelle l'espèce profite de toute nouvelle connaissance, indifféremment de l'endroit ou du moment. Ainsi, une fois qu'un rat s'est familiarisé avec un nouveau labyrinthe, les autres rats s'y repéreront plus aisément, même s'ils se trouvent dans un laboratoire différent. Au début, on a l'impression que ce sont des bobards, mais en y réfléchissant, on se dit pourquoi pas... Après tout, bien des choses surviennent de façon invisible et mystérieuse. Toute créature a des liens avec l'espèce. Je savais ce qu'était l'amour sans avoir besoin d'une évidence empirique, plus encore, j'étais persuadée que je le possédais. Qu'il était en moi. Qu'il s'était silencieusement accumulé au fil des années comme la part qui vous revient lorsque vous achetez une maison. En amour, j'étais riche, même si personne ne pouvait le voir.

Mais ce que j'éprouvais pour Wayne n'était pas de l'amour. Ce que j'éprouvais pour Wayne ressemblait à ce que l'on peut éprouver à l'égard d'Huck Finn. Une espèce d'affection, parce qu'il est à la fois si bon et si américain. Pourtant, en lisant ce livre, vous vous dites, si vous êtes une fille, *il en a encore du chemin à faire, ce gamin*! Il est si heureux avec son Jim, son radeau et son vieux fleuve. Il n'a jamais d'éclairs de génie. Les garçons connaissent cette phase d'innocence prolongée. Je ne crois pas que les filles passent par là. Imaginez Becky Thatcher écrivant ce livre et vous aurez une approche entièrement différente. Obscure.

Je n'arrivais pas à décider si je devais ou non garder ma parole et retrouver Wayne sur l'embarcadère. Je passai la journée à osciller. Plusieurs heures durant, je décidai résolument de ne pas donner suite. Relevant la tête, je me mis à préparer le dîner comme si j'étais un modèle de vertu. C'est alors que je l'imaginai en train de m'attendre, douché de frais, rasé de près, sentant bon le savon, ses deux capotes anglaises enfouies dans sa poche droite. Je compris qu'il passerait peu à peu de l'espoir à la déception. Je décidai d'aller le rejoindre.

Au dîner, Rae fut d'une humeur massacrante. La chaleur lui tapait sur le système, conclus-je. Toute la semaine, des records de température nous avaient valu de figurer aux nouvelles nationales. On avait dû faire venir de l'Indiana des camions entiers de foin pour nourrir les vaches car la sécheresse était telle que les moissons se ratatinaient dans les champs. Les pêchers n'avaient donné que des petits cailloux. A la télé, on rappelait régulièrement aux personnes âgées ainsi qu'à ceux qui devaient veiller à leur santé de boire et de se cantonner dans des pièces climatisées. Bien entendu, Rae appartenait à cette dernière catégorie. J'avais essayé de la persuader de passer ses journées dans la salle de séjour, dont le climatiseur était encastré dans le carreau de la fenêtre, mais elle s'était entêtée à rester dans sa chambre devant un ventilateur assourdissant, à regarder la télé. Au dîner, elle parut épuisée.

« Je vais te le dire, mon problème, dit-elle. Je l'ai diagnostiqué. »

Billy lui jeta un coup d'œil et changea de position. Il ne dit rien ; il n'était pas évident de savoir à qui la remarque de Rae s'adressait car celle-ci avait le nez dans son assiette.

« Je ne savais pas que tu avais un problème, dis-je.

— Oh que si ! dit-elle. J'étais faite pour une autre décennie que celle-ci. J'étais faite pour les années quarante...

— C'était une époque merveilleuse.

— J'aurais adoré les années quarante et les années quarante m'auraient adorée, conclut Rae.

154

— La mode était très chouette, dis-je.

— Pas que la mode ! C'était un monde complètement différent. Ça aurait tout aussi bien pu être un autre siècle. Je regrette les années quarante.

— Pour ma part, j'aime les années quatre-vingt, dit Billy. J'aime la télé et les droits civiques. Les quarante, c'était Hitler et les pneus qui crevaient chaque fois que vous partiez en voyage !

— Franchement, il y a des jours où je me demande ce que je fais ici », dit Rae sans lever la tête. Elle continuait à manger, finissant méthodiquement ce qu'il y avait dans son assiette tout en buvant quelques gorgées de thé entre des fourchettes de salade, une sorte d'automatisme que l'on rencontre chez ceux qui dînent seuls au restaurant. De temps en temps, l'un de nous jetait un regard furtif dans sa direction.

Elle fronça les sourcils et releva le nez comme s'il lui était arrivé quelque chose. « J'aurais dû être infirmière pendant la deuxième guerre mondiale. Ces années-là ont servi à quelque chose, elles ont eu un sens. Ça m'arrive de me demander, mais qu'est-ce que c'est ? Je suis sûre que tu as déjà eu cette impression, Lucille. Tu sais, une de ces impressions que tu ne peux pas très bien décrire. Tu vois ce que je veux dire ?

— A quoi ça ressemble ? » Je cherchais une échappatoire. Je ne pensais pas avoir connu ce genre d'impression. Ça ne me semblait pas familier. Mais quand quelqu'un vous dit : « Tu vois ce que je veux dire... » c'est horrible de lui répondre que non. C'est lui couper l'herbe sous les pieds.

« C'est comme un cauchemar, dit-elle.

— Ça vous fait peur ?

— Non, non : ça n'a aucun sens. Ça ressemble à... Bref, je ne l'avais jamais ressenti. Voilà que, soudain, le monde a moins de sens qu'il n'en avait quand je... quand j'étais célibataire. Hier, je suis allée voir une nouvelle voiture, je n'arrivais pas à lire le tableau de bord. C'en était trop pour moi. Je suis allée faire un tour, pour l'essayer, impossible de trouver ni le compteur de vitesse, ni la jauge à essence. Ni même la radio. J'ai même failli sortir de la route.

— Tous ces machins-là c'est pour les nouvelles générations, reprit papa. Moi, je m'y perds là-dedans. On dit qu'il n'y a que les jeu-

155

nes qui peuvent faire fonctionner ces appareils modernes. Vera est forcée d'appeler le fils de son voisin dès qu'elle veut se servir du magnétoscope pour autre chose que passer un film. »

Rae le regarda. « Papa, je fais partie de la jeune génération. Du moins, je le pense. Dis-moi, Billy, n'est-ce pas que j'en fais partie de la nouvelle génération ? » Elle semblait inquiète.

« Bien sûr que tu en fais partie, répondit-il. Tu as vingt-cinq ans. C'est incontestablement la nouvelle génération. » Il s'éclaircit la voix. « Tu es allée voir une voiture ? demanda-t-il.

— Oui.

— Tu veux changer de voiture ?

— J'en avais envie, mais c'est fini. Je m'étais dit qu'une nouvelle voiture pourrait... Tiens, je me rappelle quand j'ai eu ma voiture, je peux dire que j'étais heureuse ! Papa m'avait accompagnée. Quand j'ai vu l'Impala, il a suivi le vendeur dans son bureau et, en ressortant, il a glissé les clefs dans ma main. »

Elle adressa un sourire à papa.

« Je m'en souviens, dit papa.

— Ce que j'étais contente ! » dit Rae. Du regard elle fit le tour de la table, avant de replonger le nez dans son assiette. Vu la taille de son ventre, elle était assise de travers, pour délester un côté. Soudain, elle leva la tête.

« Que ça soit bien clair une bonne fois pour toutes », dit-elle. Elle posa sa fourchette.

Je n'avais pas la moindre idée de ce à quoi elle faisait allusion. Les autres non plus, d'ailleurs. « Qu'est-ce que c'est que ça ? demanda timidement Billy.

— Ces histoires de bébé.

— D'accord, dit-il en hochant la tête. Que veux-tu dire par là ?

— Je n'en veux pas.

— Excusez-moi, dis-je en me levant de table.

— Reste ici, Lucille. Ça te concerne aussi, dit-elle.

— Non, en aucune façon.

— Bien sûr que si. Tu voudras sûrement y mettre ton grain de sel. Je veux que cela soit réglé cartes sur table, sans personne par-derrière pour jouer les tout-puissants. La seule raison pour laquelle je ne me suis pas fait tout de suite avorter, c'est parce que je savais que tu étais contre. Je ne sais pas pourquoi j'en ai tenu compte,

156

mais je me revois en train de me dire : "Lucille ne serait pas d'accord."

— Ce n'est pas vrai, dit Billy. Tu as longuement réfléchi et puis tu as décidé de garder ce bébé.

— Et maintenant j'ai décidé que je ne voulais plus le garder.

— Mais voyons, ma chérie, tu ne peux pas décider ça au point où tu en es, dit-il.

— Bien sûr que si.

— Non, tu ne peux pas. C'est trop tard. Tu en es presque à ton septième mois, c'est trop tard.

— Je ne parle pas d'avortement. Bien sûr qu'au point où j'en suis, je ne peux plus me faire avorter ! Ce que je dis c'est que je ne veux pas avoir de bébé ; j'entends par là que je ne veux pas en *posséder* un. J'ai l'intention de le donner pour adoption. Hier, sous la rubrique "Messages personnels", il y avait une douzaine d'annonces du genre : "Couple aimant, désire bébé blanc. Tous frais payés." Il y a des gens qui feraient n'importe quoi pour avoir un bébé. Vous en avez qui essayent depuis des années d'en avoir un et moi, j'en récolte un par accident. Ils le méritent plus que moi. Ils l'aimeront davantage. »

Billy et papa ouvraient de grands yeux. Quant à moi, j'en restais le souffle coupé, impossible de dire un mot, ce qui valait sans doute mieux car je n'avais encore aucune idée de ce que j'allais dire. En attendant que mes poumons récupèrent, je remis de l'ordre dans ma tête.

Il était temps pour moi de faire davantage que de laisser venir les choses. Il était temps, en raison de l'abdication de ma mère et de l'insouciance de ma sœur, que je reprenne les rênes de cette famille.

« C'est hors de question, Rae, dis-je. Tu gardes cet enfant. C'est ton enfant. Tu le gardes et tu l'élèves.

— Vraiment ?

— Sans la moindre hésitation. Alors oublie tout ce qui pourrait t'inciter à décider le contraire. Habitue-toi à toutes ces idées que tu refuses d'accepter, comme te fixer quelque part, te dire que quelqu'un dépend de toi, ou vivre de façon prolongée avec le même homme. C'est toi qui as choisi ça. Il est temps que tu te stabilises.

— Si tu crois que c'est si facile de faire tout ça ! Tu ne t'en rends pas compte, Lucille, parce que, bonté, tu n'as que dix-sept ans. Ça n'est pas aussi facile que ça en a l'air. Quand ça te tombe dessus, ce n'est pas la même chose que quand tu vois ça arriver à quelqu'un d'autre.

— Non, ce n'est pas différent. Ça revient à une simple question. Tu grandis ou tu ne grandis pas ? C'est là ton seul choix.

— Tu en es sûre ? » Elle avait les larmes aux yeux. « Dis-moi, Lucille, en es-tu sûre ?

— Oui.

— Et toi, Billy, en es-tu sûr ? dit-elle.

— Écoute, Rae, je...

— Non, il n'en est pas sûr, repris-je. Mais laisse-le tranquille. Celle qui a son mot à dire, c'est toi. C'est à toi de décider, maintenant, et pour le restant de tes jours. Tu ne peux pas répondre du bout des lèvres, une façon de dire, somme toute, bon, d'accord, je crois que je l'aurai ce bébé. Il faut que tu décides là, maintenant, de l'aimer ce bébé, même s'il va te donner des caries, te faire perdre la ligne et t'épuiser pendant des années et des années. Il faut que tu dises, je le veux ce bébé. Sinon, tu pourrais mettre au monde un enfant, l'élever, sans jamais savoir si tu l'as voulu ou non. Mais lui, l'enfant, il saura que tu ne savais pas. Montrer de l'indifférence c'est pire que ne pas aimer.

— C'est juste que je ne crois pas que je suis faite pour ça. Vois-tu, Lulu, je ne pense pas que je ferai un très bon boulot. Honnêtement, je ne le pense pas.

— Bien sûr que si.

— Tu crois ?

— Je le sais. » Je lui tapotai la joue.

« D'accord », dit-elle. Elle se redressa sur sa chaise, reprit sa respiration et pendant une minute son regard s'aviva. Mais seulement pendant une minute. Je me dis tout ira bien, il va lui falloir un peu de temps. C'est le premier pas. On ne peut pas s'attendre à ce que quelqu'un prenne ce genre de décision instantanément.

« Dans ce cas-là, nous le garderons, dit-elle. D'accord, Billy ?

— D'accord.

— Je ne sais pas ce que ça veut dire quand ils pleurent. Il y en a qui sont allergiques au lait, d'autres qu'on retrouve morts dans leur berceau. Mais... il m'arrive d'avoir l'impression que j'ai déjà eu un bébé. Tout ça m'est un peu familier. J'ai des souvenirs d'objets. Une couverture de bébé aux mailles lâches entre lesquelles court un ruban de satin... Un mobile avec des animaux en bois, je ne sais trop quel genre d'animaux, hum, ça doit être des moutons, suspendus à des fils de fer invisibles... Et une odeur poivrée, aigre-douce. Je me revois tenant un bébé dans les bras, le berçant pour l'endormir.

— C'était moi, dis-je.

— Oh! Tu crois?

— J'ai eu ce mobile avec les moutons...

— Toi? Mon Dieu, je parie que tu as raison!» Elle ajouta à l'intention de Billy : « Je me suis occupée de Lucille.

— Et regarde, elle n'a pas si mal tourné! dit-il.

— Oui, mais vois-tu, pour moi, c'était un jeu. Ce n'était que Lucille, mais cette fois, c'est un vrai bébé. J'ai un peu peur... Je suis un peu terrifiée. » Elle essaya de rire.

« Écoute, Rae, ne t'inquiète pas, reprit Billy. Pense au nombre de gens qui ont eu des bébés depuis que le monde est monde! Ça ne doit pas être si difficile que ça... Chacune de tes ancêtres est passée par là, depuis le commencement des temps. »

Elle y repensa et sourit. « Tu as raison, dit-elle. Des milliers de générations? Une tradition de naissances réussies.

— Et ce n'est pas compliqué, dit-il.

— La chaleur me tue, dit-elle. Si nous allions nous coucher? »

Elle avait passé sa journée au lit, mais personne ne le lui fit remarquer.

Je descendis jusqu'à l'embarcadère au moment où la lune se levait. La terre était encore chaude, même si le soleil avait disparu. L'effet de serre, bien sûr. La mer était plus haute que d'habitude, elle était étale, comme un dallage gris. Le vent ne soufflait pas. Arrêtées dans leur course, des touffes de roseaux que la marée avait fait dériver s'étaient dispersées dans le port, comme des îles. Je ne vis même pas un oiseau. J'avais le moral à zéro, et mon T-shirt était trempé de sueur.

Assise au bord de l'embarcadère, je laissai pendre mes jambes dans l'eau tiède que recouvrait une pellicule d'écume boueuse. Même la lune semblait avoir chaud. Nous allons finir rôtis, pensai-je. Nous allons tous finir rôtis avant que qui que ce soit ait seulement la chance d'avoir un bébé!

Derrière moi, les lumières de notre maison s'éteignirent, laissant une carcasse de navire à pignons se découper sur un fond de ciel et d'arbres.

La patience est une qualité bien rare chez les êtres humains. Les gens se croient patients mais ils sont, pour la plupart, incapables d'attendre plus d'un quart d'heure sans distraction. Les chiens sont plus patients que la plupart des gens. Quant à moi, j'étais d'une patience peu ordinaire. A tel point que j'aurais pu attendre sans même savoir au juste ce que j'attendais.

Au bout d'un moment, je sentis que la marée changeait et commençait à baisser. De minuscules particules de boue venaient se plaquer contre mes jambes. Je voyais l'eau glisser contre ma peau, je voyais les roseaux, silhouettes sombres sur l'eau sombre, glisser vers le large. J'avais presque oublié que Wayne devait venir jusqu'à ce que j'entende ses pas, derrière moi, sur l'embarcadère.

« Regarde la lune, lui criai-je. Elle s'est brisée sur l'eau. » Des éclats de lune bondissaient sur les petites vagues, brisures éparpillées le long d'un sentier d'or. Il arriva et se tint derrière moi sans bouger.

« J'adore la lune », dis-je, et je ne pus m'empêcher de me mettre à pleurer. Il y avait longtemps que je n'avais pas pleuré, je devais avoir une ou deux années de larmes en retard qui avaient besoin de sortir. Il s'assit derrière moi et me frotta le dos. Mais ce n'était pas Wayne, c'était Billy.

« Lucille, ne t'inquiète pas, dit-il. Elle s'en sortira. » Je me mis à pleurnicher comme une gosse. J'avais beau essayer d'arrêter, embarrassée que j'étais, les sanglots sortaient malgré moi. « Oh! m'exclamai-je. Je voudrais m'arrêter, mais je n'y arrive pas.

— Tu n'as pas besoin de t'arrêter. » Il frotta mon dos tandis que je pleurais. Ce fut vite terminé, comme la bourrasque sur le port : un grand soleil avant, un grand soleil après, et c'est fini, oublié, en cinq minutes.

« Ouf! dis-je.

— Ouais…

— A ton avis, quel est son problème? demandai-je. Elle n'a jamais

160

été comme ça. » Je plongeai la main dans l'eau et m'en aspergeai le visage.

« Je n'en ai aucune idée, répondit-il.

— Je suis désolée, dis-je. J'aurais mieux fait de ne pas me mêler de vos affaires. J'ai essayé de me tenir à l'écart, mais elle nous a demandé de rester, du coup, j'ai éprouvé le besoin de dire quelque chose. Et je me suis sentie forcée de ne pas mâcher mes mots. Sans doute n'était-ce pas la chose à faire.

— C'était, et sans aucune hésitation, ce qu'il fallait faire, dit-il. Elle est beaucoup mieux. Elle dort.

— Parfait.

— Tu as été formidable. »

A ce moment-là, avec Billy derrière moi, le monde qui s'adonnait à sa virevolte nocturne, et la seule clarté de la lune, je décidai que nous ne serions pas ennemis. Si j'avais eu des soupçons quant à sa moralité, ils s'évanouirent. Je dois avouer qu'il m'était jadis venu à l'esprit qu'il avait fait un gosse à Rae pour l'épouser. Soudain, je comprenais que ce n'était pas son genre. Je ne m'en étais pas rendu compte jusqu'ici, n'ayant pas été assez proche de lui, mais là, dans un rayon de lune, avec son visage à une cinquantaine de centimètres du mien, je voyais les méplats de ses joues, le sillon entre ses yeux ; ils me disaient le genre de personne qu'il était : un de ces êtres auxquels l'amour peut faire perdre la tête. Il n'y en avait pas beaucoup comme ça en ce monde. Je n'étais pas de ceux-là. Wayne non plus. Mes parents non plus. Rae sûrement pas non plus. Je compris alors à quel point il l'aimait, et aussi quel danger il courait.

Il alla jusqu'au bout de l'embarcadère et retira ses bottes. Il enleva ses chaussettes, les rangea dans ses bottes, retroussa son jean et mit les pieds dans l'eau. On aurait dit que nos jambes avaient été amputées juste au-dessous du genou. « Je crois qu'elle se sentira mieux dès que le bébé sera né. Je crois que nous retrouverons notre bonne vieille Rae.

— Espérons-le ! dis-je.

— C'est plus dur pour elle que je ne l'aurais pensé.

— Elle n'a pas l'habitude d'être deux. C'est une forte personnalité, Rae. C'est comme ça qu'elle a été élevée. C'est dur pour ce genre de femmes d'avoir un bébé, c'est comme se partager en deux.

161

— C'est vrai, elle a une forte personnalité. C'est ce qui m'a attiré vers elle. Une fille sûre d'elle-même et une sacrée personnalité. Ça saute aux yeux, tu vois ce que je veux dire ?

— La plupart des femmes sont des êtres faibles, dis-je.

— Oh ! je ne dirais pas...

— Non, tu n'as pas à le dire. Comparées à Rae, la plupart des femmes sont faibles. Mais elles ont un trait commun.

— Lequel ?

— Elles ont peur de la solitude. Pas Rae.

— Je m'en suis aperçu. En fait, c'est ce qu'elle préfère.

— C'est une brave, dis-je. Sa bravoure lui a même valu les honneurs de la presse. Elle te l'a raconté ?

— Elle ne m'a pas dit quoi que ce soit. Nous sommes mariés, mais elle ne m'a jamais rien dit de son passé. »

Je me lançai donc dans le récit célèbre, et maintes fois raconté, de la fois où Rae, maman et moi avions pris Long Point Road, avant que ce quartier ne devienne Horizon Acres. Nous allions apporter nos cadeaux de Noël chez Rhody.

« Nous aperçûmes des gens sur le bas-côté de la route, lui dis-je. Il faisait froid. Maman crut d'abord que c'était pour ne pas avoir froid qu'ils étaient là à sautiller et à agiter les bras, mais Rae nous dit qu'il avait dû se passer quelque chose. Nous nous arrêtâmes et vîmes un feu dans le fossé. Nous nous approchâmes. Un homme était au milieu des flammes. Il remuait mais personne ne savait comment lui porter secours. Une femme le fouettait avec un tricot en criant : « Au nom du ciel ! » Rae, elle, n'hésita pas. Elle se précipita au bord du fossé et se mit à jeter de la terre sur l'homme, d'abord avec son pied, puis à pleines brassées, en hurlant aux autres de faire de même. C'est comme ça qu'elle était à dix ans... Il y a eu un article sur elle dans le journal. "La présence d'esprit d'une enfant sauve un homme des flammes." C'est à ça que tu as affaire. A ce genre de force. »

Il resta assis une minute sans parler puis il me dit : « Dans ce cas, elle s'en tirera, tu ne crois pas, si elle a ça en elle ?

— Oui.

— Je le pense aussi.

— Emmène-la faire des petites promenades en voiture, suggérai-je.

— Bonne idée.

— Il m'a semblé qu'elle avait besoin de vêtements. D'une chemise de nuit ou je ne sais quoi.

— Entendu.

— Elle fume encore de la dope ? demandai-je.

— Non, pas à ma connaissance, dit-il. Je lui ai dit de ne pas y toucher.

— Et toi ? lui demandai-je, de but en blanc.

— Pas vraiment, dit-il. Je bois trop. Je me soûle, je fais la bringue et je m'attire assez d'ennuis comme ça sans avoir recours à d'autres additifs...

— Jusqu'à quel point les historiens peuvent-ils s'attirer des ennuis ? »

Il se mit à rire.

« Non, je ne plaisante pas, dis-je. Quels sont les ennuis les plus graves que tu te sois jamais attirés ?

— Les plus graves ? » Il me lança un regard de côté.

« Allez, vas-y, dis-le-moi, insistai-je.

— On m'a arrêté pour avoir surgi en caleçon lors d'un concert de musique de chambre que donnait le Guarneri String Quartet. J'ai fait de rapides zigzags sur scène, entre la viole et le violoncelle, et j'ai filé.

— C'est pas bien, ça !

— Les Guarneri étaient furibards.

— Quand était-ce ?

— Voyons... Il y a dix ans. Un gag d'étudiant. »

Je hochai la tête. « Il y a dix ans... Et c'est tout ce que tu as fait ? Tu as parlé tout à l'heure de "faire la bringue". Quel genre de bringue est-ce que tu fais ? Je vois ça d'ici, ceux qui font histoire... Le vendredi après-midi, ils se retrouvent à la cafète des étudiants d'histoire et ils font la bringue.

— Bon...

— Non, attends, je sais... Eh bien quelqu'un suggère un bar en ville, alors les futurs historiens s'entassent dans deux Subaru et vont boire un coup au Patrick's pendant une heure ; la moitié d'entre eux s'en va ensuite au restaurant italien et vous êtes chez vous vers dix heures du soir. »

Sa vie avant qu'il vienne se joindre à notre famille me fascinait, j'avais même inventé des détails.

« Tu n'es pas loin de la vérité. Tu n'es pas loin du tout de la vérité.

— Le petit bistrot du coin. La bringue académique, repris-je.

— D'accord. Et toi : quels sont les ennuis les plus sérieux que tu te sois jamais attirés ? Je doute qu'il te soit même arrivé d'être en retard pour rapporter un bouquin à la bibliothèque.

— Moi ? Je m'en suis attiré de sérieux, dis-je.

— Tu parles... Tu ne peux même pas dire les cinq lettres, alors comment peux-tu t'attirer des ennuis ?

— J'ai volé dans un magasin », répondis-je.

Il se retourna et me regarda. Je mis la main sur ma bouche. « J'ai du mal à croire que je t'ai dit ça, dis-je. Personne ne le sait.

— Tu ne vas pas t'arrêter comme ça, maintenant..., dit-il.

— C'était il y a quatre ans. J'avais accompagné ma mère chez Eckerd. J'ai vu du rouge à lèvres sur un présentoir et cette nuance, abricot glacé, m'a fait un effet du tonnerre. Il me la fallait immédiatement, sans passer par les voies habituelles. C'était physique. Alors, je l'ai volé.

— Bon, mais si tu ne t'es pas fait pincer, ça ne compte pas, tu ne t'es pas attiré d'ennuis...

— Je me suis fait pincer. Au moment où nous partions, nous avons été forcées de passer à travers une espèce de détecteur, tu sais, ces portes métalliques, et l'alarme s'est déclenchée. Le directeur est arrivé, un petit bonhomme bien astiqué, hum. Il m'a dit : "Excusez-moi, mademoiselle, mais il va falloir que je vous demande de vider votre sac sur le comptoir." J'ai tout renversé, mais le rouge à lèvres était dans la poche de mon short. Mon cœur battait la chamade, impossible de dire un mot.

— Qu'est-ce qui s'est passé ?

— Ma mère est arrivée, elle s'est placée derrière moi et a fouillé dans ma poche pendant qu'il inspectait mon sac.

— Elle savait que tu l'avais pris ?

— Non, pas avant que l'alarme se déclenche. C'est là qu'elle a compris. Elle a remis en douce le tube de rouge à lèvres sur l'étagère. L'homme a dit que la machine venait d'être installée et qu'il devait y avoir quelque chose qui ne fonctionnait pas. Il s'est excusé.

— Par conséquent, cela ne t'a pas attiré d'ennuis. »

Je le regardai en roulant les yeux.

« Oh! ta mère! dit-il.

— J'ai eu l'interdiction de sortir pendant un mois.

— Elle t'a vraiment sonné les cloches? »

Je soupirai. « Non, répondis-je. Elle m'a jeté un de ces regards, du genre de ceux qui vous font comprendre que c'en est fini de vous, de votre réputation.

— Oh! Ta réputation était pourtant sauve...

— Non, je ne le pense pas.

— Puisque tu es ici. »

J'approuvai de la tête.

« Tous les jeunes volent un jour ou l'autre dans un magasin, dit-il Je pensais que tu allais me raconter quelque chose de savoureux mais on dirait que ni toi ni moi ne nous sommes vraiment écartés du droit chemin. Serait-ce que nous sommes bons par nature ou serait-ce que nous n'avons pas eu l'occasion de mal nous conduire?

— Pas moyen de savoir, dis-je. Jusqu'à ce que l'occasion se présente.

— J'aime cette région, dit-il en remuant le pied dans l'eau. C'est comme le Michigan, mais en plus sauvage. Il n'y a pas de requins dans le lac Michigan et dans le Nord les bois sont fichtrement propres comparés à ceux-ci. Par ici, les animaux ça grouille.

— J'adore cette région », dis-je.

Nous étions à l'abri du vent. J'entendis des bernacles crépiter contre les piles de l'embarcadère. Escargots, crabes, poissons, crabes bleus, méduses, dirt daubers, abeilles, cigales, moustiques, fourmis rouges, serpents, lézards, crapauds, alligators : oui, la vie animale était bien présente... L'eau clapotait. Ici, j'étais chez moi. Pour la première fois depuis longtemps, je me sentis le cœur un peu serein... Je compris que j'étais patriote au sens profond du mot, ce qui va plus loin que la loyauté à l'équipe olympique américaine. Ce qui sous-entend que vous aimez l'endroit comme si c'était votre maison, comme si vous étiez un animal et que c'était là votre habitat.

« Tu es étrange, Lucille », dit Billy. Il se leva et me regarda. Son pantalon était retroussé jusqu'aux genoux, ses mollets dégoulinaient sur la passerelle.

« Ça, je crois que je le sais, mais à quelle facette de mon étrangeté fais-tu allusion?

— Tu as l'air d'être une dure de dure. Tu donnes l'impression d'être aussi forte que Fort Sumter au temps de sa gloire. Un bastion que personne de sensé n'essayerait de prendre. Et puis voilà que la moitié de tes phrases commencent par "J'adore". Tu dis : "J'adore ceci, j'adore cela." Tu adores plus de choses qu'aucune personne de ma connaissance. »

Retenant mon étonnement, j'essayai d'être naturelle. « Je n'ai jamais remarqué ça, mentis-je...

— Dans ton cœur, tu as beaucoup d'amour.

— Je pense. »

Tout était calme, l'eau nous apportait les échos musicaux de soirées données par des inconnus. Un chien blanc traversa le chantier en bondissant, un de ces chiens qui sont originaires de l'Alaska. J'accueillis au plus profond de mon être ce chien venu de loin, ce clair de lune, ces un, deux, trois, quatre embarcadères mal éclairés, barrières fortuites dans l'eau. J'aspirai toute la nuit. Je la voulais toute.

« Tu remontes à la maison ? demanda-t-il.

— Non, pas maintenant, répondis-je. A vrai dire, j'attends quelqu'un. Je ne suis pas tout à fait sûre qu'il vienne, mais il m'a dit qu'il viendrait, et je crois qu'il ne va pas tarder. »

Billy se tourna en direction de la maison. « Je te demande pardon, je croyais que tu étais seule. Je te laisse. Tu ne risques rien toute seule ici jusqu'à ce qu'il arrive, non ?

— Rien du tout.

— Parfait. » Il hésita. « Dis-moi qui est-ce ? Qui attends-tu ?

— Wayne.

— Je croyais t'avoir entendue dire que c'était terminé. Pas même dans la catégorie fleur bleue.

— C'est vrai, j'ai dit ça, dis-je.

— Je ne sais pas, Lucille, mais clair de lune, neuf heures et demie du soir, Bob Marley errant sur les flots... » Il fit un clin d'œil.

« Va-t'en, dis-je en faisant claquer ma main sur l'eau pour l'éclabousser.

— Compris, compris ! » Je le suivis du regard tandis qu'il se dirigeait vers la maison, même si, le temps qu'il atteigne les marches, je n'étais plus trop sûre que c'était lui que je voyais, si ce n'était pas plutôt un arbre ou tout simplement la nuit. Je me sentis à la

166

fois sereine et émue. « Dans ton cœur, tu as beaucoup d'amour », avait-il dit. C'était moi. C'était moi *telle que j'étais*. On m'avait reconnue.

Il vous faut parfois regarder avec les yeux d'un étranger pour voir d'un œil neuf des choses sur lesquelles vous portiez un regard las et embrumé. En me regardant avec les yeux de Billy McQueen, j'eus l'impression d'avoir fait une heureuse découverte. Cela me rappela le jour où j'avais retrouvé mon vieux coffre-fort dans un placard du grenier. Il contenait de l'argent mais impossible de me rappeler la combinaison. Je l'emportai dans ma chambre et me mis à jouer avec le cadran, le faisant tourner de droite à gauche et de gauche à droite sans même faire attention aux chiffres. Il s'ouvrit soudain et je poussai un cri d'ahurissement. Était-ce un accident ou était-ce que quelque chose, au plus profond de moi-même, s'était souvenu de la combinaison et l'avait suggérée à mes doigts ?

Je respirais lentement pour aspirer au maximum cet air salé et humide. Je n'avais aucune idée que j'émettais une espèce de ron-flement aussi, lorsque Wayne arriva, il fallut, pour que je sache qu'il était là, qu'il me dise : « Nom d'une pipe, qu'est-ce que c'est que ce boucan, Lucille ? Une crise d'asthme ?

— Non, dis-je. Je respire profondément.

— On dirait que tu suffoques », dit-il.

Il sentait comme je m'étais dit qu'il sentirait. Je lui passai la main dans les cheveux, ils étaient encore moites, il sortait de la douche. Mon geste le choqua. Il recula. Puis il se rapprocha et m'embrassa sur la bouche. Ses lèvres étaient fraîches, que c'était bon ! Tout dans sa personne sentait bon, frais et propre. « Où as-tu trouvé une chemise propre ? » lui demandai-je, mais il ne comprit pas : ma bouche était si près de sa chemise que mes mots étaient étouffés.

« Comment ? » dit-il. Il était en train d'enlever sa chemise.

Cette fois, il y avait quelque chose de nouveau. Quelque chose de différent. Je n'avais jamais vraiment éprouvé cette sensation auparavant. En général, à ce point, la tête se mettait à me tour-ner, je perdais mon ardeur initiale et commençais à me recroque-viller sur moi-même. Du coup, Wayne se dépêchait et fonçait dans l'espoir d'en terminer avant que je ne parvienne à me dégager à force de me débattre. Ce n'était pas un jeu de ma part, j'aurais voulu autant que lui que ça se passe bien, mais je n'arrivais pas à me résoudre à rester là comme ça. La plupart du temps cette sensation, que j'appelais mon « bandeau sur les yeux », s'emparait de moi et il fallait que je m'en libère. Il fallait que je voie où j'en étais, il fallait que je retrouve mon équilibre.

Cette fois, je ne connus pas cette sensation de « bandeau sur les yeux », j'eus plutôt l'impression d'être enveloppée dans une couverture duveteuse, une couverture qui ressemblait à la peau de Wayne Frobiness. Je n'avais pas jusqu'ici vraiment prêté attention à sa peau, mais voici que soudain elle avait sur moi un effet magique. Je passai la paume de ma main dans son dos pour m'assurer que ce n'était pas là un tour de mon imagination.

Ce n'en était pas un. Ma main se mit à me démanger, un agréable chatouillis me parcourut le corps.

Un ponton de bois avec trois vieux coussins de bateau n'est pas l'endroit idéal pour vous allonger auprès de votre bien-aimé, mais ni l'un ni l'autre n'objectâmes. Il n'y faisait pas très chaud non plus, remarquai-je, une fois que nous eûmes enlevé nos vêtements. La lune était haute, ses rayons étincelants nous éclairaient comme si nous étions des vairons dans les bas-fonds. J'avais l'impression de danser, de nager, de m'enfoncer dans la terre, d'escalader la voûte céleste. J'étais émerveillée.

Wayne, lui, ne savait qu'en penser, il était quelque peu effrayé. Il hésitait à trop bouger. Peut-être se demandait-il : qui est en dessous de moi ? Qu'est-ce que ça ? Les Grecs parlaient de créatures du sexe féminin susceptibles de prendre des formes animales, sans doute certaines de celles-ci lui venaient-elles à l'esprit. Je n'en sais rien. Mon esprit à moi était douillettement enveloppé de plaisir ; rien d'autre ne l'encombrait.

Après coup, il parut inquiet. Il renfila son jean. En rentrant sa chemise et en reboutonnant sa braguette, il me dit : « Tu te rhabilles ?

— J'en sais rien, répondis-je.

— A mon avis, ça serait une bonne idée. » Il me tendit un paquet de vêtements que j'enfilai lentement. Mes bras et mes jambes ne semblaient pas opérer de façon efficace. Il m'observait.

« Quelque chose ne va pas ? me demanda-t-il. Attends. Je parie-rais que ta sœur t'a refilé quelque chose.

— Refilé quoi ?

— De la dope ou autre chose.

— Ne sois pas ridicule.

— Je me rappelle cette autre fois où j'ai cru que tu avais fumé je ne sais quoi et où tu m'as affirmé le contraire.

— Et tu sais quoi ? Eh bien, tu t'es trompé les deux fois !

— Dans ce cas, qu'est-ce que c'est ?

— Qu'est-ce que c'est quoi ?

— Tu sais parfaitement ce que je veux dire. Qu'est-ce qui se passe là, maintenant ? Comment se fait-il que tout à coup tu... Comme ça ?

— J'ai cru que c'était ça que tu voulais.

— Oui, mais toi... tu y as éprouvé du plaisir.

— Je ne suis pas censée en éprouver ? »

Il soupira et fronça les sourcils. Lui, c'était Huck Finn, un naïf, à qui l'on pouvait faire gober n'importe quoi.

Je n'avais sûrement aucune intention de lui raconter des histoi-res. C'était mon plaisir que je recherchais, tout étourdie que j'étais, gigotant dans tous les sens, sans penser à quoi que ce soit, je n'avais jamais voulu lui faire le moindre mal. Je crois d'ailleurs que la femme ne veut jamais faire mal à l'homme. Ève n'était ni une de ces femmes qui calculent, ni une de celles qui préméditent. Je ne me rendis d'ailleurs compte de ce qui m'arrivait que tard dans la soirée, on ne peut donc me reprocher d'avoir fait ce genre d'amour avec Wayne. Je ne le compris pas sur le moment.

« Lucille, dit-il en s'asseyant à côté de moi et en m'aidant à remet-tre mon chemisier. Es-tu sûre que ça va ?

— Tout à fait sûre.

— Tu m'inquiètes, dit-il.

— Tu t'inquiétais jadis à mon sujet pour le contraire !

— Je le sais. Mais je m'inquiète encore davantage maintenant : tu n'es pas toi-même. »

Je ne lui répondis pas que oui, j'étais bien moi-même, que c'était moi, ça. Je n'avais qu'une envie, dormir. Je m'allongeai à nou-veau sur l'embarcadère, la joue contre les lattes de bois. J'avais peine à lutter contre le sommeil.

« Allons, je te raccompagne chez toi, dit-il.

— Nnnnn...

— Allons, viens. » Il souleva mon bras. « Tu ne vas tout de même pas dormir ici ! Voyons, Lucille, ne t'endors pas ! Nom de Dieu ! Bien sûr que tu as fumé quelque chose ! Je les connais, moi, les signes.

— Porte-moi, dis-je.

— Non, non, je n'ai pas l'intention de te porter. Tu pèses plus que moi, bonté ! Tiens, je vais t'aider d'un côté, vas-y, lève-toi et appuie-toi sur moi. » Il m'aida à me relever et il passa mon bras derrière son cou. Je n'avais plus à me servir que d'une jambe. Nous remontâmes clopin-clopant l'interminable embarcadère, nous traversâmes l'herbe humide et atteignîmes les marches du perron. A l'entrée du porche grillagé, il me dit :

« Il va falloir que tu te débrouilles pour te mettre toute seule au lit.

— Je ne peux pas », dis-je. Je me sentis défaillir contre lui.

« Merde ! »

Il ouvrit la porte et me fit rentrer. Ma chambre, il le savait, était juste là, au bout du couloir à gauche. Quand il me lâcha, je m'effondrai à plat ventre sur mon petit lit, incapable de bouger. Il resta là, debout.

« Tu vas dormir comme ça, tout habillée ? » dit-il.

Je ne répondis pas.

« Tu ne vas pas dormir tout habillée ! » C'était bien lui ! Il pouvait vivre dans sa voiture avec un sac de couchage sur le siège arrière et un nœud papillon dans la boîte à gants, mais, à ses yeux, c'était commettre une faute grave que de dormir tout habillé. Il estimait qu'il fallait se brosser les dents tous les matins et tous les soirs. Je pense qu'il devait faire sa prière. En grandissant, les enfants de divorcés deviennent souvent, à leur propre égard, des tuteurs intransigeants.

Je m'assis et commençai à me déshabiller. Il détourna la tête puis il se tourna à nouveau vers moi. « Cette fois, je m'en vais, dit-il.

— Non, reste », dis-je. J'enlevai mon chemisier, le pliai et le posai sur la table de chevet. Je défis mon soutien-gorge. Jamais je n'avais éprouvé quelque chose d'aussi proche du désir que ce que j'éprouvai alors, et c'était en direct, pas dans un film.

« Je ne peux pas rester, murmura-t-il.

— Tu peux. » Je fis glisser mon short et mon slip.

170

« Lucille.

— Écoute, Wayne, je sais que tu as un autre préservatif dans ta poche.

— C'est dingue... »

Mais il vint à moi. Je voulais recommencer pour voir si la première fois n'avait pas été un simple coup de chance, mais il n'en fut rien : la deuxième fois, ce fut la même chose. Je me dis que j'avais dû atteindre quelque nouveau palier. Peut-être cela n'avait-il été qu'une question de moment : avant j'étais trop jeune, maintenant j'étais prête.

Il resta allongé à mes côtés pendant quelque temps et je m'endormis. Je sentis ensuite qu'il se levait. « J'ignore ce que tu mijotes, mais il y a quelque chose qui ne va pas. » Je ne comprenais toujours pas ce qui m'était arrivé. Je l'entendis descendre les marches du perron.

Plus tard, passé minuit, à cette heure de triste solitude où, d'habitude, je me réveillais en sueur et tremblant pour l'avenir de l'humanité, j'eus un rêve d'amour. Un rêve puissant, qui me remua tant et si bien les sangs que je me réveillai, en transpirant, la main sur la bouche. C'est alors que je compris.

Pas une seule fois l'homme de mon rêve ne fut Wayne, mais Billy. Billy, encore et toujours. C'était Billy McQueen. Et il en était ainsi depuis quelque temps.

8

Peut-on me reprocher un rêve ou ce qu'il en resta une fois qu'il s'en fut allé ? Je m'assis dans mon lit, cette nuit-là. Le rêve m'avait éclaboussée, telle une vague tiède, il m'avait laissée pantelante, puis il s'était retiré en laissant quelque chose derrière lui, comme la marée laisse un coquillage. Je le reconnus. Je connaissais son nom : l'amour. Enfoui dans ma poitrine, comme un buccin bien lisse.

Je ne me le suis jamais reproché. Il était venu à moi et j'avais décidé de le garder. Combien abritent un amour secret, des années ou des vies entières ? Tout le monde, pensais-je. Je ne peux pas dire que ma conscience me torturait beaucoup : les principes moraux régissent notre conduite, et non point nos sentiments. Tant qu'il restait secret, quel mal pouvait-il faire ? En fait, j'y voyais certains avantages par rapport à un amour avoué. Il ne se dégraderait pas. Vivant dans un environnement sans conflit, il ne serait pas usé par les frictions du monde extérieur. Oui, je voyais de nombreuses raisons de le protéger. Mais c'était surtout le sentiment lui-même que je ne voulais pas perdre. C'était si bon. Mes yeux s'embuèrent malgré moi. Je me mis à regretter le gâchis, tout le temps perdu avant de le connaître. Je respirais si lentement qu'on aurait pu me prendre pour une créature en état d'hibernation, emmitouflée d'amour.

Billy en personne n'avait rien à voir là-dedans. Il aurait pu partir à jamais de chez nous que j'aurais continué à éprouver ce sentiment. Des expressions comme « ne pas se sentir de joie », « être aux anges » ou « se sentir en pleine forme » semblaient bien le décrire. Cela affectait ma vision. En regardant par la fenêtre, au lendemain de mon rêve, j'eus un choc. Ces maisons qui se pressaient autour de la baie étaient aussi hautes en couleur que des péniches, certaines étaient vert bouteille ourlées de blanc, comme la nôtre, d'autres étaient grises, agrémentées de blanc, ou blanches, rehaussées de bleu — des couches de peinture épaisses, vernissées, aussi aguichantes que des bonbons. Les couleurs paraissaient authentiques. Porches, treillis et volets miroitaient. Toits argentés, lucarnes, mâts sur les pelouses, le bosquet de mâts de voiliers où les petits bateaux avaient été remorqués dans la vase, laissant, depuis le bord de l'eau, des traces rappelant celles de tortues.

En regardant dans le miroir, je vis la Lucille de tous les jours. Seuls, peut-être, les yeux étaient différents. Les amoureux ont les pupilles dilatées. Je regardai de près, mais n'ayant jamais jusqu'ici mesuré mes pupilles, je ne pouvais savoir si elles avaient grossi. Je ne pensais pas que ma condition se verrait. Personne ne se douterait de quoi que ce soit. C'était une condition qui, à mon avis, devait rappeler les premiers mois de la grossesse, quand vous avez quelque chose que le monde ignore.

Lorsque je le vis, il me parut, bien sûr, différent, à cause du rêve. Il fallut que je me rappelle qu'il n'en savait rien. Même ainsi, je rougis lorsque mes yeux croisèrent les siens, je parlai en avalant mes mots, mes phrases n'avaient ni queue ni tête. Assis dans le fauteuil de chêne que j'aimais tant, il entourait les petites annonces du journal. Je me souvins qu'ils avaient besoin d'un lit. Il était sans doute en quête d'un lit d'occasion.

Un rayon de soleil oblique aboutissait sur ses cheveux, ce qui me fit découvrir un reflet roux dans cette toison noire. Je regardai ses grosses mains dont les pouces étaient aussi longs que les autres doigts, les ongles larges et coupés droit. Les poils noirs sur le dos de ses mains faisaient paraître sa peau presque bleue. « Nous avons souvent des brocantes par ici, dis-je, je pense que vous allez avoir besoin de meubles, mais si vous voulez quelque chose de convenable il faut y aller tôt. A huit heures du matin, les revendeurs ont déjà tout raflé.

— Tu fréquentes les brocantes, toi ?

— Tout le temps.

— Qu'est-ce que tu y achètes ?

— Des choses qui sortent de l'ordinaire. Comme, par exemple, le fauteuil dans lequel tu es assis. Pourquoi acheter un fauteuil ordinaire, quand tu peux en trouver un qui a un peu d'histoire ?

— Tu t'y connais, par conséquent.

— Vaguement. Je m'y suis mise le jour où mon lit a rendu l'âme et où, pendant deux mois, j'ai été forcée de dormir avec les pieds vingt centimètres plus bas que la tête. Maman avait promis de le faire réparer un jour ou l'autre mais à la fin, j'en ai eu marre, je suis allée dans une brocante et c'est là que j'ai acheté mon lit. Il est en fer-blanc avec des boules de cuivre aux angles. Dès que je l'ai vu, j'ai su qu'il ferait mon affaire. » Que disais-je donc ? Je jacassais bon train... « Du coup, chaque fois que j'achète quelque chose, je cherche quelque chose qui ait du caractère. Ça ne veut pas forcément dire que c'est un meuble ou un objet ancien mais plutôt que ce que j'ai trouvé là est susceptible d'éveiller en moi certain intérêt. Les meubles ordinaires n'ont rien d'intéressant. Je ne suis pas un pro en matière de décoration. Mais regarde-moi ça... » Je me glissai derrière le fauteuil et tendis à peine le ressort. Billy s'envola les quatre fers en l'air et se retrouva presque à l'horizontale.

« ou ! là ! là ! » s'exclama-t-il, en relevant la tête.

Je glissai la main sous le fauteuil et le réexpédiai vers l'avant. « Excuse-moi, dis-je. Il a huit positions et il peut également monter ou descendre. Ça a dû être dans le temps un fauteuil de coiffeur, dis-je, en tâtant le bras, même s'il est en bois et s'il a toutes ces décorations.

— Qu'est-ce que tu possèdes d'autre ? dit-il, en faisant du regard le tour de la pièce. L'arbre dans le couloir ? L'armoire à porcelaine ? »

J'acquiesçai d'un signe de tête et l'observai tandis qu'il examinait chaque objet. Je passai les bras autour de mes genoux. J'avais traversé un des grands moments de ma vie sans rencontrer un seul être humain qui me comprît et voici soudain que celui-ci non seulement me comprenait dans les grandes lignes mais percevait certaines de mes qualités ultra-secrètes.

« Il va nous falloir des meubles, dit-il, mais il faut d'abord que je trouve un boulot. Je suis en train de lire les offres d'emploi.

— Je croyais que tu étais historien.

— Être historien ou être dyslexique, c'est du pareil au même. Ça veut dire qu'on voit les choses différemment et que la vie normale ne sera pas toujours si facile que ça. On doit faire de son mieux. Je dois, en principe, terminer une thèse sur les colons et le commerce au cours des six prochains mois, je dois ensuite la soutenir, ce qui me vaudra un nouveau diplôme et la petite toque jaune de George Washington University. Après ça, j'enseignerai l'histoire à des élèves de seconde je ne sais où, pour le restant de mes jours.

— Tu vas enseigner ? repris-je, incapable de cacher mon horreur.

— Pas marrant, hein ?

— Qu'est-ce qu'il y a d'autre ? Montre-moi ce que tu as repéré. »

Je regardai par-dessus son épaule. « Mais tu n'as relevé que les "Cherche professeur".

— Il n'y a rien d'autre que je puisse faire. Je ne suis pas mauvais prof, et parfois, j'aime ça.

— Je peux te garantir que tu n'aimeras pas ça par ici, repris-je. Les profs râlent tous. Notre système scolaire est le cinquantième du pays, en tout et partout !

— Tu vois ? Ils ont besoin d'un gars comme moi. » Il plia le journal et le mit sous son bras.

Je le lui arrachai. « Il y a forcément autre chose. Regarde, il y a des boulots chouettes que tu n'as pas vus : "Ostéopathe cherche assistant", "Guide pour excursions", "Fabricant de beignets". Tiens, écoute ! "Opérateur de malaxeur", ça n'est pas si pépère que ça, si tu n'es pas là à temps, ton ciment durcit dans la cuve.

— Mais je ne suis rien de tout ça...

— Mais tu ne vas pas te trouver un boulot qui coïncide exactement avec ce que tu es déjà. C'est ça ce qu'il y a de si chouette avec ces annonces. Je les lis régulièrement. Ce sont de petites fenêtres par lesquelles il m'arrive d'entrevoir une nouvelle vie. Écoute ! "Hôtesse. Salaire maximum. Bonnes conditions de travail." "Auditeur de nuit." "Dame de compagnie pour dame âgée." Je me vois prenant un de ces boulots et ma vie changerait du jour au lendemain.

— Alors, pourquoi ne le fais-tu pas ?

— Rhody prétend que les petites annonces sont des attrape-nigauds, dis-je en lui rendant le journal. Tu y vas et ils commencent par te réclamer du fric, et ils te racontent qu'ils t'appelleront si jamais quelque chose se présente !

— Je serais incapable de faire aucun de ces boulots, dit-il. Je ne sais même pas en quoi certains consistent. Par exemple, qu'est-ce que c'est qu'un "porte-mire", nom d'une pipe ? Et un gardien de golf ? Non, je ne me sens pas vraiment à l'aise dans le monde des porte-mire ou des gardiens de golf. Je ne m'y vois pas.

— Mais tu te vois en train d'enseigner ? Tu dois régulièrement assurer la surveillance de la cantine, voir ce qui se passe sur le parking. Ça vous tue, ces trucs-là.

— J'ai enseigné pendant le dernier semestre. Qu'est-ce qu'il y a de si épouvantable à surveiller la cantine ? Ça m'a rappelé le temps où j'étais élève à New Trier High School. Le lycée est la seule institution américaine qui n'ait pas changé. Assis à poinçonner les tickets de cantine, je peux m'imaginer que je suis à nouveau en seconde...

— Tu vas vraiment faire ça ?

— Ne prends pas un air aussi catastrophé. »

A vrai dire, je ne pouvais supporter l'idée de voir Billy McQueen professeur. Cela me soulevait le cœur. Mes profs avaient toujours eu l'air morose à cause de leur boulot. Une des raisons de mes succès scolaires était que je voulais les rendre heureux. Ils étaient épuisés, en mal d'amour et par-dessus le marché leurs voitures étaient constamment en panne. Je souffrais rien que d'imaginer McQueen menant une vie de prof. Catastrophée était bien l'adjectif qui convenait...

Il fit un clin d'œil, finit son café et sortit.

Je le regardai faire faire marche arrière à l'Impala jusqu'à la rue. Il portait une chemise bleue, ses manches étaient retroussées, son col ouvert. Si plein de bonnes intentions fût-il, l'enseignement le briserait. Rien de plus navrant à voir qu'un homme professeur.

J'étais capable de regarder sans peur ce que me réservait l'avenir. Rien dans celui-ci ne m'effrayait, ni le risque de me retrou-

176

ver sans le sou, ou avec des ennuis de santé, ni la solitude, ni les sous-marins noirs. J'étais une fille courageuse tant qu'il ne s'agissait que de moi. En revanche, jeter un coup d'œil dans la vie d'autrui, c'était autre chose. En ce qui concernait l'avenir de McQueen, tout me terrifiait. Et s'il prenait le boulot de professeur ? Ou... S'il posait sa candidature, n'était pas pris et perdait confiance en lui ? Je me sentais responsable de lui. Mais que pouvais-je y faire ?

« Rae ? » Je tambourinai à sa porte. « Je peux entrer ? » J'entendais bourdonner son ventilateur encastré dans la fenêtre.

« Qui est-ce ? » dit-elle.

Il n'y avait pas beaucoup de possibilités. Je pouvais être moi ou je pouvais être papa. Une de ses nouvelles manies était une politesse extravagante.

« C'est Lucille. » J'attendis. Voyant qu'elle ne répondait pas, je refrappai.

« Oui, oui, entre », dit-elle. J'ouvris la porte, elle était assise en chemise de nuit au milieu du lit, les jambes allongées, deux oreillers dans le dos. Elle ne me regarda même pas. Sur le lit, à côté d'elle, il y avait une boîte en carton d'où elle sortait de petits objets enveloppés dans du papier de soie.

« Tu savais que Billy posait sa candidature pour un poste de professeur ? demandai-je.

— Ouais, il m'en a vaguement parlé.

— Tu crois que c'est le genre de boulot qui lui convient ?

— Ce truc-là, il mérite la palme ! » s'exclama-t-elle, en brandissant un pot de beurre de cacahuètes orné d'un dessin montrant Peter Pan dans son costume vert. Derrière Peter, en spirale dans un liquide transparent, on apercevait un petit serpent maigrichon. Elle secoua le bocal, le serpent se mit à tournicoter doucement, la tête pointant vers le couvercle, à croire qu'il était en vie, et qu'il attendait qu'on le fasse enfin sortir de son bocal.

Elle se rapprocha de la boîte en carton, regarda dedans, puis contempla à nouveau le serpent, en tenant le bocal tout près de son visage. A côté de ses pieds nus, je remarquai un de ces gobelets démontables et une cognée. Il était onze heures du matin, la chaleur avait déjà pris d'assaut les coins et le plafond. Dans la fenêtre, le ventilateur tournait. Rae enleva d'autres objets de la boîte. On aurait dit qu'elle cherchait un objet bien précis.

« Qu'est-ce que c'est que tout ça? demandai-je.

— L'histoire de Billy. Si tu peux y croire.

— Tu as le droit de fouiller dans ses affaires? »

Elle me regarda comme si j'étais cinglée. Je n'étais pas sûre que le mariage vous autorise à aller fourrer votre nez dans les affaires, dans les souvenirs intimes de votre conjoint.

« Bonté, regarde-moi ça! » dit-elle.

C'était un portefeuille en cuir. Avec les années, il avait viré à l'orange. Les bords, faits de peau non corroyée, avaient été cousus à la main. Un cheval sauvage en train de sauter avait été estampé dans le cuir, le perforant de centaines de petits trous. « On fait ça dans les camps, marmonna-t-elle. A moins que ce ne soit avec les scouts, qui sait. » Elle ouvrit le portefeuille et le secoua. Il n'en sortit pas d'argent.

Les boucles courtes qui encadraient son visage étaient humides. Lorsqu'elle se pencha vers le carton, je vis que le dos de sa chemise de nuit était trempé de sueur. Elle continuait à sortir des objets qu'elle posait sur le lit.

« Il a été scout? demandai-je.

— Bien sûr. » Elle brandit une bague de foulard en métal en forme de tête d'ours. « Mon Dieu », s'exclama-t-elle. Son attitude, son air irrespectueux et moqueur finissaient par me déplaire. Elle défit un rouleau de flanelle et des outils vinrent étinceler sur le couvre-lit.

« Des fraises, expliqua Rae. Les outils. »

Elle les regarda avec de grands yeux.

« Des drilles et des clefs mixtes », précisai-je. A les voir ainsi posés sur le dessus-de-lit, on aurait dit des os en chrome. Je les contemplai aussi, ils me fascinaient.

« Il doit tout de même y avoir quelque chose de bien là-dedans », dit-elle en fouillant dans la boîte. Elle dénicha un marteau à panne ronde, un animal estropié, une chemise en carton dans laquelle on avait glissé des pièces de monnaie dans des fentes en forme de croissant, des carapaces de tortue classées par taille; je voulais toucher ces objets, ces trésors de jeune garçon. Les doigts me démangeaient. Le portefeuille était si lisse que la crinière du cheval sauvage s'envolait comme des flammes.

Je m'éclaircis la gorge. « Quel genre de choses cherches-tu? demandai-je.

178

— Quelque chose de personnel.

— Toutes ces choses sont personnelles.

— Tu ne comprends pas », répondit Rae. Elle voulait quelque chose de moins innocent que ces objets, une lettre ou une photo de femme nue. Elle aurait voulu ouvrir le portefeuille du scout et y trouver une capote.

Le cadre de la vitre dans laquelle était encastré le ventilateur frémit. Rae s'étendit et, du même coup, donna un coup de pied dans ce fouillis. La silhouette estropiée atterrit sur le plancher. Je la ramassai sans voir au juste de quel genre d'animal il s'agissait. Je ne pus m'en empêcher. Le bois était presque rose, j'entrevis un nez pointu, des griffes et des yeux bridés. Je la glissai dans ma poche.

Plus tard dans l'après-midi, je réussis à la persuader de sortir de son lit. « Allons l'attendre sur le porche, dis-je. Préparons-lui des hors-d'œuvre.

— Pourquoi diable ?

— S'il a son poste, pour célébrer. Et s'il ne l'a pas eu, eh bien, il sera déçu, nous aurons donc à lui remonter le moral. Allez, va prendre une douche et mettre ta robe blanche !

— Lucille, s'il te plaît...

— Il le faut, Rae. Je vais le guetter. »

J'allai me placer en haut de l'escalier qui était à l'arrière de la maison, juste derrière la porte grillagée. Papa et Vera étaient bien entendu sortis, ils devaient être à leur classe de ressuscitation cardio-pulmonaire, à moins que ce ne soit le jour où ils aidaient à la soupe populaire. Je pense que cela devait faire du bien à papa de participer à ce genre d'activités, mais nous le voyions de moins en moins. L'influence de Vera Oxendine finissait par m'inquiéter. J'espérais qu'il ne s'épuisait pas.

« Billy est ici, m'écriai-je, dès que je vis rentrer la voiture. Il n'a pas le sourire. Il a l'air sombre. » C'était bon signe, dans mon esprit, ça voulait dire qu'il n'avait pas eu le poste.

« C'est son air habituel, dit Rae en arrivant sur le perron. Ça ne veut rien dire. »

Il nous aperçut, il s'arrêta dans l'allée.

« Alors, tu l'as ? » hurlai-je. Rae était derrière moi. Elle passa le bras autour de ma taille. Elle s'était parfumée.

« La bière ? T'inquiète pas, Lucille, me cria-t-il. J'en ai tout plein. Tu n'en manqueras pas ce soir ! » Il regarda autour de lui, du côté de chez les Lawton, nos voisins. Mrs. Lawton taillait ses lauriers-roses. Il m'arrivait de garder son petit-fils. Billy la salua en brandissant un pack de bière.

Rae gloussa. « Il l'a eu ! annonça-t-elle lorsqu'il franchit le seuil.

— Tu l'as eu ? demandai-je.

— Héros de Wando, me voici ! dit-il. Histoire en classe de troisième, football en division junior, un groupe sur les dangers de la drogue. »

Rae avait encore le bras autour de moi. Elle pencha la tête de mon côté et me dit en le regardant : « Le plus drôle, c'est qu'il est heureux. Son rêve, c'est une classe d'histoire, une vieille bagnole et une petite maison.

— Ce n'est pas vrai, dit-il en posant deux packs de bière sur la table.

— Quoi d'autre, alors ? »

Glissant la main entre nous, il l'écarta de moi en la tirant vers lui par la taille. Rae rejeta la tête en arrière et son estomac toucha le sien. Il la fit tournoyer dans la cuisine. « Tu as deviné ! dit-il. Tu as parfaitement deviné ! » Il se pencha pour l'embrasser dans le cou et elle me regarda par-dessus son épaule.

« Rien d'autre, me lança Rae tandis qu'il l'étreignait encore. Il est aisément satisfait. Il veut une vie normale, c'est absolument tout ce qu'il veut. »

Et qu'y avait-il de mal à ça ? me demandai-je.

Nous mangeâmes des pattes de crabe sur le perron tandis que le soleil se couchait. Affalée sur la balançoire, Rae allongeait ses jambes brunes et nues que cachait jusqu'ici sa robe blanche, tandis que Billy parlait de mon lycée comme si c'était un endroit que je ne connaissais pas et qu'il faisait bon fréquenter. De temps à autre, ses yeux revenaient là où, assise, elle écoutait. Du moins, on aurait dit qu'elle écoutait. On ne pouvait pas toujours savoir...

En glissant la main dans ma poche, je sentis la statuette d'animal. Je me mis à la pétrir entre mes doigts, sans la sortir de ma poche. Le corps en était lisse, il tenait juste dans le creux de ma main. Je commençai à voir comment une vie peut ainsi se scinder en deux et comment le quotidien, le visible, peut s'éloigner petit à petit de l'intime, de l'invisible. L'idéal serait de fusionner les deux, mais si jamais vous n'y arrivez pas ? Je n'avais aucune envie de me retrouver avec un dédoublement de la personnalité, mais je comprenais que cela puisse arriver à celui qui perd le contrôle de sa vie intérieure. La vie secrète vous rongera et vous torturera, comme un jeune renard tapi dans l'obscurité, crocs aiguisés, toutes griffes sorties.

9

La pauvre Vera s'était imaginé qu'elle pouvait tout simplement s'installer. Elle ignorait la force d'un amour de vingt-sept ans. Il ne pouvait y renoncer, il s'entêtait sur sa piste, même si Vera lui préparait des petits plats exotiques, même si elle essayait de le faire participer à la vie de la collectivité locale et, à l'occasion, passait la nuit. Il n'avait pas renoncé à ses recherches. Il attendait encore que maman appelle...

Il lui vint à l'esprit que cette dernière, pressée par l'argent, était peut-être allée trouver Parnell. Il voulut en avoir le cœur net, c'est pourquoi nous nous rendîmes à Charleston.

Je trouvais grisant d'aller en ville, depuis que celle-ci avait fait peau neuve. Tout avait été repeint. Je me rappelais le temps où elle menaçait ruine, mais au cours des dix dernières années, elle avait bénéficié d'un apport financier. D'où provenait cet argent, je n'en avais pas idée.

Papa non plus... Lorsque je lui posai la question, il me répondit : « Je me le suis demandé, moi aussi. » Nous étions en train de traverser le pont, d'où nous voyions la ville à vol d'oiseau. La plupart des gens ne le remarquent pas, mais les couleurs de la côte atlantique sont uniques : ce ne sont pas les couleurs pures, les couleurs vives de la côte pacifique. Notre eau est gris-bleu, nos marais jaune-vert et tout semble avoir été teinté de rose. J'avais vu des tableaux de Venise qui me rappelaient Charleston. Une ville dans les tons crème émergeant d'une brume de roses, de gris et de bleus.

Cet argent avait pu provenir de l'industrie locale (produits pharmaceutiques allemands, pneus français, produits chimiques belges) à moins que ce ne soit du tourisme (il y a des millions de touristes chaque année). Pour ma part, je pensais qu'il provenait du trafic de la drogue, ce qui ne veut pas dire que les avocats de Broad Street revendaient de la cocaïne : c'était plus compliqué que cela. Selon ma théorie, la Floride avait été la première à s'enrichir grâce à la drogue et puis, un beau jour, elle avait été saturée et ça avait débordé. L'argent avait alors fait son chemin le long de la côte, comme les armadilles ou les fourmis rouges. Je n'arrivais pas à trouver d'autre explication à cette richesse que je voyais tout autour de moi. Une voiture sur trois était une berline de luxe importée d'Allemagne. J'appréciais la précision de ces voitures, la façon dont elles reluisaient, ces tons froids, argentés ou verts, que l'on ne retrouve nulle part ailleurs dans la nature. Mais elles me faisaient peur. Jamais je ne descendais du trottoir s'il y en avait une dans les parages, surtout si les glaces en étaient teintées. Ces voitures et leurs conducteurs, dont la fortune faisait mystère, n'étaient pas un signe de la prospérité économique du pays, elles montraient plutôt que l'argent était entre certaines mains.

Le bureau de mon père était, depuis toujours, un de mes endroits préférés. Il sentait le propre, sans doute à cause d'un produit à l'huile de pin dont se servaient, le soir, les femmes de ménage. Affectivement parlant, il semblait tout aussi propre : ni tristesse, ni rancunes, ni amertume ne traînaient dans les coins ; je m'y sentais tout à fait à ma place en compagnie des machines à écrire électroniques qui ronronnaient et des téléphones compliqués qui sonnaient ou clignotaient.

Je fus donc ravie d'entendre papa me dire qu'il devait parler à Parnell et c'est de bon cœur que je le conduisis en ville. Son bureau était dans le centre, dans Broad Street. Le plan de la ville rappelait celui de Manhattan ; à l'emplacement de Wall Street nous avions Broad Street avec ses avocats, ses banquiers et ses courtiers en assurances. A l'est, on apercevait les vieux bâtiments de la Bourse. Les nouveaux immeubles de la ville imitaient si bien les plus anciens qu'il m'arrivait d'avoir du mal à distinguer ceux qui avaient été construits en 1800 de ceux qui avaient été construits en 1985. D'autres, en revanche, vous faisaient dire au premier coup d'œil qu'ils étaient neufs. Ils étaient parmi mes préférés : d'énormes blocs de béton avec d'interminables galeries sur toute la largeur de l'immeuble : des parkings. J'aimais mettre ma voiture dans un de ces parkings, j'aimais voir le bras se lever automatiquement pour nous laisser pénétrer dans cette caverne à échos. Je me garai dans l'une des places.

Nous descendîmes la rue, papa se regardait dans toutes les vitrines. Ceux qui ont grossi ne s'en rendent parfois vraiment compte que le jour où ils s'entrevoient par hasard. Papa se regarda par deux fois dans la première vitrine. Lorsque nous passâmes devant la suivante, il rentra son ventre. « Dis-moi, Lucille, j'ai l'air convenable ?

— Tout à fait, répondis-je.

— Pour Parnell l'apparence compte beaucoup.

— Je me demande bien ce que ça peut te faire... »

Parnell Meade n'avait jamais été très haut placé dans mon estime. Il avait le regard sans expression des êtres faibles. Je sentais qu'il n'y avait rien en lui, ni de bon ni de mauvais. Il n'aurait pas fait de mal à une mouche et pourtant il me donnait des frissons dans le dos. Je ne parvenais pas à comprendre pourquoi papa avait monté une affaire avec lui, si ce n'est que Parnell était cousin de ma mère, au troisième degré.

« J'attendrai dans le hall d'entrée », dis-je.

C'était une erreur. J'avais oublié Sharon... Dès que nous pénétrâmes dans la pièce, elle s'extirpa de derrière son bureau, la main sur sa hanche maigrichonne.

« Tiens, tiens, on est allé au golf, chantonna-t-elle en agitant le doigt en direction de papa,... ou sous la lampe à bronzer. Et on a mangé des petites choses pas très permises. » Elle lui tapota l'estomac.

« Lucille, je te présente hm...

— Sharon, complétai-je en tendant la main et en faisant un signe de tête. Nous nous sommes déjà rencontrées. »

Cette fille ne laissait pas Parnell indifférent, avais-je entendu dire, mais elle était à peine plus âgée que moi ! Parnell était coquet, de là à dire que c'était un Adonis... Il avait la cinquantaine bien

184

sonnée et aucune des cinquante ne l'avait oublié au passage. Sharon appartenait à une catégorie de filles que je n'arrivais pas à comprendre : papa était de toute évidence embarrassé quand elle le taquinait et y allait d'un petit coup dans l'estomac. Mais il y a des hommes que ce genre de choses ne gêne pas. Ils ne se rendent jamais compte de ce qu'ils paraissent ridicules. Dès que j'en voyais un au restaurant avec une fille toute bichonnée en train de battre des cils, je riais. « Allez, enlève ton pantalon ! avais-je envie de lui crier. Trouve-toi une canne ! Espèce de vieux schnock décati ! » Mais je retins ma langue. Après tout, qu'est-ce que j'en avais à faire, moi, de ces faiblesses de vieux : qu'ils se rendent ridicules si ça pouvait leur faire plaisir. Les filles, elles, c'était autre chose. Elles me faisaient toujours pitié. Sharon me faisait pitié.

Parnell sortit de son bureau. Ainsi vêtu, on aurait dit qu'il allait présenter du prêt-à-porter masculin, malgré sa panse et son coin chauve ; les manches de sa veste de toile étaient remontées jusqu'aux coudes, sa chemise était rose, ses chaussures ressemblaient à des pantoufles. Dieu merci, papa avait pris sa retraite et n'était plus son associé !

« Il est sacrément temps, dit Parnell en donnant une tape sur l'épaule de papa. Chaque matin en arrivant au bureau, je regarde autour de moi avec l'impression qu'il y a quelque chose qui manque. Que veux-tu, ce n'est pas la même chose sans le patron, tout le monde dit ça.

— On dirait que tu contrôles la situation, dit papa.

— Et moi, je vois que tu as amené la charmante Lucille. Entrez, entrez. »

Il ne savait pas ce qu'il avait été près de se faire démolir. La charmante Lucille ! « J'attendrai ici, dis-je.

— Sharon, prenez bien soin de cette jeune fille, c'est une denrée rare. »

J'allai m'asseoir sur le canapé, à côté du bureau de Sharon, et je pris une revue. Sharon passa un écouteur de dictaphone par-dessus sa tête et se tourna vers sa machine à écrire. Je me demandai si elle pouvait entendre aussi nettement que moi la conversation qui avait lieu dans l'autre pièce. J'en entendais chaque mot mais, à vrai dire, j'avais l'ouïe anormalement développée.

Papa dit qu'il voulait juste lui poser une question.

« Je t'en prie, répondit Parnell. Vas-y.

— Sais-tu où est Helen ?

— Redis-moi ça...

— Elle est partie et je ne sais pas où elle est. J'ai pensé qu'elle t'avait peut-être contacté. J'ai vérifié avec les banques, aucune ne lui a remis d'argent, alors je me suis dit qu'elle était sans doute venue te trouver. Pour un prêt à titre personnel.

— Venue me trouver ? Oui, pourquoi viendrait-elle à moi ? Helen ne m'a jamais porté dans son cœur.

— J'en conclus donc que tu ne lui as rien prêté ?

— Bien sûr que non. »

Papa se tut quelques instants. J'espérais qu'il étudiait le visage de Parnell. « Que veux-tu, reprit-il, j'avais cru avoir trouvé. Il ne restait plus que toi. Comme tu le sais, Helen n'avait pas beaucoup d'amis. A part toi, je ne vois pas vers qui elle aurait pu aller. »

Sharon se mit à taper tout ce qui tombait dans son oreille. Aimait-elle cet abruti ? Je regardai son bureau, pas le moindre désordre. Pas de photos. Elle se considérait sans doute comme une bonne fille, qui donnait à l'église baptiste, envoyait à sa mère un chèque tous les mois et accueillait les animaux égarés. En fait, c'était une fille bien. Sous tous rapports. Sauf un... Et peut-être n'y pouvait-elle rien. Bref, j'avais du mal à visualiser Sharon et Parnell ensemble et sans vêtements...

« Que veux-tu, pérorait Parnell, faut faire contre mauvaise fortune bon cœur, patron, tu es rendu aux joies du célibat, pas vrai ? Seigneur, ce que je voudrais que Mary Nell se mette dans le crâne de voler de ses propres ailes ! Enfin, maintenant, c'est sans espoir ! Il y a des années que j'aurais dû choisir la liberté parce qu'une fois qu'elles commencent à se laisser aller et à grisonner, c'est trop cruel de les mettre à la rue. Qu'est-ce que dirait Buzzy ? Il me reproche assez de la rendre malheureuse. Voilà à quoi ça me sert un fils, à dire du mal de moi pour le restant de mes jours. »

Sharon ajusta son écouteur et se souleva de sa chaise pour lisser sa jupe sur son arrière-train et la remettre en plis. Elle continuait à fixer sa machine à écrire, je n'avais donc aucun moyen de savoir si elle écoutait ou non la conversation qui avait lieu dans le bureau voisin.

« Je vais te mettre au courant d'une récente découverte, dit Parnell. Même si je me dis que tu n'en as pas besoin pour l'instant. Je devrais la breveter celle-là, tellement elle est bien. Vois-tu, mon gros problème, c'est que j'ai Mary Nell sur le dos à longueur de journée. C'est comme si j'étais sous haute surveillance. Elle passe au bureau, elle appelle à n'importe quelle heure pour s'assurer que je suis ici. Un jour, en voyant ce gars qui me suivait comme son ombre sur Broad Street, j'ai même cru qu'elle avait embauché un détective! J'en suis donc venu à me demander comment je réussirais à m'en tirer, c'est là que j'ai eu une idée. Tu vas apprécier cet arrangement! »

Sharon roula les yeux. Non pour signaler quelque chose, mais pour elle, juste pour elle.

« Je me suis arrangé avec le club de remise en forme, tu sais, celui qui est juste de l'autre côté du pont. Je leur donne quarante dollars de plus par mois. Ils ont un standard à trois numéros. Tu vois où je veux en venir, non?

— Je ne crois pas que je te suive tout à fait…

— Bon, je dis à Mary Nell que je suis au club. Elle n'en est peut-être pas vraiment convaincue, mais qu'est-ce qu'elle peut bien dire? Je sais qu'elle appellera plus tard pour vérifier. Alors Peter lui dira : "Oui, il est ici, si vous voulez bien attendre un instant, il est sur la machine à ramer." Il met Mary Nell en attente, m'appelle au numéro que je lui ai donné, me raccorde à Mary Nell. Ça marche à tous les coups. Impec. »

Sharon était une dactylo émérite. Elle devait faire du quatre-vingt-dix mots à la minute. Et même davantage. Tandis que Parnell discourait, les poignets de la jeune femme flottaient sur place dans les airs, tel le corps d'un colibri, ses doigts voletaient.

« C'est ce qu'on appelle être organisé, ça, non? reprit Parnell. Tu devrais en prendre bonne note pour t'en servir plus tard. Tu es un homme libre pour le moment, mais ça ne va pas durer, le mariage c'est un foutu pit-bull. Ça te lâche pas. » Quand l'envie l'en prenait, Parnell faisait des frais d'éloquence, il essayait de parler comme un Noir, mais il ne parvenait qu'à en parodier la grammaire. En imiter le débit, c'était autre chose…

« Par conséquent, à ton avis, elle reviendra, dit papa.

— Qui?

— Helen. D'après toi, le mariage tiendra le coup…

— *Le mariage*, oui. Tu fais partie de ces gars qui resteront mariés toute leur vie. A qui, ça c'est une autre question... Et d'ailleurs, je me demande quelle différence ça peut faire. Le mariage, c'est comme un vieux sac en papier : que ça soit celui-ci ou celui-là, ça ne fait pas une telle différence. Je peux te le garantir. C'est mon grain de sagesse pour ta journée. J'ai un faible pour ces dames, tout le monde le sait, mais ce qui ne cesse de m'étonner, c'est combien elles se ressemblent. Non que je veuille diminuer en quoi que ce soit les mérites de Helen, mais, que veux-tu, on finit parfois par se demander où sont les femmes qui ont vraiment de la personnalité. Il m'arrive, je te jure, d'être incapable de te donner le nom d'une femme dont j'avais cru, l'année précédente, ne plus jamais pouvoir me passer, pour la simple raison que la dernière en date est tout aussi bien.

— Là, je ne suis plus d'accord avec toi.

— Mais je peux te le prouver, merde ! Tu as vu Sharon, à l'entrée ? Permets-moi de te rendre un petit service : Sharon peut t'aider à oublier tout ce qui ne va pas, je te le garantis, fichtre, et juste en quelques minutes.

— Non merci, je ne saurais pas ce que je dois faire !

— Ce que je dois faire ! » Parnell se mit à rire. « Ne va pas t'inquiéter à ce sujet, elle saura ce qu'il faut faire. Elle fait un machin qu'elle a trouvé dans un manuel chinois, tu n'y croiras pas... ! »

Les paupières de Sharon se fermèrent presque, mais elle ne rata pas une touche. Arrivé à la fin de sa course, le chariot revint. Sharon réattaqua tout de go mais, au milieu de la ligne, elle se tourna vers moi et s'arrêta. « Votre mère est venue ici, me dit-elle.

— Comment ?

— Oui, elle est venue ici », murmura-t-elle.

J'entendis papa qui disait : « Une dernière chose, Parnell.

— Laquelle ?

— Comment me trouves-tu ? De quoi trouves-tu que j'ai l'air ?

— Fantastique ! Bon Dieu, mais qu'est-ce que ça peut lui foutre de quoi tu as l'air ? Tu as l'air super, fichtrement mieux que moi et jusqu'ici elle ne s'est jamais plainte de ce dont j'avais l'air !

— Ce n'est pas ce que je veux dire, reprit papa. Ce que je te demande, c'est de quoi j'ai l'air, par rapport à il y a deux mois.

188

— Tu as l'air en pleine forme. Ah ! Toujours le même, ce vieux Warren ! Honnêtement. Tu décides que tu veux reprendre un peu d'activité, je te garantis que personne n'est plus attendu que toi. Après tout, c'est toi qui as fondé la boîte, nom de Dieu, c'est ta foutue compagnie ! Et ça le restera toujours. Tu peux venir t'installer demain matin à ton bureau, si le cœur t'en dit.

— Mais je ne le vois pas, mon bureau...

— Au sens figuré, j'entends. Nous avons installé l'économat dans ton ancien bureau, et la fille qui est à la comptabilité voulait le même bureau que celui de la fille qui est à l'informatique. Tu vois ce que je veux dire. Mais, sans plaisanter, demain tu arrives et ça sera comme si tu n'étais jamais parti.

— Ça me va droit au cœur », dit papa. Je le vis se rapprocher de la porte, mais Parnell l'arrêta en posant la main sur son bras.

« Centre de remise en forme Jupiter, dit Parnell. En voilà pour un. Tu veux l'autre... hm... contact... — nous pouvions maintenant parfaitement les voir dans l'embrasure de la porte — si jamais tu changes d'avis de ce côté-là, tu me passes un coup de fil et je t'arrange ça. D'accord ?

— D'accord. »

Sharon me glissa tout bas : « Il lui a offert de l'argent, mais elle n'en a pas voulu.

— Alors, qu'est-ce qu'elle voulait ? demandai-je.

— Du travail. Pas ici. Elle voulait juste qu'il la mette sur des pistes.

— Vous vous rappelez lesquelles ?

— Il lui a dit qu'il ne voyait rien pour l'instant. Il lui a fait une offre d'un autre genre et elle lui a ri au nez.

— Elle lui a toujours ri au nez, remarquai-je.

— Ouais... Ça m'enchantait à chaque fois ! »

J'aurais parié n'importe quoi que c'était vrai, tout comme j'aurais parié n'importe quoi que Parnell se préparait des ennuis. Sharon travaillait là depuis quatre ans. Trop longtemps : il l'avait gardée trop longtemps et tôt ou tard elle ruerait dans les brancards. Un procès pour reconnaissance de paternité, qui sait... Des photos...

« Bonne chance, Sharon », dis-je.

Je ne voyais pas très bien comment annoncer la nouvelle à papa. Je n'étais que sa fille. En temps ordinaire, je me serais mordu la langue. « Écoute, papa, lui dis-je, Parnell t'a menti. J'ai entendu ce qu'il t'a dit et ce n'est pas vrai. Il a vu maman.

— Je le sais, dit-il, en attachant sa ceinture de sécurité.

— Comment le sais-tu ?

— Nous avons travaillé ensemble pendant trente ans, Lucille. Tu finis par connaître un homme au bout de tant d'années. Trente ans avec Parnell Meade ! Comment ai-je pu y arriver ? Il doit y avoir une médaille pour ce genre d'endurance ! A moins que ce ne soit de la stupidité. Trente ans ! Et il ne m'est jamais venu à l'idée d'en sortir. J'aurais pu aller tout droit jusqu'aux portes de la mort sans même me rendre compte du gâchis ! Ces années, je les ai fichues en l'air ! Au moins, j'ai sauvegardé la dernière partie. Dix années, c'est ce que j'ai encore si j'en crois la Bible. Dix années. Je peux les voir toutes les dix, là, devant moi, un beau bouquet. Allons, viens, Lucille.

— Pourquoi ne lui as-tu pas demandé s'il savait où elle était ?

— Il ne sait pas où elle est. Elle ne peut pas le voir en peinture. Elle a dû aller le trouver pour lui demander de l'argent, mais elle ne se confierait jamais à lui.

— Elle ne lui a pas demandé d'argent, elle voulait qu'il l'aide à trouver du travail. Mais il n'a pas bougé parce qu'elle s'est moquée de lui.

— Seigneur ! Encore une fois ! Il ne peut pas souffrir qu'on se moque de lui. Il fait partie de ces hommes qui peuvent supporter toutes les critiques possibles et imaginables parce que c'est la preuve qu'on les prend au sérieux. Mais qu'on se moque de lui et il s'effondre. Elle l'a déjà fait, et plus d'une fois ! D'ailleurs, comment es-tu si bien renseignée ? Intuition ?

— Sharon m'a dit ça.

— Hum, hum... Je vois d'ici la situation impossible dans laquelle s'est fichu Parnell. Sharon est loin d'être sotte. Une fille comme elle peut aisément le mener par le bout du nez.

— Je lui souhaite toute la chance du monde », dis-je, tout en sachant pertinemment qu'elle n'en avait nul besoin. Quelqu'un d'aussi dextre à la machine à écrire n'avait aucun besoin de chance. Elle était *douée*. Et il y avait plus que de la dextérité manuelle.

190

C'étaient des mots qui entraient par son oreille et ressortaient par ses mains. C'est ça, la linguistique. Parnell était bête à manger du foin, à côté de Sharon il ne faisait pas le poids. J'avais confiance en la justice.

« Et où allons-nous maintenant ? » demandai-je.

Mon père paraissait las.

« Tu n'as pas envie de rentrer faire la sieste ? dis-je.

— Ta mère aimait se promener le long des fortifications. Elle me disait parfois : "Si nous allions faire un tour." Je me dis que maintenant qu'elle est seule, elle doit en profiter pour faire les choses qu'elle a toujours aimé faire.

— Tu veux la chercher du côté des fortifications ?

— C'est une bonne idée. »

Je me rendais compte que mon père était un drogué, au même titre que le toxicomane ou le boulimique. Il était en état de manque, dès qu'il pensait à ma mère. Il ne pouvait renoncer à elle. « Tu as besoin de changer de voiture, papa, dis-je au moment où nous nous rangions le long des fortifications. Dès que tu récupéreras ton permis, nous irons en racheter une. Ça t'aidera à reprendre goût à la vie. »

Lorsqu'ils sont jeunes, les hommes ont l'habitude de changements réguliers marqués par un changement de voiture. Je me rappelle papa nous disant : « C'était à l'époque où j'avais la Ford 53. » S'ils s'accrochent trop longtemps à une voiture, ils finissent par trouver la vie monotone.

« Mais je suis trop vieux pour faire face à un vendeur de voitures, dit papa.

— Que veux-tu dire ? Tu pourrais rivaliser avec les meilleurs d'entre eux. Nous irons tous les deux. Ah ! nous en ferions une belle équipe de clients potentiels, toi et moi !

— Mais tu n'as jamais acheté de voiture de ta vie, Lucille !

— Qu'est-ce que ça peut faire, je sais parfaitement comment ça se passe. D'ailleurs, je sais toujours comment tout se passe... Ce n'est pas parce que je n'ai pas fait quelque chose que je... Oh ! Et puis zut !... » Il n'écoutait pas. Il regardait attentivement le visage de ceux qui nous dépassaient.

Un car de touristes vint se placer devant nous, mais ses occupants ne descendirent pas tout de suite. Le guide se leva, y alla de son baratin au sujet de Fort Sumter tandis que le car faisait tourner son moteur pour que les touristes restent bien au frais ; en ville, l'odeur de mazout des cars avait fini par devenir l'odeur dominante. Je mourais d'envie de réquisitionner le car et d'emmener les touristes faire un tour d'un genre différent, leur faire suivre la nationale 17 jusqu'au nouveau Builderama, puis vers Osceola Pointe, Palmetto Villas, Rhody's House et Fishbone's. Je leur ferai baisser toutes les glaces et je les laisserais passer la tête par la fenêtre pour leur donner la chance de voir quelque chose qui mérite d'être vu : la transformation du monde. « Regardez *ce qui est en train de se passer* », leur dirais-je au micro.

J'essayai de scruter leurs visages à leur descente du car mais tous avaient cet air de s'ennuyer à mourir qui rend difficile de regarder quelqu'un dans les yeux. A mon avis, le problème c'était qu'ils avaient commencé par Epcot et qu'après Epcot, Charleston mérite à peine le détour... Sur les fortifications, aucun dinosaure ne viendra vous lancer une ruade, aucune musique ne sortira des azalées. Après Epcot, un endroit authentique paraît fade. Le faux a quelque chose de vraiment grisant.

Je fermai les yeux. Spontanément le visage de Billy McQueen se matérialisa. Je n'avais pas essayé de l'évoquer ni quoi que ce soit. Il était venu à moi. Sans doute aurais-je dû ouvrir les yeux, je les gardai cependant fermés un moment.

« Lucille, si tu restes là les yeux fermés, comment veux-tu repérer quelqu'un ? me dit papa.

— Tu as raison, tu as raison...

— Surveille par ici où ils marchent le long du mur, moi je surveille les bancs. »

Ils arrivaient vers moi en un flot continu. Un sentiment s'emparait à nouveau de moi, un sentiment que j'essayai de contrôler en étudiant des visages, un jeu auquel nous jouions jadis, Rae, Rhody et moi. Ce jeu part du principe que les traits du visage vous permettent de reconstituer la vie d'une personne. Vous commencez par vous désencombrer l'esprit, puis vous laissez ce visage se graver dans votre subconscient et voici que la vie de cette personne se révèle à vous. Je m'aperçus que je n'y parvenais plus, alors qu'à une époque, j'étais la meilleure des trois. J'arrivais à donner non seulement les traits de caractère et l'histoire des personnes, mais leur *nom*. L'important n'était pas de savoir si je tombais juste ou non, mais plutôt de convaincre Rhody et Rae. Elles aimaient mes suggestions, elles aimaient la complexité de mes histoires.

Derrière ces visages, je ne voyais rien. Et ce n'était pas leur faute : il y en avait d'intéressants. Certains étaient orientaux, d'autres étaient âgés, un autre encore était tout balafré, peut-être brûlé, je portai le doigt à ma lèvre en le voyant, aucune histoire ne me vint à l'esprit. Il n'y avait que les visages. Je ne pouvais pas pénétrer leurs vies car un autre visage, issu de mon imagination, m'empêchait de voir. Un visage aux yeux sombres. J'essayai de le chasser en fermant hermétiquement les paupières et en remuant la tête dans tous les sens, comme on se secoue pour se réveiller. Si j'avais été seule, je me serais donné une tape sur la joue. Billy McQueen captait mon attention profonde, m'empêchant de voir des choses que je voyais auparavant. Il me fallait le bannir.

Lorsque j'ouvris les yeux, je vis distinctement une vieille femme noire. Les touristes noirs n'abondaient pas, mais nous en avions tout de même. Depuis *Les racines du ciel*, les Noirs venaient parfois se documenter sur leur patrimoine. Ils aimaient se rendre à Boone Hall Plantation pour y apercevoir les cases des esclaves, ils aimaient visiter le musée du Vieux Marché aux Esclaves. Cette femme regardait à droite et à gauche, aussi vite qu'elle le pouvait, pour emmagasiner le plus de détails possible. Chose amusante, on aurait dit qu'elle ne regardait ni le fort, ni les canons, ni même les boulets de canon, mais les visages des autres touristes. On aurait dit qu'elle regardait dans ma direction, qu'elle regardait dans la voiture, qu'elle me regardait dans les yeux, puis elle détourna brusquement la tête. Elle avait dû mettre les économies de toute une vie dans ce voyage. Peut-être venait-elle de Detroit. Peut-être était-elle partie d'ici lorsqu'elle était enfant et revenait-elle au pays. Elle portait un tailleur rose dont le pantalon était trop court et elle marchait à l'aide d'une canne. Elle était toute recroquevillée et bossue mais on voyait qu'elle avait été très grande. Peut-être avait-elle été belle. En me retournant pour la regarder passer, je fronçai les sourcils.

« Attends ! me dis-je tout fort. Mais qui est-ce ? » Je me redressai sur mon siège et me penchai par la fenêtre. « Ça ne serait pas...

— Où ? demanda papa en se glissant sur son siège pour regarder par ma fenêtre.

— Là, en tailleur rose, derrière le Japonais. Bien sûr que si! Cette façon de marcher, je la reconnaîtrais n'importe où! Elle s'est *déguisée* !

— En tailleur rose? Mais c'est une femme noire, Lucille. Tu ne veux tout de même pas me faire croire qu'elle s'est peinturluré le visage en noir.

— Je te dis que c'est Rhody!

— Oh! s'exclama papa.

— Regardons où elle va », dis-je en ouvrant la portière tout en surveillant du coin de l'œil la femme qui montait dans le car et assurait son équilibre en s'appuyant d'une main sur sa canne et de l'autre sur le bras du chauffeur, comme si elle avait quatre-vingt-dix ans.

« Tu continues, me dit-il. Moi, il faut que je reste.

— Rhody! » appelai-je, mais elle était déjà dans le car.

Je fis en courant le tour du car et je la vis s'asseoir près d'une fenêtre. Je lui adressai un sourire moqueur et tapotai sur la vitre arrière. Elle me regarda du haut de son siège puis elle s'éloigna de la fenêtre, me laissant perplexe : aurais-je pu me tromper? Après tout, ce n'était peut-être pas Rhody, mais bel et bien une vieille dame. Je repartis vers la voiture. C'est alors que je me dis, attends un peu! Je savais que c'était Rhody, je n'allais tout de même pas la laisser filer en faisant celle qui ne me connaissait pas. Passant la tête par la fenêtre de la voiture, je dis à papa que je le retrouverais plus tard à la maison.

« Tu veux bien rentrer en taxi, papa? Il y a une station de taxis de l'autre côté du parc. Je vais suivre Rhody.

— Attends, Lucille, donne-moi juste la clef de la voiture. Je vais rentrer à la maison.

— Pas question, répondis-je.

— Je refuse de prendre un taxi. Si tu ne me donnes pas cette clef, j'appelle Mrs. Oxendine pour lui demander de venir me chercher.

— Si tu veux, dis-je. Ne te gêne pas. »

Le car allait partir. Je tambourinai sur les panneaux en caoutchouc de la porte, ils s'ouvrirent. « J'aimerais me joindre au tour, dis-je au guide. Je payerai la somme demandée au départ.

— Quinze dollars », me répondit-elle ; cela me parut exorbitant, mais je payai. Tandis qu'elle faisait de la monnaie, je regardai au bout de l'allée centrale : pas de Rhody à l'horizon. Je commençai à m'inquiéter : elle avait sans doute filé pendant que je parlais à papa. Voyant un bout de polyester rose dépasser à l'arrière d'un siège, je me précipitai. Elle faisait semblant d'enfoncer quelque chose dans la poche du siège qui était devant elle, se contorsionnant pour garder la tête baissée et le visage tourné de l'autre côté. J'étais sûre malgré tout que c'était Rhody. Je me glissai dans le siège à côté du sien.

« Que fais-tu ? lui demandai-je.

— Ne me parle pas, chuinta-t-elle. Tu vas me trahir...

— Au profit de qui ?

— Es-tu sourde, Lucille ? Retourne-toi et regarde devant toi. »

J'obéis. D'autres touristes montèrent dans le car. Un homme fit un signe de tête à Rhody en passant à côté de nos sièges. Je lui parlai sans remuer les lèvres ni la regarder. « Pourquoi es-tu ainsi accoutrée ? » demandai-je.

Le car arriva dans la rue, le bruit du moteur nous donna plus d'intimité. Rhody me regarda en plissant les yeux : « Comment se fait-il que tu aies le toupet de fourrer ton nez dans mes affaires ? grommela-t-elle. Ne me dis rien, je pige. C'est ton copain Wayne qui t'a dit...

— Ce n'est pas mon...

— Qu'il soit ce que tu voudras ! Lui t'a dit quelque chose et toi, tu as décidé de me filer pour tâcher de savoir ce que pouvait bien fricoter Rhody, pas vrai ?

— Eh bien non. Nous étions assis papa et moi dans la voiture en train de chercher ma mère. Il s'était dit qu'il l'apercevrait peut-être sur les fortifications, puisqu'elle aimait se promener par ici. »

Elle me regarda de tout son grand nez. « D'accord, je veux bien. Je vous vois, ton père et toi, pour ainsi dire partout où je vais et tu as toujours le regard perdu au loin. C'est donc ça ce que vous faites, vous continuez à la chercher ? Je vous ai vus au centre commercial et à Calhoun Park.

— Tu y étais ?

— Tu n'as pas repéré cette vieille femme de couleur assise sur un imperméable, qui écrivait dans un cahier ? Eh bien c'était moi. » Elle se mit à ricaner.

« Mais pourquoi tout ça, Rhody ?

— Figure-toi que j'écris un livre. Je suis à la recherche de matériaux en vue de cet ouvrage.

— Quel genre d'ouvrage ?

— Tu te rappelles l'histoire de ce Blanc qui s'était déguisé en Noir et décrivait ce que c'était que d'être noir. A cette seule différence que je serai une femme noire en train de raconter ce que c'est que d'être noire. J'estime que ça sera un cran au-dessus, pas toi ? Evelyn me donne un coup de main pour la rédaction. Tout est là dans ma tête, elle m'aide à mettre ça sur le papier. Au début, j'avais pensé qu'Evelyn l'écrirait, elle est douée. Mais je viens d'avoir l'occasion de me rendre compte, et à ma grande surprise, que la plus douée, c'était moi. C'est entendu, Evelyn a un QI élevé, mais pour ce qui est des pratiques de ce monde, je suis plus douée qu'elle. Nous collaborons.

— Pourquoi ce déguisement ?

— Pour avoir une perspective différente. C'est pas facile de voir comme ça, dans ta tête, tu te gênes toi-même. »

Cela me parut sensé. Je me réinstallai dans mon siège. Nous étions si haut perchés que nous pouvions voir à l'intérieur des voitures qui nous doublaient et à travers les fenêtres du rez-de-chaussée des maisons. J'apercevais ici un piano, là un bureau encombré de papiers. Ça valait bien les quinze dollars. Je vis une famille qui dînait autour d'une grande table.

« Tu as toujours été une fille à laquelle on pouvait parler, me disait Rhody. Tu es d'un abord plus facile que ta sœur. Je te revois assise en silence, en train d'écouter avec les yeux. J'appréciais ça.

— Merci, répondis-je.

— Cette fois, je vais te donner quelques conseils. » Elle me scruta du regard. « Je pense que tu es également une fille capable d'accepter des conseils.

— C'est exact.

— Premièrement, ta sœur est une malade. Elle ne réagit pas comme elle le devrait. Maman avait une cousine qui a eu le même genre de problème. Ce n'est pas de la folie, c'est un changement hormonal, mais toi, tu dois faire quelque chose.

— Que puis-je faire ?

— Eh bien, emmène-la chez un médecin.

196

— Mais elle n'ira pas, Rhody! Bien sûr que j'ai essayé! Il n'y a rien à faire!

— Dans ce cas, ligote-la et emmène-la de force.

— Je ne vois vraiment pas comment je pourrais y arriver, je...

— Laisse-moi te raconter l'histoire de cette fille, la cousine de maman. Le bébé a fini par naître et elle est rentrée de la maternité. Une fille toute jeune, pas de mari, elle rentre donc chez sa mère. Elle est restée là un long moment à regarder le bébé et puis elle l'a laissé tomber dans le ruisseau. Jusque-là, je veux dire pendant son adolescence, ça avait été une fille normale. C'est une maladie. Emmène Rae chez le médecin. Aujourd'hui n'est pas trop tôt. J'ai dit et répété depuis le début que quelque chose ne tournait pas rond, mais on ne me croyait pas : comment se pourrait-il que quelque chose ne tourne pas rond chez les Odom?

— Mais à qui l'as-tu dit?

— Bon, je te le dis, compris? Écoute, Lucille, *fais* quelque chose! Si tu ne fais rien, tu pourrais être responsable des conséquences. Tu n'es pas un simple spectateur. Ce que je veux dire, c'est que tu sais écouter et que tu sais observer, deux précieux talents mais tu ne peux pas continuer à vivre comme ça. Il y a un moment où il faut *bouger*.

— Compris.

— Deuxièmement, pour ce qui est de ta mère. Il va falloir que tu y renonces. Tu vois ce que je veux dire?

— Non.

— Ton père remue ciel et terre, n'est-ce pas?

— C'est vrai.

— Débrouille-toi pour que ça s'arrête! Intéresse-le à autre chose, aide-le à se changer les idées.

— Qu'est-ce que tu t'imagines que je suis en train de faire? pleurnichai-je. Je lui ai acheté une télé et des tas de trucs, j'essaye de le faire participer à des activités...

— Il n'y a qu'une seule chose qui marchera, Lucille.

— Laquelle?

— Il faut que tu l'aides à s'intéresser à une autre femme.

— Oh! » J'en restai ahurie. J'étais prête à essayer n'importe quoi, mais l'image de Vera Oxendine surgit dans ma tête : je regimbai.

« Tu ne veux pas qu'il s'intéresse à une autre femme, dit-elle.

— Bien sûr que si, je veux qu'il redevienne comme avant, par n'importe quel moyen.

— Non, tu veux qu'*ils* redeviennent comme avant. Tu veux retrouver tes deux parents, tu veux que tout soit comme c'était avant. Mais ça ne sera pas comme avant, ma chérie. Ça ne sera jamais comme avant. Il y a des couples qui finissent par se rapprocher, mais... » Elle secoua la tête.

« Qu'est-ce que tu en sais ? demandai-je.

— Je m'y connais. Je suis célibataire mais experte en affaires conjugales. Je pourrais m'associer avec Wayne Frobiness et gagner une fortune en tant que conseillère conjugale. L'ennui avec ta mère, c'est que c'est une aventurière... Elle l'a toujours été. Elle a épousé ton père par esprit d'aventure. »

A peine Rhody l'avait-elle dit que je perçus combien cela était vrai. Étant jeune, maman s'était trouvée seule et abandonnée dans le vieux Charleston, face à un tourbillon de bals de débutantes, de dîners au Yacht Club, de mariages arrangés par la Junior League ; et voici qu'était arrivé un homme représentant le monde du risque et du hasard. Il n'avait pas d'argent, son travail l'exposait au danger, il pilotait un avion. C'était pour tout ça qu'elle l'avait épousé. C'était de tout ça qu'il avait essayé de s'affranchir pour retrouver la sécurité des pieds sur la bonne terre et de l'argent en banque.

« S'il la trouve, reprit Rhody, ça l'achèvera parce qu'elle l'aime et qu'elle reviendra à lui si jamais il la retrouve.

— Il faudrait donc que je l'empêche de la chercher ?

— Si tu y arrives.

— Si seulement je ne t'avais pas vue !

— C'est lourd pour toi, sans aucun doute. Et ça arrive à un moment de ta vie où tu devrais avoir le cœur libre, danser, prendre un peu de bon temps, apprendre à connaître les hommes. C'était ça le troisième point : être bien dans ta peau. A ce moment de ta vie, tu as besoin, excuse-moi, de baiser à tire-larigot. Non, je dis ça sérieusement, ma belle. Personne ne t'a jamais dit ça, n'est-ce pas ? C'est pourtant vrai. Qu'on aille raconter ce qu'on voudra sur tout ce qu'on peut attraper ou les mille et une façons dont le sexe peut foutre votre vie en l'air, je m'en fiche. Il y a des moyens d'empêcher ça. Ce qu'il faut voir, c'est que cet entraînement te servira pour la suite. Et c'est maintenant qu'il te faut l'acquérir. C'est tout. Même si Wayne Frobiness n'est pas à proprement parler ton copain, tu pourrais plus mal tomber et si j'étais toi...

— Rhody, écoute ! Ce n'est pas comme ça... Je veux dire que j'ai essayé...

— Tu as essayé. Et alors ?

— Bon, disons que ça n'a pas été un succès de mon côté. Je n'ai pas particulièrement aimé ça.

— Hum ! reprit-elle. Tu fais peut-être partie de ceux qui ont besoin d'amour pour accompagner ça.

— C'est étrange ?

— Tout à fait. Je faisais partie de ceux-là moi aussi.

— Toi ?

— Pas facile à croire, tu trouves pas ? Mais c'est pourtant vrai. En fait, je n'ai eu qu'un homme depuis l'âge de douze ans. J'ai eu de la chance, celui sur lequel je me suis entraînée est devenu en fin de compte celui pour lequel je m'entraînais.

— Mais tu ne l'as jamais épousé ?

— Non.

— Pourquoi ?

— Tu me poses des questions ? "Pourquoi ?" Eh bien parce que figure-toi que je suis comme ta mère. Le mariage ne me convient pas. Une des raisons pour lesquelles ta mère s'est si bien entendue avec moi pendant tant d'années, et celle qui s'entendait bien avec moi c'était elle et non pas Rae, c'est que nous sommes du même moule. S'il n'y avait pas la couleur de peau, on pourrait passer pour sœurs. Je lui ressemble même, je crois. » Elle releva le menton et tourna la tête.

Je n'y avais jamais pensé jusque-là, mais c'est vrai, il y avait certaine ressemblance.

« J'ai suivi ce qui lui arrivait, au fil des années, dit-elle, et je me suis dit que cela ne m'arriverait pas.

— Je vois », dis-je ; je me frottai la lèvre, songeuse. « Mais, euh... que lui est-il arrivé ?

— Tu y étais, Lucille, c'est plutôt à toi de me le dire.

— Je n'en ai pas la moindre idée.

— Bien sûr que si.

— Non.

— Peut-être que tu devrais lui poser la question », dit-elle. Il y avait là une douceur dans sa voix qui me fit m'arrêter et réfléchir. J'avais renoncé à poser des questions à ma mère. Lorsque nous nous parlions par téléphone, je me limitais à des problèmes d'ordre ménager : où étaient les draps-housses, comment faire pour que le four cuise le poulet en mon absence, quel dentiste papa devrait aller trouver pour faire changer sa couronne.

« Je le ferai », dis-je.

Le guide se mit debout à l'avant du car et commença à nous parler de certaines maisons de Meeting Street. Dans l'une d'elles, on avait tourné une mini-série pour la télévision, un détail qui frappa beaucoup les passagers. Rhody tira son cahier et prit note.

« Tu vas mettre ça dans ton bouquin ? demandai-je.

— J'y mets tout dans ce bouquin, ma belle. Quand j'aurai fini, *on connaîtra* la vérité. »

Je la crus.

« Ça va être un bon bouquin, Rhody.

— Oui, dit-elle. Honnêtement. » Elle attrapa son sac et en tira une bière. Asseyons-nous confortablement et profitons de ce tour, dit-elle. Tu n'aurais pas envie d'une bière, par hasard ?

— Bien sûr que si », dis-je.

Elle sortit une autre bière. Nous les décapsulâmes en même temps. Une seule personne tourna la tête, mais il était impossible de voir les bières.

« Dire qu'on pourrait m'arrêter pour ça ! remarqua-t-elle. Dieu sait pourtant que si quelqu'un a jamais eu besoin d'une bière, c'était bien toi ! » Elle me regarda en prendre une gorgée. Je n'aimais pas le goût amer, mais, au moins, c'était froid.

« Calorifugé, dit-elle en me montrant le sac. Tu aimes ça ?

— Ça va.

— Au moins si je disparais, je pourrai me dire que j'ai fait une bonne action. Ai donné à Lucille Odom sa première bière. C'est quelque chose !

— Où va ce car ? » demandai-je en me rasseyant.

Elle me lut le texte d'un dépliant : « Quartier historique du centre de Charleston, où les descendants des planteurs originaires du bas-pays gardent les traditions de leurs ancêtres. »

Le guide montrait au passage certains endroits qui étaient à voir et parlait de leur histoire. Rhody ajoutait et corrigeait le cas échéant. « Des conneries ! » grommela-t-elle en entendant le guide expliquer que les esclaves organisaient de fausses cérémonies de mariage.

« C'est ici qu'on pendait les pirates, signala Rhody aux gens qui étaient assis devant nous. Et c'est là qu'on pendait les Noirs, dit-elle un peu plus loin.

— C'est vraiment vrai ? demanda la dame qui était devant nous en se retournant.

— Vingt-deux d'un coup, en 1822, précisa Rhody. Mais c'étaient des agitateurs. »

Je fus heureuse de visiter en car ma propre ville, cela m'en donna une autre perspective. Je vis beaucoup de choses que je n'avais jamais remarquées et j'appris ainsi à apprécier et l'architecture et la bière. Le sac calorifuge de Rhody accommodait un pack de bière que nous partageâmes équitablement. Au moment où le car s'arrêta en face du musée du Marché aux Esclaves, Rhody me dit : « C'est là que nous descendons, ma voiture est ici. » Nous descendîmes lestement du car comme des voyageurs au long cours. « Tu veux retourner retrouver ton papa ou tu préfères aller quelque part avec moi ? dit-elle en regardant les Blancs entrer à la queue leu leu dans le Marché aux Esclaves.

— Où vas-tu ? » lui demandai-je, tout en sachant que cela n'avait aucune importance. J'accompagnai Rhody. Elle enleva son turban de vieille femme et raccrocha ses gros anneaux à ses oreilles.

« Ça n'a pas l'air d'être la grande forme, dit-elle en vissant la tige en or derrière son oreille gauche.

— C'est ce que Rae me dit toujours.

— Tu te sens bien ? Tu as bu trop de bière pour une première fois.

— Non. Je regrette que nous n'en ayons pas eu davantage. » Je posai la tête sur mes genoux.

« Si je te ramène chez toi dans cet état, je risque des ennuis, dit-elle.

— Je te suivrai, c'est tout. Je peux ? » Aussitôt que je relevai la tête, le monde se mit à tournicoter.

Elle réfléchit profondément, en pinçant les lèvres.

« Tu es plus âgée que je ne le pensais, dit-elle.

— Quel âge croyais-tu donc que j'avais ?

— Je te prenais pour une enfant. Je ne te rendais pas justice.

— Tu avais peut-être raison.

— Non, je m'en rends compte maintenant. Viens.

— D'accord, dis-je.

— Cramponne-toi à moi. Bonté, Lucille, mais tu n'en as bu que trois ! Tu es aussi soûle qu'une bourrique.

— C'est pour ça que je n'en bois pas ou que je n'en buvais pas, ça me fait cet effet. Je pensais que ça faisait la même chose à tout le monde... Oh ! Pardon !

— Cramponne-toi. Non, ça ne fait pas la même chose à tout le monde. Je m'imaginais que la raison pour laquelle tu ne buvais pas, c'était que tu faisais partie de la nouvelle génération pour qui, du sexe au sucre, tout est tabou. Les nouveaux puritains...

— Non, la raison c'est que ça m'étourdit vraiment. »

Elle me fourra dans la voiture. Sur Chalmers Street, les passants ouvraient de grands yeux, j'agitai la main pour leur montrer que j'allais bien. A vrai dire, je ne m'étais jamais sentie aussi en forme. Un jour nouveau se levait pour moi, maintenant que Rhody m'avait donné des réponses à des questions qui, depuis longtemps, avaient laissé planer un nuage au-dessus de ma tête. Il était évident que Rae avait besoin d'aide professionnelle ; un médecin lui ferait une piqûre d'hormones et tout irait mieux. Je l'emmènerais chez le médecin demain matin. Et je parlerais à cœur ouvert avec maman dès que j'en aurais l'occasion. Je n'irais pas par quatre chemins, je lui dirais : « Pourquoi es-tu partie ? Quelle était la vraie raison ? »

« Tu as déjà envisagé de prendre un appartement ? demanda Rhody en faisant balancer ses pendentifs.

— Pourquoi voudrais-je faire ça ? répondis-je.

— Figure-toi que j'avais peur que tu me répondes ça. » Elle secoua la tête. Nous quittâmes le centre ville dans sa Tercel. Je rejetai la tête en arrière et me laissai emporter. Je ne me rappelai pas au juste ce qu'était en fait un tiercelet, mais il me semblait que c'était un oiseau. J'avais lu des récits authentiques de ce que l'on appelle le rapt aviaire ; l'idée m'avait toujours plu : des oiseaux enlevant des êtres humains. Je vous garantis que ce n'est pas moi qui me serais débattue si l'un d'eux avait voulu m'entraîner.

« Tu aimerais lire notre premier chapitre ? me demanda Rhody. Je ne sus que dire, ahurie que j'étais. « Il est terminé. Nous allons l'envoyer à un éditeur de New York, dit-elle.

— Bien sûr.

— S'ils aiment ce premier chapitre, nous parlerons contrat, droits sur les exemplaires de poche, possibilités de film.

— Mais, tu sais, Rhody, on soumet des monceaux de livres aux éditeurs !

— Trois cent mille par an.

— D'accord. Je voulais juste être sûre que tu le savais.

— Mais il n'y en a pas un comme celui-ci. Rappelle-toi ce que je t'ai dit, c'est un livre qui dévoile la vérité. Tu ne m'as pas entendue ? »

Elle avait sa mâchoire de travers et, quand il en était ainsi, je la savais capable de dire n'importe quoi. Rhody avait l'habitude de passer sans cesse de la vérité stricte à la vérité imaginée et vice versa et je pouvais dire de quelle humeur elle était rien qu'à regarder sa mâchoire inférieure. Je n'étais pas inquiète à son sujet.

Elle était la seule personne qui ne m'inquiétait pas.

« Où allons-nous ? demandai-je. Ne me ramène pas tout de suite à la maison ! » Nous étions sur la route de Mount Pleasant. Elle ne dit rien et continua à conduire comme si elle ne m'avait pas entendue. Que c'était bon de se trouver dans le siège du passager ! J'aurais pu me laisser conduire pendant des heures. Nous dépassâmes la sortie d'autoroute qui menait à la maison. Quelle chance ! Je fermai les yeux. Quelle chance ! Nous allions ailleurs. Pas à la maison, pas à la maison. L'espèce de soupir sifflant qui m'échappa trahit mon soulagement.

« Je ferme les yeux jusqu'à ce que nous arrivions. Où que ce soit, dis-je. Je les ouvrirai dès que nous nous arrêterons. »

Elle ne dit rien.

« Ce sera une bonne surprise ? demandai-je.

— Non. »

Voilà qui éveilla ma curiosité : j'ouvris les yeux pendant une seconde, mais ne m'autorisai qu'un coup d'œil vers le haut. Étant assise très bas, les genoux contre le tableau de bord, je n'entrevis que le ciel, les poteaux électriques et un vautour, avant que les chênes ne se referment sur nous et que la route s'assombrisse.

J'aurais dû être capable de me repérer, je les avais parcourues à bicyclette, ces petites routes, mais les bières m'avaient fait perdre le sens de l'orientation et j'avais été incapable de suivre le trajet, même dans ma tête. Il me semblait que nous devions être près de chez Rhody, mais sans doute pas sur la route qui menait chez elle, car celle-ci était plus fréquentée. Nous devions être derrière les lotissements de Wakendaw Lakes, au sud de la grand-route, et nous nous dirigions vers la Wando River.

Je sentis une bosse, signe que c'en était fini de la route pavée. Nous étions sur un chemin de terre battue, qui n'avait pas été nivelé. J'entendais les herbes folles érafler les côtés de la voiture ou la brosser par en dessous. Je me creusai la tête : nous étions peut-être sur l'ancien domaine des Keeler. Le titre de propriété pouvant prêter à contestation, il n'avait pas été loti, bien que la famille Keeler ait cessé depuis longtemps d'en cultiver les terres. Il ne servait plus qu'à une chose, occuper beaucoup d'avocats.

« D'accord », dit Rhody et la voiture s'arrêta, tout en continuant à faire du bruit, un bruit lointain, qu'étouffaient les bois des alentours. Nous étions dans ce qui, environ trois ans plus tôt, était une clairière. Mauvaises herbes — certaines de plus d'un mètre de haut — fourrés et acacias parfois plus grands qu'un homme, l'avaient prise d'assaut. Il y avait une maison à vingt mètres de nous.

Ou plutôt un squelette de maison. Une maison comme on en voit dans les rêves. Il s'agissait d'un bloc de béton avec des portes, des fenêtres et un toit mais le constructeur avait abandonné avant d'en avoir fait une vraie maison. La vigne vierge avait commencé à envahir le mur de derrière, elle passait par-dessus le toit et retombait comme un rideau de paille. Je fus conquise.

« Comment as-tu trouvé ça ? demandai-je.

— C'est papa qui l'a construite. Il a cru qu'il possédait ce bout de terrain situé entre la ferme des Keeler et chez nous, mais il s'est aperçu pendant qu'il la construisait que ce n'était pas vrai. Notre maison est en bas de ce sentier. » Une espèce de piste de cerf repartait vers les bois. « Nous avons pris la petite route.

— On croirait pourtant que c'est presque terminé. Il y a un toit, des moustiquaires aux fenêtres.

— Il n'y a pas l'électricité, à l'intérieur rien n'est terminé. Mais s'il le fallait, on pourrait y habiter. »

Elle voulait en venir à quelque chose. « Pas moi, dis-je. J'aime mes aises.

— Franchement, Lucille, parfois je te jure que tu es bouchée à l'émeri. »

Elle se dirigea à grands pas vers la maison et je suivis. Nous franchîmes le seuil et pénétrâmes dans une pièce froide et humide. Je m'attendais à voir des toiles d'araignées et des nids de guêpes maçonnes, mais l'endroit était impeccable. Dans un coin, j'aperçus un lit de camp et une table, une lampe à pétrole, une cruche et trois robes sur des cintres accrochés à un clou. Ces robes appartenaient à Rhody. Dans un coin, il y avait une bouteille de propane et un double réchaud.

« *C'est toi* qui habites ici, dis-je, en me retournant brusquement vers elle.

— Pourquoi ferais-je ça ?

— Je n'en sais rien.

— Écoute, Lucille, réfléchis bien. »

C'est alors que je repérai une photo sur la table, dans un cadre rouge que je reconnus. La photo de deux enfants, Rae et moi.

« Maman habite ici », dis-je, le plus naturellement du monde. Je n'aurais pu le dire autrement car mon cœur, dépassé par les événements, s'affolait.

« Tu as fini par piger, s'exclama-t-elle. Moi qui te prenais pour un des génies de la famille Odom.

— Où est-elle ?

— Chez nous. Elle va arriver. Papa la ramène en voiture de son travail et elle traverse le bois à pied.

— Où travaille-t-elle ?

— Tu vois, près du toboggan aquatique, là où l'on vend des dents de requin et de la glace ?

— Mais ce n'est qu'à huit cents mètres de la maison ! Nous qui l'avons cherchée partout !

— Vous n'avez pas regardé là...

— Non. » Je me retournai et refis du regard le tour de la pièce. « Tu ne vas pas me faire croire que ça fait trois mois qu'elle habite ici ! dis-je.

— Elle a passé une nuit chez nous, la première et puis elle a emménagé ici. Papa avait ce vieux lit de camp.

— Tu aurais dû me le dire...

— Pourquoi ?

— Parce que nous la cherchions.

— Ce n'était pas une assez bonne raison, dit-elle.

— Mais, voyons, Rhody, dis-je, perdant patience, maman ne peut pas s'éterniser ici.

— Et pourquoi ?

— Parce que ce n'est pas un endroit pour elle. Il n'y a même pas de salle de bain. »

Rhody se leva et alla ouvrir une petite porte dans un coin où j'aperçus des toilettes, une douche, un miroir et, fixé au mur, un porte-brosse à dents contenant une brosse rouge. « Papa a installé ça pour elle, dit-elle en s'écartant pour me permettre de voir la pièce.

— Qui a payé ?

— C'est elle, mais ce n'était pas grand-chose. Il avait déjà installé les éléments et la tuyauterie. Je trouve qu'il s'en est bien sorti. Pour ma part, je pense que c'est plutôt chouette. Toi, Lucille, tu es une enfant gâtée...

— Je ne crois pas que ça soit se montrer particulièrement enfant gâtée que de vouloir un toit au-dessus de votre crâne !

— Il n'a rien qui ne va pas, ce toit. Oh ! une petite fuite peut-être...

— Franchement, Rhody, tu ne vivrais pas dans cette maison, n'est-ce pas ?

— Non, je n'y vivrais pas, sauf s'il le fallait, mais s'il le fallait, je le pourrais.

— Elle n'est pas forcée, dis-je.

— Tu lui poseras la question. » Elle fit un signe de tête en direction de la porte : ma mère se frayait un chemin à travers les mauvaises herbes sur le sentier qui menait à la maison.

J'avais oublié à quoi elle ressemblait. J'avais oublié son charme. Un charme différent de celui de Rae, plus doux et moins dramatique. Au début, vous pouviez ne pas remarquer sa beauté, parce qu'il n'y avait rien de ce qui la soulignait habituellement : ses yeux n'étaient pas maquillés, elle n'était pas fardée, son épaisse chevelure était enroulée sur sa nuque comme de la pâte à pain. Elle portait une tenue de Rhody qui lui allait parfaitement, mais malgré tout n'était pas son genre : un sarong à fleurs avec un chemi-

206

sier décolleté assorti et des sandales à hauts talons. *Oh ! Elle a perdu la tête*, pensais-je au moment où elle passait de la lumière du soleil à l'obscurité de la maison. Jamais de ma vie, je n'avais été aussi heureuse de voir quelqu'un ; je ne pouvais ni bouger ni dire un mot. Je restai là, dans la pénombre, à essayer de penser à ce que je devrais dire.

« Qui est-ce ? dit-elle, en clignant les paupières dans ma direction.

— Lucille », répondis-je.

Elle me serra dans ses bras, je sentis ses cigarettes, la douce odeur de ses cheveux. C'en fut trop pour moi. « Ne pleure pas, ma chérie, me dit-elle. Non, non, non. » Elle me serra contre elle, me faisant basculer en avant et en arrière. Je ne pouvais pas m'arrêter. « Rhody, gémit-elle, elle est brisée. Je n'en avais aucune idée ! Moi qui croyais pendant tout ce temps qu'elle allait bien ! Tu m'avais pourtant dit qu'elle allait bien ! Lulu, arrête, je t'en supplie ! Elle ne pleure jamais, Rhody. Cette fois, c'est sérieux. Qu'est-ce qui ne va pas ? » Elle continuait à me serrer contre elle et à me faire faire ce mouvement de va-et-vient tout en s'adressant à Rhody par-dessus mon épaule.

« Elle a le cafard, expliqua Rhody. Le cafard et trois bières dans le nez... » Elle alluma la lampe à pétrole, illuminant un coin de la pièce.

« Oh ! Lucille, reprit ma mère. Tu ne peux pas boire. Ça te monte tout de suite à la tête.

— Je le sais bien ! pleurnichai-je.

— Bon, assieds-toi. Je vais te faire du café. » Elle me mena jusqu'au lit de camp puis elle versa de l'eau de la cruche dans une casserole et alluma le réchaud. Elle s'arrêta, ajusta la flamme jusqu'à ce qu'elle devienne d'or et éclaire son visage.

« Je te dois une explication », dit-elle.

Je ne m'y opposai pas.

« Vois-tu, Lucille, il ne m'est jamais venu à l'esprit que tu pourrais en souffrir.

— Dans ce cas, pourquoi ne m'as-tu pas dit où tu étais ? lui demandai-je.

— Je partais du principe "loin des yeux, loin du cœur", dit-elle. Je savais que ce serait un moment difficile à passer et qu'il serait préférable que ton père et moi ne nous voyions pas. Je me disais qu'il souffrirait moins comme ça. Tu sais, parfois le simple fait de revoir un visage peut évoquer trop de souvenirs.

— Toujours est-il que ça n'a pas marché, qu'il s'est retrouvé et avec ses souvenirs et avec sa douleur.

— *C'est vrai?* Je parle de moi. J'avais peur de rentrer à toute vitesse si jamais je l'apercevais. J'essayais de ne pas penser à lui. C'était une sorte d'auto-hypnose. Mais tu as raison. Ça n'a pas marché. Du moins pas complètement. Par moments je n'en pouvais plus, une vague me submergeait. Une toute petite chose déclenchait ça : une chanson entendue à la radio, une odeur ou un petit avion tout là-haut dans le ciel. Alors, c'était plus fort que moi, il fallait que je trouve un téléphone et que je l'appelle. » Elle respira profondément. « Enfin, ce n'est pas terminé, regarde-moi. » Elle me tendit la tasse de café, sa main tremblait. « Rien que de parler comme ça me fait trembler. »

Je n'en revenais pas. « Moi qui croyais que tu ne voulais pas le voir..., dis-je.

— *C'est exact!* Je ne veux pas le voir.

— Mais si c'est tellement difficile...

— Bien sûr que c'est difficile, mais c'est nécessaire. Le mariage me tuait. J'ai fait de mon mieux jusqu'à ce qu'il prenne sa retraite mais alors entre lui et tout ça, à longueur de journée, je n'arrivais tout simplement pas à exister. Et puis, être forcée de passer mon temps en voiture... Ce n'était pas sa faute. Pas la mienne, non plus. En fait, nous avons fait du mieux que deux personnes pouvaient le faire, c'est ça ce que je ne comprends pas! Je ne peux pas m'empêcher de me demander ce que nous aurions dû faire autrement. Enfin, peu importe. Nous voici donc ici, toi et moi. » Elle renifla, s'éclaircit la voix et vint s'asseoir à côté de moi en portant la tasse de café à mes lèvres. « J'avoue que tu étais bien la dernière qui m'inquiétait. Si tu savais ce que c'était dur... Tout le temps... Ce que c'était triste! J'essayais de surnager, c'est tout. »

Ce fut à mon tour de la réconforter tandis que ses yeux gris s'emplissaient de larmes, mais elle essaya de rire un peu et de faire contre mauvaise fortune bon cœur.

« Je m'étais dit que tu t'en tirerais très bien, vu que tu n'avais pas eu du tout besoin de moi depuis la sixième, dit-elle.

— Bien sûr que si, dis-je.

— Non, tu voulais te débrouiller seule et tu y arrivais. » Elle passa la main dans mes cheveux. « Et pourtant j'ai toujours été quelque peu inquiète de te sentir si déterminée à un si jeune âge, ça m'inquiète même encore.

— Ne t'inquiète pas pour moi. Il y en a d'autres pour lesquels tu ferais mieux de t'inquiéter que pour moi. Rae, par exemple, elle a perdu la tête.

— Je suis au courant. Nous nous sommes retrouvées plusieurs fois toutes les deux. Nous nous sommes vues, nous avons parlé et je pense qu'elle s'en sortira, c'est juste une période de transition.

— Vous vous êtes rencontrées ? Où ça ? Elle ne m'a rien dit. Pourquoi l'as-tu vue elle et non pas moi ?

— Parce que je savais que toi, tu essayerais de me faire revenir, alors qu'elle, elle me laisserait repartir.

— Pourquoi es-tu partie ? demandai-je. Qu'est-ce qui n'allait pas dans notre façon de vivre ?

— Sa permanence. »

Le mot qu'elle employa me frappa comme le choc sourd d'un courant électrique, parce qu'il faisait partie de ces mots que je comprenais. *Per*, à travers, *manere*, rester. Qui demeure le même à travers les âges, à jamais.

« Il paraît qu'en vieillissant on trouve que le temps passe plus vite, dit-elle, mais à la maison ça ne bougeait même pas. Il n'y avait jamais rien de nouveau. Rien ! Je ne veux pas dire que c'était sa faute, pas plus que ses peurs n'étaient sa faute, elles provenaient de la Dépression et de ses parents. Le problème, c'est qu'il voulait tout protéger. C'était là le but de sa vie. Me protéger, protéger les enfants, la maison et même les chiens. De quoi ? J'aurais bien voulu le savoir ! Du monde. Mais on ne doit pas vous protéger du monde, Lucille, ça vous handicape. Regarde-moi, je ne suis pas équipée pour le monde et pourtant j'ai toujours aimé le monde. J'aimais les voyages, j'aimais la politique, j'aimais l'art ; tu n'en avais aucune idée, n'est-ce pas ? Il fut un temps où j'étais éperdument amoureuse du monde.

— Mais tu l'aimes. »

Elle se moqua de moi, de son rire haut perché, à n'en plus finir. « Je savais bien que tu ne comprendrais pas, dit-elle. Si tu veux bien, disons que nous avons mené notre amour à son terme. »

Au bout d'un moment, elle baissa la mèche de la lampe et nous sortîmes nous asseoir sur une planche à cheval entre deux troncs d'arbre. Il y avait beaucoup d'étoiles mais pas de lune, c'était la nuit noire. Assise entre maman et Rhody, je ne pouvais rien voir. Je me montrai respectueuse et calme parce que je comprenais que toutes deux en savaient plus long que moi. Les moustiques s'en prenaient à mes jambes ; je leur tapais dessus même si je n'arrivais pas à les voir.

« Si tu as l'âme en paix, ils ne te piqueront pas », me dit Rhody. Je ris mais elle me dit que c'était pourtant vrai, que cela avait à voir avec des agents chimiques contenus dans la peau et avec la chaleur du corps. « Tu vois bien qu'ils ne me piquent pas, non ?

— Je ne peux rien voir du tout.

— C'est après toi, et toi seule qu'ils en ont.

— Faisons-la rentrer, dit maman. Tu peux dormir ici, Lucille. »

J'étais si lasse que j'étais presque évanouie. J'étais dans un état mental semblable à la narcose provoquée lors de l'extraction d'une dent de sagesse. Elles me ramenèrent à l'intérieur et m'étendirent sur le lit de camp qui avait ses creux et ses bosses mais était propre et bien frais. Je sentis la laine brune d'une couverture de l'armée, ainsi que les relents du coutil d'un vieil oreiller. Je m'endormis sans même avoir eu le temps de me demander où maman dormirait si je prenais son lit. Je les entendais parler mais il ne me parvenait que des intonations, pas de mots. Je m'endormis au son de cette musique sourde de femmes parlant de choses sérieuses.

Plus tard, lorsque je me réveillai, à mon heure habituelle de trois heures du matin, mes yeux cherchèrent la silhouette familière de ma commode, de mes trois fenêtres, des boules surmontant mes colonnes de lit, mais j'étais aveugle, je ne distinguais aucune forme. Les plus horribles pensées nocturnes s'emparèrent de moi, des pensées du genre : *Ça va en être fini de toi*, comme si cette grande vérité n'était pas de celles que l'on peut dire en plein jour.

Je posai les pieds sur le sol de ciment et me redressai avec prudence. Dans pareille obscurité, il était difficile de marcher parce que rien ne me permettait de repérer la verticale et je ne pouvais qu'espérer que la notion interne que j'en avais était proche de la réalité. Je fis deux ou trois mètres en tâtant le mur de ciment et mon orteil heurta quelque chose de velu. Glacée de peur, je reculai.

« Lulu ? me dit maman, ne me marche pas sur la tête, je suis par terre. »

Je m'agenouillai et la trouvai enveloppée dans un sac de couchage à même le sol. Elle me tapota la main.

« Ça va ? lui demandai-je.

— Très bien. Rhody m'a apporté le sac de couchage qu'elle avait emporté à Camp Kanuga. Il y a un tapis en mousse de caoutchouc en dessous. C'est parfait.

— C'est pas ça ce que je voulais savoir...

— Oh ! Tout va bien, sur les autres plans aussi. Ou du moins, tout ira bien. »

Je regagnai mon lit de camp. Je la crus. Je restai un long moment les yeux fixés sur ce que j'imaginais être le plafond, tout en écoutant s'évanouir les volutes du ululement d'une effraie. J'espérais qu'à travers l'obscurité je l'entendrais dire mon nom et me poser la question que je lui avais posée. J'aurais répondu : « Oh ! non, maman. Je me sens en grand danger. Je sens un grand danger, là, près de moi. » Nous aurions pu être la mère et la fille de quelque ballade amoureuse, conversant à cœur ouvert.

Lorsque j'entendis ses longs soupirs endormis, je me tournai sur le côté. Il semblait y avoir peu de raisons de fermer les yeux, il faisait aussi noir que noir se peut, la chouette s'était tue. Je m'assoupis un moment, les yeux grands ouverts, j'en suis absolument sûre.

10

Après cette nuit-là, je rendis souvent visite à ma mère dans sa maison de parpaings : je n'en pouvais plus de la mienne. Je sortais en coup de vent, j'attrapais mon vélo sous l'escalier et je fonçais, tête baissée, chez Rhody. Je traversais ce dépotoir qu'était la cour des Poole et je dévalais le sentier à travers bois. Soudain, je me sentais plus calme : un sentier à travers bois est l'une des plus merveilleuses inventions de l'homme, séduisant au départ et mystérieux jusqu'au bout. Celui-là n'était pas facile à affronter à bicyclette, les aiguilles de pin le rendaient glissant et il était hérissé de racines noueuses. J'avançais en cahotant, plongeant sous les branches et les vrilles ligneuses des vignes sauvages. A un endroit, un incendie d'été avait dévasté le sous-bois, du sol noir pointaient des rejets de cannelle qui, verts au mois d'août, avaient pris une teinte cuivrée en se desséchant. Les feuilles des vignes retombaient, des hardes d'oiseaux aussi petits que des papillons de nuit s'éparpillaient à travers la forêt.

Je m'arrêtai un instant pour regarder les sapins frémir et plier au vent. C'était là une forêt aussi inattendue que temporaire, un simple coin planté d'arbres entre l'entrepôt et la grand-route. Dès que la succession serait réglée, bois, sentier, petite maison en parpaings, tout disparaîtrait, maman le savait et pourtant, chaque fois que j'allais la trouver, je voyais quelque chose de nouveau dans

212

la maison. Elle l'avait améliorée d'une porte moustiquaire, d'une natte, d'un chat orange. Elle avait acheté une trousse de bricolage. Ce matin, lorsque j'arrivai, elle accrochait des rideaux.

« Qu'en penses-tu ? me demanda-t-elle, debout sur une chaise, tenant la tringle au-dessus de sa tête.

— Que tu n'es pas propriétaire et que demain tu pourrais tout aussi bien te retrouver dehors... N'investis pas trop quand même...

— Voudrais-tu avoir la gentillesse de me tenir cette tringle pendant que j'enfonce les supports ? »

Je pris la tringle tout en maintenant la chaise sur laquelle ma mère était montée.

« C'est exact, ça ne m'appartient pas, dit-elle. Attends, mais de quoi parles-tu, de cette maison ou de notre planète ?

— De cette maison, notre planète n'appartient à personne.

— Bon, disons que dans les deux cas, je me moque pas mal d'être flanquée à la porte du jour au lendemain. En fait, cette éventualité ne fait que m'attacher davantage à cet endroit. J'y mets tout ce que je possède.

— Attention, ne va pas tomber sur ce tournevis ! dis-je. Tu te crèverais l'œil... »

Elle se moqua de moi. Se moquer des autres était une de ses mauvaises habitudes. Ce n'était pas de la malice : elle ne pouvait tout simplement pas s'en empêcher. « Qu'est-ce qui t'a appris à être si bonne mère, Lucille ? Sûrement pas moi ! Dieu sait que j'aurais pu te dire : "Tu vas te crever l'œil" mais je ne crois pas que ça me soit jamais arrivé. Ce n'est pas moi qui t'ai appris ça. J'ai l'impression que chez toi le langage maternel est quelque chose d'instinctif. Quelle bonne mère tu feras un de ces jours ! »

Elle descendit de la chaise et s'éloigna de la fenêtre pour admirer le rideau. « Pas si mal ! s'exclama-t-elle. Le jaune égaye la pièce, tu ne trouves pas ? Il fut un temps où je lisais tous ces magazines de décoration qui me faisaient perdre la tête ! Je parierais que la moitié des cas de dépression féminine sont causés par *House Beautiful*. Je me revois le lisant et me disant : Tiens, mais bien sûr que je peux les faire, ces housses ! Tu te les rappelles ces housses en chintz que j'avais confectionnées pour les fauteuils de la salle de séjour ? J'étais tellement enthousiasmée par le tissu que j'en rêvais ! Un oiseau de paradis bleu posé sur des fleurs dans les tons pêche...

Ah ! Je peux dire que j'en ai rêvé de ces housses ! Bon... Toujours est-il que le jour où j'en ai recouvert les fauteuils, elles n'allaient pas. Ça ne ressemblait à rien de ce à quoi je m'attendais, pour la bonne raison qu'il y avait des tas de choses dont je n'avais pas tenu compte : les bureaux, les tables, les canapés, le dessin géométrique du tapis, les fleurs des rideaux. Dévorées, englouties, mes housses ! J'ai ainsi appris que le secret c'était de commencer à partir d'une pièce vide. Ton père et moi avons acheté la maison meublée et ça n'a fait qu'attirer plus et plus de bric-à-brac, toutes ces soi-disant antiquités ! » Elle me regarda. « Oh ! Je ne voulais pas dire que ce que tu as ça n'a pas de valeur, je parlais d'une façon générale. » « T'inquiète pas », dis-je. Le chat orange frottait contre ma jambe sa tête triangulaire aux nombreuses cicatrices. « Je sais bien que ça n'a pas de valeur. »

Elle ne me contredit pas. Elle fit un signe de tête en direction du chat. « Il a un faible pour toi, dit-elle.

— Non, ils font tous ça pour la simple raison qu'ils ont des glandes près de leurs moustaches.

— Vois-tu, à mon âge, tu ne veux pas t'encombrer de meubles, ça fait partie de ces choses qui perdent leur valeur. A ton âge, par contre, on aime les meubles, on peut voir une mine de possibilités dans le moindre fauteuil. Tu vois les meubles tout doucement s'insérer dans ta vie, que ce soit un placard, un porte-parapluies ou une table à abattants. Mais à mon avis, ça ne vous cause que des soucis. Je veux une pièce, un lit, une table, un tapis et sans doute un rideau de vichy jaune. Les vieilles personnes ont tendance à se simplifier la vie...

— Voyons, maman, tu as quarante-neuf ans...

— Oh ! Mon Dieu non ! Je suis bien plus vieille que ça, pour le moment du moins. Peut-être retrouverai-je mes quarante-neuf printemps avant la fin de l'année, si je peux rester ici. Je sens que je me remets. Tu as des gens qui vont faire des cures, d'autres qui vont dans des ashrams, mais moi je me contente de cette maison en ruine qui appartient à Sam Poole, sur la route de Long Point. Une maison fantôme sur un terrain vague. Et ça marche ! Je sens que je me rétablis.

— Tu n'envisages donc pas de rentrer à la maison ? »

Se tournant vers la fenêtre, elle rattacha le rideau avec un bout de vichy, elle en évasa le bas comme une jupe et en fit froncer le haut. « Je ne pense pas, dit-elle.

— On pourrait refaire la maison, hasardai-je. Vous avez encore les plans.

— Le problème, ce n'est pas la maison...

— Papa changerait lui aussi, je le sais. Si tu rentrais, il changerait et deviendrait tout ce que tu voudrais.

— Mais je n'ai aucune envie qu'il change. Je l'aime tel qu'il est. Je ne sais pas comment te dire ça, Lucille, de quelque manière que je le dise, ça paraît atroce, mais ce dont je veux m'éloigner c'est de l'ensemble, de la maison, de tout. De la famille. Laisse-moi m'en éloigner, ça fait si longtemps que je suis au milieu de tout ça, Lucille. Si longtemps que nous faisons ça...

— Je ne savais pas que tu voyais les choses comme ça, répondis-je froidement.

— Mais si, tu le savais ! Ton père, Rae et toi, vous savez parfaitement que tout ira autrement mieux ainsi. Ton père va déjà mieux. Il s'enlisait dans la routine, et maintenant je perçois à sa voix lorsque nous nous parlons par téléphone qu'il recommence à s'enthousiasmer, qu'il a de nouveaux intérêts.

— ... Entre autres une femme, dis-je en regardant son visage.

— Oh ! Vraiment ? Merveilleux, c'est une bonne chose. J'ai trouvé qu'il avait l'air heureux, je lui ai demandé ce qui se passait, il m'a juste répondu qu'il lisait beaucoup, faisait de grandes promenades et... mais c'est bien. Quelqu'un qu'il a rencontré récemment ou quelqu'un qu'il connaissait ? Non, ne me dis rien. Ne m'en parle pas, ou plutôt pas encore... » Elle humecta ses lèvres et releva la tête. « Parfait, au tour de l'autre fenêtre ! Après ça, il faudra que j'aille chez Rhody si je veux profiter de sa voiture pour me rendre à mon travail. »

Une question restait sans réponse. Je la posai :

« Combien gagnes-tu ?

— Ne me demande pas ça, Lucille. Ton père et toi vous ne cessez de me demander combien il me reste. A vrai dire, on peut vivre avec moins d'argent que ton père et toi ne le pensez. Je gagne trois fois rien, mais jusqu'ici ça m'a amplement suffi. Je ne veux pas de voiture. Je ne veux pas de ces gadgets électroniques. En fait, l'argent ça m'angoisse.

— Promets-moi que si tu as besoin de quoi que ce soit tu m'appelleras, dis-je.

— Promis. Oh! Je ne veux pas être un souci pour toi, ma chérie. Je sens que quelque chose t'inquiète, il n'y a qu'à voir comme tu as les yeux cernés! » Me prenant par les épaules, elle examina mon visage. J'espérais qu'elle verrait. J'espérais qu'elle finirait par comprendre ce qui n'allait pas avec moi.

« Rien ne vaut la peine de trop s'inquiéter, tu sais, dit-elle. Après tout, le monde n'est pas un endroit si dangereux qu'on le dit, c'est là que nous sommes censés vivre. Je m'en sortirai, je te le garantis. Et papa s'en sortira lui aussi. A moins que ce soit Rae qui t'inquiète? Lucille, pourquoi ces larmes?

— Je n'en sais rien, dis-je.

— Il y a autre chose qui t'ennuie. Dis-moi ce que c'est. » Elle me fit m'asseoir sur le lit de camp, passa son bras autour de moi et j'eus envie de le lui dire. Je réfléchis un moment, son bras me serrait contre elle, elle me tenait comme si elle voulait savoir. Je la regardai dans les yeux et j'ouvris la bouche, alors, rapidement, mais pas assez rapidement pour que je ne le remarque pas : son regard se mit à errer, comme votre regard se met à errer quand vous n'êtes pas vraiment tout oreilles; il se détacha de mon visage et alla se poser, un quart de seconde, sur ses rideaux jaunes.

Je me repris à temps.

« Dis-moi, ma chérie, dit-elle, en revenant vers moi.

— C'est le lycée, dis-je. J'ai mes examens de rattrapage la semaine prochaine et j'ai oublié tout ce que j'avais appris. » C'était vrai, mais j'avoue que cela m'était égal.

« Je t'aiderai, dit-elle. Je vais te faire réciter le vocabulaire.

— Non, dis-je. J'ai juste besoin de me plonger dans mes bouquins. »

Mais impossible d'ouvrir un livre. Moi qui les avais jusque-là aimés d'un amour presque physique, en emportant un chaque soir dans mon lit, pour l'entendre me parler tout bas et à moi seule... Même un livre de classe pouvait paraître intime, un précepteur m'enseignant des choses importantes. Mais maintenant les livres me semblaient insipides. L'idée d'étudier le latin me faisait rire.

Tout ce que je voulais faire dans la vie, c'était regarder Billy McQueen. Je me contenterais d'être sa belle-sœur, même si cela semblait stupide. Je le regarderais manger, je le regarderais nager, je le regarderais écrire sa thèse. Il avait descendu sa machine à écrire dans la petite pièce cachée sous la maison. Il s'agissait d'une addition coincée entre les pilotis qui maintenaient la maison au-dessus des eaux de crue, mais qui ne faisait pas partie intégrante de celle-ci. Elle était dotée d'un climatiseur, il faisait bon y travailler : on y était au frais, au calme, à l'abri des remous des étages supérieurs. Rae n'était pas commode. Je m'étais servie de cette petite pièce comme cachette quand je désirais être seule. L'établi de papa occupait un coin, il y avait aussi un vieux bureau en chêne, deux chaises qui avaient été mises au rancart, et un canapé à bout de course recouvert d'un dessus-de-lit en velours côtelé tellement usé qu'il était aussi doux qu'une peau de lapin. Je me plaisais à imaginer Billy dans cette pièce. Des exemples de femmes claus-trées (Rapunzel, Colette, la dame de Shalott), me venaient à l'esprit, mais je n'avais jamais entendu parler d'homme claustré, je trou-vais l'idée pour le moins... *délicieuse*. Chaque après-midi, dès qu'il rentrait de son travail, il s'y enfermait pendant deux ou trois heu-res, remontait pour le dîner avant de disparaître à nouveau. Pen-dant les fins de semaine, il y passait ses journées, je lui descendais son repas de midi. Il m'arrivait de traînasser et de le regarder déjeu-ner, puis je remontais son plateau, incapable que j'étais de trou-ver une excuse pour prolonger ma visite.

On était en septembre, un mois que j'avais toujours aimé, et pour-tant quelque chose n'allait pas avec celui-ci : si loin que je puisse me rappeler, c'était la première fois que je ne rentrais pas en classe en septembre. Au lieu d'être ravie de cette liberté, je ne savais qu'en faire. Il doit y avoir un besoin inné d'école, un besoin sai-sonnier proche de l'instinct migratoire. Tandis que l'été se tem-pérait d'automne, j'eus faim de crayons, d'un nouveau classeur. Si ennuyeuse que soit l'école, elle a l'avantage de vous permettre de repartir à neuf chaque année. Sans elle, l'avenir peut paraître aussi touffu et rébarbatif qu'un livre sans paragraphes.

Un samedi matin, alors que j'apportais à déjeuner à Billy, celui-ci recula son fauteuil, enleva ses lunettes en commençant par en défaire une oreille puis le dessus de son nez avant de passer à l'autre côté. Il était vieux jeu. Plus personne ne portait de lunettes de ce genre. Il avait aussi toujours sur lui un mouchoir et des canifs.

Rae avait raison, il faisait partie de ces hommes qui n'aspirent qu'à une chose, une vie normale : les repas à heure fixe, le courrier sur un plateau, la soirée devant la télé et le lit à dix heures. A le voir, vous auriez pu vous tromper et croire qu'il appartenait à l'autre catégorie, qui sait, d'ailleurs, si Rae ne s'était pas trompée... Mais il était peu aventureux.

Il mangea allégrement son sandwich à la dinde.

« Qu'est-ce que c'est que ça ? me demanda-t-il la bouche pleine.

— Ça ? » Je regardai le livre que j'avais à la main comme si je ne l'avais jamais vu. « Oh ! C'est mon manuel d'histoire. J'ai des examens blancs la semaine prochaine. » Je glissai le livre sous mon bras.

« Tu veux que je t'aide un peu ?

— Oh ! non, répondis-je en secouant la tête. Je me débrouille. Tu as de quoi t'occuper. » Je lui fis signe que non, c'était inutile.

« Écoute, je vais te donner deux ou trois petits conseils juste pour t'aider à t'y mettre. » Il tendit la main vers le canapé et envoya par terre les vieux magazines de papa. « Assieds-toi ici et montre-moi ton bouquin. Il va jusqu'où, ton examen ?

— Jusqu'à Eisenhower.

— Tu connais SPQR ?

— Quoi ?

— Survoler, Poser des Questions, Revoir. » Même si tu es aussi douée que Rae prétend que tu l'es, il faut que tu prennes de bonnes habitudes. Qu'est-ce qu'il y a de si drôle ?

— Quand tu parles on croirait entendre un prof. »

Il mit les pieds sur le bureau. « Et un bon. J'arrive à faire passer quelque chose même si je me trouve face à des cas aussi difficiles que toi, à des têtes de mule, ou à des pétochards.

— Des pétochards, qu'est-ce que tu veux dire ? Je n'ai pas la pétoche, ça alors, c'est dingue ! Et de quoi pourrais-je avoir la pétoche ?

— Assieds-toi et lis ce livre.

— Je n'ai pas le temps de le lire en entier. J'ai compris comment le prof fonctionnait. En général, elle choisit ses sujets à partir d'en-têtes ou de titres.

— Lis ce livre, insista-t-il. Écoute, il ne s'agit que de l'Amérique. Qu'est-ce que ça serait si c'était la Chine ? N'importe qui peut parcourir l'histoire de l'Amérique en deux jours !

218

— Mais figure-toi que j'ai trois autres matières et seulement une semaine ! Oui, comment pourrai-je faire tout ça en une semaine ? Je n'ai pas ouvert un bouquin depuis mai. C'est impossible. Je ferais mieux de répondre à une petite annonce et d'accepter de me faire payer à l'heure toute ma vie.

— Ça n'a rien d'impossible, reprit-il. Regarde-moi dans les yeux. Ça n'a rien d'impossible. Rien n'est impossible pour toi. » Il me donna une chiquenaude sur le front. « Tu as ce qu'il faut. Ne l'oublie pas. » J'ouvris mon livre et jetai un coup d'œil sur la table des matières. Rien que de voir ça, j'en avais mal au ventre. « Rae t'a dit que j'étais douée ? demandai-je.

— Elle a employé l'expression "mémoire d'éléphant". Écoute, tu as huit heures par jour. Tu peux utiliser cette pièce, je ne suis jamais là avant quatre heures de l'après-midi. Nous nous remettrons au travail après le dîner et nous verrons ce que tu as appris. » Il ne plaisantait pas. « Vas-y, dit-il. Tu pourrais tout aussi bien t'y mettre. » Il rapprocha son siège du bureau, remit ses lunettes et mélangea les cartes sur lesquelles il avait écrit des notes. Quelques minutes plus tard, il était perdu dans ses pensées. Je respirais lentement, profondément. Un homme perdu dans ses pensées est une source d'inspiration.

Le climatiseur allait grand train, son ronronnement étouffait tout autre bruit. A travers l'unique petite fenêtre, je n'entrevoyais qu'un coin de ciel blanc. Nous aurions aussi bien pu nous trouver dans une tour, dans une cellule ou dans un bunker. Là-haut, dans la folie de sa grossesse, ma sœur était à cran, elle pleurait, je pense, sa précieuse jeunesse à jamais perdue.

Perdre sa jeunesse n'est pas un drame. Pour ma part, j'avais hâte de perdre la mienne.

« Tu ne lis pas, remarqua Billy. Tu n'es peut-être pas si douée que ça après tout... »

Je décidai de m'y mettre.

Pendant une semaine, je passai mes matinées dans cette petite pièce. Et je lisais et je lisais et je lisais. Toute la journée. Ça finissait par me faire mal, j'avais les yeux qui me brûlaient, qui me piquaient, mais à quatre heures, quand il revenait, je pouvais lui dire que j'avais lu trois cents pages d'histoire. C'était plutôt lui que moi qui menait nos discussions du soir, dehors sur la véranda protégée par des moustiquaires, tandis qu'au loin, des lumières glissaient dans la rade, plongée dans l'obscurité. Il était, comme il le prétendait, bon professeur. En l'entendant citer cette phrase de Thomas Paine : « Danger et délivrance cheminent ensemble », je perçus son émotion. « On ne voit pas le dessous des cartes, Lucille. Il existe des courants souterrains. » Il lui arrivait de s'emballer pour des sujets qui n'étaient pas de son ressort. Alors, assis sur sa chaise, il se penchait vers la nuit étoilée, et se perdait en conjectures sur la façon dont la vie avait pu jaillir de la boue, sur la folie d'Othello ou sur ce qui faisait de l'ablatif absolu une construction particulièrement merveilleuse. Il savait des tas de choses. « Tout est histoire », me confiait-il. Nous étions seuls ces soirs-là, et j'étais heureuse. Écoute, disais-je au petit questionneur obstiné qui était en moi : mieux vaut pour moi un prof qu'un partenaire à mes rêveries. *J'ai de la chance.*

Et sa méthode eut un résultat. En deux jours, je vins à bout de trois cents années d'histoire américaine. Suivirent quatre livres de l'*Énéide*, des morceaux choisis de William Shakespeare, Emily Dickinson, Ernest Hemingway, Alice Walker ainsi qu'un exposé général sur les formes de la vie à la surface de la terre avec des détails sur l'organisme du requin et du cochon à l'état fœtal. A la fin de la semaine, j'avais la tête bien pleine.

Non seulement j'obtins d'excellentes notes à mes examens de rattrapage, mais je finis par me trouver intelligente, par me promener en ayant une vue d'ensemble des choses. Il me vint à l'esprit des parallèles auxquels je n'avais jamais pensé, sur les façons dont le monde se répète en thèmes et en formes.

Comment aurais-je pu m'arrêter ? Même une fois que j'eus passé mes examens et que l'on m'eut promis de m'envoyer mon diplôme par la poste, je demandais à Billy de me permettre de continuer à lire dans la petite pièce du bas pendant qu'il écrivait. « Je ne te dérangerai pas, lui dis-je, mais j'ai besoin de rattraper le temps perdu. Si j'arrive à travailler seule cet automne, je pourrai être admise à suivre des cours du second trimestre de fac sans être à la traîne.

— Aucun problème, dit-il. Tu ne m'as jamais dérangé. En fait, je suis ravi que tu sois ici. Ça m'aide à avancer. Je connais moi aussi des moments de déprime durant lesquels je me dis que je ferais mieux de laisser tomber. »

Je dois avoir eu l'air horrifié.

« Ma thèse, je veux dire », précisa-t-il.

Je m'assurai que Rae n'avait besoin de rien. Je débranchai le téléphone, n'étant pas sûre qu'elle suivrait les consignes que je lui avais données au cas où Wayne m'appellerait : lui répondre que j'étais sortie. Je vérifiai si tout allait bien pour elle. « Tu veux quelque chose ? » lui demandai-je. On était samedi et je gardais jalousement mes samedis. « Si tu veux quelque chose, dis-le-moi, que j'aille te le chercher parce que je serai en bas pendant toute la matinée. » Papa tondait la pelouse, tandis que Vera, accoutrée d'un bain-de-soleil et d'un short, se prélassait dans une chaise longue en plastique et lui souriait.

Rae se tourna vers moi et me dit depuis son lit : « Je voudrais de l'air.

— Je veux bien accélérer le ventilateur, mais il fait plutôt frais dehors. » Je me rendais bien compte qu'elle insinuait là quelque chose de plus profond, mais je ne souhaitais pas me lancer dans une conversation avec elle. Elle lisait la revue du Sierra Club. Elle la posa et me parla calmement.

« Je vais mourir, Lucille.

— C'est vrai. » J'accélérai le ventilateur tout en essayant d'en diminuer le bruit. Je finirais un jour par tordre le cou à ce ventilateur... Je lui ficherais un coup de pied en pleine figure et je mettrais ainsi fin une bonne fois pour toutes à son vacarme. Dehors, il faisait frais. « Tu vas mourir de pneumonie, dis-je.

— Tu ne me crois pas.

— Écoute, Rae, si tu as besoin de quoi que ce soit, tu appelles, d'accord ? Je reviendrai d'ici une heure voir si tu veux quelque chose.

— Je regrette de ne pas avoir appartenu au Sierra Club. Où avons-nous trouvé cette revue ?

— Elle est à papa.

— Dommage que je ne m'y sois pas abonnée. Elle est très bien faite. La seule revue à laquelle j'aie jamais été abonnée c'était *Newsweek*. Ma notice nécrologique dira : "Mademoiselle Odom, fidèle abonnée de *Newsweek*."

— Mrs. McQueen », rectifiai-je.

Elle me regarda, l'air ahuri.

« Tu es Mrs. McQueen, repris-je, et tu pourras appartenir au Sierra Club dès que ton bébé sera né. Tu pourras même l'emmener faire des randonnées dans un sac à dos. »

Elle ne releva pas. J'aurais aussi bien pu ne pas ouvrir la bouche. Son regard était vide, quelque chose d'essentiel y manquait : le fouillis des émotions du quotidien.

Je descendis. Billy était déjà au travail. Je m'installai sans mot dire et j'ouvris mon Virgile. Enée avait maintenant abandonné Didon, il avait fait son voyage aux enfers et avait fini par rejoindre les rives du Tibre. A ce point, l'histoire commençait à traîner en longueur, préparatifs de guerre, intervention des dieux, etc. Mais les mots, les phrases parfaites, tellement plus précises que l'anglais, continuaient à retenir mon attention. Le latin s'efforçait d'être concis. L'anglais, je le voyais, ne possédait même pas un mode subjonctif à employer « lorsqu'il y avait supposition, désir ou éventualité », disait la note de la grammaire.

Attendez... Je relus cela. Supposition, désir ou éventualité ? Mes humeurs, ces sentiments qui m'assaillaient sans crier gare et semblaient ne pas avoir de nom, c'était ça. Des modes subjonctifs, quelque part entre le réel et ce qui ne l'est pas. Ils n'avaient peut-être pas de nom en anglais mais en latin ils étaient tout à fait reconnus, on leur accordait même un statut grammatical. Je levai la tête pour en faire part à Billy, mais il était courbé sur son bureau, sa main soutenant sa tête, les yeux fermés.

Rae lui était tombée dessus la veille au soir, pour quelle raison, je n'en avais aucune idée, même si je me tenais tout près du mur, l'oreille collée à la poutre. Nul doute que cette colère l'avait surpris car Rae appartenait à cette catégorie qui peut se tenir tranquille pendant des mois, entre deux éruptions. J'en étais vraiment navrée pour lui : finie la lune de miel...

A midi, il remit sa chaise à sa place et entassa ses papiers, mais il ne me dit pas comme à l'habitude : « Déjeunons. » Il paraissait las. Il regardait fixement le mur en contre-plaqué derrière le bureau. Les trous, soigneusement masqués à l'emplacement des nœuds, faisaient penser à des bateaux suivant le grain du bois. Quelque chose le contrariait et ce n'était pas le commerce des peaux de daim.

Je m'efforçai d'essayer de nous changer les idées. « Si nous allions tous faire un pique-nique ? suggérai-je. Nous irions chercher des hamburgers et nous nous trouverions un coin avec une jolie vue...

— Rae ne se sent pas bien, dit-il.

— Oh !

— Mais... » Il releva la tête. « Nous pourrions lui rapporter à déjeuner.

— Bien sûr.

— Excellente idée, allons-y. »

Nous prîmes la voiture de Rae. Il mit la radio et nous arrivâmes chez Burger King avec la musique à plein tube, à tel point que j'en étais un peu gênée. Je jetai un coup d'œil dans le restaurant pour voir s'il y avait quelqu'un que je connaissais mais je ne vis que des gosses coiffés de couronnes en carton doré, rampant partout. Nous attendîmes dans la file « service en voiture ». Il avait l'air grave.

« Où y aurait-il un endroit agréable pour pique-niquer ? demanda-t-il.

— Nous devrions simplement rentrer à la maison et rapporter à Rae...

— Non, interrompit-il. Pour une fois que je peux déjeuner dehors, j'en profite, j'en ai besoin.

— Dans ce cas, je connais un endroit au bord de l'eau.

— Parfait. »

Nous nous approchâmes du micro. Il passa commande : « Neuf Whoppers, deux grands Cocas, deux frites.

— Neuf Whoppers ! m'exclamai-je. Je n'en veux qu'un et Rae n'arrivera sans doute pas au bout du sien.

— Nous célébrons, dit-il. Il faut que tu en prennes trois.

— Que célébrons-nous ?

— L'avenir ! » Mais il ne faisait qu'essayer de se convaincre. « J'ai un travail, je m'achemine vers le doctorat et je suis en train de me reproduire. D'ici quelques semaines j'aurai perpétué avec succès mon matériel génétique. Et toi, l'élève modèle, tu n'as pas non plus à t'inquiéter de ton avenir. Alors, quelle meilleure raison de célébrer ? Deux avenirs ! » Il me passa nourriture et boisson.

Je regardai à l'intérieur du sac en papier. « Ça en fait des Whoppers !

— Tu ne crois pas qu'on en viendra à bout ? Bonté, Lucille, je te l'ai déjà dit, apprends à faire confiance. » Il semblait en meilleure forme, il avait le bras posé sur le dossier du siège, le nez en l'air pour profiter du soleil. « Va de l'avant, lança-t-il en direction du ciel. C'est ma devise, même quand ça ne va pas comme on voudrait.

— *Forsan et haec meminisse juvabit*, dis-je.

— Nom de Dieu, Lucille, c'est trop pour moi... Bon, je te demande pardon. *Forsan et haec...* Peut-être et ça ?

— *Peut-être qu'un jour nous nous rappellerons même ces choses avec joie*. Enée encourageant ses hommes.

— Ouais... Peut-être ou... peut-être pas. Oh ! Merde ! Pardon. Où est-il, ton coin pique-nique ? »

Les membres de l'église épiscopale avaient amélioré le coin pique-nique. Les ampoules électriques avaient été remplacées. Il y avait de nouvelles tables et le four à huîtres avait été nettoyé. Nous essayâmes les trois tables afin de nous installer à celle d'où l'on avait la plus belle vue. J'éprouvais un léger remords, car c'était un endroit où Wayne aimait pique-niquer, mais il ne lui appartenait pas, non ? Un endroit où des Indiens avaient vécu, où les aveugles se retrouvaient, et où les croyants faisaient cuire des huîtres, un endroit comme ça, j'estimais que c'était ouvert au public.

« Ça t'est égal si je fume ça ? me demanda Billy. Ça fait quatre mois que je l'ai dans mon portefeuille. » Il tenait un joint tout aplati entre ses doigts et essayait de lui faire reprendre forme.

« Ça m'est égal, dis-je.

— Tu ne me vendras pas ? »

Je le regardai, effarée.

Il s'empressa d'ajouter : « Quand je t'ai vue pour la première fois, je me suis dit que tu vendrais même un membre de ta famille. Tu t'es conduite comme une petite salope le soir de notre arrivée.

— Eh bien si j'étais comme ça, dis-toi bien que je le suis restée. Je n'ai pas changé, dis-je.

— Eh si, tu as changé, dit-il. Nous avons tous changé. On ne peut pas dire que ça ait toujours été facile, mais je pense, j'espère même, que ça finira bientôt par s'arranger. »

Nous déjeunâmes sans parler. Je me disais qu'il n'y avait pas grand-chose au monde que je souhaitais autant qu'une amélioration dans l'attitude de Rae. Et que, comme le disait Billy, ça viendrait bientôt. Bientôt. Le temps est parfois le remède tout simple auquel personne ne pense, jusqu'à ce qu'il ait œuvré en silence. J'en étais persuadée. Au-dessus de nos têtes, les abeilles fusaient dans tous les sens comme des électrons. Mais depuis que le monde est monde, le temps a converti le mouvement erratique en des choses à la fois douces et consistantes...

« Tu sais, il y a des moyens de remonter le moral de Rae », dis-je. Il ne répondit rien.

« ... Comme de lui acheter quelque chose, poursuivis-je. Il y a un nouveau centre commercial près du pont, si nous y allions lui chercher un cadeau?

— D'accord. Mais attends quelques minutes, il te reste un hamburger. »

Il alluma son joint qui en avait vu de rudes et inhala puis il le fit passer automatiquement de mon côté sans même me regarder. Je l'avais dans la bouche avant même qu'il ne se rende compte de ce qu'il avait fait, avant même qu'il ne se rende compte, je pense, de qui j'étais. Il tendit la main pour le reprendre au moment où j'aspirais la fumée et ce qui me frappa de stupeur fut non pas la marijuana mais son doigt sur ma lèvre supérieure. Il avait touché la cicatrice, il la regardait.

« Arrête, dis-je en couvrant ma bouche et en perdant toute ma fumée.

— Arrête quoi?

— De regarder ma cicatrice.

— Enlève ta main. » Il prit mon poignet et l'écarta de ma bouche. « Quelle cicatrice?

— J'avais un bec-de-lièvre. Rae ne te l'avait pas dit?

— Non. Tu veux dire cette espèce de cicatrice microscopique? J'ai mieux que ça! Je me suis fait sauter un sacré morceau de mon crâne il y a quinze ans en tombant des tribunes pendant un match de basket. J'ai toujours espéré qu'un jour ça ne se verrait plus, mais je crois que ça grandit. Je le cache sous une mèche. » Il souleva ses cheveux et je vis son crâne blanc. J'en restai le souffle coupé ou presque.

« Je... euh... Je ne vois pas de cicatrice... Où est-elle ? » dis-je. Il tâta la peau. « Tiens, ici, je sens le trou.
— Non, dis-je. Rien.
— Tu ne regardes pas d'assez près. »
Je me penchai un instant.
« Une piqûre d'épingle, dis-je. Il faudrait une loupe pour la voir. Tu peux te couper les cheveux. »
Il se frotta le front et laissa retomber la mèche. « Je pense que nous souffrons de blessures imaginaires, dit-il. Nous ne sommes pas aussi amochés que nous voudrions le croire.
— Regarde encore une fois, dis-je. Sans plaisanter, d'accord ? Dis-moi la vérité. »
Il se pencha plus près de moi cette fois et dit : « Si tu ne me l'avais pas fait remarquer, je n'aurais rien vu du tout. Je vois quelque chose qui est pour ainsi dire invisible. Je peux voir que ça a peut-être remonté ta lèvre un tout petit peu, mais c'est joli comme tout la façon dont elle rebique. » Il recula. « Par conséquent, pas de cicatrice. Je t'assure qu'il n'y a rien du tout. »
Nous enfouîmes les sacs des hamburgers dans la poubelle de l'église de la Toussaint et nous nous dirigeâmes vers la voiture. « Attends, dis-je. Je viens de penser à quelque chose. » Une fois près de l'eau, je me laissai glisser sur le banc vaseux, près du chêne tout tordu, et passai la main sous le bord de la rive. Au début, j'eus beau tâter, je ne sentis que des racines froides. Soudain, mon doigt rencontra un petit bout de poterie de la taille d'une carte à jouer. Je le lui lançai, curieuse de ce qu'il allait dire.
« Mais c'est... Où as-tu trouvé ça ? Ça date de 500 avant Jésus-Christ, de la période Woodland.
— Je le sais ! Et il y en a d'autres le long de la rive, cachés sous les racines et la vase. » Je me disais que s'il pouvait arriver à oublier ses ennuis et à revenir au mystère de la vie, sa façon de voir les choses changerait. La poterie indienne m'avait souvent aidée dans ce sens.
Et il s'en fallut de peu pour que ça marche... Tandis que nous revenions à la voiture, il tourna et retourna le tesson dans ses mains. « La période Woodland a été marquée par l'essor de la poterie, dit-il. On a vu soudain apparaître pléthore de vases dans tout le Sud-Est. Tu sais pourquoi ? » La lueur socratique éclairait son

regard. « Hum, parce qu'ils avaient appris à les fabriquer... ?

— La technologie n'est jamais une raison, Lucille. La seule raison c'est la nécessité. Les hommes renonçaient à la vie nomade, ils avaient donc besoin de beaucoup de nouvelles choses, outils de jardin, récipients, maisons, tumulus. C'est ce qui arrive, quand on décide de s'établir quelque part. On accumule. Et où allez-vous ranger vos glands, votre graisse d'ours ou vos graines ? Il vous en faut des récipients ! Rappelle-toi tes placards de cuisine. Eh bien c'est la même chose. »

Son visage s'embruma à nouveau.

Nous rentrâmes à la maison. « Nous avons oublié d'acheter un cadeau pour Rae », remarquai-je une fois dans la voiture. Je ne pense pas qu'il m'ait entendue, il pensait aux origines de la vie domestique. « Les récipients ont été le commencement de la fin », dit-il.

Je fus étonnée de voir combien il était aisé de cacher quelque chose d'aussi encombrant et d'aussi voyant que l'amour. Personne n'était au courant. C'était comme si j'avais déposé une pierre précieuse dans une banque suisse. Je ne la partageais avec personne, je ne payais pas d'impôts.

Je profitais de l'occasion lorsqu'elle se présentait : le matin, je l'emmenais à Wando, l'après-midi, à trois heures, j'allais le rechercher. Je préparais ses repas, lavais son linge, restais près de lui quand il cirait ses chaussures, humant cette odeur avec délices, tandis que les bouts en cuir commençaient à reluire. Le soir nous travaillions ensemble : je lus ainsi des passages de l'*Énéide* que personne n'avait lus depuis des siècles, au fin fond des Livres XI et XII. J'étais heureuse. Je n'oubliais pourtant jamais qu'il fallait être discrète. Il me suffisait de voir le manque de réserve de Vera pour comprendre que cela causerait sa perte. Certaines amours ne peuvent pas survivre à la révélation. Jamais je ne révélerais le mien. Je n'aimais même pas le verbaliser dans ma propre tête : *amoureuse du mari de ta sœur...* L'expression me semblant aussi peu appropriée que méchante, j'essayai donc de trouver d'autres mots pour exprimer ce concept, mais en vain.

La loyauté à ma sœur me tenait à cœur. Je veillais à ce qu'elle se nourrisse convenablement, je restais polie en dépit de sa mauvaise humeur. Dès que nous pûmes obtenir un rendez-vous, je l'emmenai chez le médecin. Suivant le conseil de Rhody, j'entrai avec elle dans la salle de consultation. Elle s'était lavé les cheveux, elle s'était maquillée, du coup elle paraissait moins mal en point que d'habitude.

Le maquillage trompe souvent les médecins. Rae ne dit presque rien, mais elle gratifia le docteur de son beau sourire. Il ne trouva rien qui n'allait pas. Seule avec lui, je lui confiai qu'elle semblait déprimée, il recommanda de l'exercice.

« Rae, ma chérie, lui dis-je, une fois à la maison, tu devrais te mettre au vélo d'appartement. C'est comme ça que Vera a perdu cinq kilos. Elle en est à trente kilomètres par jour.

— Je n'ai aucune intention de changer mes habitudes », répondit-elle. Voyant que je voulais lui rendre ses clefs de voiture, elle me dit : « Garde-les. Considère-toi comme la propriétaire d'une voiture jadis bien belle. »

Le samedi matin, lorsque je descendis poursuivre la lecture de mes récits de bataille, je vis un oreiller et un drap sur le canapé. « Tu as passé la nuit ici ? demandai-je.

— Rae n'arrive pas à dormir si je suis dans la chambre. De toute façon, je travaille tard ces jours-ci.

— Écoute, il faut faire quelque chose, dis-je. Regarde, on lui a toujours remis des tas de choses, des récompenses, des médailles de courage, d'assiduité, elle a été Miss Wando. Et puis maintenant, c'est fini, plus rien. On ne fait plus attention à elle. Allons lui chercher une nouvelle chemise de nuit.

— Elle ne veut pas que je fasse attention à elle.

— Bien sûr que si ! Allons-y, maintenant.

— Maintenant ? Mais je suis au milieu d'un paragraphe. »

Je m'efforçai d'être patiente mais trouvai cela difficile. Mon sac à l'épaule, j'envisageai d'y aller sans lui, mais c'était à lui de faire ça. « Quel est le plus important ? finis-je par dire. Rae ou un paragraphe ?

— Compris, compris. »

Si étrange que cela puisse paraître, il pouvait m'exaspérer. Certaines de ses habitudes m'agaçaient, mais je n'étais pas en mesure de les corriger. Il m'arrivait de me surprendre au moment où j'allais lui décocher une remarque inappropriée qui aurait tout révélé, comme par exemple : « Ne mets pas cette chemise », ou : « Tu ne devrais pas manger de crème », des remarques que l'on ne fait qu'à un être aimé.

« Billy... », dis-je, l'impatience m'amenant à me servir de son prénom, ce prénom dont j'avais, en général, du mal à me servir lorsque je m'adressais à lui.

« Bon... » Il enleva sa feuille de la machine à écrire. « Je suis à toi. »

Chaque jour, il me fallait subir ces instants pleins d'ironie, chacun étant aussi dur à encaisser que le dernier. « *Je suis à toi.* » Mon cœur était roué de coups ! Je ne pouvais qu'espérer qu'avec le temps je m'endurcirais.

Les gens délaissaient les grands centres commerciaux, avais-je remarqué. Un ou deux avaient vu leur fin, ils étaient déserts, même le samedi. La mode était à des centres plus petits, plus humains, visant à vous mettre le cœur en fête. Celui qui était en bas du pont avait une cour, une fontaine, des tables avec parasols et des boutiques.

Nous entrâmes chez Sweet Nothing où les sous-vêtements flottaient dans les airs. Bikinis, soutiens-gorge et cache-corset planaient juste au-dessus de ma tête et les yeux de Billy étaient à hauteur des porte-jarretelles. Il envoya promener une combinaison qui effleurait ses cheveux, puis il s'empêtra dans un fil en nylon qui retenait un déshabillé de chez Christian Dior. Le fil craqua et le petit vêtement en soie tomba par terre. Une vendeuse le ramassa.

« Puis-je vous aider, monsieur ? »

Il avait l'air perdu.

« Nous voudrions une chemise de nuit, dis-je.

— A gauche, là derrière. » Nous la suivîmes.

« Des articles de luxe, remarqua Billy en soulevant les étiquettes au passage.

— Vous pensiez à une couleur ou à un style particulier ? demanda la vendeuse.

— Nous voudrions quelque chose de beau, dis-je. Quelque chose de blanc, je vais regarder là-dedans, merci. »

Je fis glisser les cintres un par un sur le porte-habits et j'examinai chaque chemise de nuit. Elles faisaient toutes soit trop cocotte, soit trop matrone.

« Nous y voilà, dit Billy en brandissant un négligé rose, agrémenté de fourrure.

— Pas de fourrure, dis-je.

— Pas de fourrure, répéta-t-il à l'intention de la vendeuse. Celle-ci », dis-je en apercevant une chemise de nuit en soie blanche. Elle m'arrêta net, le corsage tout simple, taillé comme une combinaison, avait de fines bretelles roulottées. Elle était douce et vaporeuse, juste ce qu'il fallait pour que Rae se sente à nouveau en beauté.

« Celle-là, dit-il, elle n'en fera pas le tour... »

Je l'étirai à hauteur des hanches. « Je ne le crois pas non plus », dis-je. J'avais la bizarre habitude d'oublier le tour de taille de Rae. Pour moi, elle restait la Rae de toujours, je n'arrivais pas à l'imaginer enceinte.

« Il nous faut quelque chose de grand, précisa Billy à la vendeuse. Quelque chose de vraiment grand. » De ses mains, il évalua la dimension.

J'avais encore la soie entre les doigts.

« Prends-la pour toi, dit-il.

— Pour moi ?

— Oui, pourquoi pas ? » Il retira le cintre du porte-habits et le tendit à la vendeuse. J'aurais pu dire non, mais je pensais à ma vieille chemise de nuit défraîchie, aux manches carrées et à l'ourlet décousu. La chemise de nuit blanche ressemblait à une robe de mariée. Je suivis la vendeuse jusqu'à la cabine d'essayage, elle m'y laissa seule.

J'avais horreur des cabines d'essayage parce que je n'aimais pas me regarder me déshabiller. Ça me faisait un effet bizarre. En outre, je n'aimais pas vraiment ce dont j'avais l'air une fois déshabillée, debout, toute gauche, dans la cabine. Tournant le dos au miroir, j'enlevai chemisier et soutien-gorge, puis j'enfilai la chemise de nuit. Celle-ci passée, je défis la fermeture éclair de mon jean qui tomba en un tas raide sur le plancher. Je me retournai pour affronter le miroir.

C'en fut presque trop pour moi... Je me mis à me faire les yeux doux. J'allai jusqu'à jouer un peu des hanches, le regrettai aussitôt, mais recommençai néanmoins. De profil par rapport à mon image, j'essayai de m'empêcher de sourire.

La vendeuse écarta le rideau et dit : « Oh ! Ça vous va vraiment bien.

— Vous trouvez ?

— Vous avez la silhouette qui convient. Toutes celles qui l'ont essayée paraissaient plates comme des limandes. »

Je me retournai et regardai mon arrière-train. La chemise de nuit était coupée en biais, à la Jean Harlow. Si j'avais couru les soirées, j'aurais pu la mettre pour me rendre à l'une d'elles. « Il y a un triple miroir par ici », me dit la vendeuse. Soulevant le rideau, je pénétrai dans une alcôve garnie de miroirs où je pus me regarder sous divers angles.

« Mes chaussures ne lui rendent pas justice », commentai-je en brandissant ma Nike. Mais les vendeuses ont rarement le sens de l'humour et elles ignorent tout autant ce qu'est la cordialité. Elle demeura impassible.

« Vous voudrez peut-être remonter les épaules, dit-elle, debout à côté de moi, en soulevant la bretelle. Mais je ne sais pas. Non, peut-être pas. Ça vous va mieux quand elles sont basses. »

Je me retournai une fois de plus pour me voir, quand, dans le miroir, j'aperçus Billy qui me regardait. Je rougis et tournai la tête, honteuse d'avoir été aussi vaine, puis je me dépêchai de regagner la cabine d'essayage. Un frisson me parcourut le cou. Je me rhabillai à toute allure et tendis la chemise de nuit à la vendeuse. « Ce n'est pas ce que je cherchais, dis-je.

— Quel dommage ! dit-elle, l'air désolé.

— Tu ne la prends pas ? demanda Billy.

— Elle ne me va pas », répondis-je.

La lippe boudeuse, la vendeuse déclara : « *Moi*, je trouvais qu'elle vous allait parfaitement.

— Je n'en veux pas », dis-je. Avec toute cette lingerie qui voletait, ce magasin me donnait le tournis. Comme si d'invisibles demoiselles en tenue légère s'y livraient à des cabrioles. « As-tu trouvé quelque chose pour Rae ? demandai-je à Billy.

— Ça. Qu'est-ce que tu en penses ? » Il me montra une jolie chemise de nuit en coton jaune assez ample pour y faire rentrer tout ce qu'il y avait de Rae, mais malgré tout jolie, avec de la dentelle à l'encolure.

« Parfait, dis-je. J'attendrai dehors. »

Une fois sur le trottoir, je me sentis mieux. Le magasin était saturé de parfum, aussi accueillis-je avec joie le plein air ainsi que la vieille odeur familière de vase qui émanait des marais ou de mazout qui montait de la rivière. Je parvins jusqu'à l'Impala et m'installai sur le grand siège avant pour me détendre. Le soleil avait chauffé les housses. Je m'assis face à la portière, la joue contre le vinyle tiède, tournant le dos au volant. Une démente affection pour la voiture s'emparait de moi. Je fermai les yeux.

J'entendis la portière s'ouvrir. Un paquet racla le bas de mon dos et alla atterrir en frémissant sur le siège.

« Courage, Lucille ! Je n'aime pas les femmes déprimées. Une femme déprimée me suffit largement.

— Je ne suis pas déprimée. »

Je me redressai, ignorant le sac à côté de moi. Billy sortit du parking et prit la nationale pour rentrer à la maison.

Tendant la main droite, il ramassa le sac et le posa sur mes genoux. Il jeta un coup d'œil dans ma direction, puis il se remit à regarder la route.

Je savais ce qu'il contenait. Ce que je ne savais pas, c'était ce que je devais faire, si je devais ou non l'ouvrir. Si vain et si roublard qu'il fût, mon cœur n'en tremblait pas moins autant que celui d'une innocente créature. Je regardai droit devant moi, les yeux grands ouverts, les sourcils légèrement froncés, comme si je n'avais aucune idée de son contenu.

Nous nous rapprochions de la maison. Nous longions la station de télévision.

« Regarde là-dedans », dit-il en me montrant le sac d'un signe de tête.

Je l'ouvris et j'en sortis la chemise de nuit blanche.

« Tu as tendance à te priver, Lucille. Tu ne devrais pas. »

Tenant contre moi la partie corsage, je lui dis : « Merci, je l'adore.

— Je l'avais remarqué ! » Il ne me regarda pas, les yeux sur la route, les mains au volant, il continua, mais je le vis avaler sa salive.

Ce soir-là, je pris un bain dans ma baignoire aux pattes crochues, l'eau était si chaude que j'en eus la nausée. Armée d'un rasoir neuf, je me rasai les jambes, les aisselles et le haut des cuisses avant de passer aux poils dorés tout fins au-dessus de mes orteils.

Si l'on en croit l'histoire, les puritains accusaient à tort les jeunes filles de magie. J'imaginais une maison de Nouvelle-Angleterre en hiver, les jupes longues, la famille austère pelotonnée à la cuisine, et cela me donna une assez bonne idée de ce qu'une jeune fille peut ressentir dans ce genre de situation, l'envie de crier laissez-moi sortir d'ici, les crampes d'estomac, l'œil sur la porte fermée. Pourquoi ne pas appeler cela de la magie ? L'important c'est de comprendre que c'est une condition involontaire.

Je sortis de la baignoire dégoulinante, laissant derrière moi un ruisseau jusqu'au porte-serviettes. Je m'essuyai, mais lorsque j'enfilai la chemise de nuit blanche, j'étais encore humide par endroits et le tissu me collait à la peau comme un de ces lacis aériens et gluants que tissent les insectes.

Une fois sur le parking des professeurs, je me recroquevillai derrière le volant, coiffée de la casquette que mon père mettait lorsqu'il allait à la pêche, celle dont la visière était démesurément longue et dotée d'un rabat pour vous protéger du soleil. Je ne voulais pas qu'on me reconnaisse. J'étais heureuse de voir l'endroit *incognito*, il paraissait bien moins épouvantable. Qu'aurais-je pu avoir contre ces êtres insouciants sortant à flots du gymnase, de l'amphithéâtre ou du bâtiment des salles de classe ? Ce qui me frappa avant tout chez eux fut leur santé. Une santé qui resplendissait comme une aura. Des cheveux sains, une peau saine, des membres, des cerveaux et des cœurs tout aussi sains. Je regardai l'adorable Laura Migo rentrer le menton, mettre ses livres sur sa hanche, glousser d'un petit rire tendre et flirter avec un prof. J'avançai la tête pour mieux voir par-dessous ma casquette. Le prof, c'était Billy. Je klaxonnai.

Il s'assit dans le siège du passager.

« Il y a quelque chose que je ne sais pas, dis-je.

— Qu'est-ce que c'est ? dit-il.

— Je ne sais pas. C'est ce que j'ai dit, il y a quelque chose que je ne sais pas. »

Je démarrai la voiture et sortis lentement du parking jusqu'à la route d'accès.

« Je t'offre un esquimau, qu'en penses-tu ? dit-il. Tu n'as pas l'air de très bonne humeur... »

Il n'y avait pas beaucoup d'endroits où je pouvais aller avec lui. Le choix se limitait aux magasins, aux établissements de restauration rapide et au parking du lycée. J'avais beau avoir en horreur le centre commercial, c'était un endroit où je pouvais légitimement me promener avec lui. J'aurais aimé l'emmener hors des sentiers battus, dans des endroits que je connaissais, où vous pouviez encore voir ce que je croyais être le paysage d'origine. Mais il nous fallait nous contenter du centre commercial.

Nous achetâmes deux esquimaux à dix francs puis nous allâmes nous asseoir sur un banc près de la fontaine. Le chocolat qui enrobait mon esquimau se craquela en gros morceaux qui tombèrent sur ma chemise. Je rattrapai ce que je pus et me retrouvai avec du chocolat plein les mains. Billy m'essuya la figure avec son mouchoir. Nous ne parlâmes pas beaucoup. Le mouchoir, comme toute chose lui appartenant, m'hypnotisait, je ne pouvais le lâcher des yeux. Billy suivit mon regard, et se mit, lui aussi, à fixer le mouchoir.

« Il appartenait à mon père », dit-il. Il le posa sur son genou. Il me lança un coup d'œil. « Et ça, c'était sa montre de gousset. » Il tira de sa poche une montre en or ronde et plate, la balançant au bout de sa chaîne. Je voulus la saisir, mais il la mit hors de ma portée.

« Ce que tu ne sais pas ne te fera pas souffrir, dit-il en regardant au loin.

— Ce n'est pas vrai. Il y a quelque chose, n'est-ce pas ? dis-je.

— Des couteaux de poche, voilà. » Le mouchoir, la montre et les trois couteaux étaient alignés sur sa cuisse. « Mon héritage, dit-il. Une fois qu'ils ont emmené mon père de sa chambre d'hôpital, j'y suis retourné en douce et j'ai aperçu un sac en plastique sur la table. Le contenu de ses poches de pyjama à l'instant de sa mort. J'ai pris ce sac, sachant qu'il me revenait. Tiens, voici d'abord Blackie. »

Il sortit les deux lames du couteau noir et, d'une chiquenaude, fit apparaître le décapsuleur qui était au bout. Il planta les lames dans le bois du banc, entre nous, et le couteau se transforma en un petit cheval ayant les lames pour pattes et le décapsuleur pour tête, la mâchoire ouverte.

« Et voici Hans le rouan. » Dans le bois s'enfoncèrent les lames d'un couteau de l'armée suisse, rouge, replet, une croix d'argent incrustée à l'épaule, des pattes arrière plus longues que celles de devant, une cuillère en guise de tête, une lime à ongles en guise de queue.

« Et enfin, voici Pearl. La belle Pearl. Pour les grandes occasions. Le vieux Blackie vous taillera un crayon, Hans vous écorcera un plançon, mais on gardera Pearl pour les grandes occasions. Oui, on gardera Pearl. Pour peler une pêche, pour faire une trachéotomie. Regarde-moi ces jambes de pur-sang, ce cou allongé et cette tête !

— Pearl faisait le fignolage, dis-je.

— Comment le savais-tu ? En fait, Blackie faisait le gros boulot, mais le travail délicat, c'était Pearl. Tiens, elle est à toi. »

Il posa le beau couteau dans ma paume.

Je m'empressai de le lui rendre. « Ne sois pas ridicule.

— Tu ferais mieux de le prendre, Rae prétend que tout ce bazar doit aller...

— Que veux-tu dire ? Elle ne peut tout de même pas te forcer à te débarrasser de tes souvenirs d'enfance !

— Non... » Il fronça les sourcils et frotta la ride qui sillonnait son front. « Elle veut dire moi aussi. Après la naissance du bébé. Elle... veut que je disparaisse.

— C'est impossible, répondis-je immédiatement.

— Je sais qu'elle perd un peu la tête en ce moment. Je m'en suis aperçu, alors peut-être qu'elle changera d'avis.

— Bien sûr qu'elle changera d'avis.

— Je ne le crois pas, c'est compliqué. Plus que tu ne le penses. Elle me déteste. Elle ne me pardonnera jamais.

— Elle ne te pardonnera jamais quoi ? On ne peut pas dire que l'amour soit quelque chose que tu lui aies infligé...

— Disons, vois-tu, que ça l'est quand même un peu. En un certain sens... »

Il inspira et souleva ses épaules. « Et même sûrement. A vrai dire, elle a un argument valable : j'ai fait exprès. Bonté, je n'arrive pas à y croire, mais, c'est vrai, j'ai fait ça. Je le reconnais. » Il soupira et passa le bras derrière la latte supérieure du dossier du banc. « J'avais perdu la raison. Mais je n'avais jamais rencontré quelqu'un que... Quelqu'un que j'aimais autant et que je voulais aussi passionnément mais elle, de son côté, n'avait pas aussi désespérément besoin de moi que j'avais besoin d'elle.

— Que veux-tu dire par là ?

— Je l'ai mise enceinte en sachant ce que je faisais. C'était pour moi la seule façon d'obtenir d'elle qu'elle considère seulement de m'épouser.

— Comment ?

— Pardon ?

— Comment t'y es-tu pris ? demandai-je.

— Oh ! écoute, merde, Lucille.

— Je te demande pardon, mais j'ai du mal à imaginer ça. Tu lui as caché ses pilules et tu les as remplacées par un placebo ? Tu lui as chipé son diaphragme ? Tu l'as violée... ?

— Pitié ! Bon, je... j'ai fait un trou... — il grimaça — dans le... euh... préservatif. »

Je le regardai droit dans les yeux. « Une seule fois ? dis-je.

— Non.

— Combien de fois ?

— A chaque fois. Pendant un mois. » Il chassa la mèche de son front et arrêta son regard sur les vasques superposées d'où l'eau retombait dans la fontaine. « Ce n'était pas une chose sûre à cent pour cent... J'ai laissé une part au destin, je veux dire que c'était un trou... assez petit... Mon Dieu !

— Je le savais, dis-je.

— Je m'en veux. Je n'aurais jamais dû faire ça. Mais il n'y a rien que je puisse y faire maintenant, sauf partir, comme elle le dit.

— Tu l'as brisée, dis-je, en le regardant droit dans les yeux.

— Je le sais... » Nous ne bougeâmes pas. Il fit faire six pas au poney en nacre, jusqu'à ce qu'il arrive au bord du banc.

« Face au grand abîme, le petit poney remue la tête en hennissant. Il sent le danger que représentent les rochers en dessous de lui.

— Tu devrais te détester, dis-je.

— Oui, mais comment peut-on se détester pour un acte d'amour ? Car c'était par amour, le croiras-tu ? » Il me prit la main. « Je t'en supplie, crois-moi, dit-il.

— Je te crois, dis-je en retirant ma main.

— Si j'avais su comment ça allait finir, je ne l'aurais jamais fait. A quel point elle arriverait à détester de me voir... » Il rit et s'affala sur le banc. « Elle veut que je parte maintenant, mais je ne peux pas. Il faut que je la sente tirée d'affaire. Et toi, Lucille, je ne voulais pas que tu saches. » Il se tourna vers moi. « Je ne voulais pas te mêler à tout ça. Pour la simple raison que je ne voulais pas que tu te mettes toi aussi à me détester. Tu as été mon rayon de soleil. Tu n'as pas idée du bien que tu m'as fait. »

Je fermai les yeux. L'horreur, on la porte en soi, me dis-je. Soudain, je paniquai : « Tu ne vas tout de même pas quitter cette ville, même si elle te force à partir ? Il faut que tu restes par ici.

— Oui, dit-il. Il le faudra. »

Le hasard m'a lancée dans cette vie. Que ce soit pour ma conception ou pour ma naissance, je n'ai jamais remercié d'autre force plus noble : hasard que mes parents se rencontrent, hasard que le sperme Lucille atteigne l'œuf Lucille, hasard que l'aspirateur me rate au passage. Et le hasard, ce n'est rien, le hasard, c'est l'absence de pouvoir.

Mais c'est l'amour, l'opposé du hasard, qui m'a fait venir en ce monde... Sans lui, je serais restée blottie dans mon coin. Et même beaucoup plus tard, lorsque j'ai pu avoir une vision rétrospective des choses, je n'ai pas regretté que ça ne se soit pas passé comme ça. Je ne souhaiterai jamais que ça ne soit jamais arrivé.

Une fois, j'aperçus Wayne qui traversait le parking des profs du lycée. M'ayant reconnue malgré ma casquette, il vint à la voiture. Je n'avais rien à lui dire ; il me fut difficile de le regarder droit dans les yeux.

« Tu mijotes quelque chose, Lucille, dit-il.

— Je ne...

— Bon, je ne voulais pas être indiscret. Je voulais juste te dire de faire attention. »

Je hochai la tête. Il avait une cravate neuve. « Où est ta cravate porte-bonheur ? » lui demandai-je.

Il sourit et répondit : « Elle est en panne... J'ai entendu parler de tes prouesses aux examens...

— Qui t'a dit ça ? » Mais il était déjà en route vers le bureau où, l'après-midi, il écoutait et conseillait d'autres élèves. J'avais eu un faible pour Wayne. Vraiment.

11

En fouillant dans les affaires de ma mère le jour de Halloween, je finis par trouver ce que je cherchais, dans un sac en plastique bourré de lainages bien pliés que nous ne porterions plus jamais : la fourrure zébrée dénonciatrice dépassait sous une écharpe en angora. La saisissant par un bout, je tirai. Des boules de naphtaline allèrent rouler sur le plancher, perles de glace blanche empoisonnée à la triste et futile odeur. J'avais rangé ces affaires avec soin — cardigans et pulls d'hiver d'autrefois, kilts écossais démodés fermés par des épingles de nourrice géantes, petits gants — y glissant des boules de naphtaline au cas où, un jour, on aurait besoin d'elles. Ma mère s'était moquée du mal que je m'étais donné mais maintenant je voyais que j'avais eu raison. J'avais besoin de son vieux déguisement de Halloween.

Assise par terre, j'essayais de trouver la queue. Je finis par la repérer sous le vieux ras-du-cou vert de Rae. Je la redressai et en aplanis la courbe. La tête posait problème : impossible de savoir où elle était. Je doutais qu'elle ait survécu. Fabriquée à partir d'un sac en papier, elle avait dû être jetée. Je me souvenais malgré tout de chacun de ses traits, de ses grands yeux déments, de son sourire, des moustaches, des oreilles ; et j'étais sûre que je pouvais la refaire.

« Viens voir, dis-je à Rae. Pourrais-tu me donner un coup de main ? »

Assise sur le canapé de la pièce voisine, elle regardait la télévision en fumant. Elle ne me répondit pas.

« Tous les matériaux ont été rassemblés », dis-je, debout près de la table, les mains sur les hanches, les doigts pointant vers le dos, dans l'attitude de la maîtresse de jardin d'enfants. « Colle, ciseaux, papier, feutres. Il faut commencer par repérer les trous des yeux. Peux-tu venir par ici une seconde et faire une marque à l'endroit où j'ai mon doigt ? »

Elle tira une bouffée de sa cigarette, releva le menton et exhala un long filet de fumée. Je me passai le sac sur la tête et lui montrai avec les doigts où devraient être les yeux. « Juste ici, tu vois ? Tu n'as qu'à faire deux marques, une ici et l'autre là. » J'attendis environ une minute. Ça me parut long. Ce n'était pas facile de respirer dans le sac, mais l'intérieur en était d'un beau rouge à reflets dorés et il sentait bon. Les forêts du Sud-Est avaient été coupées à blanc pour fournir aux acheteurs américains des sacs en papier d'aussi bonne qualité que celui-là. C'est à des pins qu'il devait et sa couleur et son odeur. J'en humai la senteur.

Au bout d'un moment, je marquai moi-même l'emplacement de mes yeux et retirai le sac.

« La grimace ressemble à un croissant de lune renversé, très large, avec des tas et *des tas* de dents », dis-je en dessinant la figure. En fait, je sifflotai un petit air qu'elle, en tant que chanteuse, reconnaîtrait automatiquement comme de mon invention. « Eh ! dis-je, en secouant la tête, personne n'aimait autant Halloween que maman ; elle adorait, tu te rappelles ? »

Rae regarda dans ma direction, mais son visage était de marbre, la peau au-dessus de ses pommettes était gonflée.

« C'est son costume de chat, dis-je en tenant le déguisement et sa queue. Je refais la tête. J'ai une bonne idée de ce à quoi il ressemblait, mais je suis un peu inquiète quant aux oreilles. Tu ne te rappellerais pas, par hasard, comment elles étaient, je ne trouve pas. »

Elle me transperça du regard et j'eus honte de ma propre voix, de la fausse jovialité de la maîtresse de jardin d'enfants, du subterfuge des travaux manuels. Les yeux de Rae disaient : *tu ne sais rien.* Elle était malade. Ça je le savais, ça je le savais. J'aurais dû appeler son médecin, mais je me disais aussi que d'ici peu tout rentrerait dans l'ordre. Encore quelques semaines et elle aurait accouché. Sa chimie intime redeviendrait normale et elle serait à nouveau la bonne vieille Rae.

Cela faisait une semaine que nous allions et venions littéralement sur la pointe des pieds dans nos chambres, effrayés que le moindre grincement ou craquement puisse la déranger. Nous ne mentionnions jamais la grossesse. Nous lui apportions de la limonade, du thé, des revues. J'essayais d'inventer des activités en dehors de la télévision, tout ce qui pouvait éveiller son intérêt.

« C'est comme ça qu'elles étaient, je crois, les moustaches. Tu découpes de grandes bandes de papier — je me sers simplement d'un autre sac en papier — et tu passes le tranchant des ciseaux le long de la bande pour la faire rebiquer. Voilà. Ensuite, tu colles chaque touffe de poils comme ça, à côté du nez, quatre de chaque côté. » Elle regardait. Je me dépêchai de les coller de façon à ne pas perdre son attention. Après tout, peut-être devrais-je devenir maîtresse de jardin d'enfants. Elles doivent toujours avoir un tour dans leur manche...

« Quant aux oreilles, qu'est-ce que tu dirais si on essayait un petit triangle découpé dans une double épaisseur et façonné en forme d'oreille ? On pourrait le fixer à l'aide d'une languette collée en dessous pour que ça soit vraiment adéquat. Ça fait lapin sur les bords, mais, à mon avis, ça peut convenir à un chat à temps partiel.

— Excuse-moi, dit-elle, en se relevant avec peine.

— Oh ! Ne pars pas, Rae. » Je laissai tomber le sac sur la table. « Je n'avais pas l'intention de te contrarier.

— Rien ne me contrarie, dit-elle. Je ne me sens pas bien.

— Veux-tu que nous appelions le docteur Ellis ?

— Pour quoi faire ? Ce n'est pas grave, j'ai dû manger quelque chose qui ne me convenait pas.

— Il pourra sans doute faire quelque chose qui t'aidera à te sentir mieux. »

Selon son habitude, elle resta silencieuse pendant trois bonnes secondes comme s'il fallait un certain temps pour que les mots parviennent à se faire comprendre d'elle.

« Je ne le pense pas, dit-elle. Merci quand même. » C'était la première fois depuis des jours qu'elle me parlait poliment.

J'achevai seule le masque, il était superbe. J'enlevai chemise et jupe, remontai la fermeture éclair et passai avec soin le sac sur ma tête. Il retomba parfaitement sur mes épaules. Il fallut faire quelques ajustements mineurs au niveau des yeux, en élargir légèrement les trous, mais à part ça, c'était parfait. Je me contemplai dans la glace. Moi qui n'avais jamais été fana ni de vêtements ni de maquillage, voici qu'en me regardant dans le miroir, j'éprouvai cette soudaine émancipation de l'esprit que peut entraîner un déguisement complet. Je compris les clowns, les travestis, les mimes. Je n'étais plus Lucille. Je dansais, je chantais devant le miroir du couloir, je tortillais ma queue, je caracolais, les pattes bien haut contre ma poitrine, les poignets souples. J'étais prête à fondre sur l'image que me renvoyait le miroir. Je miaulais.

Je compris alors ce que je voulais faire. Parfois, dans le cas d'une pensée ou d'une action déterminées, le but ne se manifeste qu'à la fin ou presque, aussi arrive-t-il que l'on s'affaire longtemps, comme un automate, avant de le percevoir. Je descendis à l'atelier et frappai à la porte.

« Entrez », répondit Billy. Mais il ne leva pas la tête au moment où j'entrai. Je trébuchai sur le seuil de la porte car mon champ de vision était limité. Environ quarante-cinq degrés au niveau des yeux. Je me heurtai à sa chaise.

« Mon Dieu, Lucille, s'exclama-t-il, je savais que tu étais folle...
— Comment as-tu deviné que c'était moi ?
— Je possède un sixième sens.
— Tu veux venir avec moi sonner aux portes en demandant aux voisins s'ils préfèrent nous donner des bonbons ou qu'on leur joue un bon tour ? » De l'intérieur du sac ma voix me revint, somptueuse et inaltérée.

« Où as-tu déniché ça ?
— C'est maman qui l'a confectionné il y a des années, je viens de refaire le masque.
— Les belles moustaches ! Un chat du Cheshire, non ? Il va donc falloir, je suppose, que je sois Alice.

— Non, tu peux aussi bien être un pirate, un clochard ou un vampire, c'est invariablement le choix de mes joueurs de base-ball de la Dixie League parce qu'on n'a pas besoin d'un déguisement pour ça.

— Tu ne plaisantes donc pas, dit-il.

— Voyons, mais c'est Halloween! Il va falloir que j'aille porter des bonbons aux gosses du voisinage. La maison est si loin de la route que personne ne vient jamais sonner à notre porte.

— Laisse-moi terminer mon paragraphe. »

Je m'assis sur l'établi de papa. Billy regarda furtivement sa feuille de papier, puis il ferma les yeux et se mit à taper à la machine. Une frappe différente de celle de Sharon au bureau. Autant celle de Sharon était aussi régulière qu'un train, autant celle de Billy était saccadée. Il faisait des petits bruits dans sa gorge, comme en font parfois les musiciens.

Lorsqu'il eut fini, il se rejeta en arrière et la chaise en chêne glissa sur ses roulettes jusqu'à l'endroit où j'étais assise. Le dossier incurvé toucha mes genoux.

« J'ai des petites gouttes de sang sur le front? » me demanda-t-il, en étirant brusquement le cou en arrière et en me regardant la tête en bas. Ce fut un choc pour moi de voir que ce visage que j'aimais et retrouvais dans mes rêves était impossible à reconnaître la tête en bas. En l'apercevant sous cet angle, je n'éprouvai pas le même sentiment à son égard.

« Non. Partons.

— Donne-moi dix minutes », dit-il.

J'attendis sur le porche. Le soleil se couchait et les plus jeunes enfants se mettaient en route avec leurs sacs à provisions. Les mères les suivaient, à un demi-pâté de maisons de distance. Le vent soufflait en rafales. Des nuées de papillons jaunes passaient en trombe devant le porche, comme des déchets. J'avais compris qu'en ce moment de l'année ils se dirigeaient vers le Pérou, vers un unique refuge dans les montagnes. Un front glacial arrivait ce soir-là. Le vent lui servait de bord d'attaque. Des centaines d'oiseaux migrateurs seraient détruits par le nouveau relais de télévision, mais d'ici le matin, les restes en auraient disparu, grâce aux fourmis, aux hannetons, aux chouettes cendrées guettant leur proie perchées sur les fils de hauban, aux ratons laveurs, aux faucons et aux vautours. L'automne est la saison du mouvement, de la faim et de la panique.

Quand Billy se présenta, je ne pus m'empêcher de rire. « Quel merveilleux clochard tu fais! m'exclamai-je.

— Je suis vraiment moi-même. » Avec une briquette de charbon de bois, il s'était gratifié d'une barbe de plusieurs jours et il avait collé un bout de papier noir sur ses dents de devant. Il me tendit le bras. Je posai la main droite dans le creux de son coude, tandis que de la gauche, je tenais mon panier de bonbons. Nous sortîmes à la tombée de la nuit. Nous passâmes devant le tas de feuilles que faisait brûler Mr. Lawton, nous croisâmes un rayon de soleil couchant qui s'étirait à travers les pins, nous longeâmes la barrière des Iglehart, aux piquets agressifs. Je sentis une odeur de citrouille que l'on faisait flamber. Nous nous trouvâmes nez à nez avec une bande de ballerines et de robots qui hésitèrent à accepter mes bonbons.

« Tu leur fais peur, me dit Billy. Ils te prennent pour un vrai chat.

— Non, c'est toi qui leur fais peur. Ils te prennent pour un vrai clochard. Tu es la personne dont leur mère leur a dit de se méfier. » Je fis tomber dans leurs sacs des bonbons à la menthe enveloppés dans de la cellophane et nous reprîmes notre route. C'était une soirée diaprée d'orange, de jaune et d'or. En bas de chaque rue, la rade était d'une couleur inhabituelle, d'un aigue-marine éclatant qui persista plusieurs minutes, embrasant tout ce qui était à l'ouest : une balise, deux canots, un chalutier solitaire. Je n'arrivais à voir ceux-ci que séparément, en tournant toute la tête.

« Je crois que tu peux enlever ton sac, Lucille.

— Non, je ne peux pas.

— Ça me trouble. Cette grimace. Je me promène en me disant que je suis avec toi et puis je regarde et j'aperçois ce machin.

— Je ne peux pas l'enlever. En voilà d'autres : que sont-ils?

— Un vaurien, un fantôme, un poste de télé. » Il leur distribua parcimonieusement des bonbons.

Nous fîmes le tour du quartier. J'entendis un bruit rappelant celui de la balayeuse. Je l'attribuai au vent qui soufflait dans les peupliers en bordure de la rigole d'écoulement et faisait frissonner leurs grandes feuilles. Les verges d'or étaient en fleur. Les silènes, les camphriers et les lantaniers fléchissaient en admirables bouquets. Toutes leurs fleurs, simple coïncidence, étaient dorées. Le ciel était de la même couleur, plus il se teintait d'or, plus la rue s'assombrissait et plus les lutins qui gambadaient dans les azalées s'en donnaient : ils cassaient des branches, déchiraient leurs capes et leurs queues, hurlaient à tue-tête. Deux silhouettes bizarres se dirigeaient à grands pas vers nous. Des hussards ? Des géants ? me demandai-je. Je reconnus en eux des mères du quartier en train de faire leur jogging du soir, en balançant leurs bras musclés et en étirant leurs longues cuisses. Un jogger passa, grimaçant de douleur. Sur une pelouse, deux adolescentes s'acharnaient à allumer leur gril, mais sans succès, à cause du vent. Et moi, j'allais tout à mon aise, au milieu de cet or, comme si j'étais des leurs, comme si Billy et moi nous sentions vraiment chez nous.

Mais au plus profond de mon être naissait un sentiment qui vient souvent avec l'automne, le sentiment des adieux, quand tout ce qu'il y a de plus beau autour de vous semble aussi ce qu'il y a de plus triste. Au revoir, au revoir, me dis-je.

Nous nous arrêtâmes à Sainte-Anne, pour regarder les vestiges d'une fête foraine : trois gamins s'enfonçant mutuellement la tête dans un baquet galvanisé rempli d'eau glacée, des serpentins en papier crépon noir et orange ondulant depuis le fil auquel étaient accrochées les lanternes. Deux mères armées de marteaux démontaient les stands en contre-plaqué. Sous l'effet du froid, les visages des gamins resurgirent livides. Tandis que nous étions là, les lanternes s'allumèrent. Je ne les avais jamais vues allumées. Elles donnaient à l'endroit un air à la fois festif et mélancolique. Les enfants rentrèrent le baquet dans la maison paroissiale.

« Veux-tu t'asseoir ? demanda le clochard.

— Je veux bien », répondit la chatte. Il l'aida à grimper sur la table de pique-nique.

« C'est un bel endroit que vous avez là », dit le clochard. Des feux de bateau glissaient en silence dans l'eau noire. Quelqu'un était allé faire une promenade en bateau à voile.

La chatte ramena ses genoux sous son menton et entortilla sa longue queue autour de ses Nike.

Pendant quelques instants, un bourdonnement langoureux et sourd résonna dans sa tête, un bruit on ne peut plus proche de celui du chat qui ronronne. Son épaule frôla la sienne.

Puis il dit : « J'envisage de m'en aller, Lucille. J'envisage de retourner à Washington. »

Il n'y avait pas assez d'air pour la chatte. Elle souffrait.

« Je n'en suis pas tout à fait sûr, dit-il. Je ne le saurai que d'ici quelque temps. »

En automne, le monde s'assombrit vite, dès que la dernière tranche de soleil écarlate a disparu. Ce n'est pas comme en été, où la lumière du jour s'attarde en chatoyant. Il fait nuit en moins de deux. De toute façon, la chatte ne pouvait pas voir grand-chose, étant pour ainsi dire aveugle après quelques minutes sur la table de pique-nique. Quant aux lanternes jaunes suspendues au-dessus de nos têtes, elles ne faisaient que s'éclairer mutuellement.

« Si tu vas à Washington, je... j'aimerais beaucoup y aller avec toi.

— Lucille, enlève ce foutu machin que tu as sur le crâne, je n'entends rien. » Il tendit la main pour saisir le masque.

« Non ! dis-je en le tenant fermement.

— Bon, compris ! Dans ce cas, parle plus fort.

— J'ai dit que j'irais avec toi. »

Son visage ne laissa rien paraître, ni étonnement, ni embarras, ni mécontentement. Il avait regardé en bas. Il releva la tête et tourna vers moi son visage. Je ne voyais rien. Moi qui pouvais lire dans les cœurs et dans l'écriture, moi qui décelais la moindre nuance sur un visage étranger, je ne pouvais rien percevoir, alors que c'était important, qu'il fallait que je sache.

Les lumières s'éteignirent, les mamans chargèrent gamins et contre-plaqué dans une fourgonnette, firent glisser la portière qu'elles refermèrent avec un gros bruit sourd et elles démarrèrent.

« Je n'arrive pas à savoir ce que tu penses », dis-je. Du coup, j'enlevai le masque. Une vague d'air froid déferla sur moi, elle tournoya autour de mes oreilles, me gelant le cou. Saisissant ses avant-bras, je lui dis : « Puis-je y aller avec toi ?

— Tu ne dis pas ça sérieusement...

— Bien sûr que si, répondis-je. C'est tout ce que je veux. » Je lâchai ses bras, ils retombèrent. Je commençai à me sentir dans la position de celui qui est en train de commettre une très grave erreur et ne peut aisément s'en tirer. « Je n'aurais jamais rien dit si ça allait... entre elle et toi... Non, jamais je n'en aurais soufflé mot. J'avais décidé de garder ça comme un secret absolu. »

Il me regarda et je ne pus fermer mon bec comme j'aurais dû le faire. « Il ne s'agit pas de quelque chose que j'ai prévu, dis-je. Crois-moi. » Je me touchai la lèvre mais impossible de trouver ma petite cicatrice, impossible de trouver le moindre réconfort.

« Alors, qu'en penses-tu ? dis-je en feignant la nonchalance. Je ne veux pas insister mais, vois-tu, il faut que je sache... » J'étais sur la corde raide... Le moment était tellement horrible que je fermai les yeux, en m'efforçant de ne penser ni aux risques, ni aux enjeux, ni aux conséquences. « Si c'est juste moi, il faut que je le sache. J'ai besoin de savoir. Est-ce juste moi ? Dans ce cas-là, je peux essayer de...

— Arrête, Lucille ! Tu sais parfaitement que c'est impossible.

— Oh ! Impossible ? D'accord. Oui. Je vois ce que tu veux dire. Oh ! Je te demande pardon. J'ai commis une très grave erreur et je te prie de m'en excuser.

— Pas besoin de t'excuser. » Il me saisit par le bras au moment où je me laissais glisser de la table. « Ne pars pas.

— Il faut que je parte », dis-je. En me regardant, je me révoltais à l'idée de ma propre stupidité, de ma puérilité, de ma présomption, de ma cachette à fourrure zébrée.

« Non, tu ne peux pas partir tout de suite. Écoute-moi. » Il se mit debout à côté de moi, je pouvais le sentir. Je me mis à frissonner.

« Lâche-moi, s'il te plaît.

— Voyons, Lucille, ne te mets pas dans tous tes états. Voici ce que nous allons faire : nous allons rentrer à la maison. » Il accrocha mon bras à son coude gauche, et le coinça bien fort. « C'est comme ça que les gens marchent. Respire, bien en profondeur. Regarde-moi. » Il tira de sa poche le mouchoir de son père. « Ne pleure pas, me dit-il en me tamponnant les yeux.

— Je n'ai pas besoin de ça, merci.

— Si, tu en as besoin.

— Lâche-moi. » Je me dégageai et me mis à courir à travers les rues tandis que, sur les porches, les mères rappelaient leurs enfants à l'intérieur et que les pères éteignaient les bougies cachées dans les potirons grimaçants. Le chien de traîneau des Lawton se précipita hors de son jardin. En m'apercevant il aboya, m'empêchant d'aller plus loin, alors que j'étais presque à la maison. Et, comme si ce n'était pas assez que mes parents m'aient abandonnée, que ma famille soit brisée et que je me sois ridiculisée par amour, voilà que le chien des voisins m'en voulait... C'est alors que je me rappelai que je n'étais pas moi-même, et qui sait ce qu'un chien peut voir... J'avais une queue, sans doute était-ce là le problème. Je l'appelai : « Ranger, eh ! Ranger ! » En entendant son nom, il recula, ahuri et me laissa passer. Mais le retard m'avait fait perdre mon avance : Billy me rattrapa.

« Arrête, Lucille, dit-il en cherchant mon bras.

— Laisse-moi », dis-je en vacillant. Il ne me lâcha pas et nous traversâmes la cour en tournicotant comme un couple de danseurs maladroits.

« J'ai dit *arrête*, dit-il.

— Ne *braille* pas comme ça », dis-je en essayant de me débarrasser de lui, mais il me tenait bien. Il me força à rester debout sans bouger. Il détourna les yeux puis me regarda à nouveau comme si j'étais un problème dont il ne savait comment se débarrasser. Ce qu'il dit m'étonna pourtant.

« Que pouvons-nous faire ?

— Je ne sais pas de quoi tu parles.

— De toi et moi, dit-il.

— Il n'y a pas de toi et moi. Tu l'as dit toi-même. Tu as dit : impossible.

— Je pense que j'ai eu tort, dit-il, non sans quelque difficulté.

— Tu le penses. »

Mais j'étais prise. Il m'avait. Nous tombâmes l'un sur l'autre. Il n'y eut pas de prélude, juste le désir. Le mien, si longtemps encagé, se déchaînait en rugissant dans mon cerveau. Et ce n'était pas que moi. Pas que moi. Je compris immédiatement ce que je n'avais pu voir sur son visage : que même si cet homme ne m'aimait pas, je l'avais conquis. A une autre que moi, cela n'aurait peut-être pas suffi, mais à moi, cela suffisait. Pour le moment. Je voulais tellement le réconfort physique que je n'allais pas chicaner sur ce qui était dans son cœur.

Nous étions à côté du cèdre, au milieu de l'arrière-cour. Nous n'avions pas d'endroit où aller. Je me mis à trembler, un petit frisson qui se transforma en un violent tremblement, jusqu'à ce que mes dents, elles aussi, se mettent à trembler.

« Viens avec moi », dit-il. Nous plongeâmes sous les traverses qui renforçaient les pilotis de la maison, et il ouvrit la porte de l'atelier.

« Étends-toi, me dit-il. Tu es dans tous tes états. »

Je me couchai sur le canapé et il se mit à me tapoter les bras jusqu'à ce que je me remette à respirer normalement puis il s'allongea à côté de moi. Nous devions être tous deux sur le côté, j'étais contre le dossier du canapé ce qui me donnait une impression de stabilité et de sécurité. Et j'avais enfin ce que je voulais. J'avais tout ce que je voulais.

« Ça présente un problème, dit-il. Cette fourrure.

— Ça se dégrafe. »

J'étais la fille qui vole dans les airs et se laisse aller à virevolter dans l'espace, persuadée qu'au bout de ses cabrioles quelqu'un la rattrapera par les poignets et la remettra sur pied. Et c'est ce qu'il fit. Je me perdis au beau milieu de nos ébats amoureux mais il me rattrapa et nous continuâmes encore longtemps. Jamais je n'avais rien éprouvé de comparable, jamais sans doute, je n'éprouverais rien de comparable. A un moment, il se leva pour mettre en route un radiateur électrique qui était dans le coin.

« Ne pars pas, dis-je.

— Je reviendrai.

— Tu as l'air heureuse, dit-il. Je ne me rappelle pas t'avoir vue comme ça.

— Et toi, tu as l'air triste, dis-je.

— Bon, admets qu'il y a de quoi être triste. »

S'il en était ainsi, c'était son problème. Je me laissai retomber et somnolai. L'incandescence du radiateur n'était rien comparée à la mienne ; la lumière et la chaleur qui m'habitaient m'aideraient à affronter toutes les vagues de froid à venir.

Plus tard, nous nous rhabillâmes — j'enfilai une chemise que papa portait pour travailler et qui était accrochée au mur — et bravâmes le froid en courant, nous gravîmes les marches de l'entrée et arrivâmes à la cuisine. Son humeur était sombre, la mienne tout le contraire. Je cherchai à tâtons dans l'obscurité le cordon de la lampe au-dessus de la table, mais en vain. La jambe de Billy heurta la mienne, je fis un plongeon en avant. Il me rattrapa en disant :

« Je veux savoir ce qui va nous arriver.

— Rien du tout, répondis-je.

— Tu m'as dit que tu viendrais avec moi.

— Tu m'as dit que c'était impossible, lui rappelai-je.

— Eh bien, disons que ça ne l'est peut-être pas. Je ne sais pas, c'est tout, Lucille. Comment le saurais-je ? » Il se frotta le front.

« Tu ne peux pas savoir. Personne ne peut savoir », repris-je, mais ce n'était pas ce que je voulais dire. Je savais. Non que j'entrevoyais l'énorme chose que j'aurais dû avoir vue ; mais je percevais à la façon dont il remuait, à la façon dont il se massait la tempe, que je n'occupais pas une place centrale dans son avenir. Je pris deux bières, les décapsulai et les posai sur la table. Je me sentais assez en forme.

« Ça va ? demanda-t-il.

— J'ai sommeil, c'est tout. »

J'entendis un chat gémir au-dehors. Je frissonnai. Il faisait déjà froid, plus froid que ce qu'avait prédit la météo. Les canettes de bière attendaient sur la table, les bulles s'élevaient derrière le verre verdâtre.

« Je n'ai pas l'intention de renoncer à toi, Lucille, dit-il d'une voix égale.

— Renoncer à moi ! Tu n'as pas à renoncer à moi. Nous ne sommes ni à l'un ni à l'autre. Nous sommes juste dans la même cuisine, en train de boire la même marque de bière. Nos rapports ne vont pas au-delà.

— Non, ce n'est pas exact, plus maintenant, dit-il.

— On verra », dis-je en prenant une canette. Je la tins entre mes mains sans en boire une goutte. Nous nous regardâmes fixement des deux côtés de la table, avec le même antagonisme. « Je suis prête, dis-je, à te parier un million de dollars qu'à cette époque l'année prochaine, ma pensée ne t'effleurera même pas l'esprit. »

Il tendit la main droite. Je la serrai, mais il ne lâcha pas prise. « Je ne connais personne comme toi, dit-il. Je n'ai aucune idée de ce qui va se passer, mais ce que je sais, c'est que je ne te lâcherai pas. »

Le chat gémit à nouveau, juste en dessous de la fenêtre, comme s'il avait mal.

« Mais qu'est-ce que c'est que ça, que diable ? dit Billy.

— Un chat. »

Je regardais son visage et, autant que je m'en souvienne, je le trouvais changé, c'est alors que nous entendîmes une troisième fois le chat. Je me dirigeai à la fenêtre, l'air froid restait à l'extérieur, il ne pénétrait pas. Le miaulement provenait d'en dessous de la fenêtre de Rae, de l'endroit où sa chambre faisait un angle avec la maison. Puis je réfléchis, non, ça venait de... sa chambre.

Je posai doucement ma canette. « Excuse-moi un instant », dis-je. Je traversai le couloir. Sa porte était ouverte, je jetai un coup d'œil à l'intérieur de sa chambre. Même s'il y faisait sombre, je pus voir que le lit était vide, un carré blanc. Et sur toute sa surface, pas de forme endormie.

« Rae ? » Je pénétrai dans la pièce. Je n'entendis rien. Je vis son lit blanc, sa commode blanche, son miroir et son armoire en chêne. Pas de bruit. La porte de la salle de bain était fermée, aucune lumière ne filtrait. Je traversai néanmoins la chambre, mes yeux s'adaptant à l'obscurité. Je frappai à la porte de la salle de bain.

« Rae ? » J'ouvris sans attendre de réponse.

Elle était assise sur le siège des toilettes. Elle leva la tête et son visage me fit une peur épouvantable. Sa chemise de nuit neuve était couverte de grosses taches et il y avait d'autres taches sur le sol ainsi qu'une odeur.

« Es-tu malade ? demandai-je.

— Oui, murmura-t-elle.

— Allez, viens te coucher, je vais t'aider. »

Je glissai mes bras sous les siens et la soulevai. « Peux-tu marcher ? dis-je. Peux-tu te tenir toute seule debout et... Attends, Rae, qu'est-ce que c'est que ça ? Rae, dis-moi, qu'est-ce que c'est que ça, là, dans les toilettes ?

— Je n'en sais rien, répondit-elle, terrifiée, en s'accrochant à moi. Je n'en sais rien, je n'en sais rien ! »

Je la lâchai, elle s'effondra sur le sol.

« Billy ! criai-je. Billy ! » Je me précipitai pour saisir le bébé, j'attrapai sa jambe glissante et le retournai sur le dos.

« Qu'est-ce qui se passe ? demanda Billy.

— Allume », dis-je, en m'accroupissant contre Rae. Il alluma et nous vit.

« Qu'est-ce que c'est que ça ? dit-il.

— Appelle le 911, dis-je.

— Mon Dieu, laisse-moi le prendre, dit-il.

251

— Non, n'y touche pas. Il lui est encore relié. Rae, étends-toi ici, là, comme ça, la tête contre la porte. Appelle le 911, Billy. »

Mais il ne bougeait pas. Il avait un regard horrifié. « Tiens », dis-je en le forçant à se baisser. Je lui mis le bébé dans les bras. « Ne reste pas planté là, mets-toi ici. » Je me précipitai vers le téléphone qui était sur la table de chevet de Rae sans perdre de vue, pendant que je parlais, la salle de bain où ils étaient blottis les uns contre les autres, sur le sol blanc et rouge. Puis je courus les retrouver.

« Étendons-la sur le lit. Ils ont dit de la garder au chaud, de ne pas couper le cordon, de ne rien faire d'autre que de lui enlever sa chemise de nuit afin de poser le bébé sur son ventre. »

Billy la souleva du sol, je portai le bébé qui lui était encore relié. C'était un bon gros bébé, de bonne taille, qui, autant que je le sache, respirait normalement tout en dardant sur moi ses petits yeux minuscules. Sa peau était chaude et glissante.

« Je n'arrive pas à lui enlever sa chemise de nuit, dit-il. Rae, assieds-toi. Lucille, on ne peut pas, elle est inerte.

— Tant pis, il faut la retirer. Tu ne peux pas la déchirer ? »

De ses deux mains, il s'attaqua à l'encolure de la chemise de nuit, essayant, mais en vain, de déchirer le coton. Je saisis le bord et commençai à le déchirer avec mes dents. Il acheva. Nous posâmes alors le bébé sur le ventre de Rae. Je plaçai une serviette de toilette en dessous d'elle. L'enfant n'émettait toujours aucun son, cela m'amena à me demander si les bruits que nous avions entendus provenaient de lui ou de sa mère.

« Ils seront là dans combien de temps ? demanda-t-il.

— Cinq minutes », répondis-je au hasard.

Il s'assit près de la tête de Rae, passa la main dans ses cheveux, sur son menton et sur son cou. Il regarda le bébé. « Il respire, il semble aller bien. Je pense qu'il est tiré d'affaire. Mais ce... » Il ramassa la serviette de toilette et ouvrit de grands yeux. « Cette serviette est déjà trempée, Lucille, elle dégouline ! »

Je courus à la salle de bain chercher d'autres serviettes.

« Il y a quelque chose qui ne va pas, dit-il. Il y a trop de sang. »

Je roulai bien serré des serviettes et plaçai les jambes de Rae par-dessus. Je restai assise à côté d'elle, les yeux fermés, envoyant l'ambulancier à tous les diables, le traitant cent fois de fils de pute, de bon à rien, d'enculé, jusqu'à ce que j'entende enfin gémir la sirène.

« Elle va y passer à force de saigner comme ça ! dit-il.

— Non, c'est normal », dis-je, sans le penser vraiment. Il y avait du sang sur tout le lit, sur tout le plancher, il barbouillait d'écarlate la céramique blanche de la salle de bain.

« Rae, tu m'entends ? dis-je. Tu as une fille. L'ambulance vient d'arriver. On va s'occuper de toi. »

Ses yeux s'ouvrirent brusquement. « Tant mieux ! » dit-elle.

12

La tragédie, bien connue pour ses méthodes tarabiscotées, réunit la famille. Maman rentra s'occuper du bébé. « Ça faisait des années que j'en rêvais d'un comme ça ! » disait-elle, en le serrant si fort contre elle que j'avais peur que le pauvre bébé ne puisse plus respirer. Elle se réinstalla dans sa chambre à l'étage, avec un berceau portatif à côté de son lit. Pendant quelques jours, Rhody emménagea elle aussi. Elle dormait dans l'atelier. Pourquoi était-elle venue, je n'en avais pas la moindre idée. Elle passait tout son temps avec moi, me racontait des plaisanteries, battait même mes records devant le poste de télévision...

Billy réintégra la chambre de Rae.

Quand je le voyais, c'était toujours au milieu d'une foule de gens, en fait, il y en avait tellement qu'on se serait cru à une soirée et qu'il fallait que je m'arrête pour identifier ces invités. Et pourtant, il n'y avait que nous. Nous prenions nos repas dans la salle à manger, comme si c'était tous les jours Thanksgiving. Au début, on ne parla guère de Rae, mais peu à peu, les lugubres chuchotis se dissipèrent, l'atmosphère redevint normale et l'on put à nouveau mentionner son nom.

« Elle a refusé sa grossesse, m'expliqua ma mère. C'est du moins la façon dont le docteur Ellis voit les choses. Il a déjà vu ça, surtout chez de jeunes étudiantes.

— Mais elle reviendra à la maison d'ici une quinzaine de jours, dit papa en me regardant. Elle s'en sortira. »

Ils étaient assis à leurs bouts de table respectifs et habituels comme s'il ne s'était rien passé entre eux, comme si les six derniers mois avaient été une espèce de feuilleton télévisé qui avait fini par devenir si compliqué que l'intrigue ne pouvait se dénouer qu'en se faisant appeler rêve, en repartant en arrière et en recommençant. J'étais ahurie non seulement par la facilité avec laquelle ils s'étaient réconciliés, mais aussi par l'harmonie instantanée dont nous avions été gratifiés. Il n'y a pas de quoi vraiment s'étonner quand tout se met soudain à aller *mal* : la pente qui mène au désastre est rapide. Mais les choses peuvent-elles se mettre à aller bien en l'espace d'une nuit ? Je m'imaginais que les bonnes choses ne cheminent que lentement, sur une route à jamais montante.

A table, les voix semblaient étouffées et lointaines, la logistique du repas maladroite et interminable (« Fais-moi passer le riz, Lucille », « Reste-t-il de la viande ? », « Helen, je ne crois pas que j'aie de fourchette. Quelqu'un aurait-il une fourchette en plus ? »). Le cliquetis des couverts et de la vaisselle n'en finissait pas. Ça sentait le « dimanche matin », l'une de mes plus anciennes sensations, et aussi l'une de celles que j'appréciais le moins. De temps en temps, je relevais le nez et je les surprenais tous à me regarder. Ils avaient tôt fait de détourner les yeux et de poursuivre leur conversation. J'avais sommeil.

Mais je savais que ça n'avait pas été un rêve : il y avait le bébé et un bébé c'est bien la meilleure preuve au monde qu'il s'est passé quelque chose. Au début, je choisis de l'ignorer, baissant la tête lorsqu'on l'amena dans la pièce. Je n'arrivai pas à l'appeler par son nom. Maman le changea. Je détournai mon regard de cette nudité, de ce bout de cordon desséché, de cette fente féminine à nu. « Regarde, Lucille, dit-elle. Regarde ses ongles. » Alors, jetant un coup d'œil rapide, j'aperçus les minuscules écailles transparentes et carrées au bout de ses doigts et, pour la deuxième fois, mes yeux rencontrèrent ceux du bébé.

Je me réveillai. « Phoebe », dis-je, en faisant effort pour prononcer le prénom peu attirant dont Rae avait doté sa fille, sans qu'on sache pourquoi. Ses yeux me renvoyèrent un regard empreint de dureté, le regard d'une fille qui ne sera pas facile. Je souris.

Son visage s'empourpra, se figea puis se transforma en une bouche hurlante.

Je m'agrippai à l'épaule de maman. « *Qu'est-ce qu'elle a sur la lèvre ?* dis-je.

— Ça ? Oh ! Juste une petite ampoule qu'elle a attrapée en tétant. Elle a un robuste appétit. Comme toi. En fait, elle me fait beaucoup penser à toi. Il y a en elle certaine dureté.

— Il n'y a jamais eu en moi la moindre dureté !

— Que si ! Tu nous menais tous par le bout du nez. Ton père disait que tu étais aussi intraitable qu'un oiseau. Mais c'est ce qui arrive au bébé de toutes les familles, et dans ton cas ça ne pouvait qu'être pire, vu que tu étais un bébé surprise, ce qui te rendait d'autant plus précieuse. Nous te pourrissions. Tu faisais la loi. »

Bon, je savais parfaitement combien j'avais été une surprise pour elle, mais il ne m'était jamais venu à l'esprit que cette surprise avait été particulièrement bienvenue. Peut-être avait-elle eu des regrets ! Peut-être avait-elle fait des cauchemars, et regretté de l'avoir fait, alors, bien sûr, l'annonce de ma présence aurait été plus que bienvenue. Cela aurait été un miracle. Mais je ne lui dis pas que je connaissais toute l'histoire. Je la regardai simplement dorloter Phoebe, lui faire remuer les bras, les jambes, lui murmurer dans l'oreille.

« Que lui racontes-tu ? demandai-je.

— Les mêmes choses que je vous racontais à toi et à Rae, à la seule différence que tu n'entendais que ce que tu voulais, que tu ne prêtais aucune attention et que tu as tout oublié. Mais peut-être que ça te reviendra un jour. Je t'ai dit toutes les choses importantes. »

« Très bien, Lucille, dit Rhody. Un Monopoly. » Elle ouvrit le Monopoly sur la table basse devant moi, s'assit par terre, en repliant ses grandes jambes sous elle, puis elle sortit le reste du jeu.

« Non, je ne peux pas jouer, dis-je.

— Tu peux être la chaussure. C'est ton pion préféré.

— Écoute, Rhody, pourquoi me traites-tu comme si je souffrais de troubles émotifs ?

— Pour la simple raison que je suis persuadée que tu en souffres. Je ne sais pas au juste ce qui s'est passé, personne par ici ne semble connaître toute l'histoire. Ce que je sais, c'est que de vous deux, Rae et toi, c'était encore toi qui étais dans le plus mauvais état.

— Le jour où tu es arrivée, on m'avait droguée.

— C'est exact, et tu sais pourquoi ? Parce que tu avais eu une crise d'hystérie au beau milieu de la nuit et qu'il avait fallu t'administrer un narcotique. Maintenant tu sembles en forme, mais comment savoir, peut-être que tu débloques autant que ta sœur.

— Eh bien, détrompe-toi. Elle ne savait même pas qu'elle était enceinte. Elle avait oublié qu'elle était enceinte de huit mois et demi ! Il faut être drôlement siphonné pour en arriver là ! »

Rhody s'arrêta de distribuer l'argent du jeu et me regarda. « Toi aussi tu l'avais oublié, il me semble. Réfléchis bien. Tu as refusé de l'admettre autant qu'elle. »

Les larmes me vinrent aux yeux.

« Prends ton argent, me dit-elle. Il s'envole. »

Elle appela tout le monde, distribua les billets et la partie de Monopoly commença. Maman atterrit sur Boardwalk qui appartenait à papa, elle fit faillite mais je lui consentis un prêt. Billy monopolisa les services publics, quant à moi je fis de longs séjours en prison afin d'éviter d'avoir des ennuis dans les rues. Le jeu se termina comme à l'habitude, sans gagnants, et tout le monde s'en fut, à jamais dégoûté de l'argent et des valeurs immobilières, mais ravi de l'issue, la survie générale. Maman et Phoebe, les inséparables, montèrent se coucher dans leur chambre. Billy ne s'attarda pas. Papa et Rhody rangèrent le jeu tandis que je ramenais les canettes de bière à la cuisine. Il n'était que neuf heures et demie, mais je me serais crue au petit matin. Prenant encore des tranquillisants le soir, je dormais d'un sommeil de plomb, aussi durant la journée étais-je tout étourdie.

J'entendis frapper à la porte de la cuisine, j'ouvris. Dehors, dans le froid, il y avait Vera Oxendine.

« J'ai apporté un poulet, dit-elle, en me remettant un paquet bien chaud, enveloppé dans une feuille d'aluminium. De chez Pick-a-Chick. Comme ton père les aime.

— Merci, dis-je.

— Je ne peux pas entrer, dit-elle. J'ai laissé mon moteur en marche. » Elle fit un geste en direction de la cour.

« Bon, merci, Vera. Nous sommes très touchés.

— Oh! Une question, mais il faut que je me dépêche de rentrer, dis-moi, Lucille, elle est rentrée?

— Non. On préfère la garder un peu plus longtemps à l'hôpital. On l'a transportée à Whispering Pines pour un bilan de santé, mais elle se sent mieux.

— Tu parles de Rae. Quelle chance! Je suis ravie d'apprendre ça. En fait, c'était de ta mère que je parlais. Est-elle rentrée? Je n'ai pas eu de nouvelles de Warren depuis un bout de temps et j'hésitais à appeler, ne sachant pas, tu comprends...

— Oui, elle est rentrée.

— Parfait, eh bien tu donneras le poulet à ton père de ma part. Et le bébé, il va bien?

— Oui, le bébé va bien.

— Je m'en réjouis. Alors, au revoir. » Elle descendit les marches à toute allure et se précipita dans sa voiture. Elle avait presque l'air jolie, pensais-je. En regardant sa voiture s'éloigner, je sus ce qui l'attendait, aussi espérai-je qu'elle s'en tirerait. Elle qui se plaisait à dire : « Je suis une survivante », je m'attendais à ce qu'elle en soit une. Tout en sachant que ça serait dur...

« D'où ça vient? » La grosse voix de papa me fit sursauter.

« Quoi? Le poulet?

— Vera est passée, où est-elle?

— Elle est repartie, elle vient de repartir.

— Oui, mais qu'a-t-elle dit? Que lui as-tu dit? Pourquoi ne lui as-tu pas proposé d'entrer? » Il élevait la voix. Il avait la main posée sur le sac contenant le poulet comme s'il s'agissait d'un trésor. « Écoute-moi, Lucille, tu ne lui as pas dit que ta mère était ici, tu ne le lui as pas dit, n'est-ce pas?

— Bien sûr que si que je le lui ai dit!

— Bon. Filons. Emmène-moi chez elle. Le temps d'enfiler ma veste et je te retrouve dehors. »

Toute cette histoire recommençait donc, mais je n'étais pas prête à la laisser se répéter. Cette fois-ci, je veillerais à préserver l'unité familiale. « Non, papa, dis-je. Tu ne peux plus partir. Tout est enfin redevenu normal, alors tu ne vas pas continuer ça.

— Vera compte beaucoup pour moi et si tu ne m'emmènes pas, je prendrai le volant.

— Je regrette, mais je ne peux pas te laisser faire ça. »

Il aperçut mon sac suspendu à la poignée de la porte. Il le renversa sur la table. « Où sont les clefs ? » dit-il, en dispersant mes affaires d'un revers de main. Je gardais les clefs des voitures bien en sécurité, dans mon sac à dos, au-dessous de mon lit.

« Lucille, j'exige que tu me donnes les clefs de ma voiture.

— Si tu vas là-bas, j'en mourrai, dis-je. Regarde-moi ! Tu as soixante ans ! C'est trop tard pour recommencer ta vie. Tu es marié. Tu as des enfants. Écoute, papa, je t'en supplie, attends au moins jusqu'à demain. Ne va pas te précipiter ce soir et faire quelque chose que tu regretteras. Fais-moi ce plaisir, d'accord ? Si tu m'aimes, je t'en supplie, reste ici ce soir. »

Il s'assit en soupirant.

« Nous sommes tous épuisés, dis-je.

— Là, tu as raison.

— Pourquoi ne prends-tu pas un verre de lait et ne vas-tu pas te coucher ? » dis-je. Je lui versai un verre de lait, je le regardai le boire puis monter l'escalier menant à sa chambre.

Quant à savoir si j'avais fait ou non ce qu'il fallait faire, je ne pouvais en être sûre. Sur le moment, j'avais cru que c'était ce qu'il fallait faire, mais en le regardant monter, la main sur la rampe, des doutes m'envahirent. Comment pouvais-je être sûre que maman resterait ?

Une fois seule, je pris une bière. Les lumières de la chambre de Rae s'éteignirent. Je restai assise à contempler mes mains sur la bouteille.

En me mettant au lit, je m'étendis sur le dos, portant la chemise de nuit la plus inutile du monde. Avec mes pieds formant un *v* au bas de ce déploiement de soie blanche, j'avais certainement l'air d'un cadavre. En général, ceux qui sont en vie se recroquevillent ou se blottissent l'un contre l'autre lorsqu'ils dorment. Dormir comme un cadavre embaumé doit certainement être mauvais signe, et pourtant je n'arrivais pas à adopter une position plus confortable ni plus détendue.

Et voici qu'au bout d'un moment les ballons apparurent : papa, maman, Rae, Billy... Le fantôme de Wayne, Rhody en train de me regarder, Phoebe McQueen aux yeux noirs... Puis une tondeuse, qui laissait derrière elle un sillage d'herbe coupée, comme un bateau creuse l'eau verte, aplatissant herbes et fleurs, écrasant criquets, grenouilles ou orvets sur son passage. Je reconnus l'homme qui était sur la tondeuse. Je le vis comme on peut voir la nuit. Comme s'il était en chair et en os. L'herbe tombait, la vie s'arrêtait. *Et tu t'arrêteras*, me dit l'homme, *et il en sera de toi comme si tu n'avais jamais existé.*

Je m'assis bien droite. Mourir, ça m'était égal. En revanche, ce qui ne m'était pas égal, c'était d'être laissée de côté, de ne pas être à même de voir vivre ce monde. Ça me serait égal de ne pas participer, lui dis-je. Mais, bonté, qu'on me permette seulement de regarder tout ça ! Je regardais ma commode, ma commode bien réelle, avec ses poignées en bois sculpté en forme de soleils levants ; je regardais le miroir ovale assorti, dans son cadre inclinable, je regardais la carpette toute douce, faite de vieux chiffons tressés. J'étais éveillée. Et pourtant j'entendais la tondeuse. Je secouai la tête. J'entendais encore la tondeuse.

Sautant du lit, je décrochai la moustiquaire de ma fenêtre, qui alla atterrir, en raclant le mur, dans les buissons au-dessous de ma chambre. Je me penchai et, à travers les arbres, j'entrevis la route au clair de lune et la silhouette de mon père. « Papa ! » hurlai-je. Je le vis s'approcher du réverbère au coin de la rue, puis prendre le virage à toute vitesse en direction de chez Vera Oxendine. Assis bien droit, presque majestueux sur sa tondeuse Snapper, il affronta l'ombre des chênes qui bordaient Bennett Street. Le bruit du moteur s'évanouit, cédant la place aux murmures du vent dans les myrtes et les oléandres au bord de l'eau.

Il était parti. Je restai un long moment assise à la fenêtre à regarder la rangée d'arbres, mais c'est tout ce que je vis. Les chênes sous la lune. La rue qui disparaissait.

13

A la fin, ce que je vis fut une fille qui attendait dans une voiture. Une image mentale bien nette, et en trois dimensions. Une fille dans une voiture.

Et je la sentis. Le chauffage de la voiture était en marche, mais un peu d'air froid se coulait par le joint de caoutchouc décollé au-dessus de la fenêtre, d'où cette impression étouffante de chaleur sortant vigoureusement du ventilateur, alternant avec des plaques d'air glacial aussi minces qu'une feuille de papier. Il y avait une odeur chaude et poussiéreuse, douce aussi, d'une douceur qui n'était ni celle des fleurs, ni celle de la nourriture, ni tout à fait celle des animaux... J'avais jadis senti des cochons, et il ne s'agissait pas de cochons mais de quelque chose de la même catégorie, de plus doux, de plus triste que des cochons. Elle était également — je me concentrai — savonneuse. Oui. La fille dans la voiture avait un bébé sur les genoux. La chaleur avait à moitié endormi le bébé. Ses yeux étaient mi-clos. Il sentait le jeune cochon bien propre, ce qui est, je pense, l'odeur humaine.

Phoebe était le bébé, j'étais la fille dans la voiture. Je voyais la fille et j'étais la fille. J'attendais pendant que Billy, qui avait dit : « Attends dans la voiture », grimpait la petite colline de l'hôpital. Nous avions eu une conversation en y allant ; notre première conversation en privé depuis quinze jours. Il m'avait dit ce que l'on n'avait pas besoin de me dire : que Rae avait changé d'avis. Il pouvait rester. « Formidable ! dis-je. J'en suis heureuse. »

Mais on le sentait inquiet.

« Je ne vais pas le lui raconter, dis-je. Si c'est ça qui t'inquiète...

— C'est toi qui m'inquiètes, Lucille.

— Quoi ? Ma santé ?

— Disons que oui.

— Je me porte comme un charme. Je vais travailler à plein temps à la bibliothèque jusqu'au mois de janvier, après quoi je reprendrai mes cours. Je me porte comme un charme.

— Je sais que tu vas faire tout ça. Je... je déteste me dire que, d'une certaine façon, je t'ai fait mal, tu as été tellement silencieuse que je me demandais juste si...

— Moi silencieuse ? C'est plutôt toi qui as été silencieux ! Tu sortais de la pièce dès que j'y entrais.

— Il le fallait. C'est fou ce que nous avons fait. Nous nous sommes laissés aller à un moment de folie, tu sais ? Il a fallu que je me ressaisisse et que je te laisse te ressaisir. Maintenant nous avons les pieds par terre, nous sommes capables de réfléchir, nous y voyons clair. En d'autres circonstances, les choses auraient pu être différentes, mais il y a Rae, il y a le bébé... C'est impossible. Tu le vois. Quand j'y pense, quand je pense à ce qui aurait pu arriver, bref, je me dis que nous avons eu de la chance. Nous sommes sains et saufs. Nous pouvons repartir de zéro et, avec Rae, dans l'ensemble ça va, autant que je le sache. Quant à toi, je ne sais pas comment tu en seras affectée, et c'est ça qui m'inquiète. Tu es... fichtrement émotive. Tu n'oublies pas les choses...

— J'oublie tout.

— Tu as oublié...

— J'ai tout oublié.

— Promis ? »

Je lui promis que j'avais oublié ce que nous avions fait. Il parut soulagé. Nous allions chercher Rae et j'avais Phoebe sur les genoux. L'hôpital était à la sortie de l'autoroute. Nous dévalâmes la spirale de la rampe de sortie, je serrai Phoebe bien fort contre moi. Il alla chercher Rae.

En les attendant, je me sentis toute simple dans mon intégralité, c'est-à-dire d'une pièce. D'un bloc. Un mois plus tôt, je m'étais vue comme compliquée, comme aussi désespérément empêtrée qu'on peut l'être au cours d'une jeune vie. Et maintenant, voilà où j'en étais. Un point c'est tout. Une fille. Je sentis un soupir de soulagement imprévu s'échapper du plus profond de mon être. Phoebe remua sur mes genoux. Peut-être nous étions-nous brièvement assoupies. Le sommeil peut vous surprendre et repartir avant que vous ayez seulement fermé les yeux. Une milliseconde de sommeil. Je savais qu'il ne s'était guère écoulé de temps. Billy grimpait encore la colline de l'hôpital.

J'avais cru que l'amour pouvait laisser sa trace tout comme penser creuse des rides dans votre cerveau. L'amour, dit-on, approfondit l'être humain et le complique. Mais cet amour mouvementé que j'avais connu non seulement avec cet homme mais avec tous les autres ne m'avait, en un sens, pas même effleurée. On aurait pu dire qu'il m'avait manquée. A mon étonnement, j'étais juste moi-même, j'étais simple et... indemne, oui. Mais je n'étais pas près d'oublier.

L'hôpital était trapu et gris, sur un tertre de gazon artificiellement vert. On avait dû se dire qu'un peu de verdure aurait des chances de ragaillardir les patients, pour ma part, je trouvais cela déprimant, d'un vert chimique. Je préférais le ciel gris, le fleuve gris, les marécages bruns derrière le bâtiment. Ça n'avait pas vraiment l'air d'un endroit où l'on pouvait aider Rae à se remettre, ça ressemblait plutôt au bureau régional d'une compagnie d'assurances. Autrefois, on cachait ce genre d'endroits à la campagne pour que la nature aide les gens à se remettre. Ils avaient des transats en bois, des afghans et une vue des Smokies.

Mes pieds étaient aussi sagement et aussi solidement posés sur le sol que ceux d'un paraplégique. Je n'arrivais pas à remuer mes orteils dans mes chaussures et ça m'inquiétait. Je n'arrivais pas non plus à soulever les talons. Phoebe me donna alors un coup de pied dans la cuisse et, bien qu'elle n'ait que trois semaines, elle avait le coup de pied vigoureux. Ma cuisse rétorqua en envoyant des étoiles de douleur si vives et si distinctes qu'on les voyait presque, comme la douleur dans une bande dessinée. Un éblouissement de douleur. C'était ça le problème : mes jambes avaient fini par s'endormir, le poids de Phoebe bloquant la circulation. Je la changeai de position, le sang se remit à circuler.

Je regardai un cortège de nuages, vesses-de-loup flottant bas, qui changeaient de forme mais n'avançaient pas. J'entrevis l'avenir de Phoebe. Des ennuis à l'école, à coup sûr. Des mots des professeurs : « Phoebe ne respecte pas les affaires des autres », « Travaille quand elle en a envie ». Des ennuis à la maison également : portes claquées, larmes, insolence. Une adolescence longue et amère. Avec un peu de chance, elle deviendrait une fille qui se donnerait entièrement à la danse, aux chevaux, à un garçon ou peut-être même une secte religieuse, qui s'investirait corps et âme dans cette passion puis en reviendrait. Phoebe... J'embrassai son menton, j'embrassai son cou.

De l'autre côté du parking, en haut de la colline verte, la porte en verre s'ouvrit. Une infirmière en blanc la maintint pour permettre à Billy et à Rae de sortir. Rae était amaigrie. On l'avait mal coiffée. A part cela, elle paraissait en forme. Son pas était assuré. Elle touchait son coude mais elle ne s'appuyait pas sur lui. Elle avait l'air guérie.

« La voilà », dis-je à Phoebe.

Je tenais le bébé contre la fenêtre pour que Rae puisse le voir. Je lui fis agiter la main.

Elle descendit la colline en courant, laissant Billy à la traîne. Il regardait, marchant lentement, les mains dans les poches. Il les en retira, croisa les bras sur sa poitrine, puis les décroisa et remit ses mains dans ses poches. C'est comme ça que je le revois. Je le vois se dirigeant vers la voiture, inquiet, essayant déjà de m'oublier et y parvenant sans doute déjà. Je n'en sais rien. On peut oublier n'importe quoi. On peut aussi se souvenir de tout, et c'est ce que j'essaie de faire.

Je fais un tour à bicyclette du côté de notre cher Mount Pleasant. Phoebe m'accompagne dans son siège en plastique fixé au porte-bagages. Nous restons silencieuses jusqu'au bout. Elle se penche dans les virages et regarde les arbres défiler au-dessus de sa tête. Voici notre maison, au bout de la route, on la repère de loin avec sa triple couche de peinture blanche, ses buissons taillés, sa cour fleurie. Les nouveaux propriétaires ont garé des automobiles toutes reluisantes dans l'allée qui vient d'être refaite.

« C'est ici que tu es née », lui dis-je en m'arrêtant afin qu'elle puisse voir.

L'endroit paraît digne de figurer dans *Southern Living Magazine* et je m'en réjouis autant que s'il s'agissait d'une amie qui vient soudain de connaître le succès après en avoir vu de rudes. Sa bonne fortune me réconforte. Nous l'avons vendu meublé et je me suis brièvement inquiétée du sort de mon garde-manger pour les tartes, de mon fauteuil de coiffeur et de mon lit. Je ne voulais pas les garder, mais je ne voulais pas non plus qu'on s'en débarrasse. Par bonheur, la propriétaire a refait la maison dans le style rustique avec des rideaux de calicot, des balais en paille et des chats en peluche pour cale-portes. Mes meubles iront donc parfaitement. Et si jadis j'avais cru que je ne pourrais pas vivre sans cette maison, la facilité avec laquelle j'y ai renoncé pourrait presque faire peur. Elle me manque à l'occasion, lorsque je sens une odeur d'autrefois ou lorsque j'entends le vent faire frémir les moustiquaires de la nouvelle maison de parpaings de maman, je me dis alors que c'est ce rappel de la « Vieille maison » qui me donne la chair de poule.

J'aime chacune de nos nouvelles demeures : que ce soit celle de Rae, Billy et Phoebe, une remise pour voitures à chevaux de Legare Street, celle où je vis avec maman, la réplique de l'authentique maison de ses rêves, construite par Sam Poole à la campagne, dans un champ derrière des pins, ou encore le bungalow aux bardeaux onduleux avec la cigogne et l'oie, où habitent papa et Vera. Rhody et Evelyn ont trouvé un appartement, dès que Rhody a décroché un poste de réceptionniste au nouveau palais des congrès, l'endroit idéal, selon elle, pour étudier les points faibles des autres. Quant à Wayne, il a vidé le contenu de son Ram Charger dans une chambre du dortoir du collège. Notre famille n'est plus ce qu'elle était, mais nous sommes tous à nouveau attirés par des vies de famille d'une sorte ou d'une autre. C'est là une tendance que les gens ne semblent pas pouvoir empêcher en dépit des leçons durement apprises. Mrs. Frobiness a épousé un professeur de golf, Sharon a épousé un avocat. Je repense souvent à l'ancien temps, bien avant le latin, où les mots étaient encore neufs et vierges de connotations. Des mots purs, pour des entités simples : ainsi « Famille » signifiait des gens ensemble dans une maison. Mais c'était dans une langue si ancienne que les mots s'en sont envolés. Une langue que l'on ne peut qu'imaginer.

« Je ne pense pas que je me marierai », dis-je à voix haute à Phoebe, qui me donne de grands coups de pied dans les cuisses avec ses grosses chaussures blanches. « Vivre seule ne me fait pas peur. » Mais je suis honnête avec Phoebe, du moins pour le moment, je prends soin d'ajouter : « Mais qui sait ce qui peut arriver ? Il faudra voir. »

Ce que je veux qu'elle sache, c'est la force et la fragilité des choses, c'est aussi qu'en ce monde, amour et hasard se cachent ensemble. Le dire n'est pas facile. Et nous roulons, et nous roulons pour avoir une belle vue. Et nous oublions de plus en plus ce que nous devrions nous rappeler...

Mais elle est comme moi, elle saura...

COLLECTION «LES ROMANS ÉTRANGERS»

dirigée par Tony Cartano

Déjà parus :

La mort d'un apiculteur, par Lars Gustafsson. Traduit du suédois par C.G. Bjurström et Lucie Albertini.

Une mère et ses deux filles, par Gail Godwin. Traduit de l'anglais par Françoise Cartano.

Ararat, par D.M. Thomas. Traduit de l'anglais par Claire Malroux.

Le club, par Leonard Michaels. Traduit de l'anglais par Françoise Cartano.

Voyages intermédiaires, par Ted Mooney. Traduit de l'américain par Robert Pépin.

Journée d'adieu, par John McGahern. Traduit de l'anglais par Alain Delahaye.

La joueuse de flûte, par D.M. Thomas. Traduit de l'anglais par Suzanne Mayoux.

Rencontre d'été, par Steve Tesich. Traduit de l'américain par Janine Hérisson.

Speranza, par Sven Delblanc. Traduit du suédois par Jean-Baptiste Brunet-Jailly.

Strindberg et l'ordinateur, par Lars Gustafsson. Traduit du suédois par Marc de Gouvenain.

Lumière pâle sur les collines, par Kazuo Ishiguro. Traduit de l'anglais par Sophie Mayoux.

In memoriam, par Rodney Hall. Traduit de l'anglais par Françoise Cartano.

Le centaure dans le jardin, par Moacyr Scliar. Traduit du brésilien par Rachel Uziel et Salvatore Rotolo.

Sempreviva, par Antonio Callado. Traduit du brésilien par Jacques Thiériot.

Musique funèbre, par Lars Gustafsson. Traduit du suédois par Marc de Gouvenain.

Folie d'une femme séduite, par Susan Fromberg Schaeffer. Traduit de l'américain par Éléonore Bakhtadzé.

Poupées russes, par D.M. Thomas. Traduit de l'anglais par Brice Matthieussent.

La nuit de Jérusalem, par Sven Delblanc. Traduit du suédois par Jean-Baptiste Brunet-Jailly.

Le Dragon et le Tigre, par David Payne. Traduit de l'américain par Brice Matthieussent.

Face à un homme armé, par Mauricio Wacquez. Traduit de l'espagnol (Chili) par Jean-Marie Saint-Lu.

Les autistes, par Stig Larsson. Traduit du suédois par Jean-Baptiste Brunet-Jailly.

L'étrange naissance de Rafael Mendes, par Moacyr Scliar. Traduit du brésilien par Rachel Uziel et Salvatore Rotolo.

Hôtel Majestic, par Lynne Alexander. Traduit de l'américain par Françoise Cartano.

Les trois tours de Bernard Foy, par Lars Gustafsson. Traduit du suédois par Marc de Gouvenain.

La caserne, par John McGahern. Traduit de l'anglais par Georges-Michel Sarotte.

En attendant la fin du monde, par Tim O'Brien. Traduit de l'américain par Bernard Ferry.

La Vierge de pierre, par Barry Unsworth. Traduit de l'anglais par Éric Chédaille.

Sinatra, par Raul Nuñez. Traduit de l'espagnol par Jean-Marie Saint-Lu.

Un artiste du monde flottant, par Kazuo Ishiguro. Traduit de l'anglais par Denis Authier.

Une odeur de laine mouillée, par Lars Gustafsson. Traduit du suédois par Marc de Gouvenain.

Nouvel An, par Stig Larsson. Traduit du suédois par Jean-Baptiste Brunet-Jailly.

La désespérance, par José Donoso. Traduit de l'espagnol (Chili) par Jean-Marie Saint-Lu.

Le Prince des marées, par Pat Conroy. Traduit de l'américain par Françoise Cartano.

Séminaire pour la jeunesse, par Aldo Busi. Traduit de l'italien par Monique Aymard.

La séduction, par Knut Faldbakken. Traduit du norvégien par Éric Eydoux.

Les castrats, par Sven Delblanc. Traduit du suédois par Jean-Baptiste Brunet-Jailly.

Le portier, par Reinaldo Arenas. Traduit de l'espagnol (Cuba) par Jean-Marie Saint-Lu.

Mr. North, par Thornton Wilder. Traduit de l'américain par Éric Chédaille.

L'île de Pascali, par Barry Unsworth. Traduit de l'anglais par Gérard Piloquet.

Les filles des autres, par Richard Stern. Traduit de l'américain par Georges-Michel Sarotte.

Expédition Montaigne, par Antonio Callado. Traduit du brésilien par Jacques Thiériot.

Le Grand Santini, par Pat Conroy. Traduit de l'américain par Éric Chédaille.

La colline de l'Ange, par Reinaldo Arenas. Traduit de l'espagnol (Cuba) par Liliane Hasson.

Introduction, par Stig Larsson. Traduit du suédois par Jean-Baptiste Brunet-Jailly.

La puissance de l'Ange, par Bryce Courtenay. Traduit de l'anglais par Agnès Gattegno.

L'Obscur, par John McGahern. Traduit de l'anglais par Alain Delahaye.

Les vestiges du jour, par Kazuo Ishiguro. Traduit de l'anglais par Sophie Mayoux.

L'ultime déménagement de Felipe Carrillo, par Alfredo Bryce-Echenique. Traduit de l'espagnol par Jean-Marie Saint-Lu.

Secrets barbares, par Rodney Hall. Traduit de l'anglais par Françoise Cartano.

Scène de chasse en blanc, par Mats Wägeus. Traduit du suédois par Jean-Baptiste Brunet-Jailly.

Voyage à La Havane, par Reinaldo Arenas. Traduit de l'espagnol (Cuba) par Liliane Hasson.

Entre toutes les femmes, par John McGahern. Traduit de l'anglais par Alain Delahaye.

Le Monarque, par Knut Faldbakken. Traduit du norvégien par Éric Eydoux.

Chocs naturels, par Richard Stern. Traduit de l'américain par André Himy.

Music Room, par Dennis McFarland. Traduit de l'américain par Rémy Lambrechts.

Cet ouvrage a été composé par Charente-Photogravure
et imprimé par la S.E.P.C. (St-Amand-Montrond/Cher)
pour le compte des Éditions Presses Renaissance

Achevé d'imprimer le 23 septembre 1992

Dépôt légal : septembre 1992.
N° d'impression : 1926.

Imprimé en France